我 的 故乡

下雪了

Wo de Guxiang
Xiaxuele

王雁翔 ——著

山西出版传媒集团 北岳文艺出版社
BEIYUE LITERATURE & ART PUBLISHING HOUSE

·太原·

图书在版编目（CIP）数据

我的故乡下雪了 / 王雁翔著 . —太原：北岳文艺
出版社，2020.3
ISBN 978-7-5378-6145-8

Ⅰ.①我… Ⅱ.①王… Ⅲ.①散文集－中国－当代
Ⅳ.① I267

中国版本图书馆 CIP 数据核字（2020）第 026667 号

我的故乡下雪了

王雁翔◎著

出品人
续小强

选题策划
刘文飞

责任编辑
李向丽

装祯设计
张永文

印装监制
郭勇

出版发行：山西出版传媒集团·北岳文艺出版社
地址：山西省太原市并州南路 57 号　邮编：030012
电话：0351-5628696（发行部）　0351-5628688（总编室）
传真：0351-5628680
网址：http://www.bywy.com　E-mail：bywycbs@163.com
经销商：新华书店
印刷装订：山西新华印业有限公司

开本：787mm×1092mm　1/32
字数：330 千字
印张：13
版次：2020 年 3 月第 1 版
印次：2020 年 3 月山西第 1 次印刷
书号：ISBN 978-7-5378-6145-8
定价：59.80 元

有朋友说，我写故乡的文字里，有淡淡的忧伤。也许还有尖锐的痛。

1989 年 3 月，我告别混沌、粗糙，泥土、庄稼的芬芳，草绿色军衣下揣着力量和梦想，与小城上百名懵懂青年背着崭新的"井"字背包，从天水踏上了一列绿皮火车。

和所有的年轻人一样，我满心欢喜，丢下亲人与家乡，揣着一腔滚烫的激情奔赴远方。

向西，向西。绿皮火车在戈壁和夜色里，车头喷着热气，在崇山峻岭和茫茫戈壁上走走停停。铁轨在前方无穷无尽地延伸，看上去永无尽头。缓慢里，我能真切感受到时间的黏稠与苍凉，还有车轮与铁轨坚硬的巨响。

生命里的第一次漫长旅途，像长在我身体上一粒不易觉察的疤痕。许多年后，它让我懂得，这世间，并非所有的事都需要快。

现在，我仍喜欢坐绿皮火车，爱听那种缓慢、坚硬、绵绵不绝的咣当声，这是否与我当初坐它的深刻记忆有关？也许吧。它平稳，不紧不慢，从容淡定地在大地上前行，很像一个庄稼人的人生。

我当战士时驻防的营盘，在天山深处一个叫牛圈子的牧区，牛羊成群，雪山连绵。我们在那里的任务是，把自己锤炼成铁骨铮铮的军人，随时准备奔赴战场。

那是我最难忘的四年时光，我和战友们坐在寂寞的山坡上臆想山外的繁花与喧嚣，训练间隙偶尔聊各自心仪的女同学，坐在山坡草地上看碧空棉絮般的流云，凝视一只年迈的鹰在沉默里孤独地滑翔，听粗粝的风吹动草丛里一堆堆旧马粪发出的声音……蓄满力量的青春，真实、粗糙，日子简单、透明，又充满无穷悬念。

那时，在遥远的异地，能收到一封家信，就是生活里最快活的事情。

我的故乡陇东娑罗原，并非荒远之地，20世纪80年代末期，庄稼人的生活虽说不上富裕，但也不算贫穷。而我落脚的远方，则是名副其实的偏远、闭塞、荒寒。一份报刊、一封书信从内地抵达我们手上，差不多要一个月时间。

我像牧区的牧民和孩子一样，常在雪山深处眺望外面的世界，思念远方的故乡和亲人。我也成了亲人最牵挂的远方。

三十多年，我从最西边到最南边，从最冷到最热，不停地奔波，辗转，兜兜转转几乎跑遍了大半个中国，心头仍然放不下故乡。

收在这本集子里的文章，写的都是故乡原野上的事物。这片古老辽阔的平原，是我少年时代全部日常生活的版图，也是我离开后难以放下的乡愁。

故乡是我的精神家园，也是我熟悉的写作领地。但书里叙述的，又远不止我的故乡，它的变迁与困境，在当下中国无数乡村也普遍发生着，是中国乡土社会在时代漩涡里的一个截面，或切片。

对我来说，故乡是我生命的源头，是我的骨头与血肉，这里有我的先人和亲人。有亲人就有无尽的牵挂和思念。

这本书里叙述和呈现更多的，是剧变里人的困惑与挣扎。人活在尘世，除了金钱、房子、车子、美女，还有血液里流淌的记忆。

七〇、八〇后的个人成长，是与大刀阔斧的改革开放紧紧连在一起的。在我青春年少的生命体验里，乡村在20世纪整个80年代和90年代初的勃勃生机和发展，像曾经的老电影，一直生长在记忆里。也许人到了一定的年龄，都喜欢自己熟悉的、旧的东西，但熟悉的东西不断被时间掩埋，像我们失散的亲人，永难再见。

人的情感与追求，会随着经历和时间不断变化。走过万水千山，经历过人生的诸多甘苦后，心境会慢慢淡定从容下来，先前看重的东西，会在心里变轻变淡，会折身往回返，回到生命淳朴、明亮的源头。这不是矫情，我相信生命里的许多东西，经历后才会慢慢懂得。

这些年，每年休假，我都会抽空回一趟老家。回老家，对我实际上是生命之源的回访。除了与亲人团聚的欢喜，我看到更多的是不易察觉和隐秘的痛，是乡村社会变迁里的迷茫、颤抖、疼痛。

机械取代传统耕作，也许我们只看到了劳动力的解放，而巨大的疼痛与隐忧被喧嚣与欲望遮蔽。看到曾经熟悉亲切的东西快速消失，心有不舍，却无能为力。

在老家的日子，每天早晚我都会一个人在寂寥的村庄和田野上行走，有时走几个小时都见不到人。村庄还在，庄稼还在田野上生长，但我的心是苍凉的，被一种无法言语的忧伤笼罩着。一座座寂静的庭院，在风雨中变旧、坍塌，曾经的热闹、礼俗、勃勃生机，都在潮水般退去。有失散就会有痛楚，我一次次在陌生与亲切、孤独与忧伤之间徘徊、挣扎。

2000年，我回老家，田野上到处都是忙碌的人群。二十年，像一个浅浅的梦，一眨眼，那些劳作的乡亲就不见了。

村子里整天静悄悄的，偶尔某个院子会传出几声狗吠。走出村子，有时我犹豫，不知道该往哪里走。我一个人在田野上走累了，坐在路边或田埂上吃一支烟，听庄稼轻轻喧哗。路边、田埂上有各种野花，有时我会像看人和小动物一样看它们，看它们在微风里摇曳、微笑，让风把自己的芬芳与私语，悄悄带给不远处的另一朵花。

有时，我独自在田埂上坐很久，想起少年为田野时光，野兔、旱獭、獾、黄鼬、狐狸、刺猬，我和伙伴们在田野上常能看见它们。我见过多次狐狸和狼，狐狸看见人，倏地就不见了。狼有时会在远处瞅我们，似在犹豫要不要扑上来下口，望几眼，就转身钻进了庄稼地。夜间，田野或山坡上，偶尔会传出狼嚎，一声一声，似呼唤，又象悲鸣，冷得吓人。我心怀期待，很想看到一只兔子或旱獭。但是，我像一匹在旷野上游荡的孤狼，眺望、聆听，在内心长啸，却难见它们任何的踪迹。

雨后，田地湿气淋漓，我拿铁锹翻动泥土，想看看泥土里有没有蚯蚓。少年时在田野劳作，蚯蚓、蛐蛐、蚂蚱、蜜蜂、蝴蝶，各种昆虫很多，土地湿润，一锹下去，就有几条蚯蚓。刚下过雨的村道和田埂上，长长短短、粗粗细细的蚯蚓横七竖八，蛙声起伏。遗憾的是，我挥动铁锹翻半天，寻不到一条蚯蚓，也听不到一声蛙鸣。我不知道它们和田野上的野物，都去了何处？

这种爱与痛的撕扯，我相信在无数村庄都悄然发生着。

等留守的老人们一茬一茬都过世了，也许村庄真的就成了一座荒芜的废墟。辽阔的田野变成某一个企业的什么基地，或者某个有钱人的巨大庄园，但那已不是我的故乡。

我喜欢和村里看门守院、晒太阳的老人聊天。他们脸上的皱纹、弯曲的身体、疲惫的眼神里看不到喜乐。我知道他们心里的孤独与寂寞，正野草般疯长。

我不敢奢求乡村书写的全新表达，也没这个能力，但我渴望我的叙述是真诚的。我觉得诚实的写作，应当有脚踏实地的在场，省察。卡尔维诺说："只有在生活的烟尘里，呼吸着早晨雾蒙蒙的空气，才能认识问题的实质并解决问题。"

从军之前，跟村里的孩子一起上学、担水、割草、喂猪、放羊，在风吹日晒里成长。我从小就跟着父母和乡亲在故乡的田里劳作，犁地、播种、收割、晾晒、打碾……十八岁之前，我已经是一个谙熟农事的庄稼把式。

一次次重返家园，别人眼里视而不见、熟视无睹的事物，在我的眼里是敏感的，我能看见那些细小的无人关注的散失。

遗弃、消失，或者掩埋，都是生命的轮回与必然。我豁然，也惶然。

马尔克斯说："生活不是我们活过的日子，而是我们记住的日子。面对呼啸着汹涌而来的层出不穷的新事物，我想我们需要一些安静与省察，从欢喜，或者悲伤里，用心分辨出那些对生命真正有价值的永恒的东西。"

一个人不管自己的人生目标多么远大，也不管走多远，总归要回头望一望来路。我们不能一回头，身后什么都看不到，那样，人生就太荒凉了。

平原上的天空辽阔、高远，蓝得一尘不染。阳光热辣辣地泼向我，泼向无垠的大地。村庄与田野，好像在寂静里等着待什么。

王雁翔

2020 年仲春 花城广州

目录

从前的一些事情

窗外如烟似雾，细细密密、淅淅沥沥的春雨是落着的，却看不见雨滴，天地一片迷蒙。

在异乡，雨有时会引起游子淡淡的乡愁。

我临窗坐着，一壶热茶，喝茶听雨。忽然间，那些弥漫着泥土气息的童年旧事，以陨石划过长空的力量和速度穿越时光流转的河，重重地砸向我的心扉，那些细碎的往事，涟漪般从心头一层层荡开。

一条长长的黄土小路，像一条黄色的飘带，从崖畔上斜着飘过去，将十多户农家小院和数十孔窑洞连在一起，各家一推院门出来，都会踏上这条小路，路边是一道长长的矮土墙，墙外崖下，是一排排废弃的窑洞。再往下，有几块月牙似的梯田，坡洼上长满蒿草，开着一簇一簇的小花。一条曲曲折折盘旋着伸向沟底的小路，与门前的"一"字路构成一个大写的"丁"字，横下边的一竖，是乡亲们担水的路。沟底有一眼碗口粗的泉眼，泉眼里日夜不停地往外喷涌清泉。

泉水甘甜、清冽，冬暖夏凉，大人们都管它叫暖泉。

暖泉四周用青石垒砌，青石上长着绒毛般碧绿的青苔，泉水清澈见底。从崖畔上俯视，蓝汪汪的泉水像一面大镜子，在阳光下波光粼粼。夜晚，一轮弯刀似的月，在泉中沉浮，常让我想起猴子捞月的故事。

泉水涨到一定部位，会从留着的出口里溢出，汩汩汩，不舍昼夜。溢出的泉水经一道盖着石板的小渠，先流进旁边一个浅一些的大水池，像一次短暂的停顿，或者休憩，然后再分成两条不小的溪流，一条哗哗哗，飞下山沟，成了涧溪，一路吹唱，奔向远方，与川道里的泾河汇合。另一条则穿过水渠，不急不躁，缓缓流向旁边的园子和梯田。

有泉水的滋润，沟涧里的槐树、杨树、柳树，挺拔，碧绿，比山坡峁梁上的树木葱郁。平坦的园子及依着园子一层一层蜿蜒开去的梯田里，更是生机盎然。园子既是果园，也是菜园。果树是苹果树、桃树、李子树、梨树、核桃树，但更多的是苹果树。边上的一片凹洼里还有杏树和酸桃子树。春天，满园或白或粉的花儿，开得闹嚷嚷的，绯红动地，小鸟、蜜蜂、蝴蝶在花朵上飞翔。各种花香从园子里一波一波弥漫上来，会香晕崖畔上的人。

果树成行成列，像兵阵；菜畦一块一块，像放大的填字格。菜园不大，四五亩的样子，种着小葱、韭菜、大蒜、辣椒、茄子、西红柿、旱黄瓜、豆角、芹菜，品种很多，一样几畦，很是好看。园子外围的梯田里是苜蓿，塄坎上有核桃树。

菜畦和梯田里注满水，亮汪汪的，像一片片镜子，晃眼。阳春三月，经过泉水的滋润，田地苏醒，播种，菜畦由嫩绿到碧绿。夏秋时节，开满花的苜蓿梯田是一片片紫红的光芒。

深秋时节，园子里的颜色渐渐黯淡下去，归于简洁朴素。落了雪，园子和梯田在洁白的棉被下酣睡，在寂静里等待春天。

园子上边的坡顶上，耸立着一座土坯黛瓦结构的两层小楼，如一个简陋、孤独的小炮楼或瞭望塔。那是看园人的居所。早晨和黄昏，五十多岁的三老汉常坐在门前，用小柴火炉子熬罐罐茶。炉子上的茶罐罐里水咕嘟咕嘟地沸腾着。茶罐是没把的小搪瓷缸子，拧一个铁丝把手，那茶黑如墨汁，黏稠，能拉起线。小楼前视野开阔，坡下园子里的风吹草动，尽收眼底。三老汉坐在小楼前喝茶，吃烟，我站在我家门前的黄土小路边俯瞰园子里的风景、看三老汉、看水泉边的喧闹。天长日久，我和小伙伴们从这沉默的观察里掌握了三老汉的生活节拍，小土楼上的烟囱里冒出缕缕炊烟，我们就知道他从园子回小楼做饭或烧炕了。很多的时候，三老汉都坐在门前的小凳上，静静地望着坡下的园子，一声不响。

小伙伴们摸清三老汉的习惯，早早地潜伏在园子周围的树林、草丛里，看到小楼冒烟，就悄悄溜进园子偷菜或者果子。动作麻利，脚下生风，三五分钟已不见踪影。

园子里养着两条大狼狗，拴着长长的铁链。听到狗吠，三老汉立即从屋里出来，立在门前望一阵园子里的动静。我相信那些孩子三老汉是看在眼里的，只是睁一只眼闭一只眼。有时，三老汉会扛着铁锹下到园子里，像士兵巡逻一样，沿着园子的沟沟坎坎走一圈。

按辈分，三老汉我应当叫三大。但乡村的辈分关系复杂如蛛网，我总搞不清爽，只知道是一个族里的，出了五服，血缘上已远了。

那时，还未实行包产到户，园子是生产队的，果子熟了统一采摘，按人口分给各家，蔬菜则随季节和长势，采摘一次分一次。平时谁家想吃菜，有闲钱，可以去园子里买。

　　小土楼后边，是烧锅园园和园子滩，像一个微微半握的巨大手掌，里面长满果树，以杏树为多，夹杂少量梨树、苹果树、李子树和桃树，也是一个大果园。乡亲们都管这园子叫烧锅园园。园子里和坡上边，一层一层错落排列着许多塌废的窑洞。乡亲们在园子里劳作时，锄头和铁锨下常挖出年代久远的碎瓷烂碗，还有苍老瓦片与厚朴的砖。记得父亲挖回一个小罐，浑圆，古朴，土红色，不厚，口如小碗。父亲用这个小罐作了尿壶。现在回想，那应当是一个价值不菲的远年古董。去年，我和二哥重访烧锅园园，二哥说，你当年一脚踢碎的那个尿罐罐，应当是四千多年前仰韶时期的陶罐。

　　园子滩、烧锅园园、碾子洼、小水沟沟、堡子上，到处都是红陶土，还有各种破砖烂罐，说明这里曾是烧制陶土制品的地方。据二哥说，汉武帝时，我们所在的地区叫泾阳县，因陶土制品发达而名闻，叫小泾阳，到清代时烧窑衰落。按照二哥的推算，我们是在五千年的原始遗址上生活着。

　　站在我家门前眺望，可以看得很远。七沟八梁，蜿蜒起伏，远山近岭，梯田层层叠叠，绿波浩荡。山岭上的景色如园子，随四季的变化而变化，有时像色彩浓烈的油画，有时似黑白分明的木刻。顺着园子和梯田，沿着野狐子桥梁出去，是一个人工建造的水库。再顺沟往前走，一直可以走到泾河川。

　　乡亲们管那条刀背似的山脊叫野狐子桥梁，因山脊细如刀背，陡而险，两边分别是水磨沟和碾子沟，掉下去不死即残，不是人可以行走的。夜里，远山里的狐狸和狼，常从那细细的山脊上潜进村子寻找美味。

　　果子成熟，生产队会统一组织社员采摘，各家都会去人。园子里大呼小叫，热闹如庙会。这是村里一年难得的欢喜日子。果子成熟期不同，采下的果子生熟不均，红黄绿夹杂着，堆成小山。村里人家人口众多，看着果子堆成了山，用秤一家一家按人口分到手却不多，半筐或一筐而已。可分回的果子因采摘、堆放、装秤、倾倒，再装筐，一次次折腾，拿回家大半已不能吃。熟得早的被挤压、挖抓得稀烂，且大都是虫包子，成熟晚的还是青果子，酸硬。不管好坏、多少，家家都会分一点，总比什么都没有强。但这样的小欢喜是稀缺的、有限的。

　　大人们早出晚归，牛马般在田地里劳作，饥饿却如梦魇挥之不去，贫穷与饥荒，不舍昼夜地纠缠、撕扯、困扰着每一个人。大人们出了工，村庄里除偶尔的鸟鸣声外，一派寂静，我带着弟弟在破窑洞里出出进进，无所事事。无限的寂寞、孤独，混合成一种难言的忧伤情绪，深深地笼罩着我。

我家隔壁的三虎子，是从对面崖畔上那棵老榆树上掉下去摔死的。

杏花纷飞时，榆树枝头缀满一粒粒褐色的小花苞，密密的、怯怯的，只短短几天，就满枝鹅黄嫩绿，圆圆的榆钱儿，像一串串嫩黄的铜钱，树枝上几乎看不到叶子。这时榆钱儿很鲜嫩，男孩子们争相爬上树，人人胸前挂一个袋子，一把一把将榆钱儿捋了放进袋子；大媳妇小姑娘则用长柄镰刀将枝条钩下来捋，或者直接折了枝，拿回家再捋。

榆钱儿可以生吃，嫩香清甜，所以，我们在树上边捋边吃，等回到家，肚子里已填进去不少。将榆钱儿淘洗干净，拌一点玉米面，放在笼里蒸熟，清甜，很好吃。

村里榆树很多，树道、山坡峁梁上的榆树，连叶子都被摘去吃了，一棵棵榆树伸着光秃秃的枝条随风舞动。崖畔那棵老榆树上，之所以还有半树榆钱儿，因它的半个树身子伸在空中，下边是数十米的深沟。

三虎子带我去那榆树上摘榆钱儿。我胆怯，不敢爬树，三虎子像小猴子一样灵巧，呼啦几下，就攀到了高处。他折下几串带榆钱儿的枝条扔给我，自己攀在晃动的树杈上一边吃，一边一把一把往挂在脖子上的布袋里捋。

我蹲在树下摘榆钱儿吃，突然，"咔嚓"一声，沟底传出石头落地的闷响，我一抬头，三虎子已不见。待他的父母跑到沟底抱起他，三虎子含着榆钱儿的嘴里流着血，已经死了。

为吃一把榆钱儿，三虎子就那样死了。而我再也不能见到他，不能隔着矮矮的院墙跟他吵嘴，与他坐在树荫下玩摔泥巴、弹石子、折纸飞机的游戏。那年他六岁，比我大一岁。

榆钱花期很短，十天半月，就会变白变干。小指甲盖大的白色榆

钱儿在风里一片片飞落，像亡人出殡时撒落的冥钱，弥漫着淡淡的忧伤。

槐树花开得稍晚一些，花小，洁白，很好看，芳香浓烈，远远就能闻到。山野沟畔上有成片的槐树林，浓密的枝叶间，一嘟噜一嘟噜槐花打足苞，刚刚绽放，人们一筐筐捋回家，拌一点面星一蒸，也是充饥的上品。

长大后，我读舒乙的文字，说老舍先生选了清代大诗人查初白的一句——"蛙声十里出山泉"，向齐白石求画。齐老用重墨在纸的两侧画了一个山涧，湍急的山泉在山涧中流淌，水中游弋着六只小蝌蚪，上方用石青点两个青青的远山头，青蛙妈妈在哪里呢？她的声音传出十里之遥，到了山涧这头。

大师们的聪慧让我眼前一亮，故乡山野里香飘十里的槐花也是可入诗入画的。孩子们挽起裤管，赤脚走在弯弯曲曲的涧溪里，背篓里一簇簇洁白的槐花在背上摇曳，几只蜜蜂追着花香在头上盘旋。花香和山溪让庸常贫穷的生活显得温暖和明亮，甚至诗意盎然。现在，一些北方城市的酒店里，冬季还有蒸槐花卖，谓之野菜，价格也不便宜，不晓得是如何保鲜的。

暖泉的东西方向也有两条黄土小路，小路七绕八拐爬上坡顶，分别伸进前山村和西洼村。泉边的大水池，是专门用于洗衣饮畜的。泉边日日热闹如赶集，担水的男人，洗衣的女人，赶着骡马牛羊饮水的老人和孩子。我站在门前的矮墙边，看坡下人来人往，川流不息，听大呼小叫此起彼伏。盼出工劳作的母亲早点回家，不论稀稠，早点给我们做饭。

我家在路的最西头，乡亲们回家大都先从我家门前长而窄的斜坡上下来，经过我家门前那棵脑袋伸向沟畔的歪脖子杏树，然后，在旧木院门的"叮咣——吱嘎——"声里，走进自家院子。

大人们出工收工，孩子们上学放学，日复一日，年复一年，扛着铁锨、镢头，拉着架子车，挟着镰刀，背着背篓在我家门前的黄土坡上走下走上，甩着汗瓣子操劳各家的日月光景。

窑洞挨着窑洞，小院挤着小院，一家又一家，相邻的人家只有一段矮矮的土墙隔着。

我家的两眼窑洞破烂不堪，窑顶张着胳膊粗的裂口，似乎随时都会坍塌，洞壁被不知年岁的炊烟熏得油黑发亮。窑垴上长着几棵干瘦的枣树。据父亲说，我家的破窑洞是借一个姚姓人家的，已经住过好几代人。按父亲的说法推算，我家借住的破窑洞，应是清初掏挖的。

童年时代的窑洞生活给我的影响是深沉、久远的，以至于现在住在城里，仍然心生向往。这种古老原始、散发着浓烈柴火气味的经历，

使我每每听到或看到陕北或山西的窑洞，心头常有无法言语的亲切。

现在，我看见一个穿开裆裤的男孩，站在一棵老杏树下，神情庄重地望着树梢上几颗熟得黄灿灿的杏子。他神情专注，眼巴巴地盯着树枝，期待吹一阵风。风来了，树梢轻轻摆动，几颗杏子离开了树枝，但男孩没有捡到。杏子向沟下滚去，飞进乱石蒿草丛，不知去向。男孩立在树下眼泪汪汪，有些伤心，有些沮丧。那个男孩，也许是我，也许是我两个弟弟中的一个。

穷困的拍打、饥饿的熬煎和焦灼的渴望，使我看上去既显得瘦小，又一副心事重重的样子。看到现在城里一些孩子，将自己多得难以享用的玩具当垃圾扔掉，我的心里常常会生出一些私密的想法，要是能匀出一点多余的幸福，让它们做一次穿越，放在我的童年多好。

父母每天总是匆匆忙忙，出工时一路小跑。实际上，他们火急火燎赶到生产队，只是希望摊派上重一点、苦一点的农活，揽到脏活累活，多挣几个工分，年底就会从生产队多分几粒粮食。

母亲整日为家里的吃饭问题愁得坐卧不宁，两个姐姐只上了一年学，连教室里的板凳都没坐热，就被父母勒令退学。别的已不大记得，一个深刻的烙印是，两个姐姐眼睛哭得红肿，脸上的泪水持续了很长时间。能有什么更好的办法呢？仅凭父母两个劳力挣工分养活一家九口人，其艰难，是可以想见的。我父母并没有重男轻女的思想，只因俩姐姐个儿高些，勉强可以出工挣工分，而我们几个男孩子，还太小。

我父亲去世已二十年，现在想起他吃饭时坐在门槛上的愁苦样子，我仍然无法控制自己内心的颤抖。干一整天重体力活的父亲，回到家常常一声不吭，开饭时他坐在门槛上，捧着母亲递给他的饭碗，长时间不动筷子，一脸沮丧地看我们狼吞虎咽。他在不经意间就能从孩子们的表情里判断出，哪一个碗里还需要添一点，然后，慢慢地起身，走过去，从自己的碗里匀出一点。等我们基本安静下来，他才开始吃饭。事实上，那不过是一碗碗清汤寡水、夹着面星的野菜汤或者苞谷面糊糊。但不管多难，隔几天，母亲总会变着法儿为我们改善一次伙食，让我们每人吃到一个拳头大小、夹杂着野菜的玉米面或高粱面窝窝头。

为了驱逐寂寞，我和两个弟弟经常剥出一把把高粱、玉米、麦秸秆，坐在太阳下发挥有限的想象制作各种耍活。比如拿一把老菜刀一点一点削出一把木头手枪，或者做一把打鸟的弹弓子。我们在露天的梦幻工厂里，在寂静的农家小院里不知疲倦地忙碌着。

孩子的心事单纯而丰富。六岁时，我还在一些与年龄和身高不相称的场所逛游，无聊地数一棵槐树上的麻雀，蹲在生产队场院里看一只小牛犊吃奶撒欢。看到村里同我年龄相仿的孩子背着书包上学，会写字、唱歌，心头常会莫名地生出自卑和忧伤。

黄昏，我站在门前，望着沟底忙碌的人流，心头爬满忧郁、沮丧，它们像疯狂的蚊虫咬着我的心，让我坐立不安。大人们每天早出晚归地忙碌，为什么老是吃不上一顿饱饭？村里只有少量的山地梯田，大部分耕地都在辽阔的平原上，每年庄稼收成也不坏，打碾好堆成山的小麦被一车车拉走，为啥不给各家多分一点？我知道我无法解答自己的疑问，父母也弄不明白。在饥饿与无聊的寂静里，这些问题像捆柴草的麻绳，紧紧地缠绕着我。

村里有一个姓庞的先生，他的名字没人知道，大家都管他叫老庞。忠厚老实的庞先生据说有妻子，也有孩子，但我们都不曾见过。他精通俄语和英语，从很远的一所什么学校孤身来我们村接受贫下中农改造。村里给了他一孔破窑洞栖身。每次他要回自己那个冰锅冷灶的烂窑，都要从我家门前经过，所以，我记得他身形高大，戴眼镜，背有些驼，像一棵孤瘦的高粱，走路有一点瘸。后来他更是渐渐消瘦得不成样子，似乎一股风都能吹走。

淳朴的乡亲们并不介意他头上那些罪名和"帽子"，对有知识和文化的庞先生很敬重。平日里，谁家来亲戚，做了好吃的，大都会给他送一点过去。生产队分配给庞先生的活儿也大都是轻省的，比如记账、过秤、看庄稼。但庞先生的心和日子是苦的，孤单，寂寞，亦不会打理生活。

有一天，他拄着拐杖，佝偻着腰，在我家门外用极其低沉悲伤的声腔呼唤我的母亲："大嫂——给我一点水——"他的一条被打残的腿，病情发作，已经无法行走，是一点一点挪到我家门前的。我按照母亲的叮咛，将水倒进他捧在手里的瓦盆，他一脸满足的感激与善良的微笑。

隔了不久，有一天正下着大雨，他在泥水雨雾里艰难地从我家门前的坡路上往下溜，凌乱、稀疏、斑白的头发上流着水滴。母亲看见了，带着我们将他抬回去。每日做了饭，母亲都会让我们送一碗给庞先生。大约十多天后，庞先生死了。庞先生在村里生活了好几年，我一直没见过他的妻子和孩子来看望他。

庞先生死前最后一顿饭，是我们兄弟几个喂的，他气喘得厉害，我们都觉得他是饿过了头，喂一点热饭，就会好起来。谁知第二天，他竟死了。

七岁那年的秋天，我盼到生命里最开心的事情——上学！趴在教室里黄泥垒砌的课桌上，没有书，也没有作业本，唯一的学习用品就是一支铅笔。老师不停地向我催要学费和作业本，我东躲西藏，时不时会被老师尴尬地撵出教室。

娑罗原是陇东地区面积最大的平原，辽阔田畴一眼望不到边，乡亲们为何不住在平坦的原上，而选择崖畔的破窑洞呢？是怕民房占用土地耕种面积，还是一种传统的居住习惯？

有一次，我恬不知耻地问父亲，为啥老住在卑俗寒碜的破窑洞里，住房不好吗？父亲沉默半晌骂道：你娃知个好歹罢，就这窑还是老子觍着老脸借的。

日子好转后，村里家境好的人家，一家接一家相继告别窑洞，在原上建了泥坯瓦房。周围的人家都搬走了，我家也不甘示弱，开始建新宅。只是，我家选择的仍是陇原上最古老的民居方式——"地坑院"，就是在平整的黄土地上面挖一个长方形的深坑，在坑四壁挖若干孔窑洞，人就居住在窑洞里。

一家人用架子车拉、背篼背、扁担一筐筐挑，顶着日头和星星大干苦干两年，才在新宅基地里掏挖出三孔新窑洞。

没想到前些年，我家刚新建了一砖到顶的四合院，村里人的追求又变了，许多人在城里争相买商品房，有的庭院建起来没两年，就人走屋空，留下一座一座荒芜的空院落。我家的生活，似乎总也赶不上时代的变迁。

曾经喷涌清洌泉水的暖泉早已干涸，曾经热闹、美丽的园子废弃、荒芜，园子里大片大片的果树也不见了。生活已经走向高处，那些碎屑似的旧时光景，还有多少人记得呢！

我怀着苦涩、苍茫、尖锐的痛，独自走在田野和村道上，偶尔碰到年迈的认识的老婆子，问声好，站着说一阵旧时闲话。遇上拄拐棍、脚步蹒跚的老汉，递一支烟，扯扯庄稼收成，化肥、农药、机械播种收割的价钱。但认识的老人一个接一个故去，留守的娃娃和女人，我大都不认识，偶尔碰面，点一下头，算是打了招呼，告诉人家，我也是这个村的。

故乡的味道

　　在遥远的异地想念故乡，当然也是一种幸福，能唤起游子的记忆与思索，但要真正体味故乡的温暖，还是要回到故乡，让自己的双脚沾满家乡的泥土，把身子靠在时光斑驳的老屋门上，或者伫立在儿时撒欢的老杏树下，听岁月讲述生活深处那些沉甸甸的故事。

　　腊月二十三，离蛇年新春还有七天，我匆匆登上从广州飞往咸阳的航班。

　　事实上，坐广州至银川的火车也蛮方便，沿途不用辗转，就能直达故乡小城平凉。但这是一趟普快列车，一路走走停停，途中要耗费近四十个小时。坐飞机，得在咸阳转乘长途大巴，多了周折，但省时，只需八个小时，当天下午就能回到我梦牵魂绕的老家，回到曾经属于自己的那片土地，早些见到年迈的母亲。

　　回家、团聚，是中国人过年的传统定式，但对我来说，从离开家乡的那天起，这个定式就已不复存在。二十五年间，我几乎没在老家过过几次年。

在异乡的灯下，我一次次将心灵深处浓烈的思念与牵挂，堆成铅块一样坚硬的文字，让故乡夜空里明亮的星子，一粒粒落在我的床头：

乌黑锃亮的枪

是我血肉包裹的瘦骨

我和枪，亲如兄弟

为什么扣动扳机，子弹

总会不经意间射向故乡的胸膛

老屋门楣上的累累斑驳

是谁曾经的岁月

那粒随风翩然落地的草籽

是亲人真诚的祝福

也是我的命运

今夜

往事神秘的弹片

从我头顶呼啸而过

故乡的呼吸

在银白的夜色里

神祇般降临

月亮

和我

看见了连绵的雪山

也看见了远方

屋墙上的犁铧，镰刀

堆放整齐的劈柴上落满杏花

母亲苍老的呼唤与絮叨

在时间里哗哗流淌

田野上的事物

离人类童年最近

春天的雨滴，花瓣，羽毛

草木气息葱郁

月色和星空，光芒四射

现在，我枕着枪管

在高高的雪山上

等待月光温柔降临

我知道，这个季节需要安静

像父母从田野归来

放下疲惫与农具

在炊烟下捧起饭碗

患癌的乡亲，

一个一个随风而逝

农田里翻出的化石，陶彩

那些史前文明的碎片，说明

我们一直与远古的先人

在同一滴露珠上轮回

现在，吃了千年的泉水悄然干涸

河水断流，井水污染，狼群远遁

稼穑，祠堂与风俗

纷纷与大地诀别

让喧嚷者喧闹

我在寂寞的夜空下

独自聆听卑微的欢喜与疼痛

万物在时间里苍老

然后，像花朵一样

黑黑地凋落

村庄

消失，或者重现

都让我感到尖锐的疼痛

谁与陌上春风相遇

谁披一身月光还乡

  每次回到故乡，我都会怀着近乎神圣的心情，踏访一些童年生活过的地方。

  不像春夏时节，满眼碧绿，硕果满枝，冬天的故乡土地干旱，鲜有绿色。母亲说，一个冬季快过去了，原上只落过一场小雪。记得小时候，故乡的冬天是湿润的，雪总是下得很厚，洁白的雪花纷纷扬扬地飞舞，一场接一场。看着万物在厚厚的雪被下酣睡，大人们乐呵呵地说，冬天麦盖三层被，来年枕着馒头睡。

碰巧，回到家的当天夜里，故乡落雪了。虽说只薄薄一层，但微雪覆盖的大地，一片洁白素净，村庄里弥漫着淡淡的柴火味道，满足而祥和。这是故乡对归来游子的欢迎礼吗？抑或是要为我轻轻洗去在外漂泊的风尘？

经常在我梦境中出现的村庄、田野，曾经美丽如虚构的"百草园"似的远山近岭，在白雪的覆盖下，一片沉寂。这是我少年时一心想离开，如今人到中年又切切地盼着要回来的地方吗？是小时候赤脚在清冽的涧溪里撒欢，躺在开满野花的山坡上看鸟儿划过蓝天的地方吗？为什么少年时一心要走进热闹喧嚣的城市，现在心里梦里总是故乡的山山水水呢？也许，人长大了，失去的不单单是快乐和纯真。

建一个家跟建一个村庄一样，要用燕子衔泥的韧劲与辛苦，风里来雨里去，一根草棍一口泥，日积月累才能慢慢地建起来。钢筋水泥的城市里，没有露水，没有泥土的芬芳和鸡鸣狗吠，听不到庄稼扬花吐浆的声音，有时甚至看不到蓝天和星星。村庄，比城市包含更多艰辛与无奈，也包含着更多人的情感。

每次回到故乡，我都会怀着近乎神圣的心情踏访一些童年生活过的地方，但时光荏苒，一切都已非记忆中物景。我知道，那一小段岁月，连同我儿时的纯真梦想已渐去渐远。那塌陷废弃的窑洞、暖水泉，那曾经人流穿梭、热闹如赶集的黄土小路，如今都落满了荒草尘埃。生活已经走向高处，那些碎屑似的旧时光景还有多少人记得呢？

有人说，农民一辈子就守望几样东西：一样儿是庄稼，一样儿是村子，再就是老婆孩子。但母亲含辛茹苦将儿女抚养成人，却没能将我们留在身边。在爱的浓荫庇护下，我们一天天长大，像鸟儿一样，一个个扇动翅膀飞离村庄，飞向远方，去寻找各自的幸福生活。如今，只有五弟陪在母亲身边，守望着纯朴安静的院落与村庄。

去年，家里新建了宽敞明亮的上房，母亲为此操劳得几次住院。就在我回家时，母亲还患着重病，没有儿女们环伺探望的排场，大姐得知母亲患病卧床，急匆匆赶来照顾。母亲肚子痛得直不起腰，实在难受得不行，就捂着肚子在凳子上坐一会儿。

一见到我，八十岁的母亲忽然像换了一个人，一脸的开心与欢喜，忙前跑后为一家人料理年事。浑身病痛折磨的母亲十分瘦削，她的身体大不如半年前，牙床萎缩，去年在深圳做的烤瓷牙已无法戴，吃东西只能靠牙床一点一点往碎里磨。儿女们买的新衣，她总是舍不得穿。看着母亲坐在阳光温暖的廊下，慢慢地安详地吃饭，我的心里有温暖，也有疼痛。

生活中的难处母亲总是藏在心底，怕我们担忧，从不给我们说。但我能读懂母亲的心事，她心灵深处的焦虑与牵挂。有时候，理解就是爱。

按故乡习俗，除夕下午，儿孙们要为故去的亲人上坟。

贴过春联，我跪在廊下的水泥地上，按乡下的传统为父亲印了些冥钞。收拾好祭祀用品，我们在寒冷而呼啸的风里，走向故乡广袤的田野。

烧过纸，二哥立在父亲长满蒿草的坟茔前，在寒风里唱念经文。我照例为父亲点一根纸烟，就像他在世时，我每次回家都会给他点一

根烟一样。实际上，父亲是不吃烟的。但晚辈敬烟，他会高兴地接着。有时别在耳朵上，有时人家帮着点燃，他也不吃，让烟在手上慢慢地燃尽。

天空瓦蓝，风冷而纯净，一阵紧似一阵，在耳边呼啸。二哥手里的铃声在田野上传得很响、很远。望着即将春意浓浓的田野，我心里像打翻了五味瓶，有欣慰，更有难以忘却的痛。父亲离开我们已快十七年，他为拉扯我们吃尽人间苦，没等儿孙们长大，没有享受到生活的快乐与幸福，就早早离开了我们。

远处的田野上，是白墙红瓦的小康村，石油井架上的"磕头机"在斜阳里缓缓转动，正源源不断地往地面输送原油。田里的麦苗已经破土，泛着略显朦胧的淡淡绿色。时令离绿意盎然的春天尚远，寒冷的天气使它们苏醒的过程显得十分艰难，但它们在悄然做着准备。很快，田野与村庄就会被浓烈的绿色覆盖，环绕。

节气尚不到雨水，天空蓝得像刚刚洗过。仰望晴空，我渴望看到迁徙的雁阵。小时候，跟着父母在田地里劳作，风霜雨雪里，渐渐懂得了农事与节气的关系，也懂得了万物如何在四季里成长生存。雁是知时鸟，热归塞北，寒去江南，它们感知到春的信息，即刻就会北飞。

记得那年当兵走时，父亲身板还蛮硬朗，春耕秋收，打碾扬场，样样是把式。每天放学回家，丢下书包我们就跟着他下地干活，脚下的田野里，曾经挥洒下我们父子多少辛劳的汗水。现在，静心聆听，仿佛还能听到汗水砸地的浅浅声响。如今，可以告慰父亲的是，吃糠咽菜的日子渐去渐远，我们儿时的梦想与企盼也都慢慢地变成了现实。

在乡村，袅袅炊烟是瓦蓝天空中飘逸的白云，是家庭的温馨，也是一个乡村的祥和与宁静。看见炊烟，就有了劳累后歇息的畅快与释然，看见炊烟，家就不远了，就能听到母亲呼唤儿子乳名的声音。

炊烟，是游子心灵深处载不动的乡愁。

一家人从四面八方赶回老家过年，都渴望带给母亲一些心灵的温暖。遗憾的是，四弟和大哥都无法回家，但儿子、儿媳、孙儿、孙女，一大家十四口人，让平时冷清寂静的家充满欢声笑语。我们按辈分，给母亲叩头拜年，祈望她健康长寿。跟小时候一样，母亲也早早按旧俗为我们准备了压岁钱。即使大哥已经当了爷爷，但在母亲心里，我们永远都是孩子。

为给母亲尽可能多的开心与快乐，我们买了不少烟花，让幸福在家乡星光璀璨的夜空下绽放。一簇簇绚丽夺目的烟花，点亮我家小院，点亮了夜空，也点亮了我们每个人心中幸福生活的希望。

夜里，我坐在老屋廊下仰望星空。银河横贯天穹，繁星如斗，月牙儿静静的，摆成勺子状的"七星"和长庚星，亮得惊心动魄，似乎

伸手就能摸到。银河里的繁星一丛丛，一簇簇，像黄河水一泻千里，在巨大的静默中凝固、飘动。世界苍茫浩大，人渺小如菌。这样明亮干净的夜空，除了故乡，在不停地行走中，我只在阿里高原、边关哨所和海岛上见过。

尽管节气已过立春，但冬天的脚步尚未远去，空气里还飘动着阵阵寒意。

故乡的味道是什么？是老屋灶台上如丝如缕弥漫的粥的香味，是灶门上扩散、升腾的柴火的气味，是村庄上空袅袅的炊烟，是左邻右舍一声声"回家吃饭——"的吆喝声，是爆竹声，也是静夜里一家人围着红红的炉火家长里短的唠叨。

二哥说，今年春节是全家人聚得最齐的一次。其实，我们回到母亲身边，除了带给她开心与温暖，更多的却是劳累。母亲总想把最好的东西都给自己的儿女。

尽管患着病，母亲每天仍早起晚睡，悉心张罗着一家人的饮食起居，搅团饭，做荞面饸饹、糁子面……我和二哥还到山坡上拾了一次地皮菜，姐弟们围在一起做了一次地皮菜包子。这些吃食不过是我们儿时艰难度日的粗茶淡饭，如今却是难得一见的舌尖上的美味。

　　母亲做出的饭菜为何这样香？因为这是故乡的味道，爱的味道。

　　新春的乡村比平日多了不少热闹。一些在外打工的人，能回来的，不管多远，都赶回来跟家里老人和孩子团聚。在此起彼伏的爆竹声里，随处都能看到一群一群拜年的队伍，似乎要争着把一年里积累的感情释放出去。

　　但热闹与欢欣里，也有寂静、落寞。我家前院头发花白的玲子娘，守在破门烂院里，几间瓦屋屋顶塌陷，脸盆大的窟窿能看到蓝天，透风漏雨，无法住人，一个人孤零零地住在一间偏屋里。丈夫十多年前出门打工就一直没回来，是死是活，没任何音讯。儿子一家四口住在城里做生意，既没给这个七十八岁的老人置办一点年货，也没回来看看。嫂子做了手擀糁子面，母亲让我端两碗面和几个油饼过去，是看望，亦是拜年。推开几根木棍绑扎的栅栏门，我的心咯噔一下，破败的庭院，一院子冷清、寂静，看不到任何过年气氛。玲子娘用小铁锅在柴炉上埋头熬粥。屋里很冷，老人接过面碗和我带的礼物，拉过一把杌子，让我坐着烤火。然后，她一边跟我聊天，一边撩起衣襟不停地拭泪。

　　从玲子娘荒凉的院子里出来，我的心像被一种尖锐的利器一下一下地扎。如果邻居们不串门，我想这个老人一头跌倒死在屋里，十天半月是不会有人知道的。谁能读懂这个乡村老人内心的孤独、荒寒、悲伤？她家曾是村子里最富裕、幸福的家庭，最早建了土木结构的大瓦屋，丈夫头脑活泛，会做生意，一儿两女，日子过得红红火火。为何会突然落到眼前这个地步？

村子里不少庭院跟玲子娘的院落一样寂静，儿女们打工没回来的，就是一两个老人守在宽大的屋院里，门上连春联都没贴。而大门紧锁的庭院，要么一家人常年在外打工没回来，要么已搬进城住了，留下一座座空寂的屋院任风雨吹打、剥蚀。

仍跟过去一样，大年初一，村里就响起了铿锵的锣鼓声，这是沿袭了几十年的传统。锣鼓一响，就意味着操办社火的忙碌开始了。从排练、汇演到收装，热闹会持续近一个月，到正月二十三，收了服装道具，年节的欢庆才算结束。春回大地，万物复苏，休整了一个冬天的乡亲们开始农田里的忙碌。

我寻着鼓声去看热闹，老戏场破窑前的空场子上，插着一杆耍社火的龙旗，五六个中年人和一群孩子，在太阳下敲锣打鼓。二哥说，村里已十多年没办过社火，懂社火的老人大都去世，年轻人忙着在外头挣钱，春节匆匆忙忙回来几天，年没过罢又走了。

零乱的锣鼓声一阵一阵，在冬日的冷风里飘荡，一听就不懂节奏，没经过练习，随性乱擂，缺乏激昂、欢喜、向上的精气神。二哥说，乱擂也行，能增添些年节里的欢庆气氛，否则，除了鞭炮声，便只有无限的寂静与枯索。

"人面不知何处去，桃花依旧笑春风。"在村里碰到一张张笑脸，我总是有些懵懂和尴尬，村子里二十多岁的年轻人我几乎都不认识，遇上上年纪的老人，该怎样称呼也要问二哥。一天，与小时候一个叫扁头的玩伴面对面竟没认出来。虽然我们曾经有过一段共同时光，但时间改变了一切，难言的陌生像一面墙横在我们中间。实际上，我们都在使劲地想对方曾经叫过无数次的小名，把跟前的人跟记忆里的人使劲往一起对接。看着曾跟自己一起掏鸟窝、整天挂两行鼻涕的玩伴已牵着个儿齐膝的孙子，我愣怔的眼睛里慢慢闪出熟悉光亮的记忆。他也一脸的惊讶与感叹。

握手，递烟，寒暄。转身离开的瞬间，忽然心生悲凉，儿时快乐的日子我们再也回不去。也许，衰老与成长一样，是一个隐秘而生机勃勃的过程。现在，我心里非常清楚，自己离开故乡太久，已年届中年。

北方的城市，受地理气候所限，虽然没有南国羊城"十里长街一城春"的迎春花市，但小城的大街小巷灯光缤纷，人影婆娑，流光溢彩，处处弥漫着浓烈的年味。

我的高中是在城里读的，小城里的大街小巷都曾留下过我的脚印。但陪伴着母亲走在小城的热闹喧嚣里，走在春节迷人的灯光里，眼前有景道不得，满街、满眼皆陌生，只能在说笑声里与曾经的旧时光邂逅。

按故乡风俗，侄儿文宗和新婚的妻子今年春节"端礼"，两门里众多的亲戚要逐个儿上门拜年，认门。但忙碌里，夫妻俩总是尽可能多地抽空陪着母亲和我，心里有亲情的温暖和感动，也有侄儿长大成人的欣慰。

家乡平凉有一处享誉陇原的园林——柳湖。曾有无数文人写下诗词文章赞美过它。曾记得，春夏时节的柳湖，美丽而神秘，百花争艳，芳香弥漫。小船在清清的湖面上荡漾，柔软细长的柳枝在微风里轻轻摆动，远看，像一挂挂绿色的瀑布，鸟儿隐在绿荫里低吟浅唱。无数个黄昏或周末，我曾坐在柳树的荫凉里读书，遐想。

我们在正月初七阳光时隐时现的早晨，陪着母亲在公园里漫步、聊天，让母亲感受城里人的散淡和从容。

正月初八，我不得不告别故乡，踏上南下旅途。母亲有些不舍，还想让我在身边多待几天。短暂团聚、返璞归真的日子里，点点滴滴，丝丝缕缕，我都会用心珍藏。我不知道，这次短暂的相聚之后，何时再能回到母亲身边。

回到广州，一大早二哥就发来手机短信，说昨儿夜里，故乡普降大雪，两寸厚，现在还雪花飘飘！我回信说，要是晚走一天多好，可以欣赏故乡美丽的雪景。他回信：三弟有福，晚走，路途泥泞，就会耽搁行程。

他不知道，现在广州已是衣沾香雾、万红千翠争媚时节，满街薄裙短袖的红男绿女。杧果树已繁花满枝。

我在羊城为故乡祈福，愿我那西部平原上的故乡风调雨顺，亲人幸福吉祥！

核桃、黄花及其他

"三弟，今年新核桃下来了，给你寄些过去。"二姐在电话那头说。

我说："别寄了，还要花邮寄费，这边有呢。"

"老家的吃着香。"二姐在电话旦坚持着。

二姐不知道，就在她来电话半小时前，我刚从街上买回几斤核桃坐在客厅里吃了几颗。我吃的核桃，当然不是今年新打的，核桃仁已在贩夫们不停的转运、倒卖中失去应有的鲜亮光泽，有一股霉味。是湖南、云南的，也许是广西过来的。肯定不是老家的，那久远的味道我是清楚的。

两个姐姐和母亲一样，总惦念着我，说我在夕边不易，也知道我改不了童年和少年时代养成的习惯，喜欢吃老家出产的食物。

陇东平原气候干燥，阳光充沛，天地纯净，花椒质地饱满，色亮味厚。村里许多人家房前屋后都会栽种几棵花椒树，但乡亲们将熟透的红色颗粒从长满尖刺的枝杈上一簇簇采摘下来，很少拿去卖钱，多是留着自家吃。

我家没有花椒树，每年新花椒一下来，母亲会去村里花椒最好的人家买几斤，让侄儿寄给我。年年如此。

五月里，我回老家为母亲过生日。杏子正成熟着，门前数十棵大大小小的杏树缀满或红或黄的杏子。母亲顶着大太阳，将那些色味俱佳、没有虫包的好杏子，一颗一颗挑选出来，在清水里洗干净，掰开，取核，晾晒。她不知疲倦，安静，全神贯注，汗水顺着花白的头发，在阳光里一滴滴滑落。金黄的杏子躺在擦洗干净的草席和石棉瓦上，一片一片在场院里晒着。母亲希望晾晒足够多的杏干，让远在岭南的儿媳和孙女也能品尝到老家的味道。母亲说，你们小时候爱吃杏子，家里没个杏树，现在树长大了，一树一树黄熟的杏子没人吃，落一层，烂一地。

人的胃是跟着迁徙的脚步变化着的，但有些吃食被肠胃深深铭记，很难淡忘。岭南多是热带水果，夏天市场上很难见到北方的杏子。

在新疆工作时，每年南疆小白杏一上市，我隔几天就会从街上买一提兜。新鲜杏子爽甜、多汁，一颗一口蜜，很好吃，但鲜美的东西不好留存。有空闲时，我也会在阳台上晒些杏干。金黄的杏干可以在时间里存放很久，白雪皑皑的冬天，嘴上嚼一口酸酸甜甜的杏干，生活似乎又倒回去年夏日的阳光里。就像那些吸收了新疆时间、阳光、雨露、尘土的葡萄干、无花果干、大枣，今年的鲜果已经上市了，而几年前同一棵树上采摘的旧干果还在甘肃、武汉、广东、上海等许多城市的地摊上、超市里卖着。

有一年夏天，小白杏刚上市，新疆朋友就赶着紧给我空运了一箱，想让我尝尝鲜。寄前，他担心过于软熟，途中碰碰撞撞会被挤烂，特意选了大而硬朗的。但杏子不像别的水果，不抗压，收到已烂成一箱糊糊，无一粒能吃。可惜了朋友一片深情。

母亲每年夏天寄给我的杏干，大半会被我分送给朋友。去年夏天的杏干，我留下一点吃了几次，竟忘记在一个角落里。有一天偶然翻到，落进杏干里的阳光不见了，杏干金黄的质地被潮湿的空气改变，黑而发霉，已不能吃。

乡村生活是艰辛的，但辛苦中也有城里人难得的从容、散淡。时间和大地把人四季的生活已安排妥帖，庄稼和水果一茬茬一季季成熟，人跟着时令享受大地的馈赠。

母亲在菜园种一畦草莓，红艳艳的草莓缀满枝蔓，吃不了，就摘了东家一盘、西家一碗地分送给左邻右舍品尝。母亲用辛苦打发寂寞时光，也享受着劳动的欢欣。

小时候，每年秋天我和哥哥会跟着村里人翻山越岭，跑几十里山路，到泾河川对面的山塬上去担梨。到梨园担梨，便宜，花三四块钱就能买一担香梨。梨子是老品种，好吃，也好闻，放在屋里，满屋子梨香。梨子吃完，春天的梨花开了，梨的香味还留在窑洞里。

园子里还有几棵酸桃子树，树如灌木，果子比纽扣略大一点，表面有一层白色的绒毛，碰到皮肤上，奇痒。但果子甜中略酸，很爽口。还有毛桃，味道很好闻，闻到就想吃。

那时，园子里的瓜果蔬菜都是老品种。每年，母亲都会记得在窗台上各样儿留晒一点种子，来年再接着种。许多果蔬品种，都是一代一代庄稼人用这种古老的方法一年年传种下来的。现在，那些老品种的香梨、桃子、黄瓜、茄子已从故乡的土地上消失了。

改良、嫁接的新品种瓜果，个头大，产量高，好看，但本真的味

道在改良中失散了，改变了，桃没桃味，梨没梨味。有纯正原味的东西越来越少。

园子里最多的是杏树，还有不少桃树和苹果树。核桃树不易成活，断断续续种了多年，只种活两棵，不怎么挂果。母亲说，一年能卸三十来斤核桃。

母亲还为我们栽种过葡萄。二月里，冻土一软，母亲就带着我们挖开葡萄窖，立柱搭架，请葡萄上架。施肥，浇水，葡萄藤却只长枝条不肯挂果，从春忙到冬，也吃不上几粒葡萄。后来才知道，是我们不懂得打梢、掐须，养分尽抽枝长叶了。折腾了两年，便不再种。

这几年，母亲不知从哪里学到打梢、掐须等打理葡萄树的本事，又在菜园里栽种一架葡萄。两棵锨把粗的藤攀在架上，藤不是很长，显得有些孤单，藤上坐的葡萄却密，一串一串，饱满、挺括，葡萄粒像一颗颗碧绿的纽扣。

金针菜在我的老家叫黄花菜，家家园子里都会种一块。种黄花菜是细活，过一两年，要把根茎刨出来，重新梳理、栽植，才长得好。新鲜黄花做菜、氽汤皆好，但不宜存放，故多晒干菜。

太阳即将露脸，露水很大，黄花头天采摘过的茎秆上，一夜之间，又挺立起一簇簇细长如指的黄色花筒，花蕾上闪着晶莹的露珠。

这时，我看见邻家身材修长的苏，穿着蓝色小白点的衫子，提着竹篮，挽起裤腿，露出白皙饱满的小腿肚，身姿从容而优雅，葱段儿似的手指，在弥漫着香味的花蕾上欢快、娴熟地舞动，几只蝴蝶和蜜蜂绕着她的纤指翩翩起舞。

黄花的花蕾早晨开放，傍晚凋谢。像一个神秘的约定，苏总在太阳升起前出现在她家的黄花地里。

苏的确长得很美，双眼皮，睫毛长长的，笑时会露出好看的小虎牙。我家的杏树与她家的黄花地，隔着一段低矮的土墙，她身上的香气，像即将绽放的黄花的清香，淡淡地从矮墙上飘过来。我忘了捡拾杏子，痴痴地立在树下，神思恍惚，像一只被花香熏晕头的公鸡。

她的身段融于田园的景色里，如一抹彩虹，点亮了寂静的村庄，使炊烟袅袅的乡村清晨，多了一些微妙的新颖格调。她的美，像一阵风，猛然吹开我心里的一扇门。

那一刻，我知道自己的念头是疯狂的、懵懂的。我能看清她长长的睫毛和眸子里的聪慧。那时，身材丰满的苏，已是在城里读完高中的十八岁美少女。高考落榜的忧伤，还未从她的眉宇间散去。而我，才刚刚初中毕业。

苏的父亲，在一个县的肉联厂工作，母亲带着她和弟弟一直生活在乡下。因为她父亲是拿薪水的，苏有一辆飞鸽牌自行车。

苏喜欢来我家串门，坐在小凳上，在檐下与我的母亲聊天，并帮着做一些小碎活。有时碰上母亲正在灶台上忙着，她拉过凳子，坐在灶火前烧火，风箱吧嗒——吧嗒——，灶膛里的火光在她的脸庞上一闪一闪。她腿长，小凳子有点矮，屈腿侧坐，坐姿优雅，目光绕过灶台上的蒸汽向我投过来："宏宏，你过来帮妈妈烧锅嘛。"我说："你烧锅的姿势好看。""烧锅有啥好看呢？"她粲然一笑，眼睛里像扑进了湿气，雾蒙蒙的，甜美的笑容里有淡淡的忧伤和抑郁，那是知识和文雅，心灵的纯净与人生的忧愁混合而成的。她的声音极好听，清澈，安静，我知道她的心情是黯淡的、低沉的。她的打扮与气质，使村庄里的平淡日子有了一些难以言说的情调。我知道，她的青春不应该，也不会在村庄的庸常细碎里度过。

她喜欢读书，常静静地坐在她家门前的树下看书，有时是《安娜·卡列尼娜》，有时是《简·爱》。那时，我也疯狂地做着文学的梦，我们将自己喜爱的书抱给对方，并在书页里夹一些爱意充沛而叙述迷蒙稚拙的诗。文学为我们枯燥乏味的生活增添了趣味，也使我们心底悄然萌生出一种渴望。她不知道，她的眼睛泄露了她心灵深处的渴望。尽管谁都没说，但朦胧的心思彼此似乎都明白。就像我们听不到水声，但感觉告诉我们，清泉就在附近。

这样的开头和故事，肯定是老旧的，但是我们喜欢。

晚饭后，苏常常骑了她的飞鸽牌自行车，带上我飞出村子，去田野里的村道上漫步。小孩子看见我们，就扯着嗓子喊电影《人生》里的台词："高加林、刘巧珍——高加林、刘巧珍——"

天上有月亮，空气里有植物的清香，大地安静、清爽，庄稼在柔美的风里喧哗、诉说。弯月或者满月，月光如水，天地静谧。

夏天不知不觉到来，一棵棵挺拔的玉米，像乳房饱满的女子，怀里裹着的玉米棒子即将成熟。甜蜜的情绪像水波一样，一波一波拍打着我的心。

"你接着复读吧，我考上了你读的那所高中，我们可以在同一所学校读书。"

沉默良久，苏淡淡地说："我妈要我爸提前退休，让我顶替，我爸不同意，让我早点嫁人。"她的话，像一把锋利的刀子，在我的心上划出一道口子。

尽管我们中间隔着一小段时间，但时间无法阻止我们的憧憬。情窦初开的我，整日和苏说说笑笑，以规矩、不太老练的方式愉快地相处着。

但是，寂静中难以抑止的花蕾还未来得及隐秘盛开，就倏然凋谢了。苏没有复读，收秋庄稼的时候，一个阳光温暖的早晨，苏离开村子，消失在时间的河流里。直到几年后，我也像她那样离开，都再未见过苏。

事实上，那时我并不完全明白自己需要什么。但我后来诗人般的忧郁品性，与她的突然消失不无关系。

那个令人焦虑、愉快的夏天，很快就被波澜不惊的日常生活掩盖。但苏身上令人心醉的优雅气质，以及那些遥远早晨的诗意，偶尔还会在记忆里呈现出来。浅浅的悲伤，像一段黑夜里叮叮咚咚的泉声。

那棵我曾经立在下边凝视过苏的杏树，枝干已苍老，离家前种下的核桃树也长得高过了屋脊。看到一疙瘩一疙瘩核桃缀满枝丫，忽然想起小时唱过的一句顺口溜——麦子进囤，核桃挨棍。

忙过夏收，小麦收割、打碾、进仓，就到了核桃成熟的季节。

这时候核桃仁已经成形，饱满、白嫩、脆甜，有一种特别的香味。但吃起来辛苦，外边的青皮很难剥，小伙伴们抡圆手臂，将青皮核桃啪啪往地上摔，拿砖头砸，四溅的绿汁瞬间变黑。有的核桃果核内隔多，坚硬，果仁不易弄出来，得拿刀尖一点一点剜。但孩子们被香甜诱惑着，不怕辛苦，每人磨一根细长的尖刀，打一堆青核桃，坐在树荫里，一颗接一颗，吃得双手和嘴唇都是黑紫的。

不光贪嘴，我们还玩一种小风车。挑选一个外形周整的大核桃，用烧红的铁丝，沿直径钻出一对对称的小洞，再按等腰三角形在侧面烫一个小孔，核桃不破裂，只能通过小洞眼想着法将里面的隔和肉一点点弄干净。一小截铁丝或竹签，一段细线，剪几片叶，就能做出一个精致、小巧呼呼响的风车。做小耍活，是乐趣，亦是智慧的比拼，不慌不忙里，还有几分诡谲。一群孩子，个个手里握一个核桃做的小风车，呜呜声响成一片。

等核桃完全熟透，用棍子敲打树枝，核桃一颗颗掉落，在一片啪啪声里，青皮就会开裂、脱落，一颗颗光溜溜的核桃很干净。

村里有一个大果园，满坡杏树、桃树、梨树、李子树。春天，满山满坡芬芳，繁花似锦，灿烂无比。

果园是孩子们的乐园，杏子完了，还有苹果、李子和梨，一遍又一遍地闹腾。一直到落叶纷飞，一场接一场的大雪落下来，果园才会寂静下来。

有一天，女儿回家告诉我，说他们班有一个同学写篇作文，题目叫"黄瓜树"。我一听，有些哑然。夸赞这个同学有想象力，也许老师是对的，不这么着，还能说什么呢？生活在水泥丛林的城市里，学生每天在没完没了的作业和试卷中挣扎，田野里有些什么，庄稼是怎样生长的，孩子没见过。虽说在餐桌上吃着各种做法的黄瓜，但有多少孩子知道黄瓜是结在藤蔓上，而不是长在树上。

记得知识青年下乡时，一群时尚的城里青年在田埂子上一惊一乍，叽叽喳喳，看到麦苗在风里荡漾，说乡下人痴，把一眼望不到头的大田都种成了韭菜。

即便是晴朗的夜晚，城里夜空也难望见星星。小时候抬头就能看到的那些璀璨星辰，不知都躲到何处去了。遇上好天气，我老仰起头往天上看，渴望能看见点什么。北斗星有多亮？三星在天上布什么阵？银河是怎样的河？现在的城里人，怕是鲜有人知道的。

从老家回广州不久，母亲就让侄儿寄来了新核桃和新花椒。而我，遥望远方，却找不到一根伸向故乡的树枝。

几重春色逐灯来

正月，是一个糖果般甜蜜的月份。欢喜与幸福，从除夕一直绵延到正月二十三，年才算过罢。

我很喜欢过元宵节。

古人称夜为"宵"，正月是农历的元月，故称正月十五为元宵节。元宵节又叫上元节、元夕、灯节，是农历新年的第一个月圆之夜，也是春节节期的一项民俗活动。元宵一过，民间传统意义上的春节就算结束了。

春寒料峭的夜晚，万家灯火，绚丽多彩，使这个家庭的节日显得格外温暖。

每到元宵节，辛弃疾《青玉案·元夕》里"众里寻他千百度，蓦然回首，那人却在灯火阑珊处"就会悄然浮上心头。还有欧阳修的《生查子·元夕》：

去年元夜时，花市灯如昼。

月上柳梢头，人约黄昏后。

今年元夜时，月与灯依旧。

不见去年人，泪湿春衫袖。

离开故乡三十年，常年在外奔波，节日的热闹与喧嚷，有时让我心头常有物是人非的怅惘与感伤。

在南方，城里人过元宵节，按规矩吃几粒元宵，年几乎就算过去了。当然，还有传统庙会和游人如织的花市、灯会，但我还是喜欢过老家的元宵节。记得小时候，正月十五下午，村里家家户户都会用酒谷面捏面灯，俗称点灯。我家也不例外。

捏面灯是陇东乡下春节传统里的艺术活动之一。元宵节这天，农村人大都会用谷面、黏糜子面等捏面灯。母亲先把酒谷面烫好，捏成窝窝头，在笼箅子上蒸熟，然后趁热揉成莲藕似的面棒，切成小段，捏出沿儿，捏出灯头，用剪子几剪，用手几拧，圆圆的灯沿、灯身上就出现了各种花瓣。花灯捏成后，在细菖草茎上缠上新棉花，插到灯头上的凹坑，灌上清油，油通过棉线沁到灯捻子上，晚上就可点燃。但这只是普通的花灯，讲究少，做法简单，孩子们往往站在旁边看一会儿，就能学着大人的样子做。

最难的是捏龙灯、猴灯、马灯、狗灯等十二生肖灯。不管大人、小孩，元宵节这天，每个人都有一盏自己的生肖灯。

特别有意思的是猴灯，一个大猴灯的头上、背上、肩上、手上、怀里、脚上，还会或抱或立许多个小巧精致的小猴灯，有的小猴灯不过指甲盖大小，很符合猴子的性格。大猴身上的小猴灯越多，越见捏灯的功夫。因为要把一盏盏小猴灯捏得惟妙惟肖，心灵还要手巧，是智慧和艺术的结晶。

每年都有一个坐"王位"的大灯，猴年是大猴灯，猪年是一只大猪头灯，狗年，当然会有一个生动的汪汪灯。年年岁岁花相似，但"王位"上的大灯，随十二生肖轮转变化着。

大人捏面灯，孩子们喜欢跟着凑热闹，捏一会儿，玩一会儿，一块面团捏来揉去，怎么也捏不出生动逼真的样子，结果，金黄的谷面在孩子们手里渐渐变了颜色，在大人的骂声里，他们丢下面团，一溜烟跑开。

面灯供的地方不同，大小和造型也不一样。比如灶房里有给灶神的供灯，锅盖上常常供一盏猪头灯，大约是期望锅里年年有肉吃吧。水缸沿沿上捏一个小鱼灯，鸡窝棚上捏个鸡灯，粮囤上捏个麦垛灯，每一盏面灯都有象征和夙愿。

灯做好，夜幕徐徐降临，上香，放鞭炮。然后，一家人怀着虔诚的心开始点灯。点自己的生肖灯时，我们会认真地在心里给自己许下新年的心愿。如果这一年是猪年，猪头灯就会做得跟盘子一样大，放到最高处，点亮这盏大灯后，各人才点自己的生肖灯，之后，再抢着点普通灯。谁点得灯多，一年里谁的运气最好。

清油不易点燃，要先点燃一截收拾好的麻秆，麻秆硬实，劈成细条，点燃不易熄灭。每点亮一盏，大家就拍手庆贺，分享成功的乐趣。

捏面灯，使我学会了观察生活；点灯，则使我从小灯影里看到大光明。小小面灯使我懂得，每个人的生命都是一盏亮晶晶的灯。人死如灯灭，明亮与温暖就永远沉进了黑暗之中。

有时候，在大人的帮助下，我们也会自己动手用红纸和薄竹条扎糊几盏红灯笼。灯笼形状自己设计，想扎啥样就扎个啥样，只要想得出来，手够巧。记得那时我们常做的灯，有球形、正方形、圆桶形的，也有八角形的，糊红纸或者黄纸。若是黄纸，则会在每个面上绘上彩色图案，小鸡、小狗、一两朵小花、一丛兰草，下边会贴一圈彩纸剪成的穗子。

灯笼做好，把点亮的小面灯或蜡烛坐到里面，风不易吹灭。然后，一群小孩子，一手挑着小灯笼，一手拿着甩花，吵吵闹闹，东家出，西家进，满村子跑，听大人们夸谁的灯笼扎得好看。一村子的孩子你追我赶，会一直闹到后半夜。

甩花现在已难见到。小时候，有专制甩花的手艺人，他们提前做了在集市上卖，一毛钱一小把，二十多根。比筷子细，略长。如果能弄到少许火药，也可以自己动手制作。麻纸搓成麦秆儿似的细筒，里面灌上药，就妥了。甩花点燃，刺刺冒火星；舞动，细碎的火星随着手臂在夜色里划出各种流动的图案，是孩子们的最爱。

但是，那时生活困难，左邻右舍日子都很艰难，这种小愿望并不是每个孩子都能实现。扎红灯笼，遇到年景不好，有的人家连一毛钱一张的红纸都买不起。

捏面灯的谷面，是一种黏米，老家人叫它酒谷，产量低，耕地少，大部分人家都不大种。但这种谷能酿米酒，蒸熟的谷面，热时黏性大，软而光滑、甜糯，遇冷变硬，很适合捏面灯。元宵节一过，面灯切成片，放进热锅，淋几滴清油，做出来的馍片滑软香甜，很好吃。

为让我们有这份开心与欢喜，母亲每年都不忘种一小块酒谷，酿一些黄酒，过年用香甜的米酒招待亲戚朋友。剩下的早早磨好，留着为我们元宵节捏面灯。

"八月十五云遮月，正月十五雪打灯"，是农谚，说的是气候、农事与民俗上的意义。而孩子们看重的，是民俗里的欢欣与热闹。在我的印象里，故乡的正月十五总是落雪的，雪花飞舞，花灯灿然，如梦似幻。

最开心最热闹的，是元宵节看新女婿点灯。有点文化的人家，还会出一些灯谜让孩子们猜。庭院里笑声琅琅，闹闹嚷嚷，很是热闹。

乡村的冬天，农事少，日子清闲，一进腊月门，村里总有嫁姑娘、娶媳妇的喜事。按故乡旧俗，姑娘出嫁后，第一个元宵节要带着女婿到娘家点花灯，俗称"端灯"。

看新女婿点灯，是乡村孩子元宵节里不可或缺的一份欢喜与向往。

村里谁家有新女婿，今年端不端灯，孩子们已早早打探清楚。点过自家面灯，我们就急着往有新女婿的人家跑。因为这样的人家，常会请最会捏面灯的老人去捏一整天的花灯，不仅面灯捏得好看，而且会有许多小灯，供看热闹的大人和孩子们端。

面灯搁得太低，新郎一点即燃，就少了热闹和情趣。一般都会搭六层塔型高台，高的多为九层，每一层上不光有面灯，四角还要压钱。桌子一层，凳子一层，上百盏惟妙惟肖的面灯，被搁在几竿子高的架子上，很有阵势。新女婿要从最高处开始点灯。难度既考验新女婿的聪明才智，也多了喜庆热闹。

面灯搁得比房檐还高，仰起头灯芯都看不见，咋点？

新女婿总有办法，有的会在一根长竿子上缠好棉花，蘸了清油，点燃像一根长长的火把，但花灯搁得很高，举着长竿子凭感觉很难点燃，遇上有风天气，想点燃，极难。

新女婿点灯的竿子会提前准备好，孩子们则会想着法儿捣乱，把点灯的竿子偷出来，在已蘸油的棉花棒上偷偷浇上水。有的孩子会提前将一根长竹竿掏空，新女婿伸着脖子点灯，孩子们则拿空芯的竹竿，在边上鼓着腮帮子吹风，有的会拿扫帚、簸箕等扇风。这样，一次次折腾，新女婿迟迟点不燃花灯。这是大人、孩子们都希望着的。

点不燃面灯，新女婿就得给满院里看点花灯的左邻右舍施礼、求情，向长辈端酒、敬烟，给小孩子发散果糖，施一圈礼，说闹一阵。有时，还要让新女婿表演节目。等到看热闹的大人、小孩满意了，管事的人就把搁面灯的架子降一层，新女婿再接着点，还点不燃，继续行礼、求饶。在一阵紧似一阵的笑闹声里，点面灯的难度会一点一点降下来。大灯点燃，在一片欢呼声里，孩子们可以去抢一盏盏点燃的小面灯，而新女婿的大面灯则不会有人动。大面灯新女婿和媳妇第二天要背回家去的，这是风俗，那是一对新婚夫妇心中永远的甜蜜与幸福。

后来读了一点历史，才知道故乡"端灯"的旧俗实际上源自敦煌的燃灯风俗。至今陇东不少地区还有"灯顶灯"的俗语。

看新女婿点灯，孩子们在热闹里大都会得到几粒水果糖、一两盏小面灯。记得邻家一个叫萌萌的男孩，把糖包在一张塑料纸里，总是舍不得吃，馋了拿出来舔舔，然后又小心翼翼地包好，一个多月过去，在上学的路上，我还看到他在舔元宵节那天得到的糖呢。几十年过去了，有时看到别人吃糖，我会不由自主地想起萌萌，想起他伸着舌头小心翼翼地舔糖粒的样子。

二月二，龙抬头。

农历二月初二，北方人称"春龙节"，据说这天蛰伏在泥土或洞穴里的昆虫蛇兽会从沉睡中醒来，传说中的龙会飞升上天。

> 龙梦醒，天暖正早春，
> 龙抬头，填仓风雨顺。
> 龙摆尾，田间起花云，
> 龙鳞闪，五谷进家门。

"二月二剃龙头，一年都有精神头。"在我的老家，这天大人、娃娃都会剪头发，说这天剪发，会红运当头，迎来一年里的好福气。不光剪发，家家户户还会炒豆子。一大早，站在场院里，空气里弥漫着炒豆子的香气，香得鼻头发紧。

二月二为何要炒豆豆？据村里爱讲古的老人说，武则天称帝，玉皇大帝很生气，给龙王下了谕旨，三年不得降雨。龙王不愿看着百姓受灾挨饿，偷偷降了一场大雨，结果被罚压在大山之下，要等金豆开花时，才能重登灵霄阁。

百姓为救龙王想尽了办法，一直到第二年的二月二，一村妇背着一袋黄豆走亲戚，在路上摔了一跤。黄豆撒了满地，在阳光下，像一地黄灿灿的金豆。人们奔走相告，说这就是金豆，炒熟就开花了。于是，家家户户把炒熟的黄豆供在院子里，龙王因此才回到了灵霄阁。

这古老的传说，让我们对二月二吃豆豆心里有了一份神秘。

炒豆子颇有讲究，五谷杂粮，各样儿都会炒一些。记得小时候家里常炒的有小麦、玉米、黄豆、大豆、豌豆等。火候掌握得好，炒货里放了佐料，炒出的豆子酥脆，满嘴生香。

这一天，学校的课堂上，少不了也要上演别样的热闹。孩子们书包和衣兜里装着各种各样的炒豆，一把一把交换着品尝。老师被教室里不停的嘎嘣声搅得课上不下去，愤愤地说，这堂课不上了，把豆子都拿出来，吃豆子。满教室顿时响起一片掀翻屋顶的嘎嘣声。

二月二炒豆豆前，村里会来爆米花的生意人。

爆米花的师傅在村子里找一块平坦处摆开阵势，煤炉子上架一个黑乎乎圆溜溜、状似葫芦的铁家伙，尾巴后边有个显示气压的圆盘，一个手摇的铁柄。爆米花师傅一只手"啪嗒——啪嗒——"拉风箱，一只手不停地摇转炉火上黑不溜秋的葫芦，火苗子呼呼叫。米花在葫芦的肚子里悄悄发热、膨胀。

有抱着小娃的、有碗里端着玉米等着爆花的，老老少少，一层一层围着看热闹。

火候一到，爆米花师傅戴上手套，从炉子上提起黑铁葫芦，炉膛里火焰突然腾空而起，火星像礼花一样，向空中蹿起好高。黑葫芦对准细铁丝做成网状的袋子，一根铁棍在开关处用力一撬，动作干净利索。"嘭——"一声巨响，腾起一股热浪，冒着热气的玉米花在袋子外飞溅一片。孩子们"噢——噢——"叫着，抢拾飞溅的爆米花。

轰隆声一阵一阵地响，米花一炉一炉地爆，而孩子们则一次次大呼小叫，你推我搡。

　　爆一碗玉米花一毛钱，家家都会爆一些。孩子们围着爆米花的师傅不散，喜欢的是那热闹里的气氛与味道。

　　炒了五谷豆，母亲还会给我们做一种别样的吃食。将炒熟的五谷豆混在一起，加一点芝麻、杏仁和盐，在石磨上磨成粉，就变成了香喷喷的炒粉。下午放学，从瓦罐里取几小勺，干吃是一种味儿，加了开水，一搅，就成了油茶或芝麻糊，解饥，很香。

　　除了捏面灯、点花灯、炒豆豆，元宵节这天还有孩子们看疼眼睛的重头大戏——耍社火。

　　热情和心气高的村子，社火排练一进腊月门就开始了，有的则过了大年初一才行动。村村锣鼓锵锵，鞭炮阵阵。懂戏的老人指导年轻人，按戏台上的戏文一折一折过。化装，着戏服，走程序，每个村都会拿出自己的制胜绝招争头彩。

　　正月十五一大早，各村社火队整装出发，先汇集到乡街道上展示，再分头进入各村巡演。

　　耍社火，不像戏台上唱大戏，要唱唱词。社火是扮戏，耍社火的人着戏台上的人物服装，持道具，按出场顺序排列成各种折子戏，从脸谱、扮相到人物组合，懂戏的人一看，就知道是什么戏，什么情节，哪一折讲什么故事，清清楚楚。

　　故乡的社火多是古装戏。着戏装的人踩一米五高的高跷，或骑骡马，或挺立在拖拉机装扮的一辆辆彩车上，锣鼓、社火旗和彩旗在前边开道，声势浩荡。春官戴礼帽，手握大折扇，扇子临空一挥，哗啦一声，喧天锣鼓戛然而止，春官高声道：爆竹一声除旧岁，五谷丰登粮满仓。说罢，锣鼓再起，如此反复．配合默契。春官多是有口才、有文脉的人装扮，看到什么得现场顺口编词儿，遇桥说桥，见小娃夸小娃，说辞清新、得体，得了喝彩，会有人给春官搭红。那红，多是一条飘动着牡丹花的红绸被面。

　　紧跟锣鼓和春官身后的是六人装扮的两只大狮子，后边才是一组一组的古装戏。

　　两支社火队碰面，春官之间的口才较量是必不可少的。你一句，他一句，展开词联对决，一个比一个精彩，谁也不会甘拜下风。队伍停止行进，春官之间铆足劲展示口才，两家舞狮的也较着劲要起来，对唱声、鞭炮声、锣鼓声、喝彩声，势如春雷，一浪紧似一浪地往高处冲。热闹喧嚣里有文化的比拼，有精气神的较量，更有对美好生活的说唱与向往。

　　能在社火里扮一个戏身子，是一件欢喜、自豪的事情。从小学五年级开始，我也在社火队里扮戏身子。四轮或手扶拖拉机装花车，车上用粗钢筋焊接和捆扎出树枝一样临空伸展的枝杈，一根枝上立一个人。大人身子重，立的多是孩子。着戏装的孩子站在树枝一样的钢筋上，每个人都是立在一根花茎上的迷人花朵，衣袖飞扬，如仙子临风。为防止花车行进时孩子们在上边晃动，跌落，每个扮戏孩子的后背，都绑着一根用来固定身体的钢筋，隐在戏装里边，外边看不到。穿戏装的孩子，宽衣长袖，手握马鞭、笏板和各种兵器，像不同朝代从天而降的古人，向人们展示戏文里的故事。

　　我脸大且圆，印象里，不管是站花车，还是踩高跷，多是扮黑脸包公戏身。

　　从公路到街道，到处人山人海，热闹、喜庆笼罩大地。街上的单位和铺面，无论大小，门前皆摆着接社火的桌案，备了水果、烟酒、糖茶、红包、香烛和鞭炮，等待社火队的春官高声大嗓送来新年的美好祝愿。

从凌晨开始，这天的热闹与欢喜会持续整整一天，有的社火队会一直耍到天黑才能回村。

1989 年，我胸戴一支大红花，在锣鼓声里离开村庄，开始了从军之旅后，耍社火的惬意便与我疏远了。

二十三，燎疳疳，

一燎疳，

二燎净，

三燎一年不得病；

……

正月二十三这天，村庄里必会响起这明亮朴素的民谣。燎疳是正月里的最后一场节日狂欢。

孩子们一边在房前屋后追打嬉闹，一边用欢快的童声唱燎疳民谣，在游戏里等待天黑时熊熊篝火在各家门前燃起。

燎疳柴是有讲究的，必是正月二十三当天，或前一两天去山坡沟梁上砍割的野草。

吃过早饭，大人或能干活的娃娃，背上背篓，或拎一根绳子，提着镰刀走向山野。

山野上，蒿子、冰草和各种野草在风吹日晒中干透，一捆捆割回家，若野草不够多，还会从场院的柴摞上扯一些麦草或秸秆。堆成小山的柴堆，在门前的空地上静候夜色降临。

孩子们总是追着热闹跑，自家疳燎过，总要赶着去别人家凑热闹。大呼小叫，一群一群孩子在村子里疯跑，多燎一次疳，就会多一份福气与平安。

　　这天的村庄比元宵节还热闹。社火队要到村庙里烧香，跪拜，卸装，耍社火的服装、道具，该收箱的，收进箱子封存。一些纸糊的道具则会和一堆柴草堆在一起，全村人一起燎疳。

　　"正月二十三，家家户户都燎疳。"燎疳习俗是从何时流传下来的，我不得而知。但这项在西北地区广为流传的古老民俗，想必是有兴起与传承缘由的。为何要在烈火上跳过来跳过去地舞蹈？小时懵懂，不晓得其中原委，只觉得好玩，是祖先传下来的传统，知道燎过疳，年就过完了，密集的热闹就没了。

　　据老人们说，疳是一种传染性怪病，得了疳病，人两只眼睛会瞎，骨瘦如柴。燎疳也称"燎干"，有"燎"，也有"疗"和"了"的意思。就是通过燃着的篝火，"燎"掉身上的晦气和病灾。

　　记得小时候燎疳，母亲会拿黄纸或红纸，剪一种叫"燎疳娃娃"的纸人儿。"燎疳娃娃"多是四连方，燎疳时孩子们会将夹在竹子上的"燎疳娃娃"丢进火堆里烧掉。朴实的先民渴望通过一堆熊熊篝火，送走害人的"疳病"，驱邪燎病，祈愿一年里身体百病不侵。也不仅仅是这一层夙愿，在陇东地区，乡亲们还有"火烧财门开"的习俗。

收拾好燎疳柴，大人、孩子一起动手，将除夕贴上门的春联、福字、门神揭下来，将过年时剩下的鞭炮和纸表都收拢起来，燎疳时将它们放进篝火里烧掉。

有的人家燎疳柴堆很大，火焰腾得跟房檐一般高，火光映红了每个人的脸庞。年轻小伙胆大，燎疳时喜欢逞能，比赛跳火堆，看谁敢过旺火，跳得远。如果燎疳的人群里有自己心仪的女子，就更添了劲头，敢在火势最旺、火头最高的时候助跑跳过火堆，身如闪电，在火堆上来来回回闪跃。被火燎焦头发的，不小心鞋子掉进火堆的，还有烧烂了衣裤的，谁出了洋相，会引来大家的揶揄和祝贺，认为烧着好，烧掉了一年的秽气。

在笑闹声里，每个人都争着从火堆上跳过，一次又一次，讨吉利。年纪大的老人和碎娃娃，胆小，多会等火势低下来时，由大人搀着抱着，轮流从火堆上跨过。即便是刚出生的婴儿，大人也会抱着在火堆上抡一抡。有时男孩子会使坏，等女孩燎疳时，会悄悄往火堆里丢炮仗，看她们在惊吓中尖叫。在一阵紧似一阵的嬉闹声里，在炮声火光里，将晦气疫病送走，期盼来年人人都有一个好运道。

"一打麦子花，二打玉米花，三打糜子花，四打荞麦花……"等大火慢慢低下来，柴堆渐渐变成一堆火星，大人会抡起大扫把打花。大扫把对着火堆一下一下拍打，根据飞溅火星的繁密、形状，判断种植什么作物会丰收。这种带有古老占卜意味的拍打，寄托着乡亲

们对庄稼丰收的渴望与祈愿。

夜色如浓墨。有时，我会和同伴们站在村子前边的塬边上，眺望苍茫处泾河川对面，一团团燎疳的篝火，如苍穹里明亮、闪烁的星子，如大地上摇曳的火把，在山坡、塬畔上绵延、起伏，疏稀、密集。一团燎疳的篝火，就是一户人家，一户人家就是大地上一丛耀眼的星子。我们会根据篝火判断村庄的大小和人口稠密。

燎疳规模和气势最大的是生产队时代。社员们割回的燎疳柴堆里，还会堆进一车车高粱、玉米秸秆。燎疳柴在生产队大场院里堆得比麦草垛子还高，全村男女老少上千口人集在一起，像举办一场巨大的篝火晚会。火势会蹿八九米高，火大，人多，燎疳时间也长，往往会热闹大半夜。

现在，村里人家大都在城里买了房，成了城里人，旧院门上大都挂着锁。没进城的壮劳力常年在外头打工，过年回家看一趟老人和孩子，十五没过就又急匆匆出了门。留守的老人和娃娃，不光社火要不起来，燎疳也少了讲究，没人去山野上割燎疳柴，在场院里揽一把柴草，将对联和一些不要的旧物在门口点一把火烧一下，应应景儿，就算燎疳了。

二十三晚上，我给母亲打电话，问家里燎疳没。母亲说，刚燎完疳进门。我十八岁从军离开故乡，已三十年没在老家燎疳了。

从腊月二十三小年开始，到正月二十三燎疳收尾，陇东人的年就真正过罢了。春节过完了，春风吹拂，大地复苏，万物生长。被欢喜和嬉闹拍打、拥抱了近一个月的乡亲们，收起闲散的心，怀着希望走向田野，开始了新一年的劳作和忙碌。

老话说，一方水土养一方人。捏面灯、耍社火、炒豆子、燎疳，是风俗、仪式，亦是一种节日的传统文化，往往折射着一方百姓对生活、生命的热爱和欢悦。风俗是历史的产物，自然会在社会的发展变迁中变化，有的悄然消逝，有的在发展中被注入了许多人为的新成分、新元素。

故乡已很多年不见爆米花的人，捏面灯也鲜见了，取而代之的是街面上或用纸或用绢批量生产的灯笼，五颜六色。一次性的玩具，用过了事，简单，省心。今年过了，明年再说。

那些懂传统风俗礼仪的老人，死一个，又死一个，像曾经的热闹渐渐稀疏零落了。而一茬一茬的年轻人被梦想与欲望撩拨着四处漂泊，赶着年巴巴回趟家，看一眼老人和孩子，年未过罢，就急死慌忙地出门打工了，没能力，也没心思编排一场热闹喜庆的社火。

生活越来越好，新的东西如雨后春笋般出现，那些有意味的欢喜已渐去渐远。不管贫穷与富裕，年节里的风俗，即便是再时尚的东西，缺失了传统文化，少了虔诚与热闹，味儿淡了，情趣也就没了。

2019 年 3 月 3 日，羊城

母亲打开老木柜上那台二十多年前的旧录音机，听着秦腔《下河东》，撕心裂肺的唱腔让我有些恍惚。清爽的风穿过田野、村庄，门前果园里白的、粉的杏花、桃花，在地上一层一层地落。一拃多长的杨树花穗，像在枝上荡秋千的一串串毛虫。

乡上的高音喇叭也在放秦腔，高亢，嘹亮，悲怆。乡政府所在地，即乡亲们平常说的乡上或集上，离我家不远，推开院门出来，几步就是公路。现在黄泥土路已变成柏油路，仍是先前那么宽、那么直，步行，还是二十分钟。路上，偶尔刺啦一声飘过一辆轿车，或者电动三轮。

大地辽阔，生机盎然。看不到耕作的人，也没有麻雀般欢叫的学生。人像被风从大地上刮走了，一派寂寥。

落过几场春雨，空气湿润，柳色柔曼。麦苗起身，一望无际的田野里碧波荡漾。一片一片金黄的油菜花，夹在绿波里，黄得热烈、耀眼。公路边白杨挺拔，如队列齐整的兵阵。路上人潮涌动，拉着架子往地头运肥的、挑水的、吆喝着牲口下田的，叽叽喳喳上学的孩子，驴叫牛哞，地里忙碌的人大呼小叫，村子里鸡鸣狗吠……我坐在门口的小凳上，也坐在几十年前就落过的春光里，这些曾经的热闹，像黑白默片，在我的脑海浮动着。

我当然还算不上老，或许坐姿里隐隐透着老人的神态。一个在生活和时间里跋涉了很久、心里装满旧事物的人，岁月的拍打与揉搓，不可能在我身上深藏不露。

发小明亮，牵着约莫两岁的小孙女和一只雪白的奶羊从巷道里过来，寒暄几句，明亮低头对小孙女说，叫爷爷。

小女孩眼睛黑亮，是明亮小儿子的小女儿。我说，明亮你厉害，只比我大一岁，两儿一女，儿孙满堂，比我幸福。明亮呵呵地笑，黝黑的脸膛上，皱纹如犁铧下起伏的犁沟。他说，你在外面干国家事，我没事干，就生娃抱孙子么。

小女孩牵着他的衣角，怯怯的，不吱声。跟在他屁股后边的奶羊，身下吊一个皮球大的奶子，伸过头咩一声，似跟我打招呼。

我只是偶尔坐在这里，小女孩脸圆圆的，嘴角有一个浅浅的豆粒大的酒窝。她很快就会长大，离开村庄，我再也不可能见到她。

麦子在地里起伏、黄熟、收割还得一些日子。明亮一句"叫爷爷"，让我心里一紧。这个突兀的陌生称谓，让我清楚地认识到，少年和青年已被我挥霍掉了，中年也正在飞快地流逝。不管愿不愿承认，在这个村庄里，在孩子和少年玩伴的眼里，我已经是一个老人。

跟村里许多年轻人一样，明亮的两个儿子也搬到城里去了。将田地和孩子丢给明亮和疾病缠身的老伴。没钱买奶粉，明亮把女儿家的奶羊借过来，以羊奶代替奶粉。

明亮蹲在地垄上默默看羊吃草，隔着公路有一搭没一搭地跟我闲谝。我记得他说的是农村结婚彩礼的事情，我的思绪有些恍惚，不在一个频道上，我对他的埋怨只是随声附和，心里有一种莫名其妙的忧伤。

　　沉默半晌，明亮说，过几天庙上唱戏呢，听说今年请了市秦剧团。

　　他的话，像一股风掠过海面，在我心头掀起一片汹涌。

　　每年农历三月是乡里的庙会。这个时节，地里农活不急，农民还有几天闲散时间。平凉、泾川、华亭等地的专业秦腔剧团应约而来，摆开阵势，唱一周大戏，是文化娱乐，亦祈求风调雨顺。

　　乡亲们放下手头农事，早早从四乡八邻接了远地的亲戚，换上年节里的新衣赶庙会，看大戏。

　　庙会是乡村一个盛大的节日。

　　村道上人流如织。街道里耍猴的、卖香烛的、剃头的、卖花布的、卖油饼麻花的、卖鞋帽的、卖农具杂货和蔬菜的，生意人在长长的街道两边，挨挨挤挤摆满各种摊点。市声嗡嗡，熙来攘往，摩肩接踵。

　　平日长而空旷的街面，变得狭窄，拥挤，喧嚣。墙根和几棵老柳树下，老人们扎着堆，下棋，谝闲传。那些没事干，又不喜欢看戏的老人，多集中在老柳树下。他们在集市上遇到几个熟人，握个手，聊半天闲，看别人下一会儿棋，一天的庙会就算逛完了。

　　每个赶庙会的人都有自己的事情，爱看戏的看戏，摆摊挣钱的挣钱，实在没事干的便闲逛看热闹。牲口市场同样挤得水泄不通，有卖的，有买的，也有专门帮着说价挣口舌钱的。这时候，街市是一个比戏台更大的戏场，每个人都扮演着庸常生活中属于自己的角色。

媒婆子眉开眼笑，忙得脚打后脑勺。谁家儿子该成家，大鼻子，眯眯眼，家境殷实；谁家姑娘双眼皮，还是丹凤眼，脸上几颗麻子，模样和针线活如何，媒婆心里已早早打探清楚。

喧嚣的街道里，衣着鲜亮的小伙子、大姑娘，跟着媒婆的指指点点，在人群里寻找自己的有缘人。

"看，大柳树下那几个站着说话的女子，中间身材高挑、穿粉色衬衫的，不光模样俊，锅上也好，手巧得很。"

这边的小伙子顺着媒婆说的看过去。那边一群说笑的姑娘里，果然有一个穿粉色衫子的姑娘。当然，那边的她，心里也知道，学校巷口这边有一个穿蓝上衣的小伙子正在瞅自己，便故意侧了身，不让这边看自己俊美羞涩的脸。

彼此对上眼，媒婆从中一周旋，婚事就成了。若姑娘看不上小伙，第二天，媒婆就又说一个，那女子仍旧着粉色的衫子，长辫齐腰，黑色平底布鞋，小伙则换成一个高个儿戴眼镜的，或者一个穿白的确良衬衫的。

年轻小伙赶庙会，看戏只是个借口，他们主要是看漂亮姑娘，哪儿有衣着鲜亮的姑娘就往哪儿挤，装着不经意地碰一下，抑或踩一下女子的鞋，没话找话，一来二去，心起涟漪，彼此有了意思，小伙找到媒婆，说你去给我说某村谁家的二闺女去，成了，我厚礼谢你。

灰尘飞扬的街面上，不管摆摊的，看热闹的，还是牵牛赶羊的，每个人都怀着期望与梦想，都有自己心仪的事情。

20 世纪 80 年代中期，人的穿着已不再是单调沉闷的黑蓝灰，乡亲们不再为吃不饱肚子犯愁，服饰和精神也有了明亮色彩。街上开始流行的确良白衬衫、牛仔裤，胆大爱美的姑娘，不光衣着鲜艳逼眼，有的甚至学城里女子将头发烫得像鸡窝，穿喇叭裤，戴蛤蟆镜，时髦却缺乏品质。

村里强强爹有关系，在建筑工地上当小包工头。强强二哥买了一台比鞋盒子略大的录音机，穿一件白的确良衬衫，烫一头卷发，喇叭裤裤脚哗啦哗啦，能掠起地面上的尘土。录音机他赶集提着，在村里闲逛也提着，一路叽里呱啦放流行歌曲，屁股后边跟一群孩子。村里人背后指指点点，说强强二哥打扮得男不男，女不女，像个小流氓，伤风败俗。

明亮大哥眼馋，偷家里钱买一条喇叭裤，被他爹拿锨把子满村追着打，哭声如杀猪，听得耳朵疼。

戏场上的热闹与街道里不同，台上锣鼓镲镲，比足球场大的戏场里，满场子黑压压的人头。戏迷们伸长脖子，谁都想看得清楚，听得真切，都想往戏台前的好位置上挤。台下的人便风吹麦浪一般，哗——拥过来，又哗——挤过去，却不急不躁，都仰着头一脸全神贯注，一片叽叽喳喳声：瞧那脸蛋，那身段哟！在水波一样起伏的喧嚷里观看戏台上的王侯将相，悲欢离合。

老话儿说，人生如戏，戏如人生。乡亲们在台下聚精会神地欣赏戏曲里故事和人物的坎坷悲欢，也看着自己的人生和命运。

陇东平原与陕西接壤，皆喜爱秦腔。平日里，街道上高音喇叭播秦腔，家里有收音机、录音机的，听的也多是秦腔。村里不少老人，斗大的字不识一个，却能唱出整本的戏。农民是劳苦的人，面朝黄土背朝天，土里刨食，但日子再苦，在田里劳累着，随性吼几嗓子秦腔，身上的疲乏似乎就消散了。秦腔让乡亲们寂寞辛苦的生活有了乐趣。

那悲怆、揪心的唱腔，带给别人开心，也宣泄、排解着自己心头的无奈与愁苦。

戏场里人山人海，温暖的阳光落在一张张高高仰起的脸上，空气里弥漫着汗酸味、旱烟味、大蒜味、屁味，还有春天里沃野繁花的气息、脚下踩起的尘土味，许多种气味混合在一起，在空中浮动。挨挨挤挤的黑色人头，如阳光下场院里摊开晾晒的黑豆。几个月后，或者更长时间，我偶然走进剧场，台上台下早已曲终人散，空空荡荡，锣鼓、唱声、喧嚣隐匿了，但空寂的戏台仍能诱发我丰富离奇的想象，恍惚迷离间，热闹与喧嚷似乎一直停滞在那里。

爱看戏的一场接一场，看完白场看夜场，在戏场里一站几个小时也不觉累。晚饭后，太阳还没落山，就一群一群拿着板凳出发了。腿脚不便的老人，则坐在铺了棉被的架子车上，由家里人拉着。夜幕下的村道、公路上，手电筒忽明忽暗，脚步声、说笑声，如潮水涌动。

夜晚的剧场，少了白天的喧嚣、吵闹，十多根高竿子上亮着电灯，有小凳和砖头的坐在中场，没凳子的一层层站在外围。老人坐在架子车上，姑娘、媳妇们站在凳子上，边看戏边吃花生、瓜子，对台上的演唱、装扮评头论足。孩子总是不安静的，戏台上的忸忸怩怩、咿咿呀呀，看不明白，也听不懂，便一群一群在大人的腿缝里挤来挤去，追打嬉戏。每个人都有自己的快乐。

见我痴迷秦腔，有一年庙会，母亲特意做了好饭菜，将剧团唱戏的一家远房亲戚请到家里，好生招待，想让我跟着学戏。这家亲戚应该怎么称呼，我现在已不大记得。后来，我也常想，假如那次真的跟去学了戏，会唱一辈子秦腔吗？

这家亲戚，一家人都在剧团里唱戏，夫妻俩和女儿都是名角儿。吃过饭，他们一家三口坐在门廊下，让我唱一段听听。我站在院子里扯开喉咙，清唱《铡美案》里包公的一小段。那亲戚听后说，孩子长得浓眉大眼，嗓音清亮，野路子唱法不行，要唱得跟着专业老师好好训练。

我不死心，秋天背着新打的核桃和乡下特产，几次去城里找过那亲戚。其实，我知道那是无法实现的梦。那时能进剧团唱戏，就意味着吃商品粮，成公家人了，一个农村孩子怎么可能呢？我就是拼了命跳，也够不到那天花板。

除了乡上庙会唱大戏，远近各村每年还会请戏班子唱几天戏，都有自己的热闹。

记得为演戏和办社火，村里专门派人去西安买过几次服装道具，但数量有限，年节里排演古装戏，大都是折子戏。

我们村一进腊月门，排练就开始了。晚上，老戏迷们带着一群年轻戏迷，寻一处废弃的闲窑洞，在灯下咿咿呀呀排练。我守在炭火盆边，看手粗嘴笨的庄稼汉们背台词、舞水袖、摇帽翎、走碎步，一声唱腔一声咳嗽。鸡鸣三更，排练的人都散了，我和几个孩子还围在火盆边踢腿弯腰，看管戏装的人一件一件收拾戏装道具。

唱戏、办社火，是全村人的大事，各种开销按人头分担，有钱出钱，没钱出力，戏迷多，心劲高，排演节目没有任何报酬，参与热情却很高。这对现在凡事讲酬劳的年轻人来说，是难以理解的，凭什么让我白干呢？

离过年还有半月，远远近近的村庄里锣鼓声一响，耍社火的热闹就开始了。

所谓社火，就是村民以剧本和舞台上的戏曲人物造型化装，着戏装，执道具，按出场顺序或故事情节，组合成一组组没有唱腔的演出。懂戏的人，一看装扮组合，就知道是什么戏，讲的什么朝代的事。

人民公社时代，社火多是学校组织学生打花棍、划旱船。包产到户后，古装戏登场，扮戏的人骑骡马。没几年，骡马被一台台四轮和手扶拖拉机取代，一台拖拉机扎一辆彩车，扮戏的人要求身形轻巧，多以大孩子和女子为主，戏曲人物固定在各种造型的钢筋上，临空而立，有腾云驾雾、从天而降之美。之后，又变成了踩高跷。

正月十五，各村社火队汇集乡街道展示，都想拔头彩，村道上一拨一拨的社火队，人潮涌动，声势浩大，彩旗招展。头戴礼帽、身披红绶带的春官摇着扇子，一路唱和应答。几年里，不管站花车，还是踩高跷，我装扮黑脸包公次数最多。

耍社火的人半夜就要集中起来化装，临出门，兜里揣两个馒头，冰冷的馒头在火盆上烤着，泡一杯浓黑的茶，化好装，穿戴齐整，浓茶就馍咬几口，一出村子，便难顾上饥渴。

正月里，北方天寒地冻，寒风呼啸，踩高跷辛苦，演员们身着戏装，双腿绑在一米五高的高跷上，有时地面上还结着滑溜溜的冰雪，稍有不慎就会摔倒。人踩在高跷上，无法下来休息，脚与高跷之间的捆绑繁琐、费时，中途碰到高墙，会坐在墙头上休息，家里跟着保护的人，将挎包里的包子、油饼和水，用一根长竿挑上去，他们简单吃几口，又接着行进。从乡街道到邻近村庄，挨着展示一天，天黑回村，腿脚多是肿的，很是辛苦，但没人叫苦，觉得很快乐，很自豪。对在黄土地上劳作惯了的庄稼人来说，苦累算不得什么，似乎有着永远挥霍不尽的力气。

正月二十三，按故乡习俗要燎疳，家家门前燃起大火，除夕贴到门楣上的门神、对联都要丢进火旦烧掉，唱戏和排社火的纸道具也会烧掉，来年再做新的。一把大火，意味着一年的欢欣热闹结束，也祈愿着美好的新生活。孩子静心念弓上学，大人们走向原野。一年的忙碌与辛苦即将开始。

其实不只是年节，那时的乡村常有看不完的热闹，平时还有电影和皮影戏，会挨村轮番上演。

现在，每年春天庙会唱大戏的传统还延续着。社火已停办十多年，那些画脸谱、能唱会讲的老戏迷们，一个一个相继离世。年轻人不懂，也没有热情去操办一场社火。他们比老人更早地离开村庄，争相去异地闯荡，寻找繁花里的梦想。条件好些的人家，孩子大都在城里买了商品房。村庄像一艘丢在岸边的旧船，正在风雨里斑驳、苍老。

蹲在地垄上吃烟的明亮沙哑着喉咙说，都说养儿防老，我两个儿子，别提养老，把我的骨髓都榨干了。我大哥当年结婚时，流行"三转一响"，逼得我爹拉哭声，把预备给我爷爷的寿材都拿出去卖掉了。现在年轻娃娃结婚更了不得，城里有房，还要有车，一个媳妇娶进门，要搅销五六十万元，咱庄稼人从哪里弄这么多钱。村里几个男娃，把父母逼得吐血，六七十岁的人了，还背着铺盖在外头给人当牛做马下苦力。哎——不咬着牙拼了老命帮，该咋办？总不能让娃娃打一辈子光棍啊。

我一时不知该怎样接明亮的话，抬头看天，看晴朗的蓝天。心想，一代人有一代人的苦难与追求，我们从一生下来就在寻找自己的出路，在一个又一个艰难困苦中往前挣扎。他不知道，在这个快了还要更快的时代，城里人已经进入支付宝、高铁、共享单车、网购时代。但城市并不是农村人想象中的天堂，城市生活的阴影和焦躁也堆积在我的心里。

我很想跟明亮扯扯现代城市生活的疲惫、迷惘，还有这个时代物质的丰硕与精神的贫瘠，但话到嘴边，我又咽了回去。虽说我们曾经有过一小段共同厮闹的时光，但现在，我们像一条河的两岸，三十年岁月在我们彼此的身体里堆积起的陌生与遥远，就像我们之间无法接近或交换的言辞。

春雨在我夜里熟睡时不期而至。清晨，我撑着伞，在沥沥细雨中走向田野。每天早晚，我都要在田野上走一大圈。我不知道我想看到什么，那些曾经熟悉、热闹的劳动场景，还是庄稼地里出没的各种野物，作物花穗上的蜜蜂、蝴蝶、蜻蜓，抑或成群的牛羊？

田园依然恬静美好，但美丽、空旷得令人心生畏惧，人、耕牛、羊群、歌声、应答、故事，以及地头上的农具都消失了。一座座荒芜的庭院里长满蒿草。村道和地垄上，野花独自绽放。田野和村庄的早晨，在寂静里开始，然后，夜色在寂静里笼罩大地。偶尔传出的一两声狗吠，或猫叫，使村庄与田野愈发显得空旷落寞。

我拐进德胜家的院门，红砖青瓦的屋檐下，德胜爹蹲在廊下寡淡地吸着烟，老伴弯在椅子上打盹。

八十岁的德胜爹说，几个娃娃在浙江打工，三四年不回来，也不知道在外边混成了啥样。他和老伴浑身病痛，有今没明，万一有个三长两短，娃娃都在远路上，咋办哩？他抱怨自己年老力衰，下不了田，发愁儿孙们不会种地，在外边烂包得混不下去，回来不会土里刨食，日子咋往前过。言语里的疲惫和忧伤，如檐上绵绵跌落的雨线。

我满眼好奇与惊叹地看德胜爹耍社火时，他正是三十岁左右的壮汉，舞狮、踩高跷，样样耍得令人羡慕。文盲，却能唱整本的《辕门斩子》，会拉一手好听的二胡，爱说爱笑，喜欢哄我们一群孩子玩，日子艰难，人却乐观。听我说起那些旧时的开心与热闹，他耷拉着眼皮，"嗯"一声，便不再言语。

我知道，我与他之间，已经隔了四十多个春天，碎屑似的记忆已被时光的河流带向远方。

他一声不响，在沉默里吃烟，表情阴郁、温厚，像在回忆着什么。

孩子一茬茬出生，老人一轮轮死去，父辈旧时光里的故事，跟现在的年轻人已没什么关系。不懂得农事节气也没什么紧要，依赖、热爱、供奉土地，敬畏自然，那是先人们的事情。他们果断地放弃父辈们"只要播下种子，土地就不会贫瘠"的古训，一心扑向城市，即使拾破烂，喝糊汤，也要当城里人。每个人都有投奔自己热爱的生活的权利与自由。

故乡，像一枚陨石，正划过夜空跌向陌生的远方。

2017 年 10 月 2 日，花城

快乐的碎屑

推铁环

那天，从少年宫出来，突然，一阵悦耳熟悉的声音向耳边飘过来。当嘟嘟当嘟嘟……寻声回头，竟一时惊得说不出话，有人在广州花城广场玩我四十年前玩过的铁环。

推铁环的人与我年龄相仿。他是卖铁环的，旁边有一摞待卖的铁环。一群大人、小孩，惊奇地看他在当嘟声里进退自如，变着各种花式玩。

我没任何犹豫就买了两个。其中一个带响，即铁环上套着两个拇指盖大的小环，一推起来，两个小环在大铁环上滚动碰撞，发出细碎悦耳的撞击声，清脆，明亮。

我现场给女儿表演起来，左手拿起铁环轻轻往前一滚，右手伸出推杆，杆上的小铁钩顺势与铁环吻上，转圈，进退，流畅自然，手竟不生。

制作铁环并不难，难得是有一根筷子粗的钢筋，还有弯成圆后接口处的轻轻一焊。20世纪80年代前的农村，寻一截钢筋比登天还难。铁丝有，太细，做铁环不够沉，飘，没法推动。

强子是我的好朋友，跟我同班，大我两岁，脑子活泛，手劲极大。放学路上，强子悄悄对我说，他已侦察过，公社农机站院子里有一堆钢筋，但院里有大狼狗，看得紧。

天刚擦黑，强子就在门外叫我，说去农机站偷钢筋。我说，你脑袋被驴蹄子踢了，狗看着，咋偷？他一脸神秘，变魔术般从身后旋出一大块布包的东西，嘿嘿地笑。他把他二哥养的兔子闷死了一只，剥皮，卸块，准备拿兔肉堵狗嘴。

强子带着我和石锤、顺子，揣一把老虎钳子，在浓墨似的夜色里潜进农机站院子。狗还未来得及张嘴，强子就将一块肉扔过去，一块一块扔。狼狗把我们当主人，忙着吃肉，不吠，但钳子太钝，强子手上劲再大，也剪不断钢筋，我们索性将其中一小盘整个抬跑。

农机站没发现丢钢筋的事。但第二天强子的号哭，响亮、尖锐，一声接一声，像刀子在身上一下一下扎。他二哥拎着锨把，追着强子满村子打。他二哥养了四只长毛兔，用卖兔毛的钱供自己读书，突然被强子弄死一只，肺都气炸，能不往死里捶他？

用那盘十多米长的钢筋，强子在铁匠铺做了二十个铁环，我们每人两个，剩下的，强子以每个两枚鸡蛋卖给了村里的伙伴。

一群孩子推着铁环你追我赶，当啷声如汹涌的潮声，在村里涌过来，漫过去。我们铁环不离身，放牛、割草也带着，一有空就凑在一起玩，上下学路上，一路响着铁环滚动声。见我们玩得热火朝天，班里男同学变戏似的，忽然都背上了铁环。课间铃声一响，教室门口一片涌动的铁环声，好听，也聒耳。体育老师干脆把推铁环当作一个运动项目，在体育课上让我们玩，比赛。

黄土路坑洼不平，推着铁环奔跑得有些技术和功夫。在手背宽的灌渠水泥沿沿上推着狂奔，长时间不倒者胜。大人们关心雨水、天气、牲畜、庄稼，整日为生活、生存聚精会神地忙碌着，不晓得我们满头热汗、不知疲倦里的快乐与欢欣。我们着了魔似的，晚上跑场子看电影也背着铁环。夜色笼罩大地，路都看不清，我们照样推着跑。铁环在小推杆下如变魔术，凭手上的感觉能玩出数十种惊险花式。

推铁环是游戏、娱乐，也是锻炼。在当嘟声里奔跑，闪电般转身，拐弯，动如脱兔，身体的灵活、协调、敏捷、耐力都得到了锻炼。

铁环在我们手上响了好几年，有的孩子已上五年级，还一群一群推着铁环疯玩。

链子枪

农村孩子手上的玩具，如田野里的风，一阵一阵，常随年龄、喜好、性格、季节等变化而变换。

链子枪是突然兴起的。

捣鼓出一把链子枪说不上复杂，用一截粗铁丝，弯曲、绑扎出一把手枪架子，缠一层厚胶带或布，五六节自行车链条做枪管，枪针也是铁丝磨成。

但链子枪不是谁都能拥有，因为链条很难寻。那时，自行车远比现在的高档私家轿车稀罕。废旧自行车链条，即使街上的修车铺子里也很少见。

像一个谜，我不晓得赖子是从何处弄来半条旧链条的。他姐姐在收购站上班，有一辆让人羡慕的飞鸽牌自行车。那截链条肯定不是他姐自行车上的。因为他姐的自行车崭新，锃亮。

我们五个人每人做一把链条手枪，整天在书包里背着，啪啪声不断。

有了链子枪，我花费一个星期拿老菜刀削成的木头手枪，便成了弟弟的心爱之物。但玩链子枪，得有火柴（洋火），三四根火柴头上刮下的药，才能打一枪。没有足够的火柴，它就默不作声，跟一把木头手枪没什么区别。

枪不发声，是哑枪，没了惊心动魄，那还能算作真正的枪吗？

我们不再像《小兵张嘎》里的嘎子，拿个木头手枪一边瞄准，一边用嘴巴发出啪啪声，整天沉溺在扣动扳机的枪声里。那略带一丝烟雾、有一股磷燃烧气味的枪声，把孩子间的游戏向真实的战场推进了一小步，惊险，防不胜防。

枪声总是在别人毫无防范时突然响起。

放学路上，我看到赖子梗着脖子跟小荣推搡，似在吵嘴。赖子突然从书包里掏出链子枪，对着小荣扣动了扳机，啪一声，小荣杀猪般号啕。他不像我们玩木头手枪假装中弹时的样子，抽搐、鲜血、倒地，都是真实的。

赖子忘了自己在课堂上偷玩时将半截火柴杆塞进了枪管。他以为这一枪，跟平常一样，不过啪地响一声，惊吓一下对方。但事实是，等我们从错愕里回过神，小荣的右耳在流血，那半截遗忘在枪管里的火柴杆，撕开空气，像一粒尖锐的子弹，穿过了小荣的耳朵。那个流血的洞眼，成了一处逼眼的实实在在的枪伤。

小荣父母上门要说法，赖子自然少不了他父亲一顿狠揍。但沮丧的是，小荣的伤疤虽然很快就好了，却落下一个病根。每次跟人吵架，他都会不自觉地把手护在耳朵上，似乎随时会有一粒子弹穿过他的耳朵。课堂上，他总在抚摸自己那只穿过火柴杆的耳朵，那枪声带来的疼痛一直停留在上面吗？许多年后，小荣跟我面对面站着说闲话，仍然习惯性地拿手摸那只受过链子枪伤的右耳。

赖子的链子枪，被他爹愤怒地用斧子砸烂，扔上了屋顶。

赖子是玩链子枪的高手。他那把链子枪稳定性极好，穿链孔的铁丝不粗不细，刚好适合孔眼，皮条软硬适度。一把好链子枪就这么消失了。

链子枪不离身，晚上看电影我们也揣着玩。尽管枪声小如鞭炮，但在暗夜里，带一丝微弱火星的枪声冷不丁响起，我的心里会有一点小小的紧张和兴奋。

赖子玩枪喜欢扮酷，"啪、啪"打两枪，便像某些电影里的镜头，将枪口伸到嘴前，吹气，仿佛刚刚经历一场激烈枪战，枪管还在发烫、冒烟，一副所有来犯之敌皆在他枪下奔向死亡的洋洋自得的样子。

总偷家里火柴不是办法，炮药也只有年节或谁家结婚放鞭炮时，才能从满地炮纸堆里零星寻到几个没炸响的。商店里有火柴和鞭炮，但我没钱买，大多数孩子跟我一样穷。农村孩子父母平时是不给零花钱的，偶尔给一毛钱，捏得汗津津的，藏在口袋里，总舍不得花。所以，链子枪在我们手上停留的时间并不长，很快就被别的游戏取代。

斗鸡

斗鸡是不需要任何器材的游戏，却极消耗体力。

孩子的想象力丰富，有时一个简单游戏，会在玩的过程中不断变换、延伸出许多种新玩法，没完没了，永无尽头。

斗鸡单腿跷脚就能玩，但斗鸡极讲究战术，挑、压、腾、挪、闪，正面强攻和迂回巧取，既要眼观六路，还要对对手的佯攻、迂回、强攻等有准确判断，然后灵敏、快速地做出反应。

下课铃声一响，老师刚一出教室门，男女生"哗"一声冲出教室，女生跳绳、打沙包，男生们用粉笔画一个圈玩斗鸡。

一群男生双手抱着一条腿，一跳一跳，被顶出圈外，或屈起的腿着地，就算落败。轮番上阵，人人参与。激战十分钟，满头热汗坐回教室，下一个十分钟，激战又打响。

冬天天冷，教室如冰窟，这种室外活动，常让我们一脸热汗。滴水成冰的寒冬腊月，我光脚板子，整个冬天不穿袜子，也不戴手套，手脚竟没生过一次冻疮。

斗鸡玩法很多，有单挑，一对一斗，也有分组战斗。一群孩子，双手扳着一条屈起的腿，成三角形的膝盖如战舰，在一片尖叫、嘶喊声里疯玩，不知疲累。

课间休息，从教室斗到室外，又从室外追进室内，吵吵嚷嚷。有时正在上下学的路上走着，忽然就抬起腿吭哧吭哧斗起来，难分难解。

赖子学习差，总在倒数一二名上徘徊，斗鸡却厉害。不管一对一单挑，还是轮流攻击，全班二十多个男生皆难胜他。

赖子扬言要把我们年级五个班男生都挑战一遍，当斗鸡老大。

我们在放学路上玩斗鸡，太阳都快落山了。几十个男生汗流浃背，皆败给赖子。强强平时不喜欢跟我们玩，说玩斗鸡没解数学题有乐趣。那天，他一直站在边上看我们跟赖子激烈厮杀。我们都不知道他是在观察、分析赖子的战斗弱点。

强强说："赖子，别以为老子天下第一，敢跟我对决吗？"

赖子看不起强强，觉得他只会埋头学习，是个不会玩耍的木头疙瘩。我猜强强一定看准了赖子的致命软肋。赖子说："输了咋整？"

"谁输，谁学狗叫两声！"强强不动声色地说。

我们用粉笔头在地上画一个炕面大的圆圈。强强抱起左腿，拿起正面强攻的姿势扑过去，赖子也正面迎战，一个单腿跳起下压，没想到强强倏地转身，像一道闪电。用狠力的赖子扑空，一个狗吃屎扑倒，额头上的血流了下来。

赖子似乎不疼，一骨碌爬起来："再来，三局两胜！"

但赖子疏忽了，连战三个回合，皆惨败。

我说："天黑了，咱们赶紧回家吃饭吧。"

那天，赖子充满委屈、无奈的两声狗吠，像一粒划过夜空的星子，落在我的记忆里。他的失败使我明白，一个人不管多么强悍、聪明，都有自己的弱点和致命短板。知己知彼，方能百战不殆。

从此，我心里对强强刮目相看，他是一个守正出奇的人。而那叫声，让赖子落下一个被我们叫了半辈子的绰号——狗子。

柳笛

　　柳笛是春天里的乐器和玩具，常让我心头萌生难以遏制的兴奋与向往。

　　我一直觉得，柳树是春天里醒得最早的植物，春回大地，一阵略带着寒意的春风，或一两场蒙蒙春雨，白晃晃的硬柳枝便软了，青了，绿了。杨柳的枝条上还未缀上一粒粒鲜亮的芽苞，细长的杨柳枝随风舞动，如女子轻柔的腰肢。

　　在路边伸手折一截杨柳枝，轻轻拧动，抽出里面白生生的木芯，圆圆的柳皮筒不破，用小刀截成一拃长的小段，一端用指甲刮去浮皮，露出黄白色的纤维薄片，抿一抿，凑在嘴唇上吹，美妙的音乐就有了。这便是柳笛。

　　柳笛的音量和音色，会因柳笛长短、粗细不同而不同。

　　若柳枝粗如指头，可以在上面割几个像笛子一样的洞眼。跟吹笛子一样，用指肚调整音律，能吹出更有节奏的音符。

　　用杨树枝条做笛管，做法跟用柳枝一样。不管用柳树还是用杨树枝，我们都把这种能吹出音乐的绿反小管叫咪咪。一群孩子，上下学路上吹，放牛放羊也吹，吹坏一支，再做一支。有孩子的地方，柳笛声此起彼伏，如水波样涌动。

　　一根指头粗的直柳枝，拧动后，木芯可以像针管一样在皮筒里滑动，伸到水渠里吸了水，可以作水枪，打水仗。

　　我的好朋友杨杨心灵手巧，许多歌曲听一遍就会吹。他不光能用咪咪吹完整的曲子，还会用杨叶、柳叶、杏叶、豆叶、糜叶吹曲，田野里许多植物的碧绿叶片，在他的嘴上都能吹奏出美妙的声音。拿植物的叶子吹曲，需要舌头、嘴唇、气流等巧妙运用与配合，技巧性很强，很难学。

记得他最爱吹《小草》《童年》《外婆的澎湖湾》《甜蜜蜜》等，会许多曲子，或尖细、飘逸，或忧伤、沉郁，音符跌宕起伏，像屋顶上的炊烟，非常好听，很招女同学喜欢。有时我跟他拾猪草，他坐在田埂上，随手扯一片叶子，清亮的乐音在风里飘荡，让我的心顿时明亮、欢快起来。

杨杨是一个古怪的精灵。他还会吹奏许多虫鸣声，比如蛐蛐、蚂蚱、蝉、纺织娘等的叫声，有些昆虫是以翅膀的摩擦、振动发声的，这样的天籁，竟能从他唇间的绿叶上优雅舒缓地飞出，真是妙不可言。

柳树绽出叶芽，杨树挂满花穗，像绿茵茵的瀑布在风里舞动，田野村道上咪咪的音符就停歇了。

树跟人一样，灵性，聪慧，被时间隐藏的质地，像柳笛一样，皆需要唤醒。比如柳树，一些秘密在田野和孩子唇边绽放，一些在家具上沉默着照亮一个角落或夜晚。那些超乎想象的美，多像一个人的迷惘和孤独。

耍水

一场雷阵雨过后，阳光明亮而热烈，积满稠澄澄雨水的涝坝，成了天然泳池。浑浊的雨水还来不及沉淀，我们便甩掉衣服，争先恐后地跳进去，在黄汤似的水里尽情打闹戏耍。

涝坝有半个足球场大。四周大树环绕，绿叶婆娑，树梢在空中聚拢，遮天蔽日，形成一个天然凉棚。

雨水经过一夜沉淀，一汪清凌凌的水清澈见底。这时的涝坝，像一面明亮的大镜子。太阳在瓦蓝的天空走着，枝上鸟儿欢唱。

左邻右舍小媳妇、大姑娘从田里回来，在涝坝边洗衣。晾衣绳上、开着小花的草地上，晒满花花绿绿的衣衫、被单，打诨嬉笑声此起彼伏。

在涝坝里戏水，孩子们最怕喂牲口的饲养员。涝坝里有水，饲养员图轻省方便，不再将牛马赶到沟底饮泉水。但孩子们跳进涝坝扑腾几下，清亮亮的水很快被搅得浑黄，牲口没法喝。于是，一场漫长的较量开始了。

有的饲养员口粗，看到孩子在涝坝里玩水，老远就会扯着嗓子骂："这些狗日的坏种，游你妈的×……"我们连爬带滚往外逃。有的不骂粗口，趁孩子们不防备，先悄悄将衣服和鞋子抱走，再挥着棍子追赶。孩子们赤条条从水里出来，吓得四下里疯跑，年龄稍大一点的，边跑边用双手捂着自己的私处。妇女们咯咯地笑，笑得前仰后合。

有时，这笑声，让我们觉得很害羞。

牛娃喜欢爬到树上往下跳，扎猛子，衣服顺手脱在树上。

有个饲养员使坏，牲口饮完水，他拿着棍子蹲在牛娃藏衣服的歪脖子树下抽烟，跟洗衣的女人们家长里短。我们都穿上衣服准备回家吃饭了，牛娃还双手捂着鸡鸡，蹲在路边的玉米地里不敢出来。"牛娃——哎——回家吃饭——"牛娃妈高一声低一声喊。牛娃听着，不应声，拳头捣着地说："我操你八辈，等老子长大捶死你个王八蛋，牛逼，把涝坝搬你家灶台上去。"

中午日头毒，村子里一派寂静，干一上午农活的大人都在家里歇息。蝉鸣声如锯子锯树，也锯着白晃晃的阳光。我们趁中午放学回家吃饭的空儿，在涝坝里扑腾一阵，赤条条躺在草地上享受日光浴。

牛娃看我们闭眼躺着，起了坏心，悄悄爬起，将一泡尿射到我们身上。

几个伙伴跳起来，将牛娃摁倒，兜头几拳，问："服不服！"牛娃头抵着地，嘴巴里撂狠话："你妈的×，有种，跟老子单挑。"牛娃脖子不停地往上拧劲，伙伴们接着抡拳头，几个硬拳头下去，他脖子一塌，不吱声，服软了。

前几年回老家探亲，一个少年玩伴说，你猜牛娃现在在哪儿？我说在哪儿？他说，死了。咋死的？说在外面打工，喝醉酒，走进了没盖的窨井。

农村人命贱如草芥，一个人的死亡引不起一丝涟漪，就像秋天里枝头飘落的树叶，飘然落入大地，寂然归于泥土。他们活着时的艰难苦闷，亡故后亲人的悲苦，很少有外人知晓。

村里有几个涝坝，我家门前的最大，水深处有三四米。从夏到冬，我们整天沉溺在这一汪浅蓝的水里，还喜欢玩一种打水漂的游戏。上下学路过，聚在一起比身手，看石子或瓦片擦着水面滑行，看谁击起的涟漪多。

若白天玩不上水，就晚上闹腾。夜里水凉，但没人追赶。有时黑暗里会冷不丁传来粗口："一群龟儿子，大半夜里还闹腾，寻死啊？"伙伴们小声回骂："×你妈，管得着！"

冬天，涝坝里结了厚厚的冰，我们又在上面滑冰，欢笑在呼啸的风里传出很远。

现在，涝坝干涸，里面丢满了垃圾，像大地上的悲伤与欢喜，一些消失，一些出现。

弹弓

我总觉得文亮有某些跟我们不一样的天赋。他学习成绩雄踞全年级第一，上下学书包里却不背书。背什么？背半书包小石子。

文亮我们不叫他文亮，叫他蚊子。因他有几分腼腆，说话细声细气，像蚊子嗡嗡。

蚊子打弹弓几乎不瞄准。我们正在上学的路上奔跑，追打，一群麻雀掠过头顶，他顺手从书包里摸出一粒石子裹进弹弓上的皮条，"嗖"一声，一只麻雀从空中落下。

弹弓做工简单，可以用粗铁丝拧，也可是带叉型的树枝，两小截皮子，一片拇指肚大的厚皮子就妥了。因为简单，许多男孩子都有。

将酒瓶子排在地塄和水渠沿上，然后，一群孩子像部队战士训练射击似的，用手中的弹弓向远处的酒瓶发射石子。

树上的苹果、梨子、杏子、核桃，停落在树枝、电线、场院上的各种鸟，都是我们手里弹弓的射击对象。

蚊子替他爷爷放羊，不拿鞭子。他远远走在后边，羊群里有羊往路边庄稼地里跑，他"嗖"一声射出一粒石子，想偷嘴的羊，像触了电，立即乖乖回到队伍。

蚊子想吃杏子，不像我们拿起土块、石头和棍棒往树上扔着打，或爬上树去摘。他站在一棵高大的杏树下说，这树上的杏子，你们想吃哪颗，我就能让哪颗掉下来，绝不多打落一颗，要几颗打几颗。

我们不信，在树下叽叽喳喳、指指点点，从最高处的树梢到交错的枝杈，都伸着脖子找最难打的，想让蚊子出洋相。

我说，最高处那个枝，只要上边那两颗红杏。

蚊子不吱声，一粒石子从他的弹弓上飞上去。那缀满杏子的树枝像谁用手轻轻动了一下，我要的两颗杏子刷啦啦落到了地面。

"咋样？火车不是推的，牛皮不是吹的！"蚊子一脸神气地看着我说。

也真是奇，那天，我们在树下让打哪里，他就打哪里，而且用弹弓打下来的杏子像手数着摘的，皆是我们要的数字，不多，也不少，让我们颇为惊讶。

蚊子去红红家玩，被红红家的狗斜刺里冲出来，在腿肚子上咬了一口。尽管咬得不重，蚊子心里却不爽。放学后，他躲在他家屋顶上，隔着一百多米远，用弹弓打红红家门口的狗。他弹弓上的石子飞去一粒，那狗像突然挨了一闷棍，狂吠一阵，刚停歇，他又射，那狗又吠。红红爹妈一趟趟跑出门外，看不见人影，周围静悄悄的，不晓得自家的狗为何一次次哀鸣、狂吠。

那只见人就扑咬的狗，被蚊子折腾了差不多一周，突然消失了。

红红说："我家的狗被我爹杀了，说它得了疯病。"

我是后来知道蚊子弹弓上的秘密的。他弹弓上的皮子是从汽车内胎上剪下来的，厚，弹性大。石子的飞行速度，对射击目标的打击力度，全在他手指拉动皮条的力量掌控上。

蚊子还用弹弓捕过狐狸和野兔。他不伤它们性命，向它们前后腿上交叉发射两粒石子，就能轻松将其抓获。

我的书柜里保存着两个弹弓，精致的是旅行途中买的，木叉的是我自己动手做的。有时，我能听到一粒石子划破空气，呼啸着飞向远方果树上的杏子或核桃。

陀螺

抽陀螺也是我们喜欢的游戏。一根细绳，一节细木棍，再自己动手削一颗木陀螺。甩开鞭子抽打陀螺旋转，欢喜就开始了。

陀螺的尖上嵌入一粒圆溜溜的铁珠子，腰身上用墨汁或红蓝铅笔画上道道、圆点等各种图案，鞭下骨碌碌旋转的陀螺，就成一个高速运动的彩色体。

黄昏，二三十个孩子，聚集在门前的场院里，啪啪声夹杂着嚷闹，一个个陀螺在飞转，像一片片缤纷的花朵在起了涟漪的水面上浮动，气势惊人。顺着抽，倒着抽，让陀螺在鞭下忽东，忽西，旋转出各种变幻的曲线。

天下着蒙蒙细雨，我到顺子家去玩，看到他爹正拿着一把菜刀，坐在门槛上给他削陀螺。他手里捏着一粒锃亮的铁珠子和五粒图钉，蹲在旁边催促：快一点，你这样慢腾腾的，一晚上也削不成。

第二天，顺子的陀螺出现在我们的队伍里。他的陀螺让我和同伴们大为惊讶，那是一颗比小碗还略大些的家伙，除了漂亮的花纹，上面还成花瓣型摁着五个明晃晃的图钉。

顺子的"陀螺王"并未得到大家的一致认可。因为大而沉，顺子的鞭子和力气显得很不够，陀螺要么转不起来，要么慢悠悠转几下就倒了。

上学路上，一群孩子人人手里一根鞭子，啪啪啪。我心里有一种怪异感，觉得我们很没学生的样子，像一群牧童。

课间休息，教室门前，操场上，尘土飞扬，一片抽打陀螺的啪啪声。课堂有贪玩的，把陀螺放在课桌上呼呼转。

班主任恼怒了，没收全班男生的陀螺，惩罚我们每人打扫两天教室卫生。

过一天，我去老师办公室交作业，发现收回去丢在桌下的几十个五颜六色的陀螺都不见了。我猜想，那些陀螺肯定是被老师拿走了，谁家孩子不爱玩陀螺呢！而顺子的那颗因为太大，一般孩子玩不转，还孤零零地留在那里。

后来，我们还玩过许多耍活，趣事亦很多，讲不完。一种耍活和游戏，不管玩多久，也许最后都避免不了要在喧闹中消失。

看到现在孩子整天在没完没了的作业和试卷堆里辛苦挣扎，连读一本课外书的时间都没有，我就想，谁的童年不快乐？谁还能拥有我这些从前的欢喜？

这些消失在远方的碎屑似的快乐，常让我想起诗人胡弦的一句话："人总是要走出去很远之后，回头，才会看见那些树。"

2018 年 4 月 26 日，花城

　　当然，集市还是曾经的集市，人头攒动，川流不息。水果摊、
蔬菜摊、小吃摊、衣服鞋袜摊……长长的街道两边，挤挤挨挨落满
了各种生意人的摊子。两边摊位后边是东西向沿街铺展的铺面，饭
店、药铺、诊所、发廊、超市、压面坊、榨油坊、纸货铺，一家挨
一家，招牌比过去锃亮、耀眼、齐整。

　　高超过六七层楼，身粗需四人伸长手臂合抱的三棵巨柳，苍老
挺拔，虬枝盘绕，仍雄踞在街东头。它们在沉默里俯视着街道里的
熙攘往来。沉默里有永远无法读懂的大地的传奇与秘密。

　　我沿街从东走到西，没见到铁匠铺，也没看到一个小炉匠。转
遍了所有的铺面和摊点，没看到一家传统的农具商店。一家商店的
墙上只挂着几把铁锨和锄头，问：还有没有别的农具？回答：没了，
就这几把。机械已经代替了传统的耕作方式，这我知道，但锄头、
铁锨、斧头、镰刀之类的日常农具总归要用的，用坏了就要换新的，

去哪里买呢?

　　时值五月，天气不冷不热。柳树下，一辆大厢板汽车、三辆时风牌三轮货车，车上满载着贩卖的化肥。还有数十辆电动小三轮，那是老汉和女人们赶集的车子。柏油路直通村子，小三轮比自行车方便、省力，出门时小厢板里既能坐两三人，也可以拉一点货物，比如一袋化肥，或两袋面粉，等等。老人们像约好了似的，大都坐在柳树下聊天，吃烟，如一丛一丛黑色的蘑菇，面孔上堆满沟壑般的皱纹，目光平静、安详，仿佛赶一趟集，就是为了凑在树下谝一阵闲话。

　　几个收鸡蛋的中年人，脚边是盛鸡蛋的大筐子，蛇皮袋子里装着麦壳，正和几个女人讨价还价。他们从赶集的老婆子、媳妇子和娃娃手里，以一粒一元钱的价格收下乡村的土鸡蛋，再以一粒两元到两元五毛的价钱卖给城里人。

　　不少菜摊和菜铺子里都有鸡蛋出售，一斤八元钱。二哥说，那是贩子从城里养鸡场趸回来的，是吃饲料的鸡屙的蛋，价格便宜，但吃着不香。现在，许多农村家庭也不养鸡了，想吃鸡蛋，跟城里人一样，也买这种饲料鸡蛋。

　　"一个再加一毛，少了我就不卖了。"一胖媳妇用手捂着篮子说。买者和卖者围一圈，都低头盯着鸡蛋。我想看清他们的面孔，却看不到。几个女孩手挽手走过来，轻盈柔软的笑语，像她们漂亮的裙子一样引人注目。乡民的目光为啥都往这几个女孩子身上瞅? 我想，除了穿着时尚，还有一个原因，就是街上年轻人太少，二十岁左右的女孩在农村几乎看不到，都出门打工了，偶尔有几个年轻人，不管男女，都很抢眼。

从我记事起，三棵巨柳就这么高拔，如今我已人到中年，而它们依然枝冠入云。一茬茬枝杈像过去一样，在风雨里枯死，掉落。然后，来年春天，又奋力萌出新枝，跟活着的老枝一起拼命绽放新绿。在乡村，时间有时是苍白的、无力的、凝滞的。衰老、死亡、更替，像河流深处的秘密，缓慢而不易觉察。

据母亲说，这三棵娑罗柳，已有五六百年的历史。用现在的话说，它们是辽阔娑罗原、我的故乡巨大而鲜明的地标性植物。

集市是 1978 年土地承包后恢复的，仍是逢四、七、十的集日。

中午十二点至下午三点，是集市最热闹的时间。人头攒动，各种招徕、说笑声此起彼伏，繁华，喧嚣。商贩们高一声低一声，甚至嘴对着小喇叭推销商品。相熟的人互相打着招呼，点头，或者停下来握手，唠几句家常，不慌不忙，散漫，从容。空气里浮动着尘土的颗粒和人与物的气息。

在乡村，集市日是一次小型节日。即便是农忙时节，乡民们也会放下手头的活路，换上鲜亮衣服，到集市上买些日常用品。到铁匠铺里打几把新镰和铁叉，早早为夏收做着准备。春耕折了犁铧头，趁赶集到铁匠铺焊修一下。凡是农事中要用的大小农具，该修的修，该买的买，哪样儿都不能少。街上有专门卖传统农具的商店和摊点，就连麦镰上指甲盖大的牙子都有人打制、修补，不论大小，每一样农具在乡亲们心里都有存在的意义、理由和生命。比如，一把麦镰的生命是一个夏天或者更长，取决于匠人的手艺和用镰刀的人，不懂得爱惜，或者质量不好，一季麦收罢，一把新麦镰就衰老了，浑身病痛，无法保养、修补，生命就结束了。而一把材质好的新麦镰遇着一个经验丰富的农人，则像知冷知热的老夫妻，会相随相伴走过漫长的岁月。我的父亲曾有一把用了十多年的麦镰，镰把红润、光亮，像一把隐藏着神秘故事的老古董。

现在，农具在许多农村人的心里已没了存在的意义和价值。赶集的人群里，看不到拿农具的人。人们赶集似乎只为闲逛、散心，与相熟的人坐在街边或大柳树下扯扯家常，比如天气、雨水、收成、儿孙、病痛，等等。累了，坐在小吃摊上，就着油饼吃一碗豆腐脑，或者一碗凉皮，然后，不急不慢地回家。

出入中学的巷子，直通街道。临街的巷口还是旧模样，不时有赶集的男人躲进巷口墙脚撒尿，老远就扑来一股尿骚味。我上初中时，那里就醒目地写着"此处严禁小便"的红色大字。现在，校宿已从土坯瓦房变成了三层楼房。那墙上的字迹淡了又写，写了又淡，却一直没能禁住赶集的乡民们在墙根处撒尿。

巷口斜对面的铁匠铺，老房子还在，门匾换了，变成了一家卖蔬菜的店面。走到这里，我的脚步竟有些迟滞，恍惚间，有叮叮当当的打铁声从里面飘出来。

我们村多是木匠，没铁匠。铁匠大都集中在沟泉和庙后两个村。

铁匠铺是一个两开间店面，李铁匠曾经在这个铺子里打了近三十年的铁。

20世纪七八十年代，铁匠铺是街面上颇为热闹的铺子。李铁匠是庙后人，名黑子，高个，国字脸，身粗脚重，一看就是抡大锤的。但他是师傅，只抓钳，从不抡大锤。

夏秋时节，李铁匠光着膀子，脖子上挂一条擦汗的毛巾，腰里围一块满是窟窿的黑皮裙，带两个学徒，一个拉风箱烧铁，一个抡

大锤。三个男人整天在铺子里叮叮当当忙碌着，满地的铁屑和黑煤。锤声在街上很响，飘得很远。

炉火在风箱的吧嗒声里蹿着蓝色火苗，黑乎乎的铁块和要加工的铁件在炉火里慢慢变成透亮的蛋黄色，脸膛黝黑的李铁匠，一手握着长长的铁钳子，不停地翻转着铁砧子上由红渐暗的铁件，一手抡一把小锤子。边上的学徒双手挥动大锤，大锤砸一下，小锤敲两下，"咚——当当，咚——当当"的锤声，节奏明朗，沉实有力，火星四溅。

每天下午放学，我从巷子里出来，都会立在铁匠铺门口看一会儿。听着起落的锤声，我有时会仰头看街上的大柳树，天很蓝，各种小鸟在柳树上欢唱、应答，很婉转。我想，也许这就是大地上最纯真的音乐。我专注聆听，慢慢思想，心思跟着锤声起落。有时，心里会莫名地生出一种难以抑制的渴望与冲动，像荡上柳梢的猛烈锤声，在心里一阵一阵起落，却说不出究竟。

在铁匠铺里看李铁匠打铁，有时，我会不自觉地站得很近，他在锤声里大声呵斥："离远点！""离远点！"我退后几步。过一会儿，又近了，他再呵斥："离远点，火星子迸到你娃脸上，烫个疤，长大了咋找媳妇？"可我总想离近一点，看他怎样把一块红彤彤的铁块敲打成一件精美的农具。

"咚——当当！"大锤绵长、沉实，小锤急促、响亮，一块拳头大的铁，打一会儿，他钳起来左看看，右瞧瞧，然后再打。红亮的铁在锤声里渐渐乌黑，发硬。李铁匠将黑硬的铁件顺势伸进水桶，桶里水倏地沸腾似的，潜出一团白汽，水面上咕噜噜一片水泡，入过水的铁件，又被他放进火炉里烧。在反复烧打中，铁块渐渐变成了一把镰刀。那月牙似的镰刀最后在脚边的水桶里"吱"一声。然后，

"吭"一声，他将打好的镰刀丢给抢锤的徒弟打磨，刨光，开刀。之后，这把光亮锋利的镰刀，就在墙上静静地等候买镰人，并在某一天跟随它的主人走向田野。

打好一件成品，李铁匠会对烧火的徒弟朗声道："将姚家老汉的那两个镐头烧上。"当然，有时是李家，或者王家，吆喝会随烧打农具的不同而变化。

李铁匠刚坐到门口的杌子上歇息，徒弟就将烟锅和茶杯递过来。他神态松弛，缓缓地吐着烟圈，看街上人来人往，跟相熟的人应答，说笑。

墙上挂着打好的镰刀、锄头、铁叉、犁铧、铁锨、耙子、斧头、铡刀……一排一排，有新打的，也有以旧翻新加钢淬火的。它们经过李铁匠和徒弟的手，已经变得不同凡响。

铁匠铺子生意最火的时期，应该是包产到户的头十来年。据说李铁匠一个集日就能挣近百元。在四十多年前，这是一个很吓人的数字。

李铁匠不光打制各种农具和刀具，还会给刀具夹钢。菜刀、镰刀、铡刀、斧头等，用钝了，拿到他的铺子，夹钢，又锋利如新。那些需要夹钢的铁器，在炉火里烧熟，和钢条夹在一起，在锻打的锤声里迅速融合。薄刃的铁器，比如麦镰上的刀子、菜刀等，伸进水桶几秒钟就提了出来，上边的水滴瞬间蒸发；再伸进水桶，拿出，往返两三次。而厚实的斧头、镢头，他烧打后则直接丢进桶里，浸泡很久才捞出来打磨。

后来我读书才晓得，钢实际上是铁和碳的合金。给刀具夹钢，就是往刀口上增加碳元素，让生铁和废钢通过淬火、锻造等过程调整成分，从而改变性质，让刀具再次变得锋利、耐磨。

　　夹钢技艺要求极高，铁器和钢条控制在多高温度下熔合最佳，薄刀具火烧到什么程度，入水停留多长时间等，都有极严格的标准与讲究。而这些标准和讲究，火候极难把握，李铁匠是靠多年实践积累的经验拿捏的。

　　家里斧头、镢头、菜刀、铡刀、锄头、麦镰钝了，父亲大都会拿到李铁匠的铺子里夹钢修理。有的在他的铺子里进进出出好多次，已经相当老旧了，父亲仍不愿丢掉买新的。父亲说：你们娃娃不懂，商店里新买的，看着锋利，用不了几天，就老得没法用了，没钢性，天天磨也没用。李铁匠夹过钢的刀，钢性好，越使越快，用不着天天磨。

　　那时，我刚上初一，每天放学，出了校门，都会被李铁匠的锤声吸引。有时我会拉一两个同学，多数时间是我一个人。有一天，我看李铁匠给别人打一把马刀，我一边专注地看他打马刀，一边在脑海翻腾"愿将腰下剑，直为斩楼兰""长剑一杯酒，男儿方寸心"的诗句，在心里反复为自己描绘一把剑。我渴望自己也能像李白"仗剑行天涯""抚剑夜啸吟"。我把家里所有的废铜烂铁搜罗出来，还带着同学在乡农机站偷了几截钢管，用麻袋分多次将这些沉重的废钢铁背进铁匠铺，缠着李铁匠为我打制一把剑。他说：你把手工费拿来，明天我就给你打剑。他这样说，让我很兴奋，但我想破了脑袋，却凑不齐打一把剑的手工费。那时，一个鸡蛋只能卖五分钱，况且，我穷得连买作业本的钱都没有，如何凑足十元的手工费呢？

　　我迟迟凑不齐这笔费用。他嘲笑我，说："日你妈的，没钱，让老子打什么剑，回家削个木头剑玩去。"

现在，我手里攒够了能打一百把好剑的钱，却再也找不到李铁匠。机械开进了田野，乡民们不再扛着锄头下田，农具派不上用场，李铁匠的生意也凋零了。听说李铁匠是患胃癌死的，死时刚七十岁。即便他现在还活着，一个八十多岁的老铁匠，连一把小锤都抡不动，怎么给我打一把剑呢？他那些曾经打造过无数农具的铁匠工具，至今我一样一样都还记得。

李铁匠长相粗糙，媳妇却像一枚鲜嫩细长的柳叶儿，水蛇腰，丹凤眼，肤白如雪。这个叫二妞的女人，像《红楼梦》里的王熙凤，不光人长得标致，眼角眉梢都会说话。据乡间传闻，二妞有一天替父亲去铁匠铺取打好的犁铧，被大自己近十岁的李铁匠插上门硬睡了。二妞有了身孕，怕传出去名声不好，就让李铁匠托了媒。

其实，李铁匠的"罗曼史"远比我记忆里的复杂曲折。它使我早早感受到乡村的野蛮和人命运的无常。当时，街道里有三个铁匠铺子，李铁匠的生意总是最好的。啥原因？我觉得李铁匠手艺好只是一个方面。

李铁匠平常吃住都在铺子里，中午和晚饭时，李铁匠的铺子里总是挤着许多人。说是看打铁，却不止于打铁，因为这个时段是二妞给铁匠送饭的时间。人们挤在这里，目光都在花朵一样的二妞身上打转。李铁匠板着脸，闷头吃饭，呼呼有声，不时眯缝着眼看我们，很炫耀、很幸福的样子，仿佛沉浸在一个别人无法拥有的欢喜里。

与铁匠铺里粗重的锤声相应和的是街道里小炉匠细碎响亮的小锤声。小炉匠多出在邻村的沟泉，别的村庄也有不少。小炉匠的家什精致小巧，一副担子，一头工具箱，另一头是铁皮炉与小风箱。但小炉匠只赶集，不挑着担子走村串户。

小炉匠做的多是细活儿，补锅，修壶，焊煤油灯、烟锅，钉眼镜，打麦镰上的牙子……凡是金属物件上的小损伤、小配件，小炉匠都有办法解决。

补锅是小炉匠的大活儿。乡村人家做饭炒菜是一大一小两口黑铁锅，用久了，铁锅会出现裂缝。有一次，我家铁锅蒸馍时烧干了水，锅被烧裂了一条缝。父亲不声不响，把铁锅从灶台上拔下来，用铁铲刮锅底的锅灰，铲子在锅底上一下一下刮，声音尖锐刺耳。锅灰刮干净，锅拎起来，地上留一个圆圆的黑圈。父亲带着我，将锅背到集市上找一个姓岳的小炉匠。岳炉匠接过锅端详一番，拿一小块铁放进炭火炉上的小坩埚，不一会儿，坩埚里的铁融化成了铁水，炉匠拿起小勺舀了铁水，迅速倒到铁锅的裂缝上，拿一块拳头大的石头在上面一碾压，裂缝就补上了。补过的疤痕会硌铲子。他先用砂轮打磨一遍，再用细砂纸磨，一直磨到光平如初。

那时，村道上时常会看到像父亲一样背了黑铁锅赶集的人。街道里的几个小炉匠亦忙得很，摊前摆满了等待修补的或铜或铁的壶、锅、锁，叮叮当当的锤声在街道里起起落落，像阳光的颗粒，细碎，明亮。

二十多年前，铁匠们相继从集市上消失，之后，街市上再听不到铁匠的锤声，乡亲们农具坏了、锅裂了、壶漏了怎么办呢？没人知道。而我心里清楚的是，没有农具，人与土地便渐渐失去情感与联系。耕作已不再是庄稼人的生存方式。

现在，不光铁匠消失了，就连曾经热闹喧嚣的骡、马、牛、羊、猪市场也烟消云散了。集市上出售的皆是一次性消费的工业化产品，而逛街的又几乎全是老人、妇女和娃娃，仿弗不久前这里刚刚光临过一场可怕的疫情，各种手艺人、青壮年男女全在疫情中死掉了，留下这个笼罩在落日余晖、很快就将消亡的街市，静等时间容器的最后收纳。然后，房屋、街道、树木、轶闻逸事都将被尘埃一点点覆盖，变成《马可波罗游记》里那些遥远阴冷的记忆。

　　春天到来了，谁能告诉我，这个季节田地里该耕种什么？那些破损的家具谁会修补？

2018 年 5 月 10 日，娑罗

刘瓦匠

　　德明家的幸福生活，是啥时候开始坍塌的？是什么让这个家庭突然跌入悲剧的漩涡？这些问题像一团黑黢黢的乌云，一直罩在我心上。人生无常的悲苦我当然懂，但我想看清伤痛后面的那双手，便忍不住要反复想。

　　德明姓刘，但村里人都管他叫德明，名字前从不带姓。

　　德明是我们村周围几十里有名的泥瓦匠，砌墙、盖瓦速度极快。他砌墙，要两个小工头上滴着汗瓣子往他手边递砖头、端水泥。在叮叮咣咣的瓦刀声里，砖墙噌噌往上蹿，且砖缝子不用抹灰。

　　新房盖瓦，是颇有讲究的细活儿。瓦盖稠了，一间房顶要多用两三百页瓦，费钱；稀了，衔接不好，会漏雨。

　　盖瓦时，德明喜欢蹲在房脊上吃烟，一声不响，吃完一根，又接一根。他要等上瓦的人将青瓦堆了半边屋顶才起身干活。一页页青瓦像长了脚，顺着他粗糙的手指快速排列，瓦与瓦之间叠压的深浅尺寸，像量过，一寸不多，也一寸不少，瓦楞笔直，横竖有致，在阳光里远看，他盖上去的瓦，线条像一层层水波，涌动，起伏，好看。母亲说，德明盖的瓦，屋顶几十年都不会漏雨。

德明还有一个上瓦的绝活。他站在屋檐下，十五页或十页瓦叠成一摞，双手轻轻往上一送，一摞瓦象被紧紧捆扎着，在空中不松不散，不偏也不高，嗖一声就到了房檐上接瓦人的手里，从不失手。效率比一筐一筐用绳子往上吊高好多。

力气活在德明手上像好玩的游戏。村里许多年轻人看得神奇，都缠着学。德明欢喜，一个一个耐着性子讲要领，手臂如何配合，怎样用力，从往上丢一页学起，然后两页、三页，慢慢叠加。但许多人只能叠三页，再多，一摞瓦摺不到接瓦人的手上，在空中就散了，落一地瓦砾。

德明家在西边，离我家不远，五十米的样子。记得六七岁时，我几乎每天都去他家玩。

德明家有四间大瓦房和一间两层楼，一字排开，砌墙的胡基是德明和他的妻子一块一块打出来的。瓦是青瓦，屋内地面铺了红砖，干净、宽大、敞亮，很气派。那时德明的母亲还健在，跟德明生活在一起。

德明家气派的新宅院，应当是我们村，甚至方圆百里最早的瓦屋。那时土地刚承包不久，陇东塬上的农村人家都住地坑院，还在为吃饱肚子挣扎，德明家的日子已如朝阳，在左邻右舍间抢先亮堂起来。

德明有一儿三女，他的儿子小荣比我小两岁，也可能三岁。

我家孩子多，没包产到户前，家里劳力少，挣不到工分，口粮总不够吃。一到春天，家里常吃了上顿没下顿。我有时肚子饥了，就去德明家玩，小荣的母亲或奶奶笑呵呵的，每次去，都会给我找一块玉米面饼，或者巴掌大一块粗面锅盔。

小荣奶奶有一个铁皮糖果盒子，蓝色的，盖上有一朵粉红的牡丹花，很精致。上房里靠墙四个红漆木柜，上边摆着五六个好看的蓝花青瓷梅瓶。茶几上的大搪瓷盘里，白瓷茶壶的肚子上，一丛水墨兰花，壶边上六个带花边的白瓷小茶盏。茶几是老式方桌，两边两把旧式木靠椅，古香古色。

小荣跟我们在院子里玩累了，进门先捧起茶壶咕咚咕咚喝一气。有一次，他给我倒了一杯茶，微苦里有淡淡的花香。小荣自豪地说，壶里是茉莉花茶。那是我第一次喝有花香的茶。糖果盒子在茶盘旁边，里面有饼干、点心和糖果，那是亲戚和德明孝敬小荣奶奶的。有时小荣奶奶会笑眯眯地打开盒子，给我拿一粒糖，或者一块饼干。末了，再认真地盖好盖子。

德明家和我家不沾亲带故，只是同村而居的普通邻居，小荣奶奶为啥常给我零嘴吃？我说不清楚，只觉得她很亲，像我的亲人。她似乎懂得我这个穷孩子的心事，知道我时常被饥饿困扰着。她家人的宽厚、友善，像一缕干净、明亮的阳光，让我心里很温暖。

小荣奶奶住在上房的东屋，屋里收拾得极干净，窗明几亮，一尘不染，炕脚四周贴着好看的炕围子，被子整齐地码在炕脚，炕席上的褥子和床单，扫得很平展，看不到一绺折皱。她的枕头，是一方雕磨成月牙形的石头，青黑，油亮，里面是镂空的，两头各有两排圆圆的小孔，我喜欢抱到耳边听里边呼呼的风声。小荣奶奶说，石头枕着凉，头不烧。

夏天凉爽，冬天呢？会不会像屋外的石头冻住手指？我对她四季枕一方石枕头很纳闷。

小荣奶奶喜欢花，花盆是破脸盆、小瓦罐，或者烂搪瓷碗，里面种了鸡冠、芍药、牡丹，还有粉色和紫色的拮甲花。指甲花是女孩子喜欢的，可以染指甲。那些在房檐台上绽放的花朵，有时会让我忘记贫穷、饥饿，心头悄然升起一种隐隐的不易察觉的美和快乐。

小荣奶奶养花，还爱猫。一只小灰猫，总在茶几下、炕沿上睡觉，呼噜声在安静的空气里水波般起伏、涌动。我没见过它捉老鼠。吃饭时，小荣奶奶会从自己的碗里挟一点，放在桌下的一个小盘里。人吃什么，灰猫的小食盘里便有什么，它不会为自己的肚子发愁。

我没见过小荣的爷爷，小荣也没见过。母亲说，小荣爷爷是在"文革"中被害的，死在我们村小水沟的水库工地上。我们和小荣常去那个修了半拉子的堤坝上玩，坝下一泓碧水，不深，三四米的样子。有时，我们会跳进去游泳，打水仗，爬上坝坡上的槐树，摘了雪白的槐花背回家蒸了吃。如果像大人说的，人死了，会变成鬼魂四处游荡，小荣爷爷肯定常在水库周围散步、晒太阳，跟村里那些冤死的人坐在一起诉说各自的冤屈。但小荣爷爷没见过小荣，他不晓得，坝上坝下跟我们一起玩耍，喊声粗粝、嘶哑的那个孩子，就是他的孙子。

德明家上房挂中堂的地方，有两个玻璃镜框，里面夹着一些锯齿花边的黑白照片，有的已经泛黄，图像模糊。相框中间一张五寸照片上，小荣爷爷戴着眼镜，安静，慈祥，五十多岁的样子，像一个学问深厚的教书先生。他和小荣奶奶坐在靠背椅上，身后站着小荣父亲和母亲，还有小荣的大娘、二娘和两个姐姐。

玻璃镜框下，是茶几，两边一对老式靠椅。那应当是小荣的爷爷和奶奶坐的。但小荣爷爷走了，他的椅子早早空了。我常看见小荣裹了小脚的奶奶，静静地坐在右边的椅子上，似乎在想什么，又像什么也没想。她左边的椅子空着。有时，那只小灰猫会卧在上面打呼噜。

小荣奶奶很疼爱小荣，"肝肝""命命"的，似乎含在嘴都怕牙碰着。小荣的衣兜里，总有各种零食——红枣、核桃、花生、水果糖，甚至煮鸡蛋。那时，我幼小的心灵很羡慕小荣，不愁吃穿，有那么多人呵护、疼爱着，好幸福。

德明家果树很多，房前屋后绿树环绕，除了杏树、桃树、核桃树、李子树，院子里还有一棵碗口粗的海棠树。德明将他家门前一棵大柿子树嫁接成了软枣树，秋天，树上缀满橙黄的拇指头大的软枣，落了霜，甜如蜜。杏有麦黄杏、水杏，很好吃。杏个头很大，如小孩的拳头。

夏秋时节，我和村里的孩子常爬上德明家的树偷果子，德明和他母亲看到了，并不责骂、追赶，只是让我们别在树上踏折枝干。

小荣母亲身型健壮，皮肤黝黑，个子很高，足有一米八，比他父亲德明高出一大截，德明的个子只勉强到她的肩头。有时，我想看清她的脸，要站远一点，使劲仰起头，才能看到她的眼睛。

她走路脚步很重，人还在院外头，沉闷的脚步声先窜进了院子，咚咚咚，震得耳膜嗡嗡嗡响，远远像一堵墙移进来。一蛇皮袋子粮食或肥料，差不多两百斤重，她走过去，一伸手就拎到了肩上，大气都不喘一下。

德明的妻子力气大，饭量亦大。她吃饭不上桌，端一个大海碗，坐在灶房门口的台阶上，呼呼有声，瞬间一大碗饭就下肚了。

一直到现在，我总觉得她更像一个力气过人的男人，粗手大脚，说话嗓门极大。有时她在家里说话，我站在村口或者我家院子里都能听到。她身上缺少女性应有的温柔与细腻。

德明是庄稼把式，也是脑子活泛的人。我和小荣进乡中学念书时，德明已不再做绑笤帚挣钱的生意了。他买了一匹种马和一头种驴，为牲口配种挣钱。

20世纪80年代初，乡村人还沿袭着"耕读传家"的传统，大人们在土地上精心忙碌，孩子安心上学，大地安详，万物葱茏，人敬畏、珍爱土地，欲望还没现在这么纷繁、膨胀，人们也没现在这么多迷茫、焦虑、抑郁、失落。因要耕田、碾场，家家都饲养着牲口，成群的牛、马、驴、骡。

农村人养牲口都养产崽的，一年产一头驴驹子，或小牛犊，喂一年半载，就能卖钱。没谁愿饲养一头见了雌性就龇牙咧嘴、哇哇狂叫着往上扑的雄牲口。

德明当过生产队饲养员，他懂得如何将一匹瘦马养得膘肥体壮、滚瓜溜圆。他养的种马，枣红色，皮毛如绸缎，高大健壮，蹄大如碗，长鬃飘飘。种驴纯黑，肥硕，油光水滑，虽没红种马高大，但块头、身型也出类拔萃。马和驴头上各戴一朵大红花，脖颈里一圈核桃大的铜铃铛，鞍子很漂亮，奔驰起来，叮叮当当的铃声，节奏明快，传出很远。有时我和小荣在上学路上，会碰上德明。他骑在枣红马上，腰板挺拔，像一个骑士，在铃声里奔驰而过。那头肥硕高大的黑种驴，鞍子上空着，缰绳牵在德明手里，跟着种马一起奔驰，是村道上一道亮眼的风景。

傍晚回村，种驴的鞍子上常驮着一个装得硬实的麻袋。小荣说，麻袋里是玉米，有时是小麦。

德明将这两头牲口调教得极好，除了给牲口配种挣钱，也让它们下田耕种，拉碌碡碾场。我见过德明扶犁耕地的场景。别人家的牲口拉犁耕地，都是庄稼人拿着鞭子在后边驱赶着、吆喝着往前走，即便鞭子不停地落下，那些牲口仍旧慢腾腾地在犁沟里走着，不急不躁，一对牲口紧赶慢赶，一上午最多只能耕两亩地。德明套犁耕地，手里从不拿鞭子，一进犁沟，马和驴皆蹄下生风，昂起头唰唰唰，争着往前冲，像要去追赶什么。到地头该回犁，或者偏了犁沟，德明在后边轻轻喝一声，就妥了。

牲口拉着翻地的犁铧疾走，德明双手扶着犁把，在后边小跑着。但德明不会让它们拼命往前冲，犁几趟，他会停下来，让它们歇息一会儿。不到两小时，犁完两亩地，德明就卸了犁铧，让它们回槽边歇着，多一分地都不耕。

德明骑着他的高头大马在远远近近的集市和村庄里跑了八九年，机械耕作兴起，农村饲养牲口的人渐渐少了，德明便将心思和精力重新放到田地上。

德明那些年应当挣了一点钱的。他将家里旧瓦房拆掉，重建了一院子一砖到顶的新式瓦屋。母亲说，德明家的日子总走在别人的前边。

小荣虽自小颇受溺爱，却不是那种被宠坏的熊孩子，老实，本分，善良，甚至忠厚里有一点木讷，能吃苦，人长得也挺拔，只是书总念不好。初中毕业，小荣便去江苏那边打工了。在南方闯荡了十多年，他回乡跟初中的一个女同学结了婚。那女子比小荣低一个年级，我也见过，细瘦，高挑，说不上美，是个普通的农家女子。

有一年，我回老家探亲，在门口碰上小荣，他硬叫我进他家坐坐。那时，小荣的奶奶已经过世，小荣的两个女儿已经出嫁，儿子还小，五岁左右。但他的妻子已不是我浅淡印象里的那个女子。她一个人住在德明家宽大的上房里。在我的老家，上房是家里的客厅，与上房相连的卧室，都是长辈居住，儿孙们多住东西厢房。

让我惊奇的是，小荣媳妇不知何时竟成降妖驱鬼、治病救人的"神娘娘"了，整日在屋里画符、烧香，除了求神问卦的人，一般人连上房的门都不让进。

朴实的德明不敢言语，搬了铺盖住在院外简陋的牛棚里。德明的妻子像一个用人，洗衣、做饭，带孩子，跑前忙后地伺候着小荣媳妇，整日看着儿媳脸色做事，大气都不敢出，任她在家里享受"神"的待遇。

那天，我坐在小荣的屋里扯了半小时闲话，喝了一杯淡茶。没想到回家第二天，小荣媳妇就给我传来了话，让我以后别再进德明家的门。

开始我有些惊诧、错愕，在脑子里反反复复过电影，想自己是不是说错了什么话。后来才知道，也不光村里人，远近几门子亲戚都被她谢绝了。渐渐的，亲戚跟德明家都断了联系，村里人也不敢进德明家的院子。

有年夏天探家，我在村里闲转，走到常胜家门前的麦场上，碰到德明和村里几个老人在树下聊天。"啥时回来的？"我给德明敬一支烟："前天下午，你身体好着吗？"德明笑笑："好着呢。"笑容里有淡淡的苦涩。

老人们心情不错地拉呱着闲话。德明坐在一块石头上，头发花白，背有些驼，似有满腹心事，神情显得沉重而无奈。在沉默里听别人谝闲传。他的心被一些无法把握的东西笼罩着。

德明和妻子栖身的牛棚我进去过一次，是大门外西边靠墙的一大间斜房，墙是红砖墙，上面盖瓦。当年他饲养牲口的一溜石槽还在，上面堆着锄头、钉耙、木犁、打农药的喷雾器等各种农具杂物，因饲养牲口年深日久，气味渗进了砖头和地面，隐隐里有一股马粪味。但简陋的小屋收拾得很干净，炕席上没有褥子，席子上泛着淡淡的红光，像打了蜡，那是肉身与席子常年厮磨、浸润出来的色泽。炕脚的两床被子叠得整整齐齐。屋里除了两把杌子，看不到一件家具。

他为何不重建一院地方，和儿子儿媳分开过生活呢？

我不知道德明为何没跟村里人一起去城里建筑工地上挣钱，他有手艺，在工地上可以拿大工的钱。但村里人盖房，砌墙、架梁、盖瓦，总少不了他的身影。

那年我家建新房，德明像个工头，一边抡着瓦刀砌砖墙，一边吆喝着帮工的人干分派的活儿。母亲提前将香、筷子和符子用红布包好，又按德明的吩咐买了鞭炮、香烟、糖果，还准备了二十元的硬币和毛票。

盖新房上大梁有隆重的仪式。村里大人、娃娃像过节一样，都挤在院子里看热闹。德明站在三墙上，高一声低一声，指挥一干人按他的分工，将水桶粗的横梁一点一点升到三墙上，垫实，架稳，将檩条与横梁用大码钉码好。一切妥当后，德明威风凛凛，手里提着母亲准备的篮子，站在横梁上大手一挥："放炮，上香！"

鞭炮声里，德明抡圆手臂，一把一把将篮子里的糖果、香烟和零钱撒向院子里看热闹的人群。鞭炮声、欢笑声、叫嚷声，顿时汇成一片汹涌的热浪。

新房竣工，按照老家的习俗和规矩，母亲为四个帮工的匠人，每人准备了一条香烟、两瓶酒、一盒糕点、一个红包。答谢的宴席上，我看到德明跟别的匠人一样，乐呵呵一样不少地收下了礼包，没想到晚上德明又悄悄将烟酒礼包送回来。

"心意我心领了，这礼不能收。"坐在我家炕沿上的德明见母亲不答应，顿了顿说，"你知道的，我帮人盖房子从不收谢礼，当着别的匠人，我不拿，他们会难堪，能为你家好日子出些力，我也是行善积德哩。"

几十年过去，我仍清晰地记得德明的话，甚至他说这些话时的声音、表情和神态。

"如果那年德明跌倒，抓紧送到医院里抢救，现在肯定还活着。"坐在房檐下摘菜的母亲念叨着。我说，也许吧。过去就永远过去了，我无法给母亲解释人生没有如果。

德明是在路上突然跌倒的，没任何征兆。被人送回家，一直处在半昏迷状态，无法言语。左邻右舍劝小荣赶紧送医院抢救，小荣立在地上，像一根树桩子，一声不吭，媳妇不说话，他不敢擅自做主。也许在他的心里，他的媳妇就是无所不能、无所不知的神仙，他不敢违背"神"的意志，从死神手里去抢夺生养自己的父亲。

刚刚七十跨零的德明，在病痛中呻吟一夜，第二天悄然走了。是心脏病，还是脑出血？没人知道。

德明走了半年，小荣和妻子带着孩子离开了乡下。没人知道小荣一家在城里什么地方，怎么生活。他们跟亲戚朋友断了来往，亲情友情的温暖，在他们的生活里早已消失殆尽。

再后来，突然听说小荣死了。

"患什么病死的？"

"不知道咋死的。"小荣最好的发小陶子在微信里说，这还是从小荣七岁的儿子给别人的短信里知道消息的。村里人在城里七拐八绕找到小荣时，他直挺挺地躺在床上，脸上扣着一片纸壳子，已经死了两天，脸是青的。

正是炎夏，一口薄棺材将他匆匆埋了。没有人知道四十多岁的小荣到底是怎么死的。他的死跟他在城里的生活一样，是一个别人无法知晓的谜。

德明和小荣，两个忠厚、朴实的男人，相距不到四年，就这样突然不明不白地相跟着从这个世界上消失了。据说拉回老家下葬时，小荣媳妇都没回来送小荣最后一程。谁也不知道她带着小荣儿子去了哪里。

死的死了，走的走了。德明亲手建造的宅院还挺立在绿荫里。大门上挂着一把落满尘埃的铁锁。有人说德明的妻子疯了，也有人说是去了山西女儿家。谁知道呢！

庄稼还在生长，草木葳蕤。德明家的日子，像他家门前的一树繁花，忽然在风里落得干干净净。大地苍茫寂静。

2018 年 10 月 11 日，岭南

流星划过夜空

　　许多年后，已经走出很远，远隔万水千山，出发地那些微火似的曾经，仍影子般紧紧跟着我，不离不弃。

　　电影对乡村少年是充满无限神奇与诱惑的。我的故乡不算偏僻，距县城不过百里，从我记事起就有电影看。尽管年少懵懂，但光影世界对心灵的撩拨，永远无法抗拒。

　　小学四年级的时候，冬天，我在学校里听同学说，晚上离我们村十多里地的涧边有电影，兴奋得课也听不进去，扳着指头盼放学。一进家门，书包远远地往窗台上一丢，饭也不吃，急匆匆约两个伙伴，就冒着严寒出发了。

　　不知道路，只有一个概略的方向。我们在雪地里一路打闹嬉耍，深一脚浅一脚，天黑透才摸到地方。那个隐藏在黑夜里的村庄一片寂静，连狗吠声都听不到。看场院的老汉说，他们村没电影，下午听娃娃嚷嚷，可能在红星大队。可能，就是不确定，模棱两可，到底在不在那里，那老汉心里没谱。

红星在西边，我们在东边，中间隔着十多公里呢。棉袄被汗湿透，风一扑，身子冻得直打哆嗦。寒风吹彻，我们捂着耳朵，跺冻僵的双脚。冻木的脚板渐渐恢复知觉，尖锐的疼痛电流般一阵一阵从脚底往脑门上蹿。我的鞋子出了麻烦，一只鞋的鞋帮与鞋底裂开了，若鞋底掉了，赤脚如何在雪地里奔跑？

不死心，不管不顾，黑灯瞎火，我在场院窗台上摸到一截细铁丝，胡乱绑绑，圈起手指吹几声尖锐的能划破黑夜的口哨，又接着往那个不靠谱的村庄狂奔。

现在已经不大记得我们三个少年在雪地里跑了多久，为赶时间，我们抛开大路，摸黑从田地里穿插，不停被粪堆、坎坷和突兀的坟堆绊倒。上气不接下气扑进红星大队，等待我们的仍是一片寂静。

电影已经放毕，散场了。挂银幕的杆子还没拔，空场子上满地烂砖头和瓜子壳。

我们满腹埋怨和遗憾，又抄近道穿过一片片漆黑的田野往回跑。回到家，天已麻麻亮。

面对父亲的训斥，我不敢吱声，也没敢说自己跟两个伙伴像野狗一样，在黑夜里疯跑了一夜。冰天雪地，寒风凛冽，我心里深藏着温暖与欢喜，父亲无法看见。孩子们奋力奔跑的方向，时常与大人的想法背道而驰，也与理智无关。

要命的是，我的脚被严重冻伤，很长时间没法上学。

那个遥远冬天里的我，挂着一根棍子，心事重重地坐在窗前，看纷纷扬扬的大雪落在曾经落过的地方。看父母出出进进忙碌，听伙伴叫嚷着上下学，在雪地里打闹，而我的身体却被冻伤的脚囚禁。没有人知道我的心在无限的忧伤里隐隐作痛。

我像跌进一片灰色的梦里，每天拄着一根棍子，静静地坐在门口的杌子上，看几只鸡在地上啄食，看它们在一阵一阵的"咕咕"声里追逐、逗乐、打情骂俏。盯着墙外一棵枯索的杨树，或者墙上的草帽、镰刀，还有屋顶瓦楞上干枯的草，发呆、愣神。我外表看上去呆滞平静，内心却忽左忽右，忽上忽下，心像一粒浮尘，在风里不停地翻转、飞扬，说不清为什么，竟无端地觉得很孤独。

时间顺着屋檐滑落。我企望脚上的冻伤早点好起来，并非想尽快回到上学的课堂，而是担心错过一两场电影。

这次经历，在我心里落下了一个深深的疤痕，让我时常想起那个遥远的寒冬之夜，以及那些夜色里火星似的事情。

乡村放电影都在野外。村里，或者村外．一块平地，银幕往土墙或两棵树之间一绷，观众站在空地里，黑压压一片，大呼小叫，人声鼎沸。

头两年，村里尚未通电，放映队带着发电机，放映机旁边插一根杆子，远处的发电机，突突突，杆子上的灯泡如黑夜里一朵橘黄的花朵。观众嗷嗷着，像一波一波的浪，在灯下涌动。

四周唧唧虫鸣声。有时电影正放着，突然一片漆黑，一片寂静。发电机故障了。

黑暗里，倏然一片口哨声、叫喊声。大人们像受了惊吓，都在唤自家孩子，黑咕隆咚里怕被人踩伤，或者走丢。

电影散场，我的心沉浸在电影里迟迟出不来，被故事、情节、人物纠缠着，埋头跟着别人在野地里急走。有时深更半夜到村子，竟发现跟错了人，走到了别的村庄，又折身从冤枉路上往回跑。有时孤身一人，有时几个伙伴一起疯跑。

一个人在黑夜里行进是一件荒凉而恐惧的事情，但每个人的生命里，都会有一段孤独的黑夜，必须独自面对。

有时正看得入神，天不作美，忽然下起毛毛雨，放映员撑起雨伞，继续银幕上的影像故事，看电影的人淋得落汤鸡似的也不离开。冬天，天寒地冻，哈气成霜，常有雪花不期而至。只要不是鹅毛大雪，电影大都会坚持放完。有时放映员会喊一嗓子："还看不看？"雪地里的一尊尊雪桩子回应一声："看！"

姚王村是个大村庄，周围有七八个自然村。当然在包产到户前，它跟全国所有同级别的村子一样，叫姚王大队。不管名字怎样缤纷，因为交通便捷，离县城近，似乎从我记事起就有电影看，而且很早就有宽银幕电影看。

今天这个村，过几天那个村，差不多十天半月，就有一场电影。不论远近，也不管同一部电影看过几遍，我几乎每场必到。《地道战》《上甘岭》《小兵张嘎》《少林寺》等，一部部或黑白或彩色的电影，就在这样的旷野里走进了一个个乡村孩子的心灵世界。那些银幕上的故事和人物，像划过夜空的流星，在我心里不断地激起一道道梦想的涟漪。

不光战争片，武打片也是我的最爱。看过电影《神秘的大佛》《少林寺》《木棉袈裟》，以及后来的《霍元甲》《陈真》电视剧后，我心血来潮，竟萌生出练一身武功，仗剑走江湖的梦。我和四弟不知从哪里寻来水泥，在地面上挖出坑，用水泥捣出一种简陋的举重杠铃和手抓的石墩子，练臂力；在树身上绑破棉衣练铁砂掌，腿上缠沙袋练飞毛腿，每天晚上在星空下哇哇乱叫，总要折腾出一身臭汗才肯罢休。

在漫长的少年时代，我的梦想不停地变换着。练一身功夫的梦想没坚持多久，忽然又迷上了琼瑶的言情小说，一本一本地看，如痴如醉。

当然，最开心的是自家村里放电影。太阳挂在西天，还有几竿子高，孩子、老人就早早扛板凳、搬砖头，到放映点占位置，整个村庄如一锅沸腾的粥，喧哗，吵闹。

几年后，村里通了照明电，几个脑子活泛的年轻人，用土墙围起一个大院子作露天影院，请电影队放映，自己卖票挣钱。票算不上贵，一毛钱一张票，后来是两毛钱、五毛钱。乡亲们说，票价像暴雨时节的河水，涨得太快。1983年，农村虽说已包产到户，但生活仍然清贫，大部分人家是没有闲钱让孩子买票看电影的。

土墙夯得很高，站在墙外瞅不见银幕。佢孩子们有办法，太阳还没落山，就早早爬上四周远远近近的大树，也不管银幕上的人影是反是正。有时正看得出神，忽然一声重物砸地的闷响，树下传出嘶哑的哭声。有人在树上打盹掉下了地，抑或树枝被压断了。

狗肾人长得细瘦，胆子却大，看电影从不买票。有一次翻墙头逃票，刚爬上墙头，像被电打一样跌下来。他在墙头摸了满手粪便，手也被玻璃碴划破。人不是鸟，无法蹲在墙头上拉屎，也不会拉出玻璃渣滓，为防人翻墙逃票，看场子的愣头青，在四周墙上插碎玻璃，抹粪便。他们前脚刚走，狗肾在后边偷着拿铁锨铲，像一场无聊的游戏。

在打闹、哭笑声中折腾两年，乡政府也建起了电影院。乡电影院高大漂亮，却没有座椅，一色儿站票。从露天到室内，也算是一种进步，看电影不再受风雨搅扰。每次放啥电影，也用不着四处打听，电影海报不光校门口贴，还挨村贴。大人们整天在田野上忙碌，天一黑就困倦疲乏不堪。孩子和青春期的少男少女们像赶集市，黄昏的村道上，一群一群追打嬉闹。年轻人说是看电影，实则是谈对象，有的甚至成群结伙打群架。电影还没开场，有的就一对一对悄悄出了影院。黑暗中的田野，有夜色遮蔽，目光无法看得更远。黑夜以它最厚重的色彩，隐藏了年轻人无数绝密的消息。

一场场电影，像春天吹过田野的风，吹醒冰冻的泥土，也吹醒了大地上的万物。花蕾一样紧裹的年轻的心，一点一点颤抖着松开了。

看过日本电影《追捕》不久，街上就悄然流行起一种新潮的穿着。一些年轻人穿着廉价风衣，将领子竖起，戴一副大黑团陀陀眼镜，把自己装扮成《追捕》里杜丘的冷酷相。电影里的浪漫故事，让年轻人寂寞的心渐渐苏醒，平庸琐碎的生活被电影里的人和事点亮，渺小的生命也渴望拥有自己的欢畅与幸福。爱情，像一场接一场的电影，在许多年轻人之间，在看不到的夜色里悄然发生着。

我无法认识那些在黑夜里播种秘密的人，但那些秘密，花谢籽结，硕果累累。如今生活在这片沃野上的人，许多人的身体里都隐藏着那段岁月里的秘密。

林胜爹知道林胜大姐跟邻村一个男青年爱得死去活来时，事情已经很难掰开。

林胜家离我家不远，他大姐桃花爱看电影。每次放学碰上我都会问，三子，今晚哪儿有电影？我逗她，说，"猴子"知道哩。她的鹅蛋脸唰地红了。我喜欢她害羞时流露出来的内心波澜，还有不动声色的焦灼与欢喜。

桃花比我更关心电影，却很少在电影场子里看到她。电影演到半场，或者还没开演，她就跟着一个脸上有疤的瘦小伙从人群里挤出去了。

其实，事情很多人都知道，只有林胜爹蒙在鼓里。我和林胜都觉得爱情与人的长相、家境贫富没多少关系，但林胜爹不这么认为。他说，我家桃花嫁给那样的人家，会受一辈子苦哩。

那个叫强娃的小伙，瘦而黝黑，外号"瘦猴"，家里光景确实不好，他爹腿瘸，走路一摇一晃，看上去一条腿长一条腿短。他母亲是个眯眯眼，头发乱蓬蓬的，时常挂着草屑，一副没睡醒的慵懒样子。据说，她脑不清，不识数。

瘦猴家就在学校旁边，有时放学出了校门，我们常在他家窑垴上的场院里玩斗鸡，推铁环。窑垴下的地坑院很大，听说原来住着三户人家，两家建了土木瓦房，搬走了，就剩瘦猴家六口人住在三孔破窑洞里。

有意思的是，父母身上的特点，瘦猴几乎照单遗传，一样不落。他的腿不瘸，但走路跟他爹一样，晃，似乎他脚下的路总是不平，上眼皮耷拉着，眼角时常卧着两粒眼屎，很瞌睡、很疲惫的样子。

林胜说，我姐眼瞎，鲜花插到了牛粪上，那个瘦子脑袋像个枣核，舌头大得话都说不利落，我姐到底看上他啥了？我说，你问你姐嘛。

其实，我也觉得强娃配不上桃花。桃花皮肤白皙，丰乳肥臀，身材高挑。桃花说话声音很好听，轻盈、明亮，象山涧流淌的潺潺小溪。

桃花家是村里最早建瓦屋的，家境比村里大多数人家殷实。

我记得那天是星期天，我背着草筐从田野回来，看见桃花穿着水红的衫子，一条格子裙，衬得两条白皙光洁的腿更耀眼。她手腕上搭着几绺彩色丝线，坐在自家门前的杌子上绣鞋垫。正是春天，身旁和身后园子里，梨花如雪。她一边埋头绣鞋垫，一边轻轻吟唱着电影《知音》里的主题曲。她完全沉浸在自己的世界里，若有若无，漫不经心地吟唱，像清晨田野上轻轻涌动的薄雾。她明亮、轻柔的歌声，让我听到一个怀春少女内心深藏的情爱，忧伤，哀婉。

那天中午，她的低吟浅唱，优雅姿势，与屋舍菜园、繁花绿野，一起构成一幅意境悠远的乡村画面，让单调平淡的乡村生活突然有了一抹难以描述的美。从《知音》到《庐山恋》，她用低低的声音反复吟唱，身心沉浸其中，并没注意到我站在不远处看她。桃花永远也不知道，她那个不经意间被我看到的小场景，会像一幅油画，一首意味隽永的诗，深深地烙在一个少年心里。

两个月后，我们都没想到，桃花会以一种决绝的方式与她爹告别。她以死亡的方式成全了自己渴望、梦想的爱情。

那天太阳很大，当桃花父母扛着锄头从田里回到家时，身子一软就瘫倒了。身着新衣的桃花用一根细绳将自己挂在了房梁上。她用死告诉自己的父母，"纵有千年铁门槛，终须一个土馒头"。

她像黑夜里划过苍穹的一粒流星，倏地消失，重归大地，仿佛一次陨落就是人的一生。

后来，林胜悄悄告诉我，他大姐桃花死时肚子已经微微隆起。

与桃花的痴情不同，长柱二姐活泼、开朗，村里长辈都夸她长得俊俏。我和同伴们也觉得她像电影里的姑娘，洋气，身材修长，身上有一股子农村姑娘没有的味道。

长柱二姐在电影场里认识了邻村一个三十岁的男人。那男人比长柱二姐大十一岁，矮胖，络腮胡子，老跟人打架。当然，他打人，也常被别人打得鼻青脸肿。

邻居们都说乡中学的周老师在追长柱二姐，已托了媒婆提亲。

然而，就在长柱父母准备让她跟周老师订婚时，长柱二姐看完电影，跟着"络腮胡子"在夜色里私奔了。去了哪里，没人知道。她逃离了自己的世界，以飞蛾扑火的倔强和执拗奔向未卜的自由与幸福。

　　这片苍茫的大地上，曾有多少人在爱情的漩涡里挣扎，悲伤，绝望，我不大清楚，也无法明白为何那些看上去很漂亮、很难追求到的女孩子，常被一个个并不怎么样的丑男人勾引走。但那些曾经活泼的身影，那些悲苦与疼痛，让我渐渐懂得，爱情不只有内心无法控制的甜蜜，还有难以承受的恐惧和悲伤。

　　去年秋天回老家探亲，我在村里溜达，发现村庄的细节早已被时光篡改，重组。桃花父母早已过世，林胜几年前就将家搬到城里去了。长柱一家也在外边打工，破墙烂院里长满了荒草。

　　回家第二天，村上有人结婚放电影，侄子侄女们却没有我小时候的兴奋、激动，都坐在家里看电视。母亲说，现在不一样了，年轻人都在外头闯荡世界，村里尽是老人和孩子，老的老，小的小，谁有兴致去凑那个热闹呢。

　　夜风习习，我立在庭院里，记忆一片狼藉。我知道少年时代的生活记忆微不足道，只是故乡辽阔原野上遥远而渺茫的一小段细瘦梦想。村庄，正不停地向看不见的时间深处沉没，那些曾经的过往被尘埃和荒草掩埋得越来越深。

　　那些淳朴亲善的长者，还有一些少年伙伴，正不断地被黄土掩埋。时间像风一样吹过村庄和原野，他们的故事散失在风里，名字已被人忘却，不再提起。

2018 年 3 月 11 日，羊城

柳石匠

　　门前的老坑院已废弃二十多年，门窗朽烂，窑墙塌落，坑院里十多棵粗如水桶的树，疯了般追着阳光往窑垴上蹿，浓荫遮天蔽日。平日是没人下坑院去的，但我每次回老家，都要下去看看，似被一种无形的力量牵着，不由自主。

　　看什么呢？看一对青石磨盘。当然，也抚摸一小段苔藓般细碎、枯索的岁月。这个坑院式的"旧家"，是父母带着我们姐弟在大地上一锹一筐掏挖出来的，虽废弃多年，但温暖、忧伤还在。生命里的阳光与阴雨，凝固成一粒粒坚硬的文字，烙在了石磨上，也深深地刻进我心里。

　　与石磨相伴的时光是苦涩的。看到石磨，许多被遗忘的事物如显影液里的黑白胶片慢慢浮现出来，包括月光、寂寞、寒冷、雪花、鸟声，还有石匠不动声色的爱情。

　　两扇质地细腻的青石磨盘，在窑洞里靠窑墙静静地立着，像曾经用旧的一弯镰刀，一把豁得没法再使的锄头，被我们丢弃在大地上，成了时间深处的古董。土坯垒砌的石磨基座，磨道里深浅不一的脚印还在，就像我们刚刚转身离开。

坑院里有大小五孔窑洞：两孔大的住人；浅一些的，一孔灶房，一孔养牲口；剩下一孔隔成两段，里边做羊圈，前边安放石磨，算是我家的磨坊。家里五谷杂粮，都得从石磨上加工成面粉。

忙完田里的农活，夜幕降临，牛羊归圈。一家人在灯下吃完饭，父亲铡草、喂牲口，为第二天的农活做准备。母亲在磨坊点一盏煤油灯，将提前收拾干净的玉米、高粱，或者小麦，倒在磨盘上，我们姐弟便抱起磨棍推磨了。

伴随着石磨转动的轰轰声，那些新鲜的、带着琥珀色、金黄色或咖啡色的颗粒，从两个磨眼里一点点下去，在石磨的挤压、咬合中被磨成细粉，从石磨边缘的缝里溢出，一圈圈落到槽台上。我们用力推着石磨在磨道里转圈儿，与粮食的颗粒一起损耗着石磨的牙齿，转动中的石磨也在不动声色中默默消磨、损耗着我们的青春和力气。

石磨一扇厚七寸，直径约一米二，大而厚实，像两块石饼，很沉。下扇磨盘是固定的，圆心上插上木轴，上扇磨盘的圆心有一个臼，套于这个木轴上。上下两扇磨盘轻轻合在一起，推磨时上扇磨盘在人力作用下转动，下扇磨盘不动。推磨，有点像人的上下牙齿磨碎食物。我家的磨盘大而沉，一个人推转很吃力，多是两个人合力推。我和哥哥，或者弟弟抱着磨棍推，姐姐或母亲用小簸箕将槽台上磨碎的粗细不均的面粉扫到箩里，用细密的箩筛。罗面是技术活儿，一个直径约一米五、细篾条编织的大笸箩，里面支两根铁轨一样的木架子，像拉风箱，手拉动箩在轨道上来回运动，符合细粉标准的面粉雾一样，一层层落下去，留在箩里无法漏下去的，重新回到石磨上推二遍、三遍，一遍又一遍，直到最后剩下一把麸皮，无法再磨才能停歇。

我记得父亲在世时曾自豪地说过，石磨是他花两块银圆从北原上买回来的。一扇磨盘两个壮汉才能抬起，两扇磨盘重近千斤，黄土路坑洼不平，父亲推着独轮木车翻山越岭，是怎样把石磨从几百公里的远路上弄回来的？父亲木讷，没说过，我也不曾问过。

乡村孩子放学回家，很少写作业，也没什么作业可写，但需要帮父母干的农活很多，拾粪、砍柴、割草、拉粪、锄草、放羊。所以，我家推磨大都在晚上。

与田间劳作不同，推磨是一种寂寞且单调无聊的劳动。推一次磨，抱着磨棍在磨道里一圈又一圈，一推就是三四个小时，身心疲惫。有时我会和哥哥，或者弟弟边推磨边玩成语接龙游戏，应答时间以推转石磨一圈为节点，转一圈答不上算输。但大部分时间是在沉默里吃力地走，听着石磨轰轰轰转动。

乡村的夜，很静，月光如雪。磨坊没门窗，窑口只砌了一截齐腰高的窑墙，洁白的月光落进窑里，落到石磨和我们身上，落在磨道里，如雪如霜，我们像披星戴月的夜行人，影子在磨坊里忽长忽短，忽前忽后。羊在圈里安详地反刍，尿声哗哗哗，羊骚味在月光里轻轻浮动。我们在寂静里一圈圈机械地推着石磨转，有时走着走着，人便瞌睡，迷怔、梦游一般。在睡梦里推磨，人迷迷糊糊，有时磨棍一端脱离磨扇，人向前扑空倒在磨道里，鼻青脸肿不说，磨棍还会顺势将磨盘上的粮食撒落一地。但母亲并不责骂，说，困了，去院里转转，灵醒灵醒。

我从疼痛里清醒过来，坐在门口的矮墙上，看月亮，看月亮上的桂树在风里轻轻摇晃，想玉兔，想吴刚与嫦娥的传说。村庄沉睡着、静谧着，月光像山涧里的溪流，或阳光的颗粒，哗啦啦落向大地。有时，我也会在月光下翻一会儿书，等母亲或姐姐罗筛好粗粉，再起身接着推磨。

母亲会利用我们推磨的一点空闲，坐在门口的小凳上做针线，低着头，在月光里一针一线地给我们做鞋子，或缝补衣服。除了雨天或风雪天，母亲的针线活都在晚上。她的儿女太多，七个，白天在田里为我们忙嘴上的，晚上，在灯下缝缝补补，日子穷困，再难，也不能让自己的儿女冻死饿死。我身上的衣服总是旧的，哥哥不能穿了，裁剪缝补后给我，我不能穿了，再改改补补，又到了弟弟身上。

月亮升起来，窑院里亮如白昼，母亲就会将磨坊里的灯熄了。点灯的煤油是金贵的，要拿钱去公社的供销社买。父亲嫌我们晚上看书浪费煤油，经常将油瓶瓶藏起来。但无论他藏得多深，我们总能找到。有时他往灯里添油，拿出的油瓶却是空的，我们气得跺脚。没点灯的油，断了调饭的盐，那时在乡村是常有的事，也没什么难为情，一时没钱买，就去邻里借一点，度几天难，自家买了，再还人家。我家的磨坊几乎夜夜都有推磨声，除了我们自家推磨，村里没石磨的人家，也常借我家石磨推磨。石磨的隆隆声，经常会响到后半夜。

洁白的月光，就是我家免费的灯光，家里许多工作都会在月下进行。

　　沉默寡言的父亲，常坐在月光下，用处理好的筷子粗的荆条编簸箕。编簸箕的荆条是专门沤制过的，粗细均匀，细长、洁白、柔韧，如一根根琴弦，在父亲粗糙的指上舞动。编不同的生活用具，用材不一样，背篼、担筐、桵枷用材相对粗放，各种荆条都是他从远山里砍回来的。父亲三个晚上能编一个簸箕，用荆条劈成的篾片收边，结实，纹路横竖有致，很好看。一个簸箕拿到集上能卖两三块钱。

　　月光下，父亲手上的活儿总变换着，有时编背篼，有时是筐。有皮条，他会缠几副桵枷去卖。如果没东西可编，就在月下磨斧头、镰刀、锄头，一把一把磨得锃亮，修损坏的农具，从不会提前休息。我们都在默默地用自己的力气和心智，在月下编织着属于乡村人的幸福。父母在沉默里忙碌，从容、安详，他们能从夜空中的星象判断夜的深浅。

　　那样安静、明亮的夜晚，自我十八岁离开村庄后，除了在高山和海岛上，别的地方再没见过。城市里没有夜色，看不到月亮和星星，也没有真正的黑夜。我常想，一个人在大地上行走，忙碌一辈子，却没见过月亮、星星，不晓得夜色是什么色，身上没落过月光和星光，没听见月光落地的脆响，不懂得黑夜的意义和秘密，他的人生会多么荒芜与无趣。

家里驴子如果不下田，有时也会套上推磨。但驴推磨得人照应着，用手把磨盘上的粮食往磨眼里扫，石磨里没粮食，会把磨齿磨钝。那时我痴迷读书，照看驴推磨时总爱坐在边上看书，心和眼睛沉浸在书里，磨盘上没有粮食，老实忠厚的驴拉着磨子咣咣咣空转。

驴戴着眼罩，在黑暗里拉着石磨在磨道里一圈圈地转，人不让停歇，它会一直绕着磨道走。驴推磨时，不光要戴眼罩，还得给嘴戴上笼嘴，防止它伸嘴偷吃石磨上的粮食。我不是驴，不知道驴在磨道里转圈时在想什么，但我们都是大地上的动物，要平安活过一辈子，都不是一件容易的事，不管情不情愿，都要在各自的命运里负重前行。

石磨钝了，不出活儿，父亲就会念叨柳石匠。但是，只有秋庄稼收罢了，柳石匠的身影才会出现在村口。他身上背一个褡裢，一头是吃食和几件换洗衣服，一头装工具。

我隐隐记得柳石匠叫柳勇强，也许不是这个名字。平常乡亲们都管他叫柳师傅，很少有人知道他的大名。柳石匠瘦瘦高高，戴一副茶色的石头镜，四十多岁的样子，一身蓝布衫子。冬天，外边是一件黄色的棉大衣，朴素干净，话不多，甚至有一点腼腆。我总觉得他像一个沉静的教书先生，不应该当石匠。

一根好木料的梦想，是遇到一个心灵手巧的好木匠，遇上，木头便成了带着思想光芒的艺术品，一代一代传承下去，在时间里走很远。我家门前的那块水缸一样圆溜溜的条石，一直在时间里默默等待一个石匠。

乡村百姓土里刨食，没有权贵的"府邸"，亦无经商人家的"公馆"，皆泥墙瓦舍，旧式坑院，没什么东西可雕，但很多人家都有石磨。石磨用一年，就老了。扇面之间咬合的齿槽，磨光滑了，要重新凿一凿，叫碴磨子。

柳石匠一进村，咣咣咣，一家一家便轮流响起钢钎在石磨上的锻打声。

我家的石磨太沉，每次柳石匠上门，父亲都要在村里找两个壮汉，才能将石磨的上扇卸下来。柳石匠先坐在院子里锻卸下的上扇磨。底扇固定在基座上不用动，柳石匠屁股下坐一个小脚凳，戴一个洗得发黄的口罩，手上的钢钎一会儿细，一会儿粗，抡着拳头大的铁锤，当，当，当……细碎的石屑、粉尘随着钎头的移动飞溅、弥漫。

他的背对着窑口上的阳光，黑影在磨盘和窑地上轻轻晃动，像一片树叶在微风里摇曳。锤声时高时低，时厚时薄，在磨坊和庭院里起起落落，很有节奏。锤声停了，我们就晓得他该歇息了。

深秋的阳光淡薄，苍白，温暖。他静静地坐在石磨上，一声不响，像一块沉默的岩石，一副心事重重的样子。他把脱下的棉线手套放在锤子上，工具摆得很齐整，从不乱丢。他的手指很长，烟在指间静静地燃着。他的烟，不是乡村人自种烟叶制作的旱烟，是商店里五分钱一包的羊群牌纸烟，带着烟莒好闻的香气。

有时他会放下钎和锤，脱下干活时才穿戴的灰布褂子和蓝布帽，盘腿坐在窑门口，手上捧一杯茶，一口一口地啜，似要慢慢从茶里品出醇厚回甘来。那茶，装在一个装过罐头的玻璃瓶里，是父亲备着招待亲戚和匠人的，从不舍得喝。他歇息的时间很长，有时我出门担水，他已在门口坐着，我跑几里路挑一担水回来，他仍坐在那里。

工钱是按天计算的，我们姐弟都嫌柳石匠干活慢，磨洋工，多挣钱。父亲说，碻磨是细活儿，急不得。

两扇磨，柳石匠要叮叮当当敲打四天。村里人排着队，一次次来我家催，他笑呵呵地说，不急，不急。两扇磨拿钢钎顺纹路细细凿一遍，拿砂纸磨一磨，用水清洗干净才算完工。然后，他眯着眼在碻过的扇面上照，磨盘上横横斜斜的纹路，如大地上阡陌纵横的网。他一遍又一遍地照，很认真，像一个庄稼人蹲在地头上深情地凝视地垄和庄稼。见我在旁边一脸不解，他拍拍身上的灰，笑眯眯地说："上下两扇的纹路，跟人的上下牙齿一样，严丝合缝才好。"

那时，生活穷困，农村人很少有刷牙的习惯。柳石匠每天早晨起来，先蹲在院里的渗坑边刷牙，满嘴白沫沫。他不刷牙，不吃早饭。

我家那块在院门口放了多年的条石，在柳石匠的建议下，被雕凿成一个喂猪的石槽。两头锯下来的边料，在柳石匠叮叮当当的锤钎声里，变成了两个光溜溜的石枕头。石枕头平底，四周雕着几丛花草，上边有优美的弧型，磨得光滑如镜，像两瓣月牙儿。

秋收后的农闲时节，匠人们都会出门挣钱。记得村里还来过几个揽活的石匠，但乡亲们只认柳石匠，说他人厚道，工价便宜，活儿精细。所以，全村几百户人家碻磨的活，几乎是柳石匠一个人的。

别的石匠在村里吆喝一圈就走了，没人理，插不上手。

我从五六岁开始，就跟着姐姐和哥哥推磨，十岁之后，多是我带弟弟，寒来暑往，绕着石磨转了差不多十年。在我的记忆里，我家石磨一直都是柳石匠破凿的。

包产到户不久，村里有了机器磨坊，离我家不到二十米远，站在窑垴上的麦场里就能看到。磨坊里有磨面机、碾米机、粉碎机，机器轰轰隆隆从早响到晚。手头宽裕的人家，连牲畜过冬的饲草都拿到粉碎机上加工。除了我们村，周围几个村庄也来这里磨面、碾米。但我家吃饭的嘴多，干活的劳力少，没什么经济来源，面粉只能靠石磨，碾米用石碾子碾，在艰辛里甩着汗瓣子往前挣扎。

推磨算不上重体力活，我对推磨也说不上厌烦，只是觉得太耽搁时间，没时间读自己喜欢的书。但家境拮据，父母咬牙供我们兄弟读书上学已很不易，不推怎么办？我们必须在自己真实的生活里成长，生命里的困境，要靠自己的努力解决。

我喜欢在雨天或者雪天推磨。室外春雨绵绵，大地湿润、干净，我们推着石磨一圈一圈地转，磨坊对面窑崖上的两丛洋槐，叶子油亮，枝上开满洁白的槐花，浓郁的花香被细雨打落，在坑院里弥漫。树丛下面墙缝里两窝刚出生的小鸟，在鸟窝里张着嫩黄的小嘴，唧唧唧，幼鸟的爸爸妈妈们在雨里飞出飞进，忙着为自己的孩子寻食。老鸟一飞回，小窝里一片争先恐后的唧唧声，都争着将小嘴伸向爸爸妈妈。半个月左右，鸟窝便安静了，空了。小鸟跟着父母去辽阔的田野上飞翔、寻食，筑新巢，不再回来。生命卑微，但在人们不易看到的角落，我看到了生命的温暖与光亮。

　　冬天，纷纷扬扬的雪落在它们曾经落过的地方，大地洁白、素净。有时我们会把炭火炉子提到磨坊，炉子里烤着土豆，香气弥漫。窑外寒风呼啸，雪花纷飞。累了，香喷喷的土豆烤好了，我们围着破铁桶制作的炉子，休息，吃烤土豆，相互讲一些逸闻趣事。我喜欢雪天大地的安静与寂寥，喜欢在单调的劳动中默默想一些乱七八糟的事情。

　　除了䃺石磨，柳石匠还给村里不少人家做过碌碡。

　　碌碡是碾场不可或缺的农具。各种庄稼从田里收回，晒干爽，摊在麦场上脱粒，量少可以用梿枷捶打，种植面积稍大，则必须用碌碡碾压。

　　碌碡是可以转动的圆柱体，中间略微隆起，两头略小，才能绕着一个中心旋转。柱体两端的圆心处有孔，孔里嵌入圆形铁臼，固定的木轴插在里面可以转动。凿好的碌碡套在一个木架子内，牲口拉着就可以碾场了。

村里谁家要做碌碡，都是自个儿先去山里选料，寻一块适宜的岩石，再请几个壮汉抬回来，丢在场院里。然后，石头和人一起，在时间里默默等待石匠的到来。

柳石匠绕着场院里的石料转一圈，不时拿铁锤在上面敲敲。蹲在旁一边吃烟一边端详那石料，他从锤声和表面纹路，洞察石料的内部质地。吃完一支烟，这块石料的命运就定了。工钱他是动锤前就要说好的，石料的质地、大小和形状不同，工钱也不一样。

村里巧娃家请人从山里抬回一块牛腰粗的大圆石，足有一米五长。柳石匠用脚踢了踢那石头，说："去重找一块吧，这石头不行，做出来，用不了几天就会裂开。"

"这石料好得很，你放心做吧，出了问题不用你操心。"巧娃爹说。

"你这人犟得很，将来裂了你别骂我。"柳石匠眯着眼说，"工钱得十元，能成，就给你做！"

那块大石料在巧娃家的大核桃树下已经放了一年多，上面落满了鸟屎。柳石匠放出大样，先凿除多余部分，让不规则的石料变成一个圆柱形，然后坐在小凳上，顺着柱体精细地凿斜纹。

整整五天，锤声叮当，石屑飞溅。那尖硬的石头，在他手里，像我们手里玩耍的泥巴，变成了一个好看的碌碡。

碌碡架子是村里木匠做的。柳木的，很结实。

庄稼收割回场，村里人趁着好天气碾场，家家麦场上摊着庄稼。一对毛驴，或者牛和骡马拉一个碌碡，都忙着碾场。巧娃家也不例外。

巧娃爹戴一顶大草帽，一边荒腔走板地吼秦腔，一边吆喝着一对驴子碾场。他忘记了柳石匠当初的拦劝。难开的麦，头遍刚碾了一半，那个新碌碡在高速旋转中突然裂成了三大块。

巧娃娘说："你个犟怂，不听劝，这可好，十块钱白花了。"

气头上的巧娃爹挥着鞭子骂："你个骚娘们懂个屁！"

家家都在忙着碾场，去谁家借碌碡呢？只好停歇，等谁家碾完了，再去借碌碡。

小麦、胡麻、谷子、糜子……各种庄稼，一场接一场，没个十天半月是忙不完的。

庄稼打碾完了，完成了使命的碌碡，卸了木架子，被丢在麦场的麦草垛和门前的树下，像一个沉默老者，静静地眺望来年的收成。

柳石匠在村里出事那年，我正在城里读高中，寒假回家，听村里人断断续续说，柳石匠差点被水琴的男人曲波打死。

柳石匠给曲波家碹磨，七岁的儿子去了学校，曲波扛一捆铁锨和镢头柄去集上卖。天气寒冷，曲波棉衣外边忘了套羊皮袄子，冻得扛不住，没等集散，就咯吱咯吱踏着积雪往家跑。

院门推不开，里边闩着，屋里隐隐传出媳妇梦吃似的叫声。曲波听着不对，纵身从墙头翻进了院子。

没人知道曲波那天在屋里咋整治的柳石匠。邻居猴子说，他看见柳石匠跪在雪地里，捧着雪擦脸上的血迹，脸肿得比馒头还大，没背装工具和衣物的褡裢，拄一根棍子，在寒风里拖着一条腿，一晃一晃慢慢挪出了村子。

两天后，被曲波打得鼻青脸肿的水琴不见了。曲波以为她回了娘家，没在意。过了一周，在集上问小舅子，小舅子说，他姐没回过家。

曲波有些慌，顶着鹅毛大雪，赶紧去泾河川对面的塬上寻柳石匠。只记得一个模糊的县乡，具体什么村并不确切，一路打听，跑了半个月才找到村子。柳石匠家的院子里静悄悄的，大门上挂着把锁。村里人告诉曲波，柳石匠在外边被歹人欺，打断了鼻梁骨和三条肋骨，还丢了两颗门牙，几天前刚和一个女人相跟着走了，说再不回来了。

从村里人描述的穿戴、长相，曲波知道那女人是自己的媳妇。他没说自家的丑事，也没敢说柳石匠是他打的。但他从村民口里听到了一点柳石匠的消息。柳石匠父母都曾是干部，在"文革"批斗中自杀了。柳石匠丢了教师工作，平反后再没回学校，跟村里一个老石匠学了手艺，没成过家，一直打单身。

曲波揣着这些零碎的信息回到村里，人便蔫了，整日沉默寡言。

曲波听到儿子不像自己的闲言后，专门进城检查了一次身体。他把自己没有生育能力的秘密悄悄压在心底。他认了命，低到尘埃里，决心跟不是自己儿子的儿子过一生。

但天下没有不漏风的墙。三年后的一个早晨，儿子小勇跟媳妇水琴一样消失了。没人知道这个十岁孩子去了哪里。有人说，是柳石匠偷着接走了。曲波丢下农田，在外边找了三年多，没寻到任何消息。

实际上，柳石匠和水琴之间的情爱，从柳石匠第一次进村碛磨时就已悄悄发生。曲波看不见自己不可逆转的人生劫难和巨大坍塌，不能怪曲波，谁能准确地看清大地万物在黑夜里不动声色的变化与生长?

我忽然想起柳石匠每年在我家碾磨,总会换上干净衣服出去半天。他笑呵呵地对父亲说,坐得腰疼,出去转转。有时说是去乡邮电所给家里打个电话。我想那大约就是他与水琴秘密约会的时间吧。

柳石匠出事后,农村生活日渐好转,村里的石磨也渐渐歇了,磨面、碾米大都去机器磨坊。我家也不再用石磨磨面,只有年节做豆腐磨豆子时才会用用。

我一直记得有一年分秋粮,生产队一次就给我家少分了五十斤。我们姐弟都咽不下这口气,父亲却说:"少了就少了,争个啥?没那五十斤,咱也不会饿死。"然而,就是那年大年三十,我家揭不开锅了。父亲肩上搭个口袋四处奔走,掌灯时分才从生产队借回十六斤发霉的玉米。夜里,在昏黄的煤油灯下,我们一群孩子推着老石磨,欢欢喜喜地小跑着推磨,仿佛把天地撼动了似的欢欣。

我们也要过年,过年多好啊,能吃一顿饱饭。

多少年过去了,我一直记着那个大年三十的晚上,愁苦的父亲从生产队求爷爷告奶奶地借回十六斤囤底粮的同时,也借来了我们昨天的希望和今天的幸福。

没人知道柳石匠和水琴去了哪里,还有那个叫小勇的十岁男孩。曲波,那个在悲怆、沉默、孤独里煎熬的粗心男人,早在十年前的一个冬天就在屈辱中死了。

其实,柳石匠消失后,村里人还拿水泥做过碌碡。在地面上挖一个碌碡形状的坑,将水泥与沙子和好,倒进坑里,等凝固了,挖出来就是一个粗陋的碌碡。用水泥做出来的碌碡,多是光面,没有精细的斜纹,碾压不利于脱粒。

现在，碌碡和石磨，在陇东地区已经很少见了。偶尔，在一些废弃的老院落里，会看到一个孤独的碌碡。

家里已多年不喂猪，柳石匠雕凿的石槽丢在大哥家的房后。那对精致的月牙似的石枕头，下落不明，也许被喜欢的人拿走，抑或压在什么看不到的杂物堆里。谁知道呢，大地像黑夜一样，隐藏着太多人无法知晓的秘密，谁能看见那些埋在黄土里悲怆的脸？

2017 年 5 月 13 日，娑罗

麦场上的倒影

一

　　你暗藏在灵魂与血肉深处，常于深夜里梦呓的那些东西，已经和你没了任何关系，比如庄稼、炊烟、瓦屋、农具、石碾、牲口、泉水、煤油灯、树上的鸟窝、檐下的燕子。而你拼命拥有的，并不比你丢失的更丰富、更长久。一切都会像故乡大地上的事物，在时间里失散。

　　挂掉发小强子从上海打来的电话，我心里一颤。一边在心里这么想着，一边跟五弟拿铁锨铲除麦场上的杂草，准备紧场。我和强子差不多二十多年没碰过面，也没什么联系，只是偶尔从几个初中同学的嘴里零星得到一星半点消息。听说他一直在上海打拼，发达了，住别墅，坐豪车。

　　去年我探家时，强子母亲正重病住院，医院发三次病危通知，差点死掉，他都忙得没顾上回来一趟。我不晓得这世上，能有什么比自己母亲的生命更重要。

强子是我小时最好的玩伴，脑子灵光，人聪明，不知为什么，书却念不上去，只勉强读完初中。我猜不出强子是怎么出息、发达的，也不晓得他是从哪里寻到我手机号的，为何会突然想起我。

电话是强子在医院病床上打过来的，说自己被确诊为胃癌晚期，可能再也踏不上故乡的黄土地了。说这话时，他在电话那头沉默良久。我能感到他的手在颤抖，甚至能看见他眼眶里慢慢溢出的泪水。

二

挂了强子电话，我的心被猛烈的失重感扭住，像被谁的手一把一把地揪。八十一岁的母亲坐在场边树荫下的小凳上，安详地看着我和五弟埋头忙麦场上的事。

紧场是农事里不可疏忽的大事。冻了一冬天的打麦场，醒得酥糟糟的，长满一丛一丛杂草，要重新碾压、整理。

记得以前，临近收麦，下过透雨，或门前或屋后，家家吆喝牲口拉着碌碡紧场，早早为打碾、晾晒地里的庄稼做准备。如果碰不上雨，就从机井上拉水洒了碾压。

冻酥的麦场经过精心打理，瓷实，光滑，像用泥浆抹过，在阳光下静候成熟的庄稼归来，还有喧嚷与欢笑。

收拾好麦场，几场南风吹过，田野里麦浪的颜色由深渐浅，如起伏的金色绸缎。灼热的空气里，浮动着淡淡的麦香。"布谷、布谷……"布谷鸟在村庄、田野上飞翔。它们一声紧似一声的啼鸣，如庄稼人嘴上絮叨的农谚，是农事与季节的遵循，也是生活的一种提示，让人心里温暖、亮堂。

对庄稼人来说，麦子开镰是隆重的事情。木锨、铁叉、推板、麦镰，麦秸秆编织的草帽，与收麦相关的各种农具，沉睡了一个冬天，锈蚀、脱榫、散架，该修的修，该磨的磨，需添买则添买，都要提前准备妥当。它们和土地一样，是庄稼人生命不可分割的组成部分，随时令而动。

街道里的摊点、商铺，摆满收麦的新农具。铁匠铺里锤声叮叮当当，火星四溅，一派忙碌。一把把新铁叉、麦镰、犁铧、铁锨，跟着庄稼人的脚步走向田野。

与割草砍柴的镰刀不同，麦镰的镰架和刀子是专用的，麦镰有优美的弧度，顺手、轻巧、省力。割麦，是人和麦子之间一场持续数日的杀伐与损耗的较量，若麦镰笨重，从晨到昏，长时间在毒日头下割麦，力气再壮的汉子，再擅割麦的人都吃不消。

有一年跟父亲下地割麦，父亲在前边割头镰，打麦腰，我在后边割三犁麦，跟着捆腰。父亲是庄稼把式，割麦从地头上蹲下，便很少起身，在节奏明快的"嚓——嚓——"声里快速向前移动。一趟六犁麦，不管地块多长，会一气割到头，折身返回地头磨镰时，才会在树下休息一袋烟的时间。

热风浩荡。麦子真实、朴素、热烈，像海浪一样在无边的大地上涌动，还有我地塄上荒草般卑微的人生。

我的青春像一棵柔软、带刺的青草，力气不足，很难在麦趟子里长时间坚持。我必须为自己选择一把称手的麦镰。下镰时，我主动跟父亲交换了麦镰。他手上的麦镰已使了多年，血汗深深渗进老榆木镰把，温润、晶亮，泛着深红的包浆。我相信用父亲驯服多年的老镰割麦，手上不会打泡。

　　没割过麦子，没在麦趟子里厮杀、熬煎过的人，很难理解麦趟子里的痛苦与绝望。

　　收麦多是艳阳天，地里干燥，麦捆易晒干。日头如火，似乎丢一粒微火，就会引燃天地。人在麦地里，手脚并用，左手揽麦，右手挥镰，蹲屈着双腿左右交替往前移动，硬而锋利的麦芒和麦叶，在手和胳膊上反复刺刷，尘土和燥热蒸腾、弥漫着，直逼喉咙，头上汗如瓢泼，流进眼里蜇得双眼朦胧。在麦地里汗流浃背割了几十米，我的腰和腿就痛得似要断掉。握镰把的手太嫩，缺少苦力反复揉搓、打磨，被镰把拧满黄豆粒大的血泡，痛得钻心。

　　我怀着满腹绝望躺在麦茬地上喘息，像一条抛上岸的鱼。湿热的地气从后背向我肌肤里一点点弥漫。我闭上眼睛，让一些与庄稼无关的梦想在脑海里飞翔。

　　父亲割完一趟回来，见我头上盖着草帽四仰八叉地躺着，气得破口大骂。我一骨碌爬起，顺手甩飞麦镰，扭身就往家走。

一把上好的麦镰，在会使的人手上能用五六年，甚至十来年。麦镰上的牙子坏了，拿到集市上请小炉匠补上新的，刀刃老得没钢性，或豁了口，换一把新麦刀，继续跟着主人在麦地里征战。

那把跟随父亲在汗水和血水里冲锋，与父亲厮守着在滚滚麦浪里激战过近十个炎夏的麦镰，被我一怒之下摔成了两截。父亲和一把老镰之间的默契与配合，中断了。

我挺不住苦累，可以扔飞麦镰逃开，父亲永远不会，他肩上压着一家人的生活重担，再苦再累，都得咬紧牙关往前挣扎，决不退却，也无处可退。农民一辈子与土地厮守，土地是生存的命根，在汗水里播种、收割、打碾，一年又一年，苦累如衣背上的汗渍、手上的伤疤，层层叠加。不下苦力从土里刨食，拿什么果腹？

磨镰是技术活，不懂要领，越磨越钝，反而会把刀刃上的钢磨掉。所以，家里割麦的麦镰，总是父亲和母亲磨，磨得锃亮，锋利，所向披靡。

月光下，父亲一声不响地坐在檐下，神情庄重而肃穆，沉默里有期望，也有思索与安然。提前泡在脸盆里的两片苍老的灰瓦，静静地等待他粗糙的长满硬茧的大手。父亲磨镰喜欢老瓦片，不愿用油石。他觉得一片质地细腻的老瓦，更懂得如何唤醒一把麦镰的钢性与锋利。

月亮和星子落在泡磨镰石的脸盆里，眺望，沉思。瓦片在刀刃上磨一会儿，父亲就轻轻伸进盆沾一下水，月亮和星子像受了惊吓，在盆里轻轻跳动，逗趣。父亲用手指肚在镰刃上轻轻蹭一蹭，就知道锋利是否达到要求。有时，他会拿一根上午顺手从地头拔回来的新麦秆试镰。硬实的秸秆沿着刀刃从上往下轻触，变成碎屑般的小粒子飞溅出去。磨好一把，又磨一把，直到磨完全家所有的麦镰。

在麦地里，也是这样，割完一趟，父亲抱起树下的凉茶罐咕咚咕咚喝畅快，就坐在地头上给我们磨镰。割一趟，磨一次。他深谙一件称手的农具对一个庄稼人的重要。

三

父亲像调教初次下田的耕牛，耐着性子，压住火气，一心期望能将我们兄弟几个培养成种庄稼的行家里手。割麦、打碾、扬场、保墒、撒种、间苗、施肥、倒茬，样样农活不厌其烦地给我们唠叨，只是他的说教总是收效甚微。我们怀着强烈的叛逆和抵触情绪与父亲对着干，认为只有拼命读书，才能改变面朝黄土背朝天、在穷苦里熬煎的命运。被生活硌出血的父亲颇为无奈，常常气得跺脚："你们这些犟熊，书本里有黄米干饭和白面馒头吗？想做秀才就别来给我当儿子。"

经历过太多清贫与饥饿的拷问、抽打、揉搓，父亲把粮食看得比金子金贵。那年夏天，我回家跟着父亲收麦，拉麦途中，麦捆掉到路上，落了一些麦粒，父亲从地上捡拾，疾病使他的双手抖得厉害，拾到手里的麦粒又不断从指缝间滑落。父亲不急不躁，跪在地上一粒一粒拾，一边拾一边说，地里长棵麦不易。

平时我们掉在桌上的饭粒和馍渣，他不嫌弃，一声不响，拾起来就放进嘴里，说浪费粮食遭罪哩。喝完糊汤，他会伸着舌头，转着圈将碗里舔得干干净净。

从童年到少年，贫穷、饥饿影子般跟随、缠绕着我们，寸步不离。为供二哥和我继续求学，春天，愁苦无奈，已六十六岁的父亲默默外出打工了。我想父亲大约是那时世界上打工族里最年老的人。

六月里，家乡麦子开镰，父亲浃着麦镰从陕西回来。我们都不敢问他在外边的情形，只听母亲说他替人家喂牲口、种地、割麦。这也是他一生里最后一次出远门。他没舍得给自己买一件衬衫，出门时穿在身上的衣衫已十分破烂，东家送给他几件旧衣衫，不舍得穿，留给了两个哥哥。没坐车，一路风餐露宿，父亲从关中走回来，头发几乎全白，出门前刮光的胡子长了出来，长而白，一脸黑皮，眼睛几近失明，走路蹒蹒跚跚。

　　二哥小时候身子骨单薄，常患病。家境艰难，没钱给二哥治病，父亲将地里还没长熟的嫩土豆刨了，为多换几角钱，每天天不亮就挑着沉重的土豆担子出发，翻山越岭，赶上百里路去外乡赶集。有一年农历四月，二哥腿上生了疱疮，父亲用古老的独轮木车推着二哥，推着二哥大腿弯子里那个比桃子大两倍的疱疮。车子在龟背一样的黄土路上"咯噔咯噔"沉闷地响着，车轴"吱吱扭扭"一路呻吟。父亲绷着脸，一声不吭地推着二哥一趟又一趟，四处奔走求医。

　　那个夏天，二哥几乎是坐在父亲的独轮木车上度过的。有次途中，愁苦劳累的父亲恼了，左右摇晃着独轮木车，跺着脚，哭腔拉得长长地骂道："你个贫鬼，把我害死到哪一天？转世也不睁个眉眼，偏要给我当儿子？真想把你倒下沟，重新转世去吧！"骂完，苦焦、郁闷的父亲，仍默默地推着二哥，推着那风风雨雨的苦难日子继续往前走。

　　日子太苦太累，压得父亲喘不过气，我知道他心里苦，有时会把内心无处发泄的无奈、悲伤、绝望，像暴雨一样泼洒在自家娃娃身上。

　　父亲要我牵牛跟他下田犁地，我执意不肯，一边辩解一边抓起书包往外逃。恼怒的父亲远远将手里镢头朝我掷过来，我被击中，跌下两米多高的路坎。那天，我怀着强烈的抵触情绪低头牵牛，满眼泪水，父亲扶着犁一边耕地，一边高一声低一声地骂："哭个啥，你爹妈死了行孝哩……"等骂累了，便吊着脸在沉默里干活。我也是，一晌午没跟他说一句话。

回家，才发现肿得小碗似的右手腕跌骨折了，母亲把家里一头猪赶到集上卖掉，带我进城看医生。暴躁的父亲知道后，气得操起棍子朝我抡，与拦护的母亲大打出手。

父亲去世，我回家奔丧，大哥说，夏天他和父亲收麦，父亲腿痛得蹲不下，就双膝跪在地里割麦，整个收麦天，七十四岁的父亲顶着烈日酷暑，一直跟在大哥身边忙碌。

父亲帮大哥把麦子打碾完毕，在门前麦场晒麦时说："收秋庄稼，我怕是帮不上你了。"当时，大哥以为父亲干活累乏，是随口的牢骚或自言自语，便没在意，哪里知道，秋天他竟真的走了。

父亲一生劳作田间，勤劳朴实，为人厚道，怜惜弱小。从记事起，我从没见他跟邻里红过脸，父亲古怪而暴躁的脾气是那些苦难岁月馈赠给他的。至今我都不敢想象，木讷忠厚、不善言辞的父亲，吃了多少苦头，才把我们姐弟七个拉扯大。

父亲去世多年后，七十多岁的堂哥告诉我，他五六岁的时候，父亲还没成家，一个人借住在别人家的一孔土窑里，常挑两个大油笼子翻山越岭去远山里担油贩卖。上百斤重的油笼子很沉，父亲手里拿一个带杈的齐肩高的撑杆，肩膀压得受不住，就用撑杆支住扁担换一下肩膀，从右换左，从左换右。挑着上百斤重的担子，一路上风雨无阻。回到家，父亲会上灶做一顿黄米干饭。米饭蒸好，舀一勺子清油淋在米饭上，香气四溢，馋得他直流口水。

父亲的一生，是一条悲伤、苍凉的河流，不管他怎样左冲右突，一直都在饥饿里苦苦挣扎。

没包产到户前，无论我的父母和两个姐姐怎样出力流汗，牛马般劳作，家里总是吃了上顿没下顿，我们在贫穷饥饿中煎熬着、挣扎着。夏天，眼巴巴盼着自留地里的麦子快些熟，麦子刚熟到七八成，就收回来连夜打碾、晾晒，有时来不及晾晒，就用锅炒了再磨成面。秋天，苞谷还是嫩的就掰回家，把嫩芯子砸碎，用石磨磨了，和苞谷粒一同煮着吃。

在生产队饲养场玩耍，我在饥饿的忧伤里会莫名地产生怪念头，幻想自己要能变成一头牛多好。那些耕地拉车的牲口劳作一天，收工回到槽前大都有一碗麦麸、高粱，或者黑豆。而人卑微、低贱得不如生产队一头食草的牲口。

生产队的打麦场在饲养场的窑垴上，很大，有三四个足球场的规模，四周是黄土夯筑的围墙。东西两头各有一排装粮食的粮仓和苫子，旁边是一间看场院的偏屋。

住在西屋看场的是五保户姚四。强子的爷爷住东头。他俩不用出大力流大汗，每天都拿全勤的工分。

四

麦子开镰，乡亲们在金黄的麦浪里大呼小叫，大片大片翻滚的麦浪，在麦镰下变成一行行麦捆子。拖拉机、老牛车、架子车，麦子摞得小山似的拉麦车在村道上缓缓移动。

这时候，放忙假的孩子们也打响了战斗。

我背着背篼，拉着粗铁丝拧成的耙子，在收割后的麦茬地里搂麦柴，拾零星遗落的麦穗。火盆似的太阳在头顶上炙烤着，烤得地里吱吱响，空旷的麦茬地里热浪翻滚。我拖着半米宽的大耙子，一耙紧挨一耙，在麦茬地里一趟趟搂过来，搂过去，将搂成堆的麦柴与麦穗一背篓一背篓背到地头。头上汗水像水泼似的往下淌，口干得要着火，想躺在地里放声大哭。

其实，不光是我，村里孩子大都跟我一样，多搂拾一些麦柴和麦穗，背到生产队的大场院里多兑换一点工分，年底家里就能多分几斤粮食。

不管多累多苦，孩子们爱玩的天性是不改的，总会在单调无趣的劳动里找到自己的快乐。麦茬地里有蚂蚱，我和同伴们用麦秸秆编成别致的小笼子，将捉到的蚂蚱放进去，一边搂麦柴，一边听蚂蚱在小笼子里吱吱吱欢唱。

有的蚂蚱叫声很好听，养在小笼子里，每天喂一点葫芦瓜或者黄瓜花，能活很长一段时间。夜里，我们一家人坐在场院里纳凉聊天，蚂蚱在笼子里低吟浅唱，使辛苦劳累的生活有了一份诗意、温馨。

运回麦场的麦捆子，立在场院里晾晒，干透了，摞成小山似的大麦垛子，一座挨一座，等忙完地里的急活，才会回头摆开阵势打碾。

五

平常的热闹、吵嚷大都在饲养场前的柏树沿沿前，队长每天蹲在柏树下的土坎上给社员分派农活。从收麦开始，热闹便转移到了大场院。

孩子一般不让进场院。我和伙伴们翻墙进去，在无数高大的麦垛子间捉迷藏，把麦穗放进手心搓搓，用嘴吹掉麦壳，一把一把吃，解饥。

姚四看见，不驱赶，说可不敢玩火，麦垛子烧着不得了。

场院里几十个大麦垛子要打碾完，会持续一两个月。偌大的场院里，每天摆开六七个场子碾麦，牲口拉着数十个碌碡同时开碾，全村男女劳力都集中在场院里忙碌、说笑、嬉闹。散工时每个人都会想方设法往身上藏一点麦粒。鞋壳里、头帕里、挽起的裤腿里，回家一点一点清出来，就能有小半碗，掺些野菜，就是一顿吃食。大人们收工出场院，队长和看场院的人会在门口检查，查出来不光丢脸，还要扣工分、挨批评。若队长不在场，姚四检查就装样子。队长骂姚四是死人、瞎子，不中用。不管骂多难听，姚四不吱声，呵呵地笑。笑容和神情里，有隐隐的无奈与忧伤。

麦子打碾完毕，玉米棒子又在场院里堆成了山。白天忙完地里的农活，吃过晚饭，大人带着孩子走进场院剥玉米棒棒。玉米堆上拉着电灯，昏黄的灯光下，人们围在四周一边家长里短地唠家常，一边剥苞谷上的苞衣。孩子们边剥边玩，不久就会被瞌睡缠住，睡着。

剥玉米棒子时，每个把儿上留一绺苞衣，相互对挽，一层层缠挂在场院里竖起的木桩子上，晾晒干爽，才取下脱粒。立满高大玉米桩子的大场院，一片巨大的金黄，耀眼，常有鸟落在上面啄食。这时，我的怪念头也跟着变，渴望自己变成一只麻雀，或喜鹊，落在那片巨大的金黄色上。

被饥饿催逼着，晚上，常有人潜进场院偷粮食。场院两头有拴着长链子的大狼狗。姚四和强子爷爷扛着铁锨，轮流沿围墙巡视。强子爷爷较真，常抓住潜进场院的人，争吵，推搡。姚四看见，远远地跺脚，用铁锨扬土，骂，意思我看见你了，赶紧走吧，从不真追。他的装聋作哑里，有深谙人世冷暖疾苦的宽厚、悲悯、慈爱。

小麦、玉米、荞麦、高粱、胡麻、糜子、黄豆，各种作物都会从田野进入场院。打碾，晾晒，收拾干净，上交完国家下达的任务，剩下的按各家一年里挣下的工分分口粮。小麦很少。

　　忙碌、喧嚷，会一直持续到落雪，大场院才会渐渐安静下来。

六

　　冬天的打麦场空旷，寂静。

　　白雪覆盖大地，天地荒寒，成群的麻雀无处寻食，一片一片，如秋风里的落叶，在场院里起起落落。鸟儿跟人一样，也在叽叽喳喳地为自己的嘴巴焦虑、愁苦。我和强子拿一个大筛子，用一截小棍将筛子一边支起，牵一根长细绳，筛子下从外向里撒一溜儿秕谷，等麻雀一点一点啄食到筛子下边，一拉绳子，筛子啪一声落下，麻雀就被罩在里边。然后，给麻雀裹一层泥巴，放进火堆烤了吃。

　　每次吃烤麻雀，强子总比我多吃一两只。我心里窝火，觉得精明、心思活泛的强子，像一只毛多肉少的瘦麻雀。还有他那个细瘦的黄头发的妹妹，他母亲老抱着来我家串门，看见能吃的东西鼻涕眼泪横流地硬要，哭声震得我耳朵疼，让我母亲很为难。

　　粮仓大门紧锁着，透过麻纸的木格窗上的小破洞，能看到里面的空寂。在麦场上堆成山的小麦、玉米、黄豆、油菜籽，秋收罢就被整车整车拉走了。高大的粮仓里只有一小囤一小囤粮种，在寂静里等待春天重回大地。

　　看场院的姚四静静地盘腿坐在火炕上，一拃长的竹烟杆含在嘴上，核桃大的黄铜烟嘴忽明忽暗。他的嘴角翕动一下，一缕弯弯曲曲的烟，弥漫、缠绕，如他纠缠、模糊不清的命运。炕头柴炉上的罐罐茶沸腾着，边上烤一个焦黄的土豆，或拳头大的深褐色窝窝头。

姚四不跟我说话，在无限的寂静里，他用沉默覆盖隐秘、梦想、疼痛。炉子里的柴灰，如他体内陈年的阴影，在时间里无声地堆积。我忍着呛人的烟味，让灼人的热力在我瘦弱的身体里起伏。

姚四是五保户，无儿无女，小偏屋是生产队给他看场院的宿舍，也是他的家。一口黄褐色的大水缸，上边盖一个高粱秸秆编的圆盖子，一口小黑铁锅，一只豁口的白瓷大海碗，墙角是一摞烧火的劈柴。土炕上的席子，有一个烧焦的脸盆大的窟窿，用破麻袋片子补着。席子油亮、光滑，被姚四瘦刮刮的皮肉浸出淡淡的红润。

我跟强子给他爷爷送饭，在强子爷爷屋里玩一会儿，会不由自主地跑到场院西边来，站在地上看姚四熬罐罐茶。茶是黑末子茶，茶汤浓黑，搪瓷茶缸下半身也是黑的，上边能隐隐看到"农业学大寨"几个红字。熬好的茶往茶缸里倒，是一股黏稠的线，弥漫的热气里有淡淡的茶香。我问姚四，香吗？他将茶缸递给我，说，香得很哩。我喝一小口，苦得一个激灵，哇地一口吐掉。他空洞洞的嘴巴里露出四颗焦黄的牙齿，笑得很开心。

每次去偏屋，他都给我拧一块烤热的玉米面或高粱面窝窝头，有时是一个鸡蛋大小、烤得焦黄喷香的土豆。如果见我鞋子是湿的，姚四就叫我爬到他炕上暖脚，把我脱下的湿鞋子放进炕洞烘着。场院不缺柴草，他的炕烧得很热，烫脚。我在寂静里看他抽烟、熬茶、沉默。

背草是孩子们的一项劳动。打碾后摞起的大麦草垛子，是牲口的越冬草料。过一段时间，生产队会组织社员集中铡一次饲草。场院在饲养场窖垴上，铡成寸许的麦草和糜草，孩子们一背笼一背笼背到饲养场的空窑里集中存放。给牲口添草时，饲养员再去窑里背取。背十趟，计一分，有时我一下午能在热汗里挣五分工，顶一个壮劳力半天的工分。

等场院里十多个高大的麦草垛子慢慢变小、消失，春天的草芽就开始覆盖大地了。

六十七岁的姚四，是被冬天的风雪掩埋的。下午，我在他的土炕上暖脚，吃了他半个烤得焦黄的窝窝头。第二天早晨，我还在被窝里，就听说他死了。

生产队伐一棵粗杨树，用湿木板给姚四打了一口薄棺材。大地冻成铁板，挖不开，打坟的人拉几架子车玉米秸秆，大火在雪地上烧，边烧边挖。

姚四下葬那天，正是四九，冬天最冷的日子，寒风打着旋儿呼啸，扫到脸上如刀割，冻得骨头嘎嘎响，像是有意挽留姚四，一夜大风在田野和村道上堆起一堵一堵半人高的雪墙，让抬棺送葬的人吃尽苦头。我不怕冷，顶着深冬的硬碴子风，跟着父亲去给姚四送别。

姚四的烤窝头和土豆，缓解过我肠胃无数次的哭闹，那是他从自己嘴上省下的。出门时，我从瓦罐里拧了半块玉米饼，揣进衣兜。看着棺材一点一点落进坟坑，我没哭，眼眶里的泪滴在路上被风刮落。我将半块玉米面饼放进他棺材前边的吃食碗里。然后，看着一锨接一锨的冻土和雪，从棺盖上一层层往上堆叠。

人死了，悲伤和痛苦，会变成什么？会不会像炊烟，像姚四嘴里吐出的烟缕，散失在空气里？姚四躺在幽暗的深处，能听到大地上的喧哗吗？我不得而知。

其实一过这年冬天，生活就会翻到新的一页。春天包产到户的欢喜与欣慰，姚四没感受到，他也没看见新生活的春天。他若能再活几年多好啊，那样，我就可以给他送白面馒头吃。

他不晓得自己将一小段温暖的记忆，像一块香喷喷的白面馍，永远烙在了一个孩子心里。

七

生产队一解散，大场院就落寞、荒废了。热闹像迁徙的鸟群，飞向了新的栖息地。

看护家里的麦场是我欢喜的事情，一边防猪、鸡和鸟儿糟蹋场院里的粮食，一边和小伙伴们尽情玩各种游戏。玩累了，用麦捆子搭个小房子，躲在里面纳凉、睡觉、看小人书、玩五子棋。麦捆子吸足阳光，热烘烘的，散发着田野的气息和麦香，很惬意。

麦收时节，是庄稼人一年里最紧张忙碌的日子，暴雨和狂风会不期而至，虎口夺粮，抢收抢种。麦子割倒，有的地块还要赶紧犁地，倒茬种一些糜子等生长周期较短的作物。农作物跟人一样，各有性情，要倒换着种，不能老在同一块地里种热性作物，也不能总种凉性的，如何倒换播种，庄稼人心里皆有一本明白账。

白晃晃的太阳炙烤着大地，狗吐着长长的舌头趴在树荫下呼哧呼哧喘粗气。天燥地干，人活动多的地方，尘土飞扬，父亲提一大桶水"哗——"一声泼出去，地上"哧啦啦"冒一片泥泡泡，空气里顿时窜过一股土腥味的热浪。这样的大太阳，孩子们都不敢走出荫凉，但大人们说，日头毒些，摞起来的麦朵子，里面干爽，放到来年打碾，都不会受潮。

　　摞麦秸垛，是苦活，亦是技术活。人口多，小麦种植面积大的人家，麦垛摞得很大，麦场上会挺起两三个大垛子。摞麦垛子需多人合作，转着圈，一层层往高处走，掌控不好，勉强摞起来，一遇大风就会塌掉；顶子收不紧实，雨水灌进去，麦穗生了芽，磨出的面粉没法吃，粘牙。

　　父亲抡着镰刀在麦垛子上边忙，哥哥在下边用铁叉挑着麦捆子往上甩。麦垛越摞越高，要把麦捆甩上去，力气小不行。下边的人在手掌心吐一口唾液，对掌一搓，攥紧叉把，憋住气，沉沉的一声"嗨——"，麦捆子随抡圆的铁叉画一道漂亮的弧线飞了上去。有时力气不够，麦捆一次次滚落下来。这时父亲就拉开嗓子在上边骂："我把你些吃干饭的，吃饭端老碗，连个麦捆都丢不上来，茶饭吃进狗肚子哩。"

　　忙完麦地里回茬的活儿，有了好天气，家家打麦场上开始忙碾麦。

　　一大早，麦场上就热闹开了。精心摞起来的麦垛被打开，男女老幼齐上阵，都在麦场上摊场。解开麦捆，挑匀摊满麦场，足有一米厚。

碾麦，天气至关重要。庄稼人有看云识天气的本事，他们看看太阳落山时西天上的火烧云，或者夜里坐在场院纳凉聊天时，抬头望一眼夜空里的星斗，抑或观察一下夜里风速的大小或方向，就能准确判断出第二天是不是碾麦的好天气。

摊好场，太阳已升到几竿子高，女人回屋张罗饭菜，人手少的人家，请邻居帮忙，饭菜也比平日里多了花样和精细。

吃过饭，大壶泡好茶，日上中天，摊在麦场上的麦子已晒到碾压的火候。这时，男人们戴上草帽，牵了牛或马，套上碌碡在麦场上转圈儿碾压，女人们坐在场院边的枣荫下做针线活，孩子们则在树荫里玩自己的游戏。

毒日头下，父亲戴顶自己编织的大草帽，牵着牲口缰绳，一边扬着鞭子转圈儿，一边高一声低一呀秦腔，腔调里有欢悦，亦透着些许慵懒和疲乏。

父亲把我喊进麦场，让我学碾麦。我接过鞭子，学着父亲的样子，吆喝着牛转圈儿。父亲抱起瓦罐喝足茶，躺在树下的凉席上休息，我想他是累了。

我人在打麦场上，心却不停地往别处飞，赶着碌碡越转越迷瞪，碌碡总是来来回回在一个地方打转转，还时不时跑出空场子，砸出一道道泥土片子。

"我把你个吃屎的，眼睛长在脚后跟上了……"父亲叫骂着冲过来，我吓得丢下鞭子，撒腿就跑。

那年我十岁，在农村，已算得上大孩子，是能帮父母干许多农活的。但我生性迷书，像个"书虫"，成天想着书里那些奇奇怪怪的故事，丢三落四，父母交代的农活常常放不到心上。

土地刚承包那两年，村里大部分人家都没有牲口，犁田、碾麦之类的重体力活，大多靠人力。有一年碾麦，我们兄弟几个轮流拉着两三百斤重的石头碌碡，在麦场里转圈儿碾麦。烈日当头，汗湿衣背，肩膀被绳子勒出一道道血印子。我们拉着沉重的石碾子在麦场上一圈一圈重复着，像日子、人生一样，在艰辛里咂味生活的欢悦。

碾麦最怕雷阵雨，有时正碾着，突然一阵雷声划过天空，瞬间暴雨倾盆，就搞砸了庄户人辛苦一年的欢喜。有一年，麦刚碾半程，倏时暴雨如注，满场麦子草草堆摞在一起，来不及苫，暴雨转成连绵阴雨，几天不歇，麦粒全长了芽。

翻场的人，正在树荫里歇着，忽听牵牛碾场的男人一声吆喝："翻场——"，树下的女人放下针线，男人们掐了烟，搁下茶碗，纷纷拿起铁叉走进麦场，将碾压过的麦秸翻一遍，再回到树荫下等着。翻碾四五次，麦粒全部脱落下来，麦秆被碾成柔软发白的麦草。一声"起场"，麦场上的热闹进入高潮。干活的都拥进麦场，有拿铁叉挑麦草的，有拿扫把净场的，亦有拿了木锨、推板归拢麦壳和麦粒的。草屑飞舞，工具齐响，灰尘飞扬，一片热火朝天。

一阵紧张过后，碎麦草、麦壳和麦粒混杂在一起，堆成小山，麦草被起到场边。这时，女人们撤出麦场，回灶上忙晚饭，男人坐在树下喝茶小憩，看风、测向，开始扬场。黄澄澄的麦粒雨滴一般落到扫干净的空地上，草屑、麦壳随风飞到一边。在不断的"沙沙"声里，麦堆子越来越大。

收拾干净的麦粒往往还要晾晒一两天，干透了，才能装袋进屋。

晾晒麦子时，麦场上铺了厚厚的麦粒，大人们忙别的事，翻晒任务多交给孩子。

翻场颇有乐趣，拿着木锨像犁地一样，让麦粒翻身。光脚板来来回回地在厚厚的麦粒上走动，脚底痒痒的，很舒服。

小麦收成如何，是不用问的，孩子们从父母脸上的笑容里就能看出答案。

乡间的夏夜，凉爽宜人，月亮悄悄地爬上树梢，一家人吃过晚饭，坐在场院里谝闲传，孩子们则围绕在父母身边玩耍。一直到露水下来，树叶子上"啪、啪——"滴水了，才叫嚷着，拿起席子回屋。

八

一群鸟刚飞过村庄，又一群鸟掠过了屋顶，飞向远方。它们投向大地的阴影，多像村庄里一茬一茬年轻人逃离村庄的脚印，零乱，匆促。

现在种什么，收多少，对村里留守的老人和娃娃来说，已不重要，也无能为力。年轻人大都在城里买了房，不再回来。没买上的，也正在买商品房的路上拼命。

"城里没房，谈对象，女娃娃连面都不跟你碰，不买能成？"七十三岁的保强爷说，他的汗早就流干了，一身的病痛，没力气抚弄庄稼，交给机器种个啥样是啥样。

小康村房子、院落宽敞，柏油路通到家门口，平原上天高地阔，城里哪有这么宽展的住房。我说。

保强爷笑眯眯地看着我，说，枉然着哩，都不愿在农村活人了嘛。

村里人早都不用打麦场了。地里庄稼多是小麦和玉米，从耕到收，施化肥、打农药，皆是机械。收玉米不像先前，要背着背篓在地里将玉米棒子一个一个掰下来，拉回场院，剥皮晾晒，再挥舞着镢头挖倒玉米秆子，一车一车拉回家，既是牲口草料，也是做饭烧炕的柴火。现在玉米秆子在地里从收割机里进去，出来就成光溜溜的玉米棒子，拉回家堆在院子里的水泥地上，放干，叫个脱粒机问题就解决了。

小麦在收割机上成了一袋袋干净的麦粒，最多用三轮电动车拉回家晒晒。麦草直接碎在地里。图省事的人家，连麦粒也懒得往家拉，那边收割机收，这边地头上就直接卖给了收粮的贩子。

我家的打麦场每年除了晒麦，以及打碾少量的黄豆、绿豆和胡麻，几乎派不上什么用场。但母亲说，过日子得往长处想，不能一副懒干手样子，今儿过了不说明儿的话。

天空湛蓝，白晃晃的太阳像挂在苍穹之上的白面锅盔。我像一个穿越时空回到往昔的人，以父亲二十多年前的姿势，蹲在碾场的碌碡上。我的脑子里纷纷扰扰，一片恍惚。我从麦场和天空的倒影里，看见了 1980 年代前后的伤痛和记忆，一片岁月的碎片在风中呼啸。当然，还有我和村庄的余生。

一个时代一种舞台。这个炎夏，我的记忆像雪一样飘落。我知道，即使长在骨头里的疼痛，也会跟生命一样，在时间里无声地衰老。

2018 年 7 月 3 日，花城

每当日落你会想起谁

夜，黑得伸手不见五指。雨唰唰唰，瓢泼似的从天上倒下来，拍打着地里的玉米、高粱、荞麦，还有瓜田里光溜溜的西瓜和香瓜，铺天盖地。视界内一片漆黑。

这时候，一个十来岁的男孩，坐在看庄稼的窝棚里，窝棚被黑布一样的夜色和雨声包裹着，拍打着。远处偶尔传来几声狼嚎，苍凉，悲伤。那个孩子就是我。

奇怪的是，这样恐惧的夜晚，我并不害怕，平静，淡定，与我的年龄很不相符。但情况就是那样，我一点都不紧张，坐在摇晃的马灯下漫不经心地翻一本缺角少页的闲书，甚至因为幕布般的漆黑和暴雨，心头会滑过一些小激动、小欢喜。

天当房，地作床。我喜欢田野的广袤，辽阔，色彩斑斓。住在窝棚里看庄稼，自由，散漫，还有一点浪漫与诗意。

土地承包后，田地里种什么，庄稼人自己说了算，想种什么种什么。

用心种地，一年里打下的粮食足够吃喝，没人会深更半夜去偷别人家的。那时，人还没学会吃野味，许多野生动物都从容地活着，在田野和山坡沟涧里自由行走。搭窝棚看庄稼，主要是防野物糟蹋。

玉米背上棒子，瓜快熟的时候，窝棚会像雨天里的破草帽，或者雨后野地里的蘑菇，一个一个从田边地头冒出来。

搭窝棚不费事，在田间地头，呈三角形竖四根粗木，中间一根横木，将三面用柴草苫了，外面盖上一层塑料布，防漏雨。里面，离地面两尺高，烂砖上垫几块木板，或一面门扇，铺上稻草和羊毛毡，棚口的木杆上挂一盏带罩的马灯，一个窝棚就成了。也有简单的，不用床板，直接在窝棚里铺上稻草，上面一条防潮羊毛毡，人就睡在上面看庄稼。

讲究的人家，会搭建一种复杂些的窝棚，用土夯筑一座两米多高的四方台，上面像盖房，土坯砌三面墙，木棍和稻草苫顶子。窝棚三面墙上开有瞭望洞，居高临下，视线开阔，能看很远。这种窝棚不用年年拆，可以用很多年，顶子漏雨了，修换一下就妥。

住窝棚看庄稼，一般会持续两三个月，直到庄稼收完。孩子们大都喜欢这个差事，不累，自由，还可躲开大人疯玩许。

那天在电话里跟石头聊天，忘了什么话头，忽然间都想起住窝棚的日子。他在电话那头哈哈地笑："是哦，那时光知道套野兔，狼那么多，咋不知道弄一只尝尝味道，现在老家的田野里连一根狼毛都见不着了。"

石头大我一岁，现在很阔，是资产过亿的大老板，开着凯迪拉克，也许是身边美女太多，婚姻上总出岔子，结了离，离了结，折腾个不休，我知道他还会继续，直到身体里的荷尔蒙和激情耗得一滴不剩。小时候石头很讨嫌，乡亲们都觉得他不会有啥出息，脑袋像个冬瓜，小眼睛，

人长得拧巴不说，还整天尽干上墙揭瓦、偷鸡摸狗的事，害得他爹柱子三天两头给人觍着脸赔不是。

在我的老家陇东平原上，左邻右舍碰面搭腔，不直呼对方名字，辈分长的，呼辈分，比如，五爷饭吃吗？五爷布满皱纹的脸上泛出一丝淡淡的笑容，说刚撂下饭碗，出门转转。辈分比自己低的则说，狗蛋爸，去地里啊？狗蛋爸说，去地里薅薅草，狗日的这阵子草长疯了，快高过人腰，不薅就没收成哩。

碰上石头爹，村里人大都不扯这些闲话。有的说，石头爹忙啥去，是不是你家石头又惹祸了？有的叹气说，虎子妈哭着说你家石头昨晚后半夜翻进她家院墙，偷走她家一只老母鸡，跑到窝棚里烧着吃了。唉，娃小不懂事，说几句好话，就过去了。石头爹气得鼻歪脸青，跺着脚骂道，狗日的，我上辈子不知造了啥孽，养这么个害人精。

我记得都读完小学上初中了，石头仍旧忙着惹是生非。有一次被他爹解下车袢绳，绑在拴牛桩上抽得鬼哭狼嚎。没过几天，又把二愣家的狗弄死，身上旧伤未愈，又添新伤。石头身上的伤疤，不全是他爹打的，有同学的，也有村里伙伴的。鼻梁骨也断过，通常是眼圈周围的瘀青还未消散，手和胳膊上又皮开肉绽，像小孩子出牙，嘴里不咬着东西，牙床痒痒的、难受。石头的血管和骨头里，似乎有一种跟我们不一样的基因，不打架手脚就痒得难受。我记不清他的头被人打破过多少次，印象里，他的头上经常缠着新旧颜色不一的布条。

实际上，石头家的豌豆角子结得很繁。但看庄稼的石头吃嫩豌豆，不摘自家的，而是绕过一片荞麦地和玉米地，去偷秀秀家的豌豆。秀秀跟妹妹坐在窝棚里玩游戏。石头从玉米地里爬出去，连根带蔓扯几把，抱回来坐在自家窝棚里，一边吃一边做美梦，说秀秀长得水灵，双眼皮，长睫毛，将来要娶秀秀做媳妇。窝棚下边就是他家的两亩豌豆地，藤蔓上结满成串的嫩豌豆，蝴蝶和蜜蜂在豌豆地里飞来飞去。我说，你喜欢秀秀，为啥还天天骂她、欺负她？石头满嘴绿豌豆汁，说你木头啊，不骂不坏，她心里能记住我？

从秀秀家土豆地里刨了土豆，石头在自家窝棚前点一堆火，边烤边吃。烤土豆的香气很浓，混着地里的作物花香，在风里一股一股地飘。

一般情况下，石头吃畅快，抹抹嘴，会捧两个烤得焦黄、热得烫手的烤土豆，连蹦带跳地给秀秀送去，说秀秀你尝尝我家土豆是不是比你家的好吃。秀秀跑进自家土豆地一看，气得眉毛拧成一疙瘩，说你又偷我家土豆，我告你爹去。石头憨笑，说真是我家地里的，不信你去看嘛。

一天下午，石头正撅着屁股在秀秀家地里刨土豆，秀秀爸看见了，拿着铁锹边追边骂，我×你八辈子，你家地里种着，不吃留着生蛆啊？

石头站在远处，扯了嗓子说，我没吃，都烤给你家秀秀吃了。

孩子们守着窝棚看庄稼，其实，没多少事可做。我们可以由着性子，在田野上做自己喜欢的事情。我喜欢夜色里长满庄稼的田野，极富情趣。各种虫子放声歌唱，远远近近，高高低低，清灵的、干涩的、粗放的、细密的。听着大自然生命的和声，很惬意。浩瀚天穹，繁星如怒放的菊花，一簇簇铺满无垠的夜空。空气里弥漫着泥土和植物的芬芳。

狼当然会有，不过，我常听到它们的叫声，却很少看见，也没听过狼伤人的事。所以，我心里并不怕。夜里，多是父亲带着我一起住窝棚。

吃过晚饭，我往书包里塞一块馍，就往窝棚跑。晚上在窝棚里住一宿，早晨直接去学校。那时学生没有什么课外作业。我常在昏黄的马灯下一本一本翻闲书。天地安详，庄稼像我的身体，或者脑海里漫无边际的幻想，在时间里悄然疯长。驱赶蚊虫的火绳子，一粒红红的光忽明忽暗，丝丝缕缕的白烟在微微的风里弥漫。

拇指粗的火绳，是父亲春天就搓好的，嫩白蒿割回家，父亲坐在檐下，一把一把接续着像搓麻绳，搓很长，盘成盘，挂在屋檐下晒干，晚上点燃就可以驱蚊虫。白蒿火绳燃烧的烟味很好闻，有一种淡淡的药味。因为搓得紧密结实，燃烧很慢，彻夜不熄，天明，地上是一层银白的灰烬。

后来，我才知道父亲当年搓火绳的白蒿，是一味叫"茵陈"的中药。岭南春夏潮湿炎热，身体里的湿气和火气像海潮，不停地在体内涨涌，人便困乏、疲倦、焦躁，中医开的药方里，常有这一味药，利尿，祛湿，降火。

夜里，有的野物会出来糟蹋庄稼。听到地里有响动，父亲嗷——

嗷——，一声一声粗哑的喊声划破夜色，传出很远。父亲提着马灯，扛一把铁锹沿着田埂去地里查看，身影被夜色吞没，马灯的光如一粒萤火虫，在地垄上一闪一闪。

除了马灯和火绳子，窝棚上常挂着的还有父亲的草帽。家里所有的草帽，皆是母亲编的。每年收麦，下镰前母亲会带着我们掐一些带穗的新麦秆，剪掉麦穗，剥去叶皮，晚上在灯下用一把把洁白的麦秸秆编草帽。大人小孩，每人都有一顶。热天遮阳，雨天作伞。

父亲的新草帽，里圈很快就是一层污黑，头油与汗水混合的气味，浓烈，刺鼻。草帽、马灯、火绳和窝棚，在我少年的心里无声地构成一种难以磨灭的意象。那是汗水与艰辛的烙印，也是幸福与快乐的铺展。

与石头不一样，柴蛋生性腼腆、沉静，浓眉大眼，人长得俊气。他家窝棚与我家隔着几块地。柴蛋爱吹口琴。他坐在草铺上，身后是墨绿的玉米地，土豆地里正开着白的、粉的土豆花。胡麻莹蓝的花，小而繁密，胡麻田像一大片湖蓝的绸缎在风里起伏，成群的蜜蜂嗡嗡嗡。柴蛋的腿掉在空中，一下一下地荡，口琴声从玉米地、土豆地和地头挺拔的杨树梢上，一阵一阵悠悠扬扬地绕过来，有点甜腻，还有浅浅的忧伤，像他家屋顶上的一缕缕炊烟，在夹着泥土气息的空气里慢慢地缠绕，扩散。那些曲子听上去很陌生，似在深情地诉说什么。我问柴蛋，曲子从哪儿学的。他说，是他在沈阳当兵的二爸探家时教的。他那把精致好看的口琴，也是他二爸买给他的。

柴蛋不喜欢与我们厮混、打闹，总趴在窝棚里看书、写字，红色和蓝色塑料封面的日记本从不让我翻看。他喜欢在太阳下山时吹口琴，像一个不可随意改变的约定。走过漫漫长路的太阳，如干了一天重活的庄稼人，耗光力气，累乏了，变成一个巨大的蛋黄，在西天一点一

点往下沉。火烧云映红了半边天，风丝丝缕缕地拂过，空气里有淡淡的庄稼的气味。柴蛋的琴声跟着太阳一点一点往山后边滑，琴声清亮，飘滑，弯曲，起伏，在寂静的田野上传出很远。他的口琴声牵着我的耳朵和思绪，常让我心里起起落落，乞出许多遐想，却又一时说不清爽。最后，琴声被慢慢涨起的露水粘住，轻轻地沉进清凉的夜色里。

知道柴蛋跟我们班一个叫芹的女生相爱时，我们已临近初中毕业。芹不是我们村的，漂亮，丹凤眼，亭亭玉立，浑身洋溢着一股子撩人的清灵与秀气。

那时没电话，不像现在手指一动，就能敲定约会地点。因隔着几个村庄，放学前，两人悄悄递纸条，像地下工作者约定神秘的接头的时间和地点。田野辽阔，村道纵横交错，庄稼茂盛，心思细密的柴蛋在何处约会，我们很难猜到。有时我们在窝棚里听不到柴蛋的口琴声，就知道他又跟那个被我们叫"芹菜"的女同学去约会了。

乡上和各村唱戏，放电影，不论远近，也不管刮风下雨，即便下刀子，柴蛋也要去的。他不是去看戏或电影，也不跟我们一起行动。

柴蛋的那些信、日记和情诗，不少是躲在看庄稼的窝棚里写的。我们几个同学打赌，说柴蛋跟"芹菜"很般配，将来肯定会结婚。

柴蛋高中毕业当兵，跟他二爸去的是一个方向。走前，他和"芹菜"海誓山盟，都说非对方不嫁不娶。

"芹菜"留在城里读中专，人长得标致，不停有人追。"芹菜"挨不过寂寞，第二年就跟别人好上了。为挽回即将失去的爱情，柴蛋专门回了一趟老家，费劲不小，但事儿像秋天的树叶，还是黄了。那男的下手极快，柴蛋急吼吼赶回来时，他痴痴地爱着的"芹菜"已毕业，正准备结婚。

跟"芹菜"结婚的男人，我们都见过，身矮面寡，邋遢。柴蛋皱着眉头愤愤地说，鲜花即便不插到牛粪上，也不能插到臭狗屎上。同学们一脸惋惜，说你走之前咋不把她办了。柴蛋说，我跟她在一起，心里就像燃着大火，可桃子没熟，提前摘了吃，那味道能好？

柴蛋的话，让我心里一激灵。他是一个心里有底线的人，也是一个懂得珍惜和酿造幸福的人。

错愕，惋惜。然后，我们一帮同学都哈哈笑，说春去了还会来。

春天，树枝上当然还会长出新叶，但那是另一片叶子，已经不一样了。

返回沈阳时，柴蛋给"芹菜"留下一句能把地砸出坑的话：我等你，等你离婚了再娶你。

情种柴蛋的情话跟他的性格一样尖硬。我们谁都没想到，他真的一直等着那个像一根芹菜一样在他视野里摇曳生姿的女人。一直等到三十岁，柴蛋收了心，结婚，也有了儿子，而"芹菜"竟离了婚。

"芹菜"先在情痴柴蛋心上深深扎一刀，然后，又在伤口上撒一把盐，这伤痛柴蛋怕是一辈子都难愈合的。石头眯着小眼睛说。

虽然柴蛋的爱情失败了，但那时，我们都觉得柴蛋厉害，当时跟他一起追"芹菜"的几个男生，家庭条件都比柴蛋好，但他像一头雄狮，"芹菜"身边凑过去一个，他撵走一个。

我们羡慕柴蛋，也渴望给漂亮的女孩子写信、写日记，或者情诗。真的。

不知现在家在沈阳的柴蛋，每当日落是否还会想起她？

我在电话里撩石头，说秀秀移民澳洲五六年了，还时常在电话里念叨你，你还记得她吗？

石头仍是哈哈地笑，粗硬的笑声振得我耳朵嗡嗡响。

我将手机从耳边移开，突然想起一句歌词：从来没有想起，但从来也没有忘记。

母
亲
的
流
年

　　我拿出许多理由，一心想留母亲在身边多住一段日子，但母亲态度坚决，无论说什么都要回老家。她说，来我这里两趟，很知足，飞机、轮船坐了，海也见了，已经享了我的福。

　　我心里知道，母亲不全是不习惯城里生活，也不是担心自己的身体，而是牵挂着老家兄弟们的日子。

　　近八十岁的母亲勉强在我身边生活了半年。马年初夏，我不得不陪她返回老家。

　　小区里的老人，大都和母亲一样，从不同的省份来到儿女身边，享福的少，帮着拉扯小孩的多。我的老家在北方，母亲说话方言重，我曾担心她跟院里的老人聊天有困难。但很快，她就跟小区里的几个老人混熟了，常坐在一起唠家常。有一天，我在菜市场买菜顺路去学校接女儿，母亲坐在校门前的一排石凳上，跟几个接孩子的老人聊着天，很开心，一脸安详，像多年的邻居或亲戚。跟母亲聊天的是当地人，我在这里生活好多年，硬生生听不懂一句粤语。路上，我问她能不能听懂别人说话，母亲笑呵呵地说，能呢。我想人家肯定是拿普通话和她交流的。

人老了，睡眠少。看到早晨老人都在小区里锻炼，母亲也悄然加入其中。她每天早晨天刚麻麻亮就起了床。我们都在睡梦中，她轻手轻脚洗漱完，悄悄出门，锻炼完，再回来为一家人忙早餐。

一天，我忽然发现母亲走路姿势不大对劲，一问才知道，凌晨三四点，她以为天快亮了，摸黑下楼梯，一脚踩空，头朝后从半截楼梯上滚下来，崴了脚，后脑勺上磕出一个大包，怕我们担心，自己不声不响，悄悄买了药抹。

其实，楼梯里有声控灯，拍一下手，或者咳嗽一声，灯就亮了，可我忘了告诉母亲。母亲走路脚步轻，声控灯看人下菜，身粗脚重，动静大的立马给亮光，遇上人老力弱，响动小的，它就装聋作哑。我不知道母亲在黑乎乎的楼道里，是怎样从九楼一点一点摸到一楼的。

"不要紧！"母亲说得轻描淡写，我却吓出一身冷汗。我的粗心，差点酿成大祸。

我给母亲一点零花钱，让她平时在街上看到什么想吃的就买着吃。她一分都舍不得花，今天拎回一个案板、一根擀面杖，明天买回几个碗盘、一把筷子，说我粗枝大叶，日子过得粗糙。

老家花椒好，母亲来广州带了一大包，见我炒菜直接用花椒粒，便不声不响，去街上买踏窝子。那是北方人生活里的日常用具，南方很少见。几天后，母亲竟一下买回两个，石头的，很沉。母亲说，跑了好些地方才找着，买两个，坏一个，还有一个，就不用我满街去找了。

母亲将带来的花椒在锅里一点点用温火烘干，叮叮咚咚忙碌半天，用踏窝子将花椒捣细，装了满满一瓶子，说用花椒粉炒菜香，方便。

那天晚饭，我给母亲做了一顿臊子饸饹面。荞麦面是母亲从老家带的，臊子是母亲做的，饸饹床子也是母亲十年前给我买的。

母亲知道我爱吃饸饹面。那年新春，女儿出生，母亲上新疆帮我带女儿，从老家费尽周折给我买了一个如玻璃茶杯一样精巧的饸饹床子。她知道城里人锅灶小，乡下那些饸饹床子我没法用。她四处赶集，从乡村集镇到城里农贸市场、商场，差不多跑了个把月，才寻到这么个巧物。

从新疆往广州搬家，许多东西拿不上，都丢掉了，母亲买的饸饹床子我精心收着，用着。想吃饸饹面，和一拳头面，压两床子，刚好够一家人吃。

现在想起来，我还是不够了解母亲。我工作生活的地方，算是广州的繁华地段，街巷纵横交错如蛛网，高楼大厦鳞次栉比，车如织，人如潮，小区长相雷同，母亲不识字，我担心她出门走失。女儿建议我，给奶奶兜里装一张卡片，写上地址、电话，不识字也不打紧，迷路了，可以拿出卡片问叔叔阿姨。

第二天，天已擦黑，我们回到家，一屋子冷清，桌上没热腾腾的饭菜，也不见母亲的身影。女儿说，奶奶下午放学没去接她。晚饭上桌，我们左等右等，迟迟不见母亲，不晓得她啥时出的门，又不知道去哪里找，急得转圈圈。女儿安慰我，说奶奶身上装着卡片，若迷路了，肯定会给家里来电话。我转身跑进母亲房间，发现头天给她装进衣兜的卡片丢在窗台上。

我们正急死慌忙准备出门，母亲提着一袋蔬菜不急不忙地上楼了。

我忘了母亲也是经历过凄风苦风、闯过社会的。她有自己观察市井街巷、人流环境的眼光。她的脚步离我们居住的小区一天比一天迈得远，走街串巷，不但没迷失过方向，还一个人去一些老街区溜达。

城市人基本是天天踩着点上下班，周末买一次菜，往冰箱里一丢，管吃一周。母亲看得心酸，说城里日子有啥好，常年连一把新鲜菜都吃不上。

在老家，母亲把房前屋后的空地都种了蔬菜，不用农药化肥，韭菜、辣椒、茄子、西红柿、黄瓜、豆角，一畦畦一茬茬，鲜嫩，生动，从春吃到秋。

母亲是苦惯了的人，也是会精打细算的人。小时候，我们姐弟七个，全家就父母两个劳力，又是靠砸汗珠子挣工分吃饭，一年到头，风雨无阻，父母争着抢着干生产队里最苦最重的活儿。年底分口粮，我家还是最少，一群长身体的孩子，家里尽是吃饭的嘴，日子怎么往前熬呢？

但是，在那艰难的岁月里，母亲用爱哺养着我们，用瘦弱的双肩挑起贫困苦难的家庭重担，不光奇迹般地将我们拉扯大，还把我和二哥送进了大学。大哥和两个弟弟也读完了高中和初中。

母亲常给我们讲，"人过留名，雁过留声""人要走得端，行得正，脚正不怕鞋歪""困难纵有九十九，难不倒勤劳一双手""人穷志不穷"等等。用老话向我们讲述做人做事的朴素道理，要我们坦诚做人。

生产队散伙时，牲口、农具按人口分给各家各户。别人家不是膘肥体壮的骡马，就是怀着犊的大母牛，最差也会分一头半大的牛犊。

而我家，只分到一头老得没牙口的瘸腿驴，身上毛一坨一坨往下掉，瘦得皮包骨头，一只蹄子长得像人脚，路都走不稳当。父亲牵着驴在院子里出出进进地骂，死活不要。我们兄弟几个气不过，抄了棍子、铁锨要去找生产队队长。母亲说，算了，咱们也不指望它拉犁耕地，好好喂着，养好了产两头小驴驹，也不亏。

母亲精心饲养一年，瘸腿驴换了毛色，请兽医治好了患病的蹄子，能下地拉犁不说，几年下来，这头老得没人要的驴竟然为我家产下三头小驴。

没有经济来源，我家吃的面粉主要靠石磨完成，而推磨全靠人力。晚上，母亲带着我们姐弟几个，抱着磨棍子轮流推磨，有时会一直推到后半夜。瘸腿驴恢复了膘色和力气后，也常套了推磨。但驴推磨得有人照应着，用手把磨盘上的粮食往磨眼里赶，磨口里出来的面粉粗细不均，得用细密的罗一遍一遍地筛。我们去了学校，母亲套着驴推磨。放学回家，我们接过母亲手头的活，她才能为我们做饭。有好几次，我坐在边上看着看着，就迷怔得睁不开眼，磨眼没有粮食，老实忠厚的瘸腿驴拉着磨子咣咣咣空转。母亲听到，赶过来并不骂，说困了，出去玩一会儿，灵醒灵醒。

我一直清晰地记得母亲带我们做豆腐的情景。泡软的黄豆用石磨磨成豆浆，收集到大缸里，母亲将豆浆灌进纱布袋子，不停地揉搓、挤压，乳白色的豆浆从布袋里面流出来，滤出豆渣。

大铁锅里的豆浆烧开后，母亲先给我们每人舀一碗豆浆喝。柴火在灶膛里噼噼啪啪燃着，豆浆在锅里翻滚，我们围着灶台，看母亲拿大瓢不断往豆浆里点卤水。炉膛里火太旺，锅底易烧煳，这样不仅锅底的锅巴没法吃，做出来的豆腐还会有焦煳味。火候和点浆关系着豆腐的品质，母亲凭经验总是拿捏得极好。

喝完豆浆，我们捧着小碗，眼睛盯着锅里豆浆慢慢凝结起来。母亲给我们每人碗里舀一块颤颤巍巍的豆腐脑，再将锅里的豆腐脑舀进放好包布的竹筛子，压上木板和石头，黄黄的豆浆水压干后，豆腐就成了。

豆腐渣粗糙，不好下嘴，但生活困难，母亲在粗豆渣里放一点盐、葱花等，捏成窝窝头，这也是苦日子里难有的好吃食。

农村人家，过年做豆腐是一件重要的事情。一进腊月二十三，母亲提前一天就会将黄豆泡好，让我们用石磨磨。一做年豆腐，过年的气氛就浓了。我喜欢吃豆腐，凉拌、做火锅、烩菜，都好。我很想吃一口母亲做的北方老豆腐，但没个石匠，石磨多年没破过，没法用，母亲也没力气做我爱吃的豆腐了。

老家土地承包后，贫穷落后的农村渐渐有了活力，脑子活泛的人，农闲时会赶集做点小本生意。为供我们念书，母亲也在街上摆了一个小吃摊。

凉粉、凉皮和麻花，还有油饼和油糕，赶集市的头天夜里就得做好。晚上，灶台上热气腾腾，母亲会带着我们在灯下一直忙到后半夜。搓麻花颇费精神，将面码子搓成一根根粗细长短一致的麻花，并不是一件简单的事。我小时候算得上心灵手巧，喜欢搓麻花，也搓得最好。母亲提前和好面，将面分成等量的条块，码在盘子里饧着。油锅热了，我们几个孩子在案板前围一圈，在母亲的示范下，面码子在一双双小手里揉、抻、搓，像变魔术，从油锅里出来，就是一根根好看精致、香脆酥甜的麻花。

一根麻花卖五分钱，节假日和周末，我们兄弟几个，一人背一筐麻花去赶集。因母亲做的麻花色香味俱佳，不亏人，不管做多少，集上都能卖完。愁的是做不出来，做两三筐麻花，一家人往往要在灶台前忙两个通宵。

一辆架子车，一个铁皮炉子，锅碗瓢盆，母亲一个人拉着一堆沉重的家什，哪里有集市和庙会，就往哪里赶。风里来雨里去，不仅反反复复跑遍了方圆几十公里的乡镇，还一趟趟赴数百公里外的一个个县城赶庙会，甚至在兰州的大街小巷里卖过半年水果和小吃。

运气好时，母亲会搭上顺路的货车，搭不上，她就一个人风餐露宿，靠双脚拉着沉重的架子车翻山越岭。

事实上，如果我和二哥不再上学，回家做事，家境肯定会好一些。我个子大，也有力气，那年初中毕业，亲戚邻里都劝母亲别再供我上学，说去外边找工，或者学个手艺，好早些帮家里解解难。母亲没听劝，毅然送我进了高中。

现在，日子好了，岁月纷纷落落，一个呼哨就过去了。但贫穷的日子是漫长的，吃了上顿没下顿，总着急自己长不大，度日如年。记得五岁那年，家里常常断炊，母亲每天出门下地时，常会把自己嘴上省下的一个高粱面窝窝头留给我，那是两个弟弟一天的食物。等啃完黑窝头，弟弟就闹着肚子饿，哭得死去活来。有一天，我踩着凳子从小院的矮土墙上爬出去，偷了邻居家菜园里的胡萝卜，分给两个弟弟填肚子。谁知，母亲下地回来，看到院里的萝卜秧子，拿起扫帚就朝我的屁股上抡。晚上，在昏暗的油灯下，母亲用热毛巾一边敷我红肿的屁股，一边讲着一些那时我听得似懂非懂的道理。

从此，母亲出工下地，就让我拎着篮子跟她到田野里挖野菜，这种日子一直熬了两年，母亲咬牙把我送进了学校。

读高中，我和二哥在同一所学校里，买不起饭票，我们无法像别的住校生一样在饭堂用餐。每个周末，我们兄弟俩轮流骑一辆破单车，往返上百公里回家拿吃的。背回一袋子干馍和几瓶咸菜，开水就咸菜，一吃一周。夏天，馒头背回学校吃两天就会长霉菌。

为让我们安心读书，母亲拉着赶集的架子车进城了。她在离学校不远的三庄坑租一间小屋，一边做小生意，一边照料我和哥哥的饮食。

一身粗布衣服，常常是父亲穿了哥哥穿，哥哥不能穿了，母亲再缝缝补补，缀满补丁的小褂又到了我和弟弟身上。但无论多旧的衣裳，母亲总给我们洗得干干净净。"妈没本事，总让你们吃不上一顿饱饭，穿不上一件新衣。衣裳旧没人笑话，穿脏衣裳别人会骂懒汉，只要你们用功念书，有了本事就会有新衣穿，就不会像妈这样一辈子受穷。"说这话时，母亲正安详地坐在炕上，一点一点撕扯着碎小的旧棉花给我缝过冬的棉袄。

1992年，是母亲十分欣慰的一年，我考进了军校，二哥也大学毕业走上工作岗位。听说我俩春节都要回家，刚进腊月门，母亲就提着我们小时候坐过的小凳，天天坐在门前望着村口的路，从早晨到黄昏，过来一个人不是，又过来一个人还不是。母亲在等她的儿子。

小学有一年，我交不起学费，被老师撵出教室，不让上课。母亲从村东借到村西，却凑不够五块钱。左邻右舍都知道我家穷，怕借了还不上。母亲带着我们捡杏核、挖柴胡、打杨槐树籽，辛苦了一个夏天，才交上学费。

现在回想，穷苦是磨难，也是历练。那个年代的农村，大多数家庭都一样，有的家庭比我家更恓惶，比起那些穷得连裤子都没得穿的孩子，我们已经很幸福。

跟别人比本事，不比吃穿，把名利看淡一些，人就活得轻松了。这是自小母亲就教给我的。这种人生的教诲，至今在我的性格里生长着。朋友相聚，别人穿名牌，开豪车，我也不觉得自卑，房子窄狭打扫卫生省力，在家里想吃面下碗面，想吃米饭蒸米饭，很知足。想想小时经历的那些苦，人生还有啥不满足呢！

小时候，总盼着过年。过年了，就能吃顿饱饭，有白面吃，可以穿几天新衣裳。慢慢地，长大了，独自出门闯人生，东奔西跑地忙着，日子不管是苦是甜，都得自己扛着往前走。心里装着一个个梦想和大事，没黑没明地忙碌，渴望能有些出息，让父母享几天福。

没想到，日子刚开始慢慢好转，父亲突然离我们而去，将整个家庭重担丢给了母亲。父亲去世时，他的三个儿子还未成家。往后的日子，就只有母亲带着我们往前走。

下班回家，发现桌上已摆好四五个菜，还有蛋糕和酒，母亲正在厨房里节奏明快地切着手擀面。我有些懵，问母亲，今儿谁过生日呢？母亲笑着说，你咋忘了，今儿是你的生日。

我语塞，心里一热，很想像小时候一样，扑进母亲的怀里，却矜持着伸不出手去。

端起酒杯，恍然发现在外奔波二十多年，自己竟没过过几次生日。来到这个世界已经很久，都快奔五十上去了，大事没干成一件，忙的尽是鸡毛蒜皮的碎事。

忙碌一辈子的母亲，如今已当了祖母，四世同堂，却还在为我们做儿女的忙生日。都说儿孙满堂福满堂，但细想，儿孙满堂的母亲并没享过我们多少福。牙床萎缩，假牙痛得没法戴，要去医院重做，儿女们却一个比一个忙，迟迟抽不出身。平时住在乡下老屋，做饭、拆洗衣被还得她自个儿辛苦，一大群儿孙的生日，母亲一个一个记着，我们却只顾忙自己的小日子，很少想着回老家为母亲过一个温暖的生日。

姐弟七个，唯我离母亲最远，十八岁就离开故乡在外漂泊，母亲也最牵挂我。有时出门旅行看到美丽风景，心里想着母亲也能看看多好，遇上可口饭菜，也想让母亲尝一口，可是，我的孝心赶不上母亲的老，"朝如青丝暮成雪"，我还没活明白，母亲已经老了，走不远，吃不动。

二哥在城里成了家，父亲去世后，他几次想接母亲到城里生活。母亲去了，只住几日就嚷着回乡下，说她习惯不了城里车来人往的嘈杂喧嚣。母亲仍旧恋着乡下那片教会我们简单质朴、教会我们庄稼人本色的黄土地，惦念着她在贫穷中操持了几十年的家。

这几年，大哥和四弟也搬进城生活，只有五弟在老家陪在母亲身边。每年一进腊月门，母亲就在寂寞四围的小院里早早开始忙碌，打扫房屋、拆洗、晾晒被褥，准备年货。母亲像我们小时候一样盼着过年，盼着儿孙们从四面八方回来，一家人热热闹闹吃顿年夜饭。

送母亲回到老家，只住了两日，单位有事，我急着要回。母亲有些不舍，心里还想让我在身边多待几天，却在灯下早早为我收拾好了行囊。

"等娃放暑假，水果就都下来了，咱原上水好空气好，把娃领回老家宽松宽松。"我应着母亲的叮咛出了院门。

已经走出好远，我回过头，看见母亲还站在门前的杏树下望着我。风吹动着她花白的头发，泪水顺着我的脸颊滚落，我在心里默默地说，母亲，谢谢您用自己淳朴、刚毅的性格，宽厚的胸怀，用纯洁无私的爱给我编织了一叶远航的帆。

如今，我离开母亲在外地生活已近三十年，仅有的几次回家也是回也匆匆，走也匆匆。在老家的小院里，我不知道母亲用什么来化解自己晚年的孤独与寂寞。从西部边关到岭南军营，职业的特殊性使我无法像平常人一样常回家陪伴我年迈的母亲。除了心底永不停息地翻腾着的祈愿，就是在自己的岗位上好好工作。我想姊妹们的积极向上、平安健康，就是母亲孤单寂寞里最大的温暖与幸福吧。

那些渐行渐远的生活

我没想到，那个被丢弃的暖锅，又被母亲修补好端上了餐桌。

除夕年夜饭，按惯例，我们从外地回家过年的人，凡会做菜的，都要下厨掌勺，精心为母亲做一道自己的拿手菜。

一大家二十多口人，两大桌菜在上房里摆好，母亲把桌上的菜挨个看一遍，说，天冷，暖锅菜吃着热腾腾的，给娃娃桌上也把暖锅装上。

母亲喜欢吃暖锅菜，我们把黄铜暖锅里的菜装好，搁在了母亲桌上。母亲这么一说，我们都有些懵，这会儿家家都忙着团聚，去哪里再寻一个暖锅呢?

"漏暖锅我补好了!"说着，母亲从纸箱里拿出那个跟随她三十多年的黄铜暖锅，里面补着五块大小不一的补丁。

那年，也是除夕，这个黄铜暖锅端上桌，还没操几筷子菜，竟出现裂漏，汤汁流了满桌。饭后，我将其丢到院外的墙角，利用进城的机会，又给母亲买回一个新黄铜暖锅。

但这个年头久远、浑身小瘿的旧黄铜暖锅，母亲背着我又捡回来。然后，用一个网兜提着它一趟一趟赶集，寻到一个老手艺人修补了。

新三年，旧三年，缝缝补补又三年。这是穷年月里的节俭，也是老辈人持家过日子的传统，一切都从长计议。

家里做饭炒菜，一直是一大一小两口黑铁锅，叮叮当当，烈火，勺子碰，锅铲敲，有时蒸馍不留心会烧干水，天长日久，铁锅渐渐衰老，浑身病痛，会出现或大或小的裂缝，漏水漏汤。父亲不声不响，把铁锅从灶台上拔下，刮去锅底灰垢，背到集市上，经过铁匠一阵叮叮当当的敲打，补过漏处，一用又是五六年。

实际上，也不止我家，赶集的村道上，时常会看到背着黑铁锅赶集的人。街道里有专门补锅、焊壶，做各种精巧铁活儿的手艺人，铁匠和小炉匠摊前，摆满等待修补的或铜或铁的壶、锅，还有各种铁制农具。

"我这壶上有个沙眼，你给焊一下。"

"我这锅昨儿不小心烧裂了，你给看着弄弄。"

"好，放那，散集时过来拿吧。"戴眼镜的老铁匠是我一个同学的父亲，他一声一声应着，手里小锤子并不停。

"换口新锅吧，补这么多疤，疙疙瘩瘩，不好使了。"有时老铁匠会这么劝。

老铁匠带着一个小徒弟，负责炉火。小风箱呱嗒呱嗒，炉子上的火光一闪一闪，一小块从别处拆解下来的黑铁，在炉火里慢慢变得柔软红亮。老铁匠用钳子夹出蛋黄一样红亮的铁块，放到铁砧子上叮叮当当敲。锤声和飞溅的火星里，耀眼的橘红一点一点暗下去。反复敲打、裁剪，最后变成一片薄薄的、大小适宜的补丁，如一粒尘埃轻轻落在一件家什的破漏处，成了锅或者壶不可分割的一部分。那些断柄的铁饭勺、漏水的铁锅和茶壶、使得豁豁牙牙的锄头或犁铧，经过铁匠一翻敲打，焊接，会重新走向田野，又带着一代人的体温和记忆重新回到人们的日常生活里。过几年，也许它们还会回到这个铁匠手里修补。

街道里有三个铁匠，我喜欢蹲在岳姓小炉匠摊前，看他平静、娴熟地做手工活，那充满烟火气息的敲打声，使岁月有了绵长细密、精致光亮的味道。时间在他的手上是缓慢的。他会在叮叮当当的锤声里，花一礼拜，甚至更长的时间打一只铜壶，不急不躁。

农闲时节，村里也有补锅、箍缸、磨菜刀、弹棉花的手艺人。"起刀——磨剪子哎——"，一声一声闲散、悠长、飘曳的吆喝，有草木味，像唱歌。磨刀的手艺人，肩上扛一把小长条凳，上边绑两块月牙形长油石。磨刀的在哪里，哪里一片叮叽喳喳声，女人们将家里锈迹斑斑、老得连一把青菜都切不动的老菜刀寻来，在说笑声里看磨刀人骑在条凳上唰唰地磨刀。

磨刀人举起一把满是豁口的老刀嘟囔一句："你这刀用几辈子了，磨不出来，买把新的吧。"

我家后院亮亮娘尖着嗓子说："才用十来年，你下些功夫磨，还好得很呢。"

我相信磨刀人的话，一把老得失了钢性的刀，像一个失去芳华的老人，很难再展当年风采，即使磨再好，用几天就钝了，还得在寂寞里等下一个磨刀人。

匠人们来来去去，走一个，又来一个，在村子里挨家挨户问有没有活儿。

箍缸的匠人，担子上总有几圈亮眼的宽窄不一的竹篾。那篾条柔软，洁白，有的带着浅浅的青绿。

村里人家里的水缸、酸菜缸、面盆、瓦罐等瓷家什破了，只要没破成无法拼接的碎片，大都不会丢掉，拾起来搁在寂静的墙角里，遇上箍缸的匠人上门，管一顿饭，花一点小钱，就能修好。没钱也不打紧，两碗麦或豆、几粒鸡蛋也行。在角落里沉睡了一小段时间的破缸、烂瓦罐，捆扎上一道道竹篾，像打着绷带的伤员，又重新回到自己的岗位，以更古旧、沧桑的姿态，在过旧的年月里继续接受人们的注视与抚摸。

有一年冬天，天冷得厉害，家里大水缸和酸菜缸被冻裂，我们姐弟几个劝母亲扔掉买新的。那时，一口新缸不过五六块钱。但母亲说，箍了还能用。

我隐隐记得一个箍缸的匠人，清瘦、戴厚茶色眼镜、头发花白，乡亲们都管他叫老张。

春天，雪白的杏花和梨花，雪一样飘落。老张坐在我家门前的树下，膝盖上垫一片脏得油光发亮的帆布，拿一把锃亮的篾刀刮竹片，缓慢，娴熟。长而柔软的竹片，像一根起伏、弹跳的琴弦。他干活儿慢腾腾的，好像做快了，上午把我家活儿干完，下午的时间就没法打发，要靠眼前这点活儿慢慢熬时间。他说，箍不同的器具，对竹片的要求不一样，软硬和薄厚恰到好处，箍到缸上才能吃上力，不走劲。

村里好几户人家都有活儿等着，老张不急，没有那种在很短时间里挣更多钱的急切，神态悠然、安详。我家水缸冻裂成了三五块，老张不量，也不问尺寸，手指宽的竹片一圈圈缠上去，竟像量好的，不长不短。一点点刮出浅浅凹槽的竹条，随着缸的弧度紧紧扣在缸体上，严丝合缝。

给我家箍了两口缸和一个装面的瓦盆，老张忙碌了一天。母亲给他三块钱，他竟说给多了，硬给母亲找回五毛。

四十多年过去了，也许老张早就带着他箍缸的手艺离开了人世，而他当年箍好的两口大缸，家里至今还用着。母亲说，装水、卧酸菜，一次都没漏过。

实际上，我父亲也是地道的手艺人。他与那个给我家箍缸的匠人一样，带着自己的手艺永远地离开了我们。

那辆曾陪伴他走州过县讨生活的纺线车，被母亲搁在房梁上，在沉默里落满尘埃，生活与故事被一小段一小段地埋进了时间深处，好在记忆还能照亮曾经的一切。就像那辆陈旧、古老的纺车，轻轻转动它，被遗忘的生活，仍会像春天里的杏花落满大地。

父亲去世已二十年。那把他扛着四处弹羊毛的弓，早在父亲在世时就丢失了。但我的记忆没有丢失，一直没有，像故乡的雪，时常在我心头飘落。

父亲擀毡、织口袋的手艺，十里八乡小有名气。每年麦收罢，父亲跟村里一个拐子堂哥做搭档，扛着纺车和一张弹羊毛的弓出门，短则三四个月，长时半年，用自己的汗水和手艺，挣一点小钱补贴家用。因父亲做工精细，工价合理，常常是这个村里的活儿还没忙完，下一个村已早早下了约请。

春天从羊身上剪下来的羊毛，油腻且粘满灰土、草屑等脏物。父亲先要将羊毛清洗几遍，拿到大太阳下晾晒。

弹羊毛是一个伤身体的重体力活，肩上磨得油光发亮的桃木弓，中间粗如手臂，很沉，像一个遗落在生活深处的古董，听说是爷爷手里就有的。

晒过的羊毛铺在炕席上，父亲肩上扛着弓，右手握一根红而光亮的木拨子，在沉默里不停地拨动弓上那根细长的牛筋弓弦，混杂着各种脏物和灰尘的羊毛，在弓弦嗡嗡的击打、震荡声里，一点一点变得干净、蓬松。满屋子灰尘，呛得人喘不过气来。弓弦节奏明快，嘎吱，嘎吱，嘎吱，似远古的诉说，又像父亲粗重的喘息与内心永不停歇的挣扎。

弹松软的羊毛，洁白如雪，在纺车上纺成毛线，与黑羊毛搭在一起，像织布一样，织成宽窄适度的片，对折收边、缝合，就成了类似麻袋的长条形羊毛口袋。在缺乏麻袋和蛇皮袋子的年代，羊毛口袋是装粮食不可或缺的生产生活用具。羊毛毡长多是一米五左右，能装近两百斤粮食。

一条做工精细的羊毛毡和口袋，有时可传几代人。

羊毛毡的制作过程很烦琐。弹好的羊毛在竹席上铺好，卷起来，两个人同时坐在长条凳上，双脚用力反复揉搓，手上的绳子可以调节竹席上毛毡揉搓的位置，几个小时不停，直到厚厚的羊毛瓷实地交织成一个无法撕烂的整体，一领洁白、做工精细的羊毛毡才算完成。

一领好毡，用二三十年不烂，可陪伴一个孩子成人成家。老手艺传承着平淡朴素的生活，亦传承着过了今年还有明年的精打细算和希望。母亲说，现在人过日子一副懒干手相，今儿用了不管明天，过一天算一天。

羊毛毡防潮保暖性能极好，户外露宿，褥子下边铺一条羊毛毡，在湿地里睡一宿，身下褥子干爽、不潮。1990年代我在遥远的西部当兵时，部队还配发羊毛毡，即羊毛毡的做工跟父亲当年的手工活儿一样。现在，这种散发着泥土和青草气息的东西已经消失，即便是农村也很难见到。替代品如雨后春笋，名目繁多，新潮、时尚，但多是不经用的样子货。

弹棉花做网套的手艺人，会在村里有闲房的人家住一段日子。被褥里的棉花用久了，硬邦邦的，没弹性，拆了抱给弹棉花的匠人，重新弹拨，翻旧如新，做出来的网套洁白松软，盖着暖身舒心。

那时，各种手艺人很多，手艺精到，不欺人，不管挣钱多少，都讲个信誉质量，修补过的东西，结实耐用。生活里似乎没有什么东西是不能修补的，有些东西请匠人修补，有的则自己动手，不论贫富，用东西都很爱惜，样样儿都会往长远处想。

母亲拆洗被褥，线总是横竖量好才剪断。从这头起针，一针一针缝到那头，不长不短，针脚细密，线路直得像尺子打出来的。来年拆洗时，母亲又一针一针将线抽出来，理顺，在小木轮上缠好，缝时仍用拆下来的旧线。母亲朴素的爱与节俭，像针线的语言，绵绵密密地落在了柔软的棉被上、日子上。

新鞋对脚的邀请，是一件隆重的事情。

母亲每年会为我们姐弟做一双新布鞋。旧布片、碎布头，一点一点扯平展，拿糨糊一层一层粘起来，贴到炕墙上，待干爽了，揭下来，按着鞋样儿剪成一个一个布鞋底儿，四五层剪好的鞋底缝合在一起，包了边，就可以纳成鞋底。

谁的脚板穿多大鞋，母亲心里都有尺寸。鞋面儿多是黑色或咖啡色的条子绒布。这两种颜色的鞋面似乎总是不过时的。

白天忙田里农活，晚上，在忽闪忽闪的煤油灯下，姐姐拧纳鞋底的绳子，母亲纳鞋底。一层一层粘起的鞋底厚而硬实，粗针用力才能穿过，刺——刺——，绳子跟着针从厚厚的鞋底穿过。拉一会儿，母

亲会将针在头发上润一下。拉鞋底是巧活儿，也少不得力气，戴在手指上的顶针在针屁股上使劲顶，针才能穿过厚而瓷实的布层。一针针一行行，针脚细密，横竖有致，很好看。纳好的鞋底和做好的鞋帮要上到一起，针穿不过去，先用锥子扎一个眼，用针引麻线从眼儿里过去，再用锥子绕一下穿过去的麻线，形成一个扣，双手两边用力紧一紧。一双漂亮、结实的千层布鞋穿上脚，是一件很幸福的事情。

新鞋母亲是不轻易让我们上脚的。一双双新鞋，齐齐整整放在木柜里，过年或看大戏，新鞋才会隆重登场。

孩子好动，一双针脚细密的布鞋，最先露出的是脚趾头。"脚上带刀子呢！"这是父母嘴边惯常的埋怨。但不管是鞋头破洞，还是鞋帮脱底，父母总有办法缝补。爱惜着穿，一双布鞋会跟着脚走过四季。

每双鞋上都有密集的细节、美感和温暖。烟雨迷蒙，阡陌、村道泥泞，放学回家的孩子，手里提着鞋，光脚板子在泥水里一路追打嬉闹，一是不让鞋沾水，二是光脚板玩水。田里劳作的大人，吆喝着牲口，挽着裤腿，有的鞋子拎在手里，有的用草绳系了搭在肩上。这是乡村雨天里常有的生活图景，辛劳里有朴素和诗意。

我还穿过一种精致布鞋。母亲拉鞋底时，绳子在鞋底一针一针盘出黄豆大的小花朵。这种鞋走在地上或雪地里，脚下会印出一朵朵小梅花，很好看。但这种布鞋做起来费时费工，我们总舍不得穿，怕磨掉好看的花朵。

现在，街头叮叮当当钉鞋补鞋的鞋匠也是难寻的，一双价值不菲的皮鞋，有了问题，七八成新，找不到鞋匠修补扔掉很可惜。有时好不容易找到一个修鞋的，要价却极高，随便弄一下，就要几十上百元，跟抢钱似的。

还有衣服，城里人家里大都没针线盒，即使有，自己不会针线活儿，衣服有了问题也不会缝补。天长日久，积了成堆的衣服，大都还很新。

跟农村所有的女孩子一样，裁衣、纳鞋底、绣鞋垫也是两个姐姐生活的必修课。大地上的各种花鸟鱼虫、烟柳画桥，姐姐都能绣到鞋垫上。一双色彩缤纷的绣花鞋垫，使脚有了抚慰，鞋有了魔力，脚下生风，路会走得更长。生活似乎也不再枯索乏味。

离家近三十年，从西到南，四处辗转，但两个姐姐每年都会记着给我寄几双绣花鞋垫。二姐说，手工棉布鞋垫，透气，吸汗，垫着脚舒服。但我总舍不得用，一双一双珍藏着。看着鞋垫上一幅幅精美的图案，不光让我感受到姐弟间的亲情与温暖，还有生活和人生的无限美好。乡村的日子艰辛、简朴，但一针一线的温婉细腻里，是对生活的憧憬与热爱，是对美的遐想和追求。

我还穿过二姐一针一线织出来的毛背心和毛衣。

二姐是村里最早学会织毛线的女子。那时，她在离家四五十里外的砖瓦厂做临时工。棒针是细竹棍刮磨成的，还有一副铁丝磨成的，锃亮。每月的工资，二姐省吃俭用，买回毛线，变着法给我们兄弟几个织毛背心和毛衣。

不管走到哪里，二姐总随身带着一个粉色的布兜，里面装着毛线和棒针，一有空闲就拿出来织毛线。她眼睛看着书上的花纹和图案，棒针在手上飞快地转动，指法娴熟，很少看棒针。她不急躁、不焦灼，亦不怕烦琐、辛苦，毛线团跳动着一点点变小。时间在棒针和指尖上慢慢滑落，爱与温暖，被二姐一缕一寸织进衣服，也织进了我们的心里。

买回来的毛线是盘成股的，先要缠成毛线球。缠毛线像我们姐弟的温馨游戏。二姐将毛线抖顺，让我伸出双臂绷着。我们说着闲话，毛线一圈一圈离开我的手腕，毛线球在二姐手上不断变大。缠完一个，又缠一个，速度很快。伸着双臂绷毛线，不一会儿，两臂就酸困得往膝盖上沉，这时，二姐啪一下，在我的手背上拍一下，说，绷好，一会儿就完。

现在，谁有那样的心境，安静地坐在时间里不急不躁地织一件毛衣，或背心，或一条自己欢喜的围巾？谁还有福气穿这种贴心又贴身的衣服呢？

五月端午，故乡的风俗不光吃粽子，门楣上插新春的柳枝，孩子还会戴香包。香包在我们那里叫荷包子，里面装一点香料。用彩色碎布和五颜六色的彩线，绣成或大如小儿拳头，或小如指甲盖的生肖香包，逼真，精致。一个自己的生肖荷包，配几个图案鲜艳、造型别致的荷包，在胸前或书包上挂一串，香喷喷的，比现在女孩子手包、手机上佩戴的小工艺品好看。有时间有精力的妇女，还会多做一些香包拿到城里去卖，颇受青睐。

在这些朴素的追求与传承里，人能看到生活、审美、情感和浓浓的爱。

20世纪90年代，我在南京求学时，买过一把两折的雨伞，自动开关，走进雨雾，嘭一声张开。伞布厚实，雨珠子落下来，一片啪啪声，伞骨细密结实，伞大，柄也长。每次用过，我都记着将其撑开，放在阳台上，等阴干了才收起，虽是铁伞骨子，竟一直没锈过。有时伞骨出点小问题，自己动手修一下，便妥帖了。从南京、乌鲁木齐、广州，一直陪伴了我十五年。我想，除了爱惜，大约还有精细的产品质量作保证吧。

随着匠人们逐渐故去，一门门精致的老手艺，连同他们的苦难、追求、命运和生活，都在寂寞里跟着一起消失了。

小时候，菜园的黄瓜、茄子、西红柿、西瓜，都是一代一代庄稼人传种下来的老品种，菜是菜味，梨是梨味，不像现在，为了钱，有些人不择手段，什么都往早熟里催，往大里整，碗大的桃子和梨子，看着光鲜诱人，吃到嘴里木渣渣的，一点水果味道都没有，老品种老味道，一个一个离我们远去。

有人说，幸福生活要慢慢过，就像喝咖啡，从容，安详，仔细品。但是现代人急匆匆，火燎燎，快了还要更快，都想一夜成名，一夜暴富，想不劳而获，想不奋斗就过上安逸富足的日子。如何静得下来、慢得下来？

契诃夫说："生活正在逐日变得复杂，而人们却明显地变愚蠢了。"也许吧。

仔细看，现在的生活不仅不比过去精细，反而粗陋、乏味了，满眼尽是一次性的东西，过了今天不说明天。过去农村很少见垃圾，现在是垃圾、废品堆积如山。人被没有细节、情愫，没有回味的生活追赶着、拍打着，新东西不遗余力地消灭着旧东西。

漂在城市的大哥

大哥像一粒尘埃，已在各种面孔的城市里漂了近三十年。

在小城平凉的十多年里，大哥只干一样营生——收废品。在城市里混生活不易，但与别人不同，大哥收废品，无奈、艰难、辛酸里也有难得的从容，洒脱。他不走街串巷扯着嗓子吆喝，生意却出奇好。

吃过早饭，别人急火火出门忙碌了，大哥象个没事可做的闲散人，不紧不慢地将简陋的屋子收拾利落，从窗台上拿过一本泛黄的《浮生六记》，或者《论语译注》，坐在屋前暖暖的太阳下埋头读起来。黄旧的书页上有许多折痕。有时正读得津津有味，手机响了，他顺手在页角上折一下，书搁窗台上，然后，不慌不忙地骑上三轮车出门。

如果手机半晌不响，他就会一直读下去，读很多页，读完了，便换一册。他从收到的废品里挑选出上百册旧书，舍不得卖，整整齐齐码在窗台上，那些书陈旧、脆黄，缺角少页，在时间和生活的上游饱受疾苦，浑身伤痕，落满灰尘、霉斑、污渍、星星点点的蟑螂屎。但大哥不嫌弃脏旧，他说，在时间里过旧的是人与生活，文字和思想永远不会老，就像一个人，我们喜欢、敬重他，并非时尚光鲜、道貌岸然的外表，而是他内心的温润、善良与高贵。

寄居在城里，没农活，亦无烦琐的家务事，有时他大半天都坐在檐下静静地读书。冬天，室外天寒地冻，滴水成冰，他在屋里架一盆火，炉子上坐一壶水，蒸汽掀动壶盖，噗噗噗，大哥泡一杯热茶，炉旁坐下，埋首读书。若天不冷，他就坐在门口的阳光里，小凳上搁一杯茶，书页在时间里一页页翻过。我揣摩，大哥一年里偷闲读过的书远比我多。

但大哥的手机不会不响，只是时间早晚问题。而且，他的手机一旦响起来，便像约好似的，接二连三，响个没完。大哥径直寻着手机里的声音出门，散淡，从容。一天的时间就被他慢腾腾地打发了。

"收——废书纸箱——废铁烂铜——噢——！"我曾以为，大哥起早抹黑，每天的脚步声是和着这种唱歌似的绵长吆喝的。或者在三轮车前挂一个小喇叭，用设定好的吟唱代替他张罗，那些有废品的小区住户，听到吆喝，偶尔会在自家的阳台，抑或庭院里应一声——"收废品的——来一下。"然后，将那些积攒着的废品卖给大哥。

不光不吆喝，闷不吭声的大哥，三轮车前连一个收废品的纸牌牌都不挂。没个标识，谁知道你是干吗的？大哥被我问笑了，说他收废品时间长了，人都认识呢。他的话让我更是一头雾水，认识的知道，不认识的呢？就算相熟，谁知道你啥时到自家门前或小区？

大哥出生时是兔唇，小时家穷，快到十岁时才做手术。因医生水平欠佳，缝合不理想，术后留下一个明显疤痕。虽留下了疤痕，但大哥说话字正腔圆，声音响亮。如果当年手术做得足够完美，单凭说话，根本听不出他的人生曾有过一个小小缺憾。所以，大哥收废品不吆喝，与他曾经的兔唇无关。

从小学到高中，大哥一直是年级里的尖子生，眼看着差一学年就要高中毕业，却不得不辍学。面朝黄土背朝天的父母，供不起五个孩子同时上学，为让四弟和五弟也能读几天书，苦焦而无奈的父母咬着牙，让大哥回家种地了。

大哥是吃过大苦的人。早年出门，他多是在建筑工地上卖苦力，从一个建筑工地到另一个建筑工地，一年又一年，汗瓣子和着灰尘砸进工地的沙石、水泥里，他年轻，有力气，不怕苦累，心却是痛的。他热爱田野与庄稼，想回到熟悉的土地上劳作，但是，他身不由己，要挣钱补贴家用，供几个弟弟求学读书。

没技术，人实诚，工头派活儿看人下菜，尽让大哥干出大力流大汗的重活儿，没几年，大哥就累垮了身体。

回到老家，大哥一边抚弄田地，一边赶集贩卖水果、蔬菜，早出晚归折腾了两年，又转身进了城。这一次，大哥换了思路，青春和健康，他已早早透支给了远方的一座座高楼大厦，人过中年，精力已经耗得差不多了，脚下的路却长着，肩上扛着全家人沉沉的生活重担，他不敢再拼命苦干，得量力而行。

大哥拉着一辆破旧架子车，在城里选择一个卑微的营生——收废品。他说，收废品不需要太多本钱，不会亏本，也不用汗珠子摔八瓣，只要人勤快，多多少少总能挣一点。

在外漂泊多年的大哥知道大城市挣钱门路广，即便收破烂，也容易些，且兰州、西安、银川这些省会城市离老家都不算远，大哥为何选择小城平凉而不去这些大城市呢？因为他与梦想，隔着现实的无奈。他放不下年迈的母亲和在小城读书的侄儿，恋着老家的老屋、田野、

庄稼。

　　刚开始，收废品的大哥每天早早出门，破架子车上搁一杆秤，在大街小巷里一趟趟走。夏天日头毒得晒化路面上的沥青，他汗湿衣背，走得双腿像灌了铅，也不停歇。冬天哈气成霜，寒风呼啸，他仍然要出门，不出门，收不到废品就挣不到钱。他像一尾不知寒暑的鱼，在街巷里从早往黑里游走。有时在风雪里奔波一整天，也收不到多少破烂。他在城里租一间只能容身的小屋。白天风雨无阻，晚上拖着疲惫不堪的身体回到住处，一个人在灯下潦潦草草煮碗面条，舍不得买一把青菜，开水煮面条，放点盐，淋几滴醋就是一顿饭。节衣缩食，有时辛苦一个月，除去房租、水电开支，手里几乎落不下什么钱。

　　憨厚的大哥不晓得，收废品的卑微行当，也是一个小小的江湖。大哥第一个月，就被糟心事碰得鼻青脸肿。一天，他收完废品出来，停在门外的架子车不见了，四处寻找，发现让人丢在偏巷里，链锁剪断，轮轴被弄坏，上面泼了黑乎乎的污泥，已不能用。他不声不响，又借钱买回一辆二手三轮车，没多久，车子又被人偷走，还被城管收掉一辆。短短一年里，竟损失三辆三轮车。大哥心里清楚什么人在背后欺他，撵他，却不说破，不叫嚷，他相信人心都是肉长的。别人偷走一辆，他就再买一辆，他在沉默里用庄稼人的本分、诚实抵御悲伤。他相信，时间是心与心之间最好的摆渡人。

没几年，大哥收废品的光景就悄然好转起来。两个儿子在城里买房、成家，他都添了钱。小女儿进城读高中，他扪大嫂接进城当清洁工。一家三口租了一个大些的住处，两口子一边在城里挣辛苦钱，一边供小女儿读书。

去年夏天，小女儿考上大学，五十八岁的大哥也当了爷爷。我心想，两个儿子和儿媳都有固定工作，女儿读书多少能帮衬一些，辛苦大半辈子的大哥，这下该歇歇了。我劝大哥别再收废品，回老家过几天轻省、闲散的自在日子。他吃着烟，久久不语，末了叹息道：两个儿子儿媳虽说都有工作，但娃娃买房的贷款还没还利落，压力大；小女儿上学不能给儿子添拖累，现在，自己还能跑得动，等共女儿读完大学再说罢。

五月里，我回故乡给母亲过生彐，大哥和大嫂也回老家住了几日。常年不住人，大哥家的院子里一派荒凉，长满杂草，房檐台上的地砖被荒草一块一块顶翻，窗棂上布满蛛网。大哥和大嫂从屋内忙到屋外，俩人打扫、修补，还未收拾妥当，大儿子的电话就追了过来，催着大哥大嫂赶紧回城里，说孙女没人看管。

临走那天，大哥扛着锄头，把自家的十多亩耕地，一块一块看了一遍。麦子正扬花吐浆，玉米地里长满杂草，他立在地头，神情松弛恬静，眼神里透着痛惜与不舍，说玉米地该追肥拔草了，像无奈的叹息，又似自言自语。田野里一派寂静、祥和，天蓝如洗，布谷鸟一声一声叫着，空旷，绵长。能听到玉米与杂草争相拔节的窸窣声。

"年年往里施化肥农药，土地肥力下降不说，污染也重，我如果在家里，庄稼会长成这？"大哥指着田里的玉米说，"过几年回来，养几头牛和猪，用农家肥好好把地倒茬倒茬，土地不亏人，只要用心，收成就不会差。"

我笑说："你怕是十年都回不来，大孙女拉扯到上学，二胎又生了，大儿子的小孩不用照看，小儿子的子女又该你和嫂子忙碌，还回来个啥呢？"

大哥听了，没吱声，扛着锄头急慌慌往回走。播种和收割时，他匆匆忙忙回来一趟，忙完，又赶着进城，地里庄稼平常大都是五弟帮着照看。这次，大哥原打算在老家多住些日子，把玉米地里杂草薅一薅，房子年久失修，多处漏雨，想请泥瓦匠重新翻修，谁知他只住一周，儿子就催着让回城里。他的脚步与叹息里，有顾了那头，就顾不了这头的牵绊与无奈。

尽管在城里漂了近三十年，但我知道，品味过城市辛酸冷暖、浮华喧嚣的大哥，内心里对城市仍旧有着许多不习惯、不喜欢，他热爱朴素宁静、天高地阔的乡村生活。但是，他无法选择自己的生活，跟许许多多从农村进城打拼的"80后""90后"父母一样，为了儿孙们的事业与教育，只能一天天一年年漂在城市里，在城市的缝隙里艰辛卑微地讨生活，寄居偏街陋巷，苦撑苦熬。

现在，他年过半百，累了，倦了，也不再为衣着温饱忧愁，却困顿在城乡之间的奔波里，城市融不进去，乡下有田不能耕，有家不能回，谁能读懂他内心潮汐般起落的苦焦与迷茫？

两个侄儿孝顺，多次劝大哥大嫂跟他们一起生活，但大哥总是不肯。他说，孩子们住房逼窄，住在一起搅扰娃娃的生活，郊区房租便宜，存放破烂方便。其实，他默默藏在心底的苦涩我清楚，他不愿看着孩子们的脸色过生活，更不想让自己的卑微人生影响儿孙们的颜面和自尊。

大哥仍旧坚持住在郊区。大嫂停了工作，帮着大儿子照看孙女。他的日子又回到了从前，一个人住在冷清寂寞的小出租屋里，吃饭也没个准点，饥一顿，饱一餐。窗台上的旧书，是他艰辛里一缕一缕亮闪闪的萤火。

我对大哥坐等电话收废品的洒脱很好奇，想跟着看个究竟，他不让。我没告诉他我的小心思，编慌说正在写一部小说，需要了解这方面的细节与故事。他默默听了，没再反对。

大哥收废品的交通工具，已从最初的架子车、脚踏三轮换成了现在的电动三轮。上午十点多，我们正在檐下说着闲话，大哥的手机叽里哇啦响起。我知道，他忙碌的一天开始了。

出门时，大哥将干净衣服脱下，换上几年前我寄给他的那身迷彩服，上面不光有划破的口子和窟窿，还有一片一道无法洗净的污渍，看上去像个要饭的，我的心里顿时升起一股莫名的痛。大哥似乎从我的情绪里看出了什么，一边不紧不慢地收拾车子，一边笑眯眯地说，收破烂穿不成干净衣服，破铜烂铁，一碰一身灰。

走到红旗街一个小区门口，大哥笑着对门卫说：长峰兄，老李让我去他家收些废品。那个看上去不到三十岁，被大哥尊称为兄的保安说：你有阵子没来了，小区里好些人都问你呢，记着把车子停到棚里。

刚进小区大门，楼下遇着一个拄着拐杖的老婆婆，大哥客气地说：

"老姨散步啊，腰痛好些了吗？"老婆婆咧着嘴笑，笑得眼睛眯成了缝："有一阵没见了，你回老家了吗？"大哥说："回去了几天，地里有些活儿要赶季节呢。"

大哥回娑罗原老家收麦时，我碰巧回老家休假。他的手机响得频繁，我纳闷，咋那么多电话？大哥笑着说，都是叫他去收废品的。

废品卖谁不是卖，干嘛非要一遍遍打电话卖给大哥？大哥咋就成了城里的稀罕人呢？我心里想。

大哥像小区里的一个住户，或者相熟的邻居和朋友，不停地与出出进进的人打着招呼。寒暄，说笑，神情坦然，言语里洋溢着亲近与开心。

一个正出门的中年人说："我给你留的废品堆一阳台，都没处放了，咋这么长日子不来？"大哥说："我不是给你留着电话吗，打个电话我就来了嘛。"

中年人咧着嘴乐："哈，看来，我得打电话请你呢！你上次写给我的电话我不晓得搁哪儿了，你再给我留一个。"

留罢手机号，他转身带大哥上楼。进屋时，大哥从兜里掏出一双鞋套套上，也给我一双。他笑着对中年男人介绍："这是我三弟，在广州工作，你去那边可以找他。"脸上的笑容里，有隐隐的不易察觉的自豪。

阳台上的废纸箱、旧报纸、硬纸盒、五花八门的杂志、啤酒瓶和饮料瓶……七七八八一大堆。大哥折、叠、码、捆，过秤，付钱，动作熟练有序，干净利落。然后，他小心翼翼地将捆好的破烂拿出屋，又折身将堆放破烂的阳台收拾得干干净净。尽管中年男人拉着不让干，大哥还是乐呵呵地忙利落了。

"小区里经常有收破烂的，随时都能卖，你为啥非要等着卖给我哥？"

锁门的中年男人转过脸，抬了抬眉毛，呵呵笑："你哥人好，实诚，不要秤。同样一堆东西，在你哥这几能卖五十多块，卖给别人掐斤短两，连十块钱都换不来。"

我心里忽然想起一件事：二哥说他屋里积了些废品，让大哥去拉。末了，大哥硬要塞给他五十元，俩人推来让去，像吵架。二哥说："那堆破烂大哥拉去只卖了三十块钱，幸亏我没拿，要不然大哥就要赔二十块。"

临下楼，大哥笑说："下次有不要的东西，你给我个电话，我及时过来拿走，免得影响你的生活。"中年男人说："好嘞！"语气里有淡淡的亲切，像相熟的朋友。

不到两个小时，大哥在这个小区没挪地方，破烂已装满了三轮车。还有几家住户在阳台上喊，大哥约了时间，下午过来收。

　　我和大哥推着沉沉的一车子废品在街巷里穿行，时不时会碰上骑着三轮车收废品的。小三轮一路突突突，小喇叭响着录好的吆喝声，像风，一阵一阵从巷子里凶猛地刮过。

　　收废品的拿的都是老秤，城里人大都看不懂上边的斤两，有些收废品的手里拿着秤，心却歪着，秤十斤，给人家说五斤，多是象征性地给一点钱。大哥拿的也是老秤，也想多挣点钱，但他是实在人，从不在秤上做手脚，耍心眼，是多少就是多少，时间久了，别人都乐意将废品卖给大哥。大哥说，秤星跟心连在一起，每个人心里都有一杆秤，谁再傻，也不会被同一块石头绊倒两次。

　　大哥的手机雨雪天很少响，那些有破烂要卖的人，似乎懂得大哥出门不便。手机不响，大哥便不出门，他在屋里享受自己的清闲，买菜做饭，读书，喝茶，睡觉。他用诚实、善良赢得别人的信任与尊重，赢得人脉与货源，也赢得了生存的从容与自在。

　　"其实，我倒希望每天收得废品越少越好。"晚上在灯下聊天，大哥的感叹让我心里一惊。哪个收废品的不渴望多收些，收的多，挣的钱多。他说，废品多，说明人对资源的消耗和浪费大，商家对产品过度包装制造破烂，消费者不懂得节俭，才会产生那么多废品。自己刚收废品那会儿，收的人少，废品也少，现在，收废品的人越来越多，废品反倒比过去容易收了。咱这么一个三四十万人口的小城，城里几个大回收站，几十辆大车天天往外地运输，货场里的废品每天仍堆得跟山似的，看了让人心里发紧。现在的人为了钱，不管不顾，不择手段，资源总有枯竭的一天，放胆挥霍光了，子孙后代将来拿什么生存呢？

"一车车废品，像一面镜子，能从中看出人的追求与时尚，也能看出一个社会的价值观与消费观，你说是不是这个理儿？"大哥这样问我。

我有些懵，一时不知该怎样接他的话。说实话，我没想到憨厚朴实、在破烂堆里挖抓生活的大哥，心里竟装着这样的问题与忧虑。

我问大哥，收废品一个月能挣多少钱？他笑呵呵地说，多时两千多些，少时一千来块。

"可以了！"

末了，他又说，咱这里上班的人，早出晚归，有时忙得连个星期天都没，一个月也就挣个两三千元，我不用赶着点上下班，自由自在，挺知足的。

大哥不急迫、不攀比的淡然，让我心里一热。与大哥对坐，在他隔世的宁静里，我忽然明白，谦卑守拙，坦诚善良，才是做人的根本。

我知道大哥说的是心里话。他不浮躁，朴实知足，安静从容，日子平淡却不寂寥，粗茶淡饭里还观察思考着似不该他关注的问题，谁说这不是寻常百姓的可敬与可爱呢！

2018 年 3 月 11 日，花城

悄无声息的悲伤

一

我在清新透明的空气和淡淡的杏花香里，走走停停，在村子里散漫盘桓，张望。几个骑自行车放学回家的男孩和女孩，一个三十岁左右拉着架子车的男子，一个骑电动三轮车的中年女人，从我身边过去后，都回头看我。他们一定心里疑惑：这个身份不明的人从何处来？在村子里瞎转什么？

我不晓得他们是村里谁家的儿孙和媳妇。他们当然也不知道，这个村庄对我是亲切、熟悉的，亦是陌生的。

我经过长庆家屋后，几个女人坐在阴凉里埋头做针线活。"这人是谁？""你们不认识，那是谁谁的三儿……"她们的问答、议论从身后传来。我忽然记起，那个称呼着我母亲辈分说我的老人，是长庆的老伴儿。

长庆是四年前冬天过世的。现在两个儿子都在城里生活，她一个人守着一座空荡荡的院落过生活。

我跟她们之间隔着漫长而久远的时光。长庆老伴的头发已白了大半，像顶着一头雪花。她是那一堆女人里唯一认识我的人。

这个村庄是我人生所有秘密的源头。我离开村子时，她已是三个孩子的母亲。三十年时光，将我和这个村庄里的人隔在了时间的两岸、生活的两岸。她和村里人曾经看着我吵闹，成长，奔跑，劳动。现在那些熟悉我的长辈，死一个，又死一个，越来越少，他们像深秋的树叶，被时间的风一片一片吹落，埋进了大地。

我已想不起她的名字，只晓得她是长庆的老伴，就像她知道我的乳名，兄弟里排行老三，在外头工作，其余皆被时间模糊。我的漂泊生活，对这个村庄的人是遥远的、隐秘的。

杏花如雪，或零散或成片，从房前屋后、村道、崖畔、峁梁、沟涧，一直向远处川道里铺排、绵延。一树树粉红与洁白，繁密，狂烈，肆意怒放，还有巨大的寂寥。麦苗刚返青，还未挺起身子，耀眼的绿里，夹杂着一块块等待春播的田地。油菜花盛开还需时日，广袤田野上只有碧绿与灰黄两种颜色。

田野里长满干枯蒿草的坟包多得让我恍惚，似乎村庄里的人，都一个一个走进了土堆堆。清爽的风徐徐漫过那些引人注目的坟茔，像吹拂一些古老的树桩和石头。

小草和野花还未从茅草丛里探出头，除了麦苗的绿色，大地仍是焦枯的，灰黄的。杨柳枝上缀满了鹅黄的苞芽，正泛淡淡的绿意。母亲说，去年冬天，只落了一场薄雪，旱得啥都没法种。

万物都在沉默里焦渴地等待一场生机勃发的透雨。

二

　　这是我在外漂泊三十多年第一次清明回乡。

　　我披着一身春光转到梨花娘的小屋前时，正是一天的正午。梨花娘坐在门口的小凳上，静静地注视着眼前干净、空旷的场院，仿佛场院里铺满了丰收的庄稼。门前三棵高大的杏树，正开着繁密的花朵，花瓣随着微风一层层飘落，在树下形成一种图文并茂的岁月。几十只麻雀，忽而飞起，忽而落下，像我儿时伙伴间的游戏。

　　旁边两座气派的庭院，是她两个儿子的。东边是辽阔的田野。天空瓦蓝，村庄和田野宁静而朴素。挥锄劳作，大呼小叫，驴嘶狗吠，五谷丰登，六畜兴旺，那些曾经的日常场景像黑白颜色的梦，遥远而苍凉。

　　她蹲在久远寂静的年代里，不声不响地汪视着眼前的乡村世界，也注视着茫茫岁月留给她的种种伤痛。她甚至会偶尔听见丈夫和儿女们沉沉的脚步声与叮叮当当的叩门声。

　　身后的小屋是她的家，低矮，窄小，简陋。她仍保持着年轻时干净爽利的习惯，屋内整洁有序，看不见一样多余的杂物。靠窗是断砖垒砌的灶台，案板上两只碗，一双筷子，黄色塑料脸盆里有几颗土豆和一把芹菜，屋角一面大土炕，炕席上一床被子。

　　"哎哟哟——，你从远路上回来给我老六烧纸，看我老妈，乖得有心得很。"说着，她把屁股下的小凳让我，自己转身从窗台上拿过一块砖坐。

　　我没坐她递过来的小凳，像庄稼人一样蹲在了房檐台上。我觉得那凳子是一面墙，会影响我们说话。

　　她说的"我老大"，是我去世二十多年的父亲。论辈分，我跟她同辈。

虽亲疏上远了一点，但仍是一门子里的人。

梨花娘生有三儿三女。四十多年前，她是一个眉清目秀，脚下生风的漂亮女人。性格耿直、爽朗，脑子活泛，人极勤快，持家过日子村里没几个女人能比。

三个儿子的漂亮的四合院，使她栖身的小屋显得寒酸而简陋。小屋的水泥檩条上是薄铁皮，上边稀稀疏疏一层青瓦，像大户人家门外的杂物苫子，或者看场院的窝棚。铁皮屋顶防雨，却挡不住寒热，夏天热如火炉，冬天则像冰窟窿。

儿孙们都在城里打工、念书，庭院大门上常年挂着锁，钥匙都没给她留一把，院落用不着她看护。

她的丈夫在一个炎热的夏日去世。她在三个儿子家轮换着生活过几年，小心翼翼，洗衣做饭，带孩子，忙得脚打后脑勺。但三个儿媳像约好了，皆给她脸子看，指桑骂槐，摔碟子拌碗，似乎多她一碗饭、一双筷，日子就会被吃穷。她不想给儿孙们添争吵、烦恼，不声不响离开四世同堂的天伦之乐，请人盖了间小屋，一个人生活。

她埋怨说，自己都七十九了，阎王爷咋还不来收她。声音沙哑，黯然。她叹气自己未死在丈夫前头。

十年前那个草长莺飞的夏日，儿女们披麻戴孝，在声嘶力竭的哭声里为丈夫料理后事时，她或许在悲痛、疲倦里眺望、臆想过自己的晚年岁月。她知道老伴死了，剩下的日子就得一个人过，从记事起，她就没见过配偶死了有再婚的。在农村，寂寞和孤独，是守寡老人必须慢慢啜下的一杯苦酒。

几年后，她发现自己的幸福在那个夏天真被丈夫带走了。生活比她心里想的好了百倍，她却没看到幸福的硕大花朵，日子轰然倒塌，碎成一地无法拾起的瓦砾，那杯苦酒比她想象的更苦。

小鸟的欢唱，像轻盈的花瓣，不时从树枝上落下。我抬头仰望穹庐，天空澄静，白云如蚕丝。再过一阵儿，村庄、田野的梨花、苹果花、槐花、油菜花会争相怒放，整个视野里就是花的海洋。

她对我说："我现在是一个没用的人，就盼着阎王爷早些收我走。"

她皱纹里的忧伤与哀愁，让我思绪飘忽而浮想联翩。三轮车在乡间晴朗干净的柏油大道上突突突，商贩收购各种农产品的吆喝声，像天空的云朵，缠绕、漫卷、盘旋、奔跑。

杏树下废弃的狗窝棚上，丢着残破的木犁和断头犁铧，旁边是一个露着大豁口的石碌碡。我的脑海里潮水般涌动牛马、犁铧与碌碡曾经铺展的岁月。

村庄寂寥，庄稼荒疏，那些被乡亲们视若宝贝的农具大都黯淡、消失，成为几十年前乡村简史里一些遥远的传说与细节。

除了老年人的一些慢性病，她的身体还算硬朗，每天给自己做两餐简单的吃食，大部分时间她都坐在门口的小凳上眺望田野。有时候，鸟声和狗吠会唤醒她的追忆，沉思。丈夫的坟茔就在不远处，她在心里反复与他对话。她不愿跟村里几个老人凑在一起嚼舌根子，常一个人沉浸在一些虚泛的往事里打发时间。

我们之间的闲话生疏，隔膜，时断时续。我从母亲那里知道一点她的情况，怕话头不慎触到她心里的某些痛处，闲聊的内容只能往时间的上游回溯。我能隐隐感觉到，她的眼睛里一直浮动着早年的诸多往事。

生产队时代，靠挣工分分口粮。她家只有她和丈夫两个劳力，六个孩子都是吃饭的嘴。那时，她家跟我家一样，都住在崖畔不知年月的旧窑洞里，破门烂院，吃了上顿没下顿。生产队的许多农活按工计分，比如从牛羊窑圈里往塬畔上挑粪，往大田里拉粪肥、割麦等，多跑一趟，多割两犁麦，就能多挣一分工。各种农活不管轻重，她皆一路小跑，背上汗渍一层叠一层。她要拼命奔跑，用汗水多换回一点口粮，喂养自己的六个儿女。

在田里劳动，中间会有半小时休息。别人多坐在阴凉里拉闲，吃烟，打盹，她忙着给自家砍柴割草，即便地塄上挖出一把冰草根，她也要拿回家去，从不空手而归。割麦、碾场，她会想各种法子在身上藏一点麦颗子。掰苞谷、割豆子、揽荞麦，收什么她藏什么，生产队长看到，骂得涶沫星子乱飞。面对谩骂与嘲笑，她竟像一个哑巴，呵呵地听着。转过身，仍旧不改。

我觉得她爱偷，并非习性，是现实的无奈与催逼。那时，她含着泪的笑里有光，一大堆儿女就是她的希望与幸福。她在一次次小偷小摸中留给乡亲们一个真切的爱占便宜的印象：一个贪得无厌的人。

母亲说，修水库和平田整地，活重，大灶上每人一餐分三个玉米面窝窝头，她舍不得吃，一餐给娃娃留两个，自己饿得倒在工地上。

我在久远的故事里，眺望、回味她四十多年前的悲苦细节。鸟在树上欢唱，花瓣一片片飘落。

"孩子一年能给你一点儿零花钱吧？"

"唉——，给啥呢！"梨花娘说。

她把困倦的目光投向树下几只鸡。村子里急促的狗吠声，突然惊动了它们，安静地卧在一起的六只鸡，站起来咕咕咕。这是她养的鸡，我看见屋内案板上的小篮子里收着十几粒鸡蛋。

我坐在她的对面，仔细回忆她年轻时的故事以及她的儿女们，微

风将许多温柔的粉色花瓣吹到我的身上和脚边。

她说，女儿给她捎一袋面粉，就够她吃一年。

去年，她去找村干部要低保。村干部说，你儿孙满堂，不符合规定，等过了八十领养老金。

或许是话头戳到了难言的痛处，她翕动着嘴唇，一句话没说，转身就默默离开了。

夏天，杏子熟了，一层一层烂在地里，没人拾，她去树下一筐一筐捡拾，没力气背，就分成小份，一趟一趟拿回家，洗净，晒一点杏干和杏核，卖给上门收购的小贩，能换两三千块钱。还有一粒一粒积攒在篮子里的土鸡蛋，就是她看病和生活上的开销。

"让兄子笑话了，我没电壶，不烧水，想给你倒一杯开水都没的。"她有些难为情地说。

我安慰她："我刚从家里放下茶杯出来，不渴。"

　　她的一群儿女，我已多年没碰过面。犁花娘是我敬重的人，在贫穷与饥饿的揉搓、拍打、碾压中，她和丈夫咬着牙，供六个儿女都读了书，大儿还是村里为数不多的几个高中毕业生。

　　村里从早到晚，一片寂静，很少有人串门，她孤零零一个人，没手机，万一跌倒晕在屋里，谁会及时将一双温暖的手伸给她？

　　在寂静里一天天枯坐，也许她在心里已与死神默默交谈过无数次。

三

　　豌豆娘正在简陋的灶台上给自己下一碗面。

　　门口的乡村大道上，不时驶过一些低档轿车，唰一声过去，卷起一股风，将门上的碎花蓝布门帘掀起又落下。我坐在进门靠墙一把咯吱响的旧木椅上，努力回想她曾经的时光。

豌豆娘刚八十岁，有三儿两女。虽是高龄老人，面容却光洁，脸和手背上看不到老年斑，头发只是少许花白，衣着朴素，说话不急不缓。她身上的贤惠与慈祥，让人心生温暖。

她说，你坐凳子上缓着，我把这碗面下出来。

她一手拄着一根粗糙的细木棍，一手扶着炕沿、桌子、墙壁、案板。借助棍子和屋里的固定物体，一点一点挪动身体。

我进门时，电磁炉上小锅里的水已沸，她身子靠着案板，窸窸窣窣打开边上的小纸箱，从里捏出一小撮挂面丢进锅里，然后，又丢进几根白菜叶子和土豆丝。

面条和菜在锅里沸腾，她一边拿筷子搅动，一边对我说："唉——，做了一辈子饭，愁得习习的（方言，实在够够的了），连一碗面都不愿下了。"

她把面一点一点盛到碗里，撒上盐和切好的葱末，淋一点香油和醋。一碗开水煮面，前后十来分钟，额头上竟沁出一层细密的汗珠。

她告诉我说，她腿痛得挪不动身子，下一碗面会出一身虚汗。

一个小女孩掀帘子进来，很俊巧，双眼皮，大眼睛，头发扎成一绺细细的小辫子，四五岁的样子，一脸若无其事。

"玲玲，你奶奶下午给你做了啥好吃的？"豌豆娘笑呵呵地问小女孩，眼里有无限温情、慈爱和喜乐。小女孩不吱声，她的表情告诉我，她对豌豆娘的问话不感兴趣。她盯着我打量了几秒，一句话没说，又转身掀帘子出去。

豌豆娘说，刚才进来的是豌豆的孙女。

"豌豆的孙女都这么大了？"我有些惊讶，脑子里嗡一声，瞬时觉得自己老了。之前，我一直以为自己还是年轻人。

"这是老二，老大是男孩，八岁，在城里上学。"她说。

豌豆是她的小儿子，在外头当包工头，生有两儿一女，给仨孩子在城里都买了商品房。但我不知道，他已当了多年爷爷。

她窄小的屋子很干净，屋角塑料框里的粗炭、码得齐整的劈柴，看上去已很久没动过。见我目光落在小电磁炉上，她开心地说："豌豆去年回来，看我做饭生火、烧柴不方便，给我买了个电炉子。"

我说："电炉子比烧柴火省事，也干净。"

一股浓郁的煮肉香从门外飘进来，是屋后豌豆媳妇在煮肉吧。我心想。

豌豆娘的小屋与豌豆家四合院只隔一面砖墙。从这边小屋到后边院子，不到十米。这是一个不愁吃穿的年代，儿媳做好饭，顺便给年迈的婆婆端一碗，只是举手之劳。看她忍着疼痛，吃力地为自己下面条，我心里忽然莫名地难受。

坐在老人屋里，我觉得像坐在一个虚拟的地方。我知道人生有些东西，眼睛是看不到的，不晓得是什么将这个本应安享晚年幸福的老人隔在了门外。

我回忆起豌豆娘早年的岁月。小学三四年级时，我个子已蹿得很高，下午放学，我和村里大一些的孩子一样，也跟着大人参加生产队劳动。有些农活是分组包干的，大都不愿要孩子，嫌力气小，不顶事。豌豆娘常看我落下，就会叫我到她身边。她懂得一个穷困家庭的难处。

劳动时，她提醒我干农活要用慢劲，不能埋头把浑身的劲往死里使。比如搬重东西，要试着慢慢往起拾，不敢使猛劲，闪了腰，落下病根，一辈子就干不了重活。

屋子旁边二十米处，是她二儿的院落，也是她曾经的家。生产队解散前，她和丈夫看管队里的菜园和果园，负责机井每天早晚的抽水、放水。井旁看园子的两间瓦屋，也是她和丈夫临时的家。

园子很大，一半菜园，一半果园。

仲夏之夜，月光如水，我和两个六七岁的孩子，从哗哗响的玉米地潜进园子。虫鸣声使月光下的田野无限寂静，远处瓦屋里亮着昏暗的灯光，风里弥漫着瓜果的香气。

没想到她的丈夫安安静静、一声不响地蹲在附近的果树下等着我们。

她的丈夫将我们拎到亮着灯光的屋子，虎着脸，说要交给生产队长处理。我们浑身被露水打得透湿，吓得抖个不停。她给我们每人一根黄瓜和一个甜瓜。说："快回家去，别让家里大人担心！"

她的瓦屋后边，是学校通往村子的公路。后来，有时我一个人背书包路过园子，她会叫住我，笑盈盈地往我手里塞一个苹果，或桃子。她知道我家没一棵果树。

在我十八岁离开村庄前的记忆里，她是一个宽厚、贤淑、温柔的女人，与丈夫相濡以沫，也没见她跟村里人红过一次脸。

生产队解散后，她家最早丢掉地坑院，连着看园子的两间瓦房建了一处新院落。

她的老伴去世已好几年。因为腿痛，她一天里的大部分时间都静静地待在屋里枯坐，或者沉浸在往昔与丈夫、儿女在一起的点点滴滴里。有时，她会慢慢地挪到门口，坐在小凳上，跟碰面的熟人说几句闲话。

我从集上回家路过豌豆娘小屋，正好走累了，便进来歇歇。

"集上人多吗？"停了一下，她说，"我没法动弹，那达都不得去。"

"稀稀落落几个人，卖东西的比赶集的人多。"我说，"你想去集上散散心，在门口挡个熟人三轮车，很方便的。"

集市就在乡政府门前的街道里，离她的屋子不到一公里路程。我没敢说让她坐豌豆媳妇和大儿子的电动三轮车。

"唉——，不愿动了，也怕给人添麻烦。"她看着我说。

她不知道，我心里一直装着她许多不曾老去的故事，还有她青春、贤惠、善良的模样。看着这个成天在寂静里枯坐，已当太祖母的老人，我忽然想起叶芝的诗《当你老了》：

当你老了，头发白了，睡意昏沉，
炉火旁打盹，请取下这部诗歌，
慢慢读，回想你过去眼神的柔和，
回想它们昔日浓重的阴影；

多少爱你青春欢畅的时辰，
爱慕你的美丽，假意或真心，
只有一个人爱你那朝圣者的灵魂，
爱你衰老了的脸上痛苦的皱纹；

垂下头来，在红火闪耀的炉子旁，
凄然地轻轻诉说那爱情的消逝，
在头顶的山上它缓缓踱着步子，
在一群星星中间隐藏着脸庞。

她的大儿一家人住得离她不远。去学校、幼儿园、村委会、菜铺子、商店、赶集，去村文化广场跳舞，她的儿孙们每天路过小屋门口，会想到里边这个年迈、迟缓的老人吗？我不得而知。

我不说话，她也沉默不语，似乎失去了说话的习惯和表达的欲望，抑或她觉得人生已没什么诉说的必要。

从豌豆娘小屋出来。东边一排商店、药铺门口，坐着一些老汉，有两堆围在一起，看样子在下象棋。有几个靠墙蹲着，一动不动，有的半眯着眼睛，有的沉默着吃烟，有的发呆，互不理睬，疏远，一声不响，像墙根年代久远的黑树桩桩。

只要不刮风下雨，他们每天大部分时间都会坐在那里。到了下午，起身挟着小凳，或背着手，缓缓离去。田里的庄稼，播种、收割，施肥、喷药皆是机械，已不需他们操心。

豌豆娘当年和丈夫看园子的两间老瓦屋还在，断瓦残垣。水池和抽水泵上的瓦房顶已塌了多年，像一处遗址。曾经，我每天下午来机井上挑水，都能看见她家十多口人在旁边的院子里忙碌，说笑，饭菜飘香。早晚来机井上挑水、拉水的人川流不息，大呼小叫，热闹如赶集。田野里到处是忙碌的人……

岁月一闪而过，那些曾经的人间烟火已遥不可及，犹如高空轰鸣而过的飞机。这么辽阔的田野，这么大的村庄，多么寂静，竟然一点喧嚷之声都听不到。村子里没人，田野里也没有人。沉睡的巨大气息笼罩着房屋、村庄、树、田野，像那些屋角生锈、破损的农具，无声无息。

四

几十年的军旅生活，使我养成雷打不动、按时早起的习惯。太阳还未从地平线上升起，空气清新，鸟声明亮。我正独自在村里闲转，忽然传来一阵难听的咳嗽声，剧烈，干涩，苍老。一个瘦削、单薄、低矮的模糊身影与声音连在一起。七十六岁的桐子娘比我起得更早，正跪在门前的黄花菜地里干活。

她身后的院落，院墙坍废成若有若无的矮坎，一排瓦屋倒了一半，没倒的，屋顶上是一片一片凹陷的窟窿。她栖身的家，是一间简易板房。

没人知道，三十年前，她身后高墙大院里的瓦屋，像亭亭玉立的美少女一样引人注目，高大，敞亮，美观，人人羡慕。

悲剧像一颗闷雷，倏然间落进了她家。在一个雾气浓重的早晨，背负沉重外债的丈夫突然逃离，隐匿，下落不明。儿子像躲一场巨大的灾祸，带着妻儿走了。留下她在困境里一个人挣扎。

门前几棵高大苍老的核桃树和她正忙碌的半亩黄花菜，是她一年的主要经济来源。

看到我，她停下来，双膝跪在地里，不无惊讶地注视着我："你啥时候回来的？"

"回来几天了。"我大声说。她的耳朵有些背。

一垄一垄的黄花菜刚探出嫩芽。她双手撑地，吃力地挪动身体，然后，将衰老的身子慢慢移到地塄上。腰比镰刀还弯。

她患有偏头痛，额上缠一条脏乎乎的布条，在右耳旁打一大结，遮住了半边脸，眼窝凹陷，嘴唇萎缩、凹削，脸上沟壑般纵横的皱纹里，隐藏着人生繁密的沧桑。因为哮喘，她边说边咳，喘息急促，一阵紧似一阵的咳嗽，让我心里不安、紧张。她瘦弱单薄的身体，似乎一股风就会吹走，带向远方。

新鲜黄花做菜、氽汤皆好。但种黄花菜是细活儿，过两三年，要把根茎刨出来，重新梳理、栽植，才长得好，是一项辛苦、烦琐的劳动。

黄花的花蕾早晨开放，傍晚凋谢。太阳即将露脸，黄花头天采摘过的茎秆上，一夜之间，又挺立起一簇簇细长如指的黄色花筒。太阳还未升起，花蕾上闪着晶莹的露珠，她和女儿小丫准时出现在自家的黄花地里。那时，桐子娘三十五岁左右，小丫十四岁，两个身着蓝色白花衫子的漂亮女人，提着竹篮，挽起裤腿，葱段儿似的手指在弥漫着香味的花蕾上欢快、娴熟地舞动。

采摘下来的新鲜黄花，她先放在蒸笼上蒸一下，和小丫坐在门前的树下，一根根摆在席片和簸箕上，拿在太阳下晒。她晒出的黄花菜总比别人家的色泽金黄。

想起她和女儿留在我记忆里的温馨画面，我心里一片汹涌。那时，数百户人家的村庄，一到夏天，家家房前屋后都有一片金黄。

她家屋后的两座院落墙倒屋斜，只有院里院外的核桃树、杨树和枣树在时间里疯长。两家人拖家带口去了哪里，无人知晓，已多年杳无音信。

桐子娘和我母亲关系好，喜欢来我家串门，但四五百米的距离，对她是极其艰难的一段路程，要走半个多小时。

她的右腿患风湿性关节炎，几乎不能动，只能靠左腿和拐棍，拖着半边身子一点一点往前挪动。

她来了，母亲会给她洗一个苹果或梨。她掏出生锈的刀片，一点一点削成薄片吃，一边慢慢咂味，一边跟母亲说闲话。让我五弟帮她在街上买一点止痛片，或者盐和醋。

去年大年初一，家里做了手擀臊子面，按旧俗，母亲让我端两碗给桐子娘。

她手里捧着一碗小米粥，杌子上一碟咸韭菜、一小盘土豆丝，一边吸溜吸溜喝粥，一边嘴里絮絮叨叨似在跟谁说话。

屋里没外人。她的话像梦呓，嘀咕，重复。

我一进屋，她赶紧拿起火钩子捅铁皮炉子，往里加炭。她心里肯定希望炉子里旺起的人间烟火能瞬时拂去我身上的寒气。但是，蓝色火苗在炉膛里呼呼地叫着，我仍然觉得冷，在板房里不到十分钟，冷得我直打战。

她跪在地里干活，咳得厉害，我站着说了几句闲话，赶紧转身离开了。

我是回家前在城里偶然碰上桐子的。黄昏，我在泾河边散步，他和妻子牵着一只纯白、肥大的牧羊犬迎面而来。惊讶，递烟，寒暄。从隔膜、简短的说笑里，我知道他已是五家连锁超市的老板，生意不小，大儿子上大三，小儿子和女儿即将高中毕业。

"桐子娘不会享福！"村里精瘦的林娃说。我心想，这个浮躁膨胀的时代，谁会聆听一个老人内心的声音？谁又懂得一棵树的孤独与坚守？

那天，脖颈上金链子比筷子还粗的桐子，若手里牵的不是一条肥狗，而是她母亲骨节粗大、衰老无力的手，或推着她的母亲在河边散步那该多好啊。他一百六十多平方米的房子里，为什么放不下一张她母亲的小床？我心里这样想着，径直埋头往家里走。

五

　　小六像一只大虾，抱着膝盖坐在地塄上，妻子杏花埋头在地里种什么。

　　"种啥呢，地里一点墒都没，种下去能出来吗？"我问杏花。

　　"种洋芋呢，今年天旱得劲大（方言，指天旱得厉害），种下等雨嘛。"

　　小六抬起头说："是他碎爸（方言，"小爸"之意）吗？你咋回来了？"

　　小六七十三，也许七十四岁，已是头发花白的老人，但村里人仍像小时候一样喊他小六。

　　他的话让我心里咯噔一下，我回老家的次数少，跟小六碰面的机会也有限，他竟从我与杏花的一句对话里听出了我是谁。

　　"我瞎得光光了，啥啥都看不见，只能听声音。"他说。

　　小六的两只眼睛是六年前患白内障瞎的。"你儿有钱在城里买商品房，能没钱给你做个白内障手术？"有人不信，拿这事逗小六。小六头低到胸腔上，一声不响。

　　小六眼睛瞎了，听觉却灵敏，隔老远，就能分辨出村里人的脚步声，还有各种牲口吃草、咀嚼的声音。这两年，村里没人养牲口，连猪和鸡都很少养。这些声音也在他的心里渐去渐远。

　　小六说："我现在啥都要靠老婆子，她不在，我就饿死了。"

　　杏花去场院，去田里，去磨面坊，小六总是形影不离地跟着，脚步沉重，佝偻着腰，像一个蹒蹒跚跚跟着大人的孩子。妻子跟人聊天，他怀里抱一根棍子，在旁边默默坐着。他在沉默里听她们东拉西扯。妻子在田里干活，他坐在地塄上，在无限的寂静里听鸟声、风声，听庄稼在风里拔节、喧哗。与那些没有内心的人相比，小六安静，从容，他在看不见的世界里独自思考。

他说，生活好了，人心瞎了，好东西都被钱毁掉了，你看那些农具，长时间不用，慢慢就锈得没法用了，都不愿吃苦种地。当城里人，吃什么，喝西北风啊？土地流转听着是好事，出了问题却没人管。杠杠村把村七八百亩土地流转给城里一个什么公司种果树，折腾了几年，那公司倒闭了，老板拍屁股走了。村里人拿不到钱，地荒在那里不能种，咱农民就靠土地活命，没地了，人咋活呢？以前地里啥野物都有，年年往里弄化肥农药，连只兔子都见不到了。天天吵吵着搞什么重建、振兴，靠我们这些半死不活的老人和娃娃，能干个啥，得想办法让有文化、有技术、懂经营的年轻人主动回到农村……

他絮絮叨叨，舒缓、平静、隐忍，像一个人独自私语，又像回忆一些遥远的往事。他脸膛黝黑、粗糙，皱纹如沟壑，言语里没有阴郁、焦躁。他在黑暗的世界里聆听、注视着大地和万物。

下午，我坐在宝峰家院子里，跟宝峰七十四岁的老母亲说闲话。宝峰的丰田越野车忽然唰啦一声，停在了院门口。

太阳快落山了，我以为宝峰夫妻俩会在家陪他母亲一宿，帮着收拾一下卫生、洗洗衣服什么的，没想到，他急匆匆卸下一堆吃食，前后不到半小时就一阵风似的离开了。

他从上百里路上回来，竟没进他母亲的房间，东西堆在隔壁房间的土炕上，只站在院里说了几句话。

准确地说，他是带着老婆急匆匆从他母亲身边逃开的。我是他走后脑子才慢慢醒过来的。他俩若留下，只能住在车上。

他母亲居住的屋子，弥漫着酸腐、尿骚和各种臭味混杂的气息，浓烈，扑鼻，在门口就扑得人喘不过气。

老伴过世后，据说宝峰娘在城里跟两个儿子生活过半年。

她身上的衣服看上去已几个月没洗过，衣服前胸上是一层层的脏污，厚实、发亮，裤子几乎看不出颜色。她腿痛，站立困难，不洗衣，也不做饭，吃完儿子带回来的吃食，便是开水泡馒头。除了吃饭睡觉，剩下的时间都在门口一个人静静地坐着。她在寂静里想什么呢？

"宝峰娘有钱！"村里有人羡慕宝峰娘，说她每个衣兜里都装着钱，一掏一卷子。

有钱当然好，但钱不等于幸福，我想宝峰娘和那些独居的老人一样，缺的不是钱，是孝顺与温暖。

除了十多个守寡独居的老人，还有六对老夫妻，也跟儿孙们分开单独过生活。

夜里，我躺在床上辗转难眠，那些独居老人的生活，像一道道利器，在我脑海里不停地闪着芜杂、沉默、粗粝、尖锐的光。她们每个人眼前的无奈与酸楚堆积如山，却没有对儿女们一句半句的抱怨、指责、咒骂。在无限的哀愁和漫长的孤独里，这些风烛残年的老人，即便看清了人世间的冷暖悲欢，心里肯定也渴望和自己的儿孙们长久地生活在一起。

这些老人故去的丈夫，他们当中的大部分人至今我仍印象清晰，他们看着我从一个懵懂毛孩成长为一个英俊少年。我离开村庄时，她们和丈夫还都是四十来岁的人，正当壮年。她们一边甩着汗瓣子跟丈夫忙农活，一边扶养老人和孩子，忙碌里脸上都洋溢着欢喜。那时，

土地刚包产到户不久，许多家庭日子还普遍艰难着，村里人口还未大量往城市流动和迁移，在耕读传家的传统文化里，家庭大都是十多口人的大家庭，几代人热热闹闹生活在一起，争吵有，也有分家，但分出去单过的，都是年轻夫妻，受家族绅士和亲情道德伦理约束，老人都是家里的尊者。为什么这几年，这么多老人在人们的注视和不经意间陷在这样的困境里？我的胡思乱想，像南方潮湿的龙舌兰，交织、攀缘，混乱得理不出所以然。

我相信，那些曾经的热闹、温暖和天伦之乐，即便在她们的苍凉的梦里也不会消散。对这些独居的老人来说，漫长人生的种种滋味里，最难熬的也许不是曾经的贫穷和劳苦，而是晚年的孤独与寂寞。谁不渴望亲情的陪伴与温暖呢。

米兰·昆德拉说："老人是对老年一无所知的孩子。"人老了，生活习惯、性格、爱好很难改变，固执，焦虑，甚至会像小孩子一样耍脾气，但这似乎不能成为老人被遗忘在爱的角落的理由。儿孙们都在自己的欲望和梦想里拼命冲锋，别说关心她们的内心世界，就连回家看望一次，对她们都是一种苍凉的奢望。

人都会老的，这是自然法则，生命轮回，谁也逃不过。衰老为何在她们身上成了一件孤独而悲伤的事情？是人伦道德的断裂、塌陷，还是城市化进程中的必然阵痛？或者人心、人性从来如此？我无法回答自己。

夜已经很深，我睁着干涩的双眼胡思乱想，想起狄更斯《双城记》里的一段话：那是一个睿智、信心百倍、阳光普照的美好时代，也是一个糟糕、蒙昧、疑虑重重的时代；我们面前无所不有，我们面前一无所有。

六

村庄仍然朴素、宁静，大地辽阔，万物生长。

我每天都在古老、缓慢的时间里舒缓闲散地瞎转。我知道我想看到的那些场景永不再现。

在村口上，我碰上了明强，他拉着架子车，头戴草帽，刚忙完田里一点儿农活往家里走。

"明强是孝子！"村里人都这么夸赞。

他是手艺人，可以出门挣大钱，但他一直守着家和土地没出过远门，一次都没有。他寸步不离地守在这个古老的村庄里，守在这片辽阔的田野上。

明强的父亲去世时，他母亲才五十多岁。那时，我还是一个五六岁的小孩子。

兄妹五个，明强排行老大，他母亲是"三寸金莲"，生活的重担主要压在明强肩上。他除了在近处揽些木工活挣一点儿钱，大部分时间都在田里忙碌。

我离开村子时，村里许多青壮年已开始潮水般往外涌。明强有文化，会木工，能绑脚手架、砌砖墙，若去建筑工地打工，是拿大工钱的。

明强的几个孩子毕业后都在江苏和广东打工，但明强一直没出去挣钱。他说："家里有老人，走不开。"

有一年我回家休假，去明强家拉闲。他九十一岁的母亲已摔倒半年多，跌断了三根肋骨，躺在床上不能动，拍着炕沿发脾气：走开，我不要你们陪，我知道你们都盼着我早点死……她任性，固执，焦躁，痛哭，谩骂。明强握着老母亲的手，温言细语，小心翼翼，耐着性子让她安静下来。

"妈，下午想吃点啥？"做饭前，他和妻子总要先问母亲。饭菜上桌，母亲不上桌动筷子，他和孩子从不先吃一口。

为照顾母亲，明强在母亲的房间里搭了一张床，地里农活也不管了，不分白昼地陪护着。七十二岁的明强满头白发，背有些驼，他吃力地、颤巍巍地把病中的母亲抱出抱进，抱着喂饭，晒太阳，擦洗身子。母亲在床上躺了近一年，身上竟没出过一处褥疮。

寒风吹彻的冬天，他九十三岁的母亲，突然像个倔强的孩子，要吃西瓜。

寒冬腊月，大雪封门。明强顶着凛冽的寒风出发了。他觉得现在保鲜技术先进，农村集市上没有，城里肯定有。

但是，他在城里跑遍了大街小巷和商场，都没寻见卖西瓜的。他没空手而归，又转车往西安跑，两天后，他一路辗转，竟从远路上用棉大衣包回一个大西瓜。

他用无微不至的孝心与温暖，悉心呵护着母亲苍老的身体与灵魂，一直到她九十四岁安然离世。

站在春天温暖的阳光里跟明强聊天，我的脑海里忽然涌出季羡林先生的一句话："世界上无论什么荣誉，什么地位，什么幸福，什么尊荣，都比不上待在母亲身边，即使她一个字也不识，即使整天吃红薯。"

我家屋后的扁头，是搞室内装修的，父亲在世时，他带着妻子在城里搞了近十年装修。五年前，父亲病逝，他放弃装修，带着妻子回了村里。

他的母亲虽然已八十二岁高龄，但身体还硬朗。我在村里瞎转，常看见这个慈祥的老人拄着拐杖遛弯儿，跟其他老人坐在一起聊天。到了饭点，扁头七岁的孙女跑来拉着她的衣角说："太太，回家吃饭。"她笑呵呵起身，牵着曾孙女的手慢慢回家。

扁头的两个儿子和儿媳都在城里打工，孩子都在他身边。

他带着大孙子在地里栽花椒树，我逗他："人家都在外边挣大钱呢，你在地里刨啥呢？"

他抬头看着我笑："年龄大了，干不动了！"

其实，他比我还小，也就四十多一点。这几年城里楼市火爆，正是他装潢挣大钱的时候。他干活精细，口碑好，手上工程常年排着队。回来几年了，还时常有人打电话找他装修。

一代人有一代人的生活与追求，每个人都有选择自己生活的权利。只是，扁头比别人心里更明白，自己从何处出发，为什么出发。他挣钱，钱不在眼里，在心里。

扁头娘满头白发，衣着朴素、整洁，是一个活在体面与温暖里的老人。每次碰面，我都会站着和她说一阵闲话。她的宽厚的笑容里有从容、自在、惬意。她不操心家里的任何事情。

大顺七十六岁的母亲，患着脑病，脑子一会儿清楚，一会儿糊涂。大顺两口子在青海打工。她母亲一个人在老屋里无法料理生活，大顺在村里给她母亲请了一个保姆，做饭、洗衣、收拾家里，并特意给保姆每月多加了三百元，要求保姆每天陪她母亲说两小时闲话。他怕他母亲长时间沉默不语，会变成失语者。

每个老人都是一座孤独的花园，他们青春的花朵和记忆在寂静里枯萎、凋谢，像黄昏的花园，明亮、炽热、喧嚣已经散去。她们把自己一生的美丽、健康、力量、虔诚、慈爱、温暖……都献给了家庭和儿女，现在即将油尽灯枯，在无限的寂静里等待黑夜的笼罩与降临。

在老家待了半个月，2019 年 4 月 15 日，我在一种难言的惆怅里，离开我亲切而陌生的村庄，重返自己漂泊的河流。

2019 年 5 月 21 日

苏骗匠

　　乡下晚饭早，吃过饭，太阳还有两竿子高。二哥说，我带你去见一人。什么人？二哥没往下说，我也没问，心想，见了自然就晓得了。

　　金色的麦浪笼罩在苍茫的夕阳里，一望无际。我和二哥沿着田间村道走向田野。两条瘦长的影子，随着我们的脚步在前边移动，孤独，怪异。

　　说不清缘由，这几年，每次休假我都会急匆匆赶回老家。除了看望和陪伴年迈的母亲，心里，还有一个不为人知的秘密，用镜头留下村庄里那些正在快速消失的事物。村庄里的人一年比一年少，田野里的景物亦越来越单调，我手里相机的快门似乎赶不上它们消失的速度。

　　天蓝得不可思议，像水刚刚洗过。庄稼在微风里起伏，生机勃勃。麦子再有半月就该下镰了。胡麻开着繁密的蓝色小花，一片一片胡麻田，远看，像莹蓝的绸缎，还有成片碧绿的玉米与土豆。画《吃土豆的人》的梵高，若走进眼前的田野，他的画笔会铺展出怎样的色彩？

花朵上看不到起落、飞舞、歌唱的蜜蜂和蝴蝶。还有往田地拉粪肥的人，弯腰锄草的人，吆喝着牲口犁地的人，坐在自家地头上吃烟聊天的人，在田里一边挥舞锄头劳作，一边敞开喉咙荒腔走板唱歌的人，从机井上往家里担水的人，在场院打樵杷的人，放牛放羊的人，吵闹疯玩的孩子，这些人，像我儿时伙伴间的一场游戏，倏地从村庄、田野上消失、隐匿了，只有庄稼在田里寂寞、孤独、野蛮生长着。

正午的炽热退去，微风抚到身上，凉爽，舒坦。空气里弥漫着植物的芬芳，大地生机盎然，我的心却慢慢地陷入寂寥与荒芜，甚至有一种无望和无力的伤感。我晓得乡村已不是曾经的乡村，人也不是原来的人。

一路默想着，很快就走到与徐王村交界的公路上。二哥推开路东一处果园的木栅栏，园子里一派寂静。

园子不大，五六亩的样子。繁茂的苹果树、桃树和李子树，沉浸在无声的寂寞里。苹果树上挂满拳头大的青果子，果子上没套白花花的套袋。除了果树，园子里还种着蔬菜、西瓜、香瓜、红小豆和小麦。

看护园子的窝棚，是一间城市建筑工地上常见的白墙蓝顶简易板房，耀眼，时尚，突兀，与田畴间的色块和气息格格不入，像一个蹲在田头的怪物。窗外立着镢头、锄头、铁锨、扫帚、劈柴的斧子，两双沾着泥巴的高腰雨鞋和胶鞋。屋内右手靠墙，一张搭在砖块上的木板床，被褥简单，整洁，枕头边一个巴掌大的收音机，一个大头手电筒，还有几册泛黄的旧书，最上边是张岱的《夜航船》。脚地上的铁皮炉子上坐着烧水的铝壶，壶嘴上喷着热气，滋滋滋，空气里有蒙蒙的淡淡的水汽味道。地上一口小铁锅，一个暖水瓶，装水的红色塑料桶和瓢，脸盆里有干净的碗筷，小桌上是案板和菜刀，整洁，有序。墙上挂着一大盘粗如拇指、熏蚊虫的白蒿火绳子，一盏玻璃灯罩的马灯，两把麦镰，还有一顶旧草帽。

主人不在，我不能翻动床头上的书，那摞书磁铁般牵动、诱惑我的目光。明末清初的张岱，体内和纸页上汹涌的精舍、美婢、鲜衣、美食、骏马、华灯、梨园、花鸟，那些江南水乡桨声灯影里的僧人士子间的细碎文字，与一个北方田野上的农人有什么关系？能在耕作的疲累里读《夜航船》的人，会是一个怎样的人？乡间一般的瓜果园子都有狗，为何这里没有？

简朴，静谧，甚至透着几份诗意的小天地，弥漫着一种让人难以琢磨的神秘气息。

火绳子，草帽，马灯，我已近三十年没见过它们。这些消失多年的旧物件，像古老、典雅的诗句，散发出浓烈旧生活的味道，让我猛然间看到少年记忆里的旧园子，亲切，温暖。

乡村的夜晚不像城市，灯光璀璨逼人，亮如白昼。黑夜仍是真正的黑夜，即使月光如水，大地和万物静默在朦胧的月光里，仍然离不开灯盏的光亮。

小时候，夏秋时节的田野上，几乎家家地头上都有一个看庄稼的窝棚。泥土夯筑，或者草帘和粗木搭建，窝棚上的灯盏，犹如夜空一颗一颗掉落大地的星子。简易的窝棚不单单防偷鸡摸狗者，也防在夜里成群出没、糟践庄稼的野物。

夜里，马灯可挂在窝棚口的木杆上，也可以提在手里，跟着主人脚步在田埂上行走。一盏灯光，对偷窃者和野物是温馨提示，也能给苍茫漆黑、神秘冷清的夜晚，给夜行人一星安慰，使黑暗中的大地有了生气和眼睛。即便这一粒灯火微小而苍茫。

屋外的土坎上，卧着一个比石油桶大两倍的白色塑料桶，里面有大半桶水，大概是主人的储水罐。菜地里的韭菜、小葱、黄瓜、西红柿、豆角，一小畦一小畦，长得油旺旺的。五棵半人高的大烟棵子，叶子已被掰去晒了烟叶，肥壮的茎秆上，结满指甲盖大的青黄夹杂的繁密烟籽。六七只鸡卧在果树下，不时发出交头接耳的咕咕声。绷在苹果树间的绳子上，白衫子和黑裤子在风里轻轻鼓荡。门口一截树苑做的脚凳上，搁着结满茶垢的玻璃水杯。

果树上的鸟叽叽喳喳，唱和应答，它们似乎比人更喜欢这里的烟火气。

二哥说，老苏肯定在园子里忙呢。

"你们浪着呢，坐嘛。"二哥话刚落，一个苍老、浑厚的声音飘过来。接着，一个头发花白，精神矍铄的老人，手里拎着草筐和镰刀从苹果树后边冒出来，背有些驼。

寒暄，递烟。他招呼我们坐着休息，折身走进瓜地摘来四五个小碗大的香瓜，拿盆舀水，洗了递给我们。笑呵呵地说，我这瓜别处可吃不到，农家肥种的，没打农药，甜得很。

老苏肤色黢黑，脸上皱纹像一刀一刀刻上去的，细密，纵横，眼里闪着从容、安怡的光亮。他的年纪，七十多岁的样子。他的笑意让我突然心里一紧，心似被什么轻轻杵了一下，一种亲切的、熟识已久的感觉流遍全身。我在脑海里翻来覆去寻思在哪里见过这个似曾相识的老人，却一时理不出头绪。

见我有些懵，二哥说，这是老苏，咱们小的时候，常来村里骟猪。

手上香瓜散发着浓浓的香味。我用手掌一拍，嘭一声脆响，绿皮瓜裂成了不规则的瓜片。我小时候总这样开瓜，从不让瓜沾上刀的铁锈味。

我咬一口瓜，汁液丰沛，满嘴脆、甜、爽，浓郁的香气在口鼻和喉咙间弥漫。地地道道的老品种，老味道。

看着我吃瓜的样子，老苏笑了，笑容在眼角眉梢水波般荡，明亮，纯净，像个欢心的孩子。没有单纯的赤子之心，是笑不出这样率真与透明的。老苏说，一看你就是会吃瓜的人。

我吃着难得一见的香瓜，慢慢将眼前的面孔往记忆深处拉扯。

实际上，最早进入我视野的，不是老苏的面孔，是他的口哨声。

老苏大名苏曼。我六七岁时，他二十出头，骑一辆锃亮的缠着彩色胶带的飞鸽牌自行车，车头绑一杆泛白的带黄边的三角小红旗，人未进村，叮零零的铃铛声和节奏明快的口哨，像一道光、一股窜进村庄的旋风，已先惊醒了猪、羊、牛、驴、马，也唤来了猫和狗。

据我后来反复观察，村庄里的猫和狗，不一定是苏曼的口哨声远远唤醒的，很有可能是他身上的味道和气息。

每个匠人，身上都会散发一种在时间里慢慢沉淀出来的特有气息。那些正在墙头、檐下和树丛子里玩耍、晒暖暖的猫和狗，跟孩子们一样，呼啦一下围向苏曼。

村里常有匠人进出，铁匠、木匠、石匠、毡匠、杀猪佬、货郎，各种手艺人。别的匠人进村，猫和狗大多不理识。当然，狗有时会远远地吠几声。

苏曼不一样。他一进村，狗和猫像触了电，一骨碌爬起，从四下里冲出来，和一群孩子一起紧紧跟在他身后，支棱着耳朵，随时准备出击。

苏曼蹲在场院里跟人说话，身上除了骟匠隐隐的气息，还有好闻的香皂味和烟草味。猫和狗跟着我们一群吵闹、推搡的孩子，耐心地等待尖叫声降临时那个令人心慌的瞬间。

一圈羊，不管几十只，还是上百只，一个群里只留一只种羊，多余的跟猪和牲口里的雄性一样，无一例外地都会被阉割。

动手前，苏曼会让孩子帮自己寻一块破盘子或烂碗的残片，随手在身边的石碾上轻轻一敲，瓷片碎裂后新而锋利的边沿，就是他的手术刀片。小公猪、小公羊从圈里拎出来，苏曼将其摁在膝盖下，瓷片在它们的睾丸上轻轻一划，顺手一扬，带血的肉丸已飞了出去。他的动作快如闪电，干净利索，我们往往还没看清楚，那肉丸已被抢先窜过去的狗吞进嘴里。小猪、小羊的骟割伤口小，一般不缝合，抹一点草木灰就算完事。

那骟割的瓷片上为何不沾一丝血迹？他不动声色的快，能减小它们的疼痛吗？这讶异让我在一小段时间里很困惑。

牛、驴、马的骟割场景，有些惊心动魄。几个大人协力绑了牲口四条腿，大呼小叫地将其摁倒在地上。苏曼丢掉烟蒂，一声不响地走过去，沉默、从容里，有一种令人着迷的难以描述的气息。这时的苏曼，不再粗枝大叶，也不用瓷片。他不慌不忙打开一个精致小盒，拿出带柄的手术刀片，熟练、优雅地在火上燎几下，或者从玻璃小瓶里捏出黄色棉球擦擦锃亮的刀片。我挤在叽叽喳喳的伙伴中间，直愣愣盯着他指尖上的刀片，手心里冒细小的汗珠，浑身绷得紧紧的，一种莫名的恐惧从脚底板往手指和头部蹿升。

他的盒子里，还有带弯钩的银色针和黑线。

即便去了学校，没听到苏曼的口哨声，看见村道上有人牵着身上盖着麻袋或破褥子的牲口遛弯儿，我便晓得苏曼已进过村。刚做过骟割手术的牲口，不能卧地，要不停地走动，否则伤口会发炎，引发麻烦或后遗症。

很多时候，猫是抢不到苏曼扔飞的肉蛋蛋的，它们跟孩子们一样，只是凑凑热闹而已。

苏曼的手艺吃香，也忙碌。那时家家养着耕种的牲口，还有羊和家畜。他的口哨和单车铃声，像一朵好看的云，从春到冬，不停地在方圆百里的村庄里来来回回地飘。

但村里大人私下扯闲，对苏曼颇多微词，觉得他年轻力壮，力气该往田地里使，阉猪骟牛不是他这个年纪的营生。瞧不上眼的闲言碎语后边，其实更多是对他衣着行为的不顺眼。

记得有两年，一阵风似的，农村也跟城里一样，突然流行起一种辣眼的装束，年轻小伙戴墨镜，喇叭裤紧绷绷裹着豆瓣似的屁股，裤脚哗啦哗啦能扇起风，有的还烫爆炸式卷发，穿廉价风衣模仿电影《追捕》里的杜丘耍酷。苏曼的衣着也很潮，大黑陀陀眼镜，喇叭裤，时髦、青春得逼眼。虽然他的骟匠手艺老到，但乡亲们都说他流里流气，不像规矩的手艺人。

苏曼不光衣着新潮，性格活泼、率性，人长得也有几分俊美，很招女子欢心。所以，尽管已经结了婚，在我们村，在周围的村庄里，仍有不少女子争着跟他好。

他自行车后座上，常带着漂亮女子。一个英俊青年，用口哨吹着《甜蜜蜜》，或电影《桥》《追捕》里的三题曲，洁白的的确良衫子迎风鼓荡，手腕上的手表亮晶晶。他带着女子在林荫道上飞奔，惹眼，也招非议。

绯闻像春天田野上吹醒万物的风，不停地掠过村庄。那些与性相关的故事和传闻，孩子是懵懂的，不大感兴趣，却很撩拨大人们的好奇与想象。但乡亲们表面上对他仍是客气、尊重的。他的手艺没出过岔子。

我很着迷苏曼的口哨。他明亮、清脆、悠扬的口哨，听起来有一股蜂蜜的味道，有月光的质感，甚至有若干毫克的重量。他嘴里浪花般飞溅的音符，像滑过夜空的流星，常在我寂寞无聊的心里划过一道道迷幻的弧线。

苏曼还会许多招女子欢心的细巧活儿。他会修自行车、缝纫机、收音机、手表，那些刚刚出现在生活中的新潮玩意儿，几乎没他不会捣鼓的。

狗子大姐娟子，原本跟邻村的强强是订了婚的。强强看见娟子在村道上跟着苏曼学骑自行车时，一桩看似没问题的婚姻已经出现了裂隙。身材修颀、笑靥动人的娟子，撅着屁股，外挂在自行车一边，风驰电掣，苏曼在后边扶车保护。欢快的笑声拂动树叶，惊飞鸟雀。

那时自行车还是稀罕的神奇之物，能有自行车的人很少，学骑车是青少年最渴望、最幸福的一件事。引动娟子芳心的是苏曼，还是他屁股下那辆锃亮的自行车，我不得而知。

有一天，我和狗子在放学的路上，看到骑在自行车上吹口哨的苏曼，头上缠着一圈纱布。狗子神秘地对我说，苏曼挨了强强的黑砖。

但黑砖并未打断苏曼与娟子的亲密来往。苏曼在邻居家骟完猪吃饭时，我看见他脱在炕下的黑皮鞋里，垫着娟子手上绣过的一双鸳鸯鞋垫。它是娟子坐在她家门前的树荫下，用缤纷的彩色丝线一针一针绣出来的。我能看见它上面的呼吸、汗渍、牙齿咬断线头时留在上面的唾液。它是一个女子带着浓烈浪漫情怀的礼物。后来，娟子没嫁给强强。为何她也没嫁给苏曼？老实说，我不知道。

我进城读高中时，苏曼还做着骟匠的营生。听村里人说，苏曼后来跟妻子离了婚，娶了一个相恋多年、比他小十多岁的女子。

我吃着瓜，目光不停地在老苏身上扫，越仔细观察心里越疑惑。眼前的老苏与我记忆里的苏曼迟迟无法对接。这个瘦削、硬朗、牙齿稀落的驼背老人，与当年那个吹口哨、引动许多女子春情的时髦青年，真的曾是同一个人吗？他的慈祥、庄重里真的有过那么多艳情故事？

我说："老苏，别人的果子都套着袋袋，你这果树上咋不套呢？"

老苏呵呵地笑，说："让果子在阳光雨露里自然生长多好，干吗花钱请人套那劳什子！"

我说："套上袋袋，着色均匀，红艳艳的，好看。"

老苏扫我一眼，起身把刮净湿泥的镰刀挂到屋外的墙上，挥着手，似不屑，又像赶眼前的苍蝇，说："万物自主，它们该咋长就咋长，自然生长，放心吃，多好。"

乡村大都不养家畜了，农家肥很难寻，老苏每年花钱去远路上的养殖场买回牛粪和羊粪，在园子里将其掺和到一起，一筐一筐埋到果树下，撒进地里。七年前，妻子突患胃癌去世，他没了帮手，便独自一人日出而作，日落而息。除了冬季，其他时间老苏都以园子为家，在地里埋头劳作。

二哥说："你这园子里也不养条狗，晚上一个人孤零零的，不害怕？"

"以前田野里有狼，有野猪，有各种野物 现在啥啥都没了，我在这地里忙活十来年了，连一只野兔子都没碰上过，有啥好怕的呢？"他说这话时，笑眯眯地望着我们，是反问，抑或自嘲？眼神里有我们无法读懂的光。

他的话，让我心里一震，心情瞬间跌入那些美好记忆消失的忧伤之中。

小时候，黄昏，夜晚，抑或雨后. 沟渠涝坝，田间地头，青蛙、蛐蛐、蟋蟀，各种虫子生命的和声此起彼伏。现在，山沟和田野里草木葱郁，人的打扰少了，少年时代常见的野物却没了踪迹，田野里除了庄稼和无限的寂静，还有什么呢？

老苏的脸上闪过一丝不易察觉的阴郁。他说，地里全是化肥和农药，野物和虫子咋生存？以前下过雨，路面上到处是蚯蚓，现在翻地几乎找不到蚯蚓。

身边没有帮手，老苏一个人靠传统的手工劳作侍弄这片园子，辛苦劳累是肯定的。田野上有时常天也难见几个人，还有寂寥漫长的夜，他一个人守望在田野里，如何面对那些难挨的孤独与寂寞？

我端着相机，在园子里拍照片，言语不多的老苏忽然活泛起来，一会儿提醒我如何选角度，一会儿指导我如何用光。他让我以夕阳和广袤的田野为背景，逆光拍园子木栅栏的剪影。我按他的指导拍摄，回放，竟出奇美。也许我手上的佳能相机老苏不一定懂，但园子里的每一株植物在不同节气里的生长状态、姿势，大地上的阳光雨露，风吹草动，均是他在心里反复抚摸、注视、欣赏过的。他的心就是一架精密的记录仪，田间地头的点滴变化，早已深深地刻在了他的心里。我相信，老苏劳累时坐在园子里休息、晒太阳时，纯净的阳光照在他的身上和脸上，也叮叮当当地落在他的心上。他跟自己亲身侍弄的园子里的植物一样，都是原野上不畏惧风霜的生命。

　　从园子里出来，二哥说，你不知道，老苏的儿子当着县委书记，他在这里一个人流汗侍弄园子，好多人不理解，骂他是福烧的，脑子进水了。

　　并不是所有的沙都会被风吹走。老苏像穹苍之下一棵孤独的、坚守本性的草木，在别人眼里，或许他疲累的劳作仍跟四十多年前干骟匠营生一样，是另类的、不合时宜的。但人除了生存，还有许多心性的选择。县委书记的老爹，不跟着儿子去大城市享受荣华富贵，挥舞着锄头在古老的黄土地上汗流浃背，在厌弃土地、不愿劳动的人眼里，老苏的确另类，有些领异标新，像塞万提斯笔下大战风车的堂吉诃德，是憨而可笑的。但对老苏，我想他并不是要超越世俗，只是在辽阔的田野上以一个庄稼人的心性本分，过一种自己欢喜的传统自然的生活而已。园子里的劳作对他，可能并不是简单乏味的，有他发自内心的诗意的体会。地里卧着的瓜，挂着果子的苹果树，一畦畦葱郁的蔬菜，树下自由行走、寻食的鸡，都是充满力量和勃勃生机的。眼前一望无际的麦田、绿油油的玉米、胡麻、土豆，都是他心里看惯的最辽阔、最幸福的图景。在自己的田地上，老苏不用看任何人的脸子，也用不着焦虑、浮躁，可率性而为，活出自己的真实、真性、真情。他晓得土地上有人需要的一切。

公路边的一家宅院前，有一家人正坐在落日余晖里的核桃树下摘豆荚。中年父母旁边有一个十七八岁的女孩，还有一个五六岁的男孩，他们在树下一边干活一边说闲话，祥和、温馨。那场景竟像身体里一股突然窜动的隐秘电流，让我激动，心慌。

女孩很美，面目动人，衣着淡雅，清秀脱俗，长发披肩，像一株明亮、耀眼的荷花。这种年龄的女孩，乡村里已很难见到，她们都带着不甘寂寞的青春飞向了城市，谁会耐得住梦想萦怀，安安静静地坐在乡下的屋前劳作？或许，她是在外头打工回家探望父母的。

顺着公路延伸的小康村，一色儿红瓦白墙，模式化建筑的门楼上都镶嵌着"天道酬勤""吉星高照"之类黑红两色的瓷匾。也由不得乡亲们，小康村是统一设计建造的，村民只管交钱搬进去住，做不得主。没在小康村买房子的村民，也都争着建了新宅，庭院布局、门窗砖瓦、建筑用材等相互模仿，也像一个人设计的，时尚、亮堂难遮呆板粗陋，曾经的个性、传统、美感，先人们的气息、世俗的斑驳与温暖已难寻踪迹。新宅院大都听不到鸡鸣狗吠，不见炊烟和灯火，透着逼人的荒凉与冷清。

橘红色的夕阳慢慢向西沉下去，天黑下来，大地一派苍茫、寂静。月亮升起来，满天繁星，如无边无际盛开的菜花。夜露开始在植物上凝结。我和二哥从村道到公路，在田野上绕了一大圈，走了近十公里，沿路见到了骗匠老苏，一家在场院里劳作的人，两辆一闪而过的电动三轮车和一辆黑色轿车，还有一个在院门口独坐的老婆婆。

年轻人将土地和庄稼丢给年迈的老人，交给轰轰隆隆开着机械挣钱的人，有无收成，有多少收成，对他们来说已无关紧——土地不再是他们赖以生存的命根，都争着一窝蜂似的赴向城市。在欲望煽动的城市洪流里，也许乡亲跟我和二哥一样，像小时我们鞭下抽打的陀螺，怀着乡下人的卑微与忧伤，在梦想与现实之间旋转，在艰辛与烈日下挣扎，也在喧嚣、焦虑与回到原乡过内心简净的日子之间徘徊、挣扎。毕竟，这广袤的田野上除了纯净的空气、阳光，还掩埋着我们的先人。

夜风凉凉的，我心里想着守在园子里的老苏，想着他年轻时的样子，默默跟着二哥往家走。

2018 年 5 月 26 日，娑罗

娑罗柳，以及它俯视的事物

一

我一直坚信，大地上的万物跟人一样，皆有明亮的目光。每一株植物都有自己的人生。

许多年后，当那三棵巨大苍茫的柳树一次次扑入眼帘，我的心总是悲欣交集，总会在兴奋与忧伤之间来回撕扯，像一把被时间锈钝的锯子在我的心上不停地锯。

从泾河川一上娑罗原，远远二三里地上，就能望见娑罗柳高耸的树冠，如一朵巨大的绿色云团浮在空中。它们高大的身段，使周围层层叠叠的楼房显得矮小而缺乏气度。

我十八岁离开娑罗原，远赴西部边陲，后来又从最西边到最南边，如一只迁徙的候鸟，兜兜转转，不停地变着栖息地，越走越远。我以为我会将故乡像一缕晨雾或炊烟，轻轻挂在睫毛上四处漂泊，不再回来，或者很少回来。但是，我不断地回来，被内心的意念和情感推着，忍不住，一趟又一趟地回到娑罗柳下。

我从停在街口的长途大巴上拎着行囊下来，站在街上。时令正值仲春，我看见那三棵巨大的柳树披着满身婆娑的新绿，在上午的阳光里静静地耸立于街东头，身形巨大，冠盖如云，眼神凝重。它们像三个并肩而立的孪生兄弟，姿态挺拔，优雅，从容，淡定，已在时间里挺立成娑罗原及其广袤原野上的巨大原生态地标。它们仍像三十年前一样沉默、含蓄，镇定自若，满目深情，仍像昨天一样注视着大地上的万物。

看见它们，我就看见了故乡，走进了故乡。而它们，自然也认识和看见我的。

娑罗柳是何时何人所栽？在风雨中挺立了多少年？我从小就问，一直问，不停地四处打探。柳树耐寒耐旱，生命力顽强。左宗棠西征，为何沿途"新栽柳树三千棵"？他在平凉柳湖栽柳时，娑罗原上的娑罗柳已是"巨人"，他的心弦是否被娑罗柳的枝叶轻轻拂动过？

我自小就在这条街上来来去去，仰望过它们的枝叶，聆听过小鸟在上面欢唱，跟伙伴一次次爬到它们的枝杈上掏过鸟窝，在下边躲雨、滚铁环、赶陀螺，从它们身上揭下一块一块苍老的树皮制作玩具，它们身上的柳絮、毛虫也曾掉进过我的衣领。所以，在遥远的异地，我能听到它们的枝叶在风里哗哗地响，却始终无法弄清它们的身世。

走在它们的浓荫里，有从容、安静的凉爽笼罩下来，如园子里成熟果子的香气，黏稠，有沉甸甸的重量感。我有些恍惚，在我的记忆里，柳树是四棵。为什么现在只有三棵，消失的那棵柳树去了哪里？可能是我记错了，也可能枯死了一棵，被许多人刀砍斧劈，忙碌个把月，弄回去当烧饭的柴火了。到底是几棵呢？也许原本就是三棵，是我的记忆在漫长的时间里出了问题。我问过的老人也说不清爽，事实的真相在他们内心缥缈如烟，他们的记忆跟我一样模糊不清，被时间看不见的手搅乱、抚平了。但我清楚，这些说不清的模糊记忆会笼罩我一生。

现在，我像仰望高空上一只巨大的飞鸟，目光慢慢从树身向上延伸，映入眼帘的是灰黑色的鸟巢、零星枯死的枝干、枝叶缝隙间跌落的碎金般的光斑，翠绿的叶子在风里哗啦啦响，摇曳生姿。一切似乎都与三十年前没有什么区别。也许微弱地衰老了一点。它们的枝杈生了死，死了生，在风雨里默默轮回，如这街集上的事物，一些消失，一些又不声不响地出现。

二

柳树原是雄踞在街中心的。一边是供销社门市部、卫生院，一边是乡政府、老戏楼、兽医站。所谓街道，其实就是一条东西向的乡村公路在柳树下稍稍做了一个停顿，如一个长句中间的逗点。

公路两边是广袤的田野，小麦、玉米、油菜、胡麻、土豆、绿小豆，一块一块，纵横交错，如画家的调色板，缤纷艳丽。镶嵌在路两边的四排士兵队列般齐整，挺拔的青皮白杨，树干碗口粗，绿色遮蔽下的黄土路是阴凉的林荫大道。现在，黄土路变成了黑色的柏油路，路边高大的白杨不知去向，新栽的树疏疏落落，矮小，杂乱。田野上是大片筷子高的绿色麦田，还有长着杂草等待播种的空地。两种色彩，单调而寂寥，田地里看不见一个耕作的人影。曾经的缤纷与热闹，正被时代的隆隆声快速切割，分解。

街道上的店铺，挤挤挨挨向西延伸，稀薄的热闹悄悄偏移着。但柳树自古至今，一直在它们的位置上没动，它们是街道和大地不可分离的组成部分，与时光一起成长，苍老，坚守。

站在柳树下东望，宽直的公路一直向东伸展，步行两公里左右，就能抵达姚王村。那里有我年迈的母亲，有我家的老屋，有我睡过的土炕和吃饭的碗筷。母亲在电话里说，我上次回家时穿的那双蓝色运动鞋，她洗了，晾在东屋的窗台上，这次回家，别再带运动鞋。

此刻，我站在树下没有动，但实际上，我的身体已经像树上的一片叶子，像街上的房屋、人流、喧哗、风俗，正在时间里慢慢地衰老、陈旧着。集市上的人，有些人会来很多次，有些一辈子只来很少几次，有的这次来了，回去便永远不再来。但街上来来去去的事物，柳树肯定都看在眼里，默默收藏着。很多年后，这些柳树下的过往，也会消解在时间的古老容器里，成为大地内部的微小颗粒，成为时间长河里缈远绵长的模糊传说。

我看见三十年前的我在街上走，在柳树下奔跑，尖叫，大笑，停顿。那时，街市简陋，青春，矜持。街市上的店铺、人流、喧嚣都罩在柳树巨大的阴凉里，静谧，散漫，不急不躁。

供销社是一排连通的大瓦房，门窗一色儿草绿，赶集的人累了，在树下东拉西扯说闲话，无话可说了，走几步，跨上两级水泥台阶就进了商店。花一毛钱买五粒水果糖，两分钱买一枚缝衣的顶针，抑或买一个耕地的新犁铧、一把斧子、一把菜刀。店内大得让人吃惊，房顶很高，从东到西连成一体，有三十多米长，也许更长一些。水泥柜台台面宽厚、光亮，从柜台东门转角一直到西门，一个长长的整体，屋内阔大，地面铺着红砖。夏天，外边热得无处躲藏，走到里边极阴凉，像钻进了深井里。大人们将手放在柜台上，指指点点，买各种东西。我觉得柜台高得有些离谱，我的下巴只能够到柜台沿沿。

柜台上有许多明亮的玻璃小柜，里边一格一格摆着缝衣针、绣花针、顶针、轴线、钢笔、铅笔、圆珠笔、图钉、曲别针……色彩缤纷，光纽扣就有十多个小格子，每一粒都不一样，很好看。踮脚尖也不行，要看清玻璃格子里的东西，我必须跳一下，伸出双臂吃力地趴在柜台上，将半个身子吊在柜台沿沿上。但柜台很宽，柜台后边更多的东西我仍然看不到。花花绿绿的糖果，每样儿半搪瓷脸盆，摆一排。买糖果时，服务员从里面抓一把，哗啦一声，撒在泛着青光的水泥台面上，一粒一粒数，剩下的又一把抓起，重新放回盆里。有时抓糖果的手停在空中，嘴里默数着数，让糖果从手里像屋檐上的水滴，一粒一粒往台面上落。我很想吃一粒糖，手在衣兜里汗津津地攥着一毛钱。那张被无数双糙的手摸得脏而发黑、已经有些瓢软的小毛票，让我心里有小小的踏实感，总觉得自己身上有钱。但如果拿出来花掉，就很难再有，总舍不得花。

商店里整洁，敞亮。肥皂、糖果、醋、饼干、橡胶、棉布，各种气味混合而成的味道，明亮，清爽，有淡淡的黏稠，很好闻。一进商店，我就不由自主地嗅鼻子，心也欢快起来。所以，每次跟父母赶集，我都会钻进商店四处看，即便没钱，什么也不买，用眼睛看看，用鼻头闻闻也是快乐的。

四五个售货员，都是端"铁饭碗"的国营职工。两个女的，一个二十多岁，衣衫里的乳房浑圆、挺拔、鼓荡；一个三十多岁，脸上有细密的淡淡的雀斑，都烫着波浪式卷发，说不上好看，但也不难看，有城里女子的洋气。还有一个二十岁左右的男售货员，烫着爆炸式卷发，穿咖啡色喇叭裤，裤脚随着脚步哗啦哗啦，人像一枚没有熟透的青涩果子，身体线条硬朗，常常让我感受到一种惊异的快乐。柜台后边是一排排红色货架。布料、脸盆、暖水瓶、铁锅、筷子、牙刷、牙膏、雪花膏、毛巾、胶鞋、布鞋、袜子……每个货架上都摆得满满当当，小到一粒图钉、纽扣，大到耕田的犁、锄头，凡百姓日常生活里需要的，这里大都能买到。

当然，还有永久牌、飞鸽牌加重自行车，凤凰牌缝纫机，锃亮，耀眼。那时，买东西已不需要布票、油票、肉票之类的限量凭证，有钱就可以购买。我曾用挖柴胡积攒的零钱，从这里买回一个巴掌大的收音机，牌子已不大记得。对农村人来说，手电筒、收音机之类都是价钱昂贵的高档电器。父亲一听我花了三块钱，很不屑地说，叽里哇啦的，能听饱肚子吗？还不如买一头猪娃。

与供销社大门紧邻的是收购站，后边是阔大的院落，仓库、宿舍、饭堂，还有篮球场。两只大狼狗把着正门和侧门，拴着长长的铁链子，扑跳，吠叫，打盹。正门的大黑狗，肥硕如小牛犊，脑门上有一个三角形白斑，脑袋伏在前爪上，眼睛盯着门口，瞥到人要往里走，就凶猛地扑跳，似要挣脱链子，让人恐惧。

供销社和收购站，我是常来的。买一斤点灯的煤油，半斤盐巴，几粒小钉，抑或几根大小不同的缝衣针。家里养了猪，鸡生了蛋，也到这里交售。猪和鸡，是农村家庭最重要的经济来源。过罢春节，父母会买一头小猪。小猪喂一年，慢腾腾长大，等肥得迈不动脚，就会拉到收购站交售，换回的钱便是一家人一年的开销。但收购站收猪，以肥瘦和重量划分等级，瘦了不要，斤两不够不收。

那时，还未包产到户，农村生活拮据，日子青黄不接，喂猪主要靠孩子们挖野菜，不像现在有催肥的饲料，一头猪，喂三四个月就能出栏卖钱，还有多得吃不完的粗粮可以给猪吃。穷年月里的猪，毛长身瘦，总是长得很慢，有时喂一年都长不到收购标准。但日子再难，也要从人嘴上省出一些粮食让猪吃，否则猪不长膘，没三四指厚的膘，收购站不收。

往收购站卖猪是一件不容忽视的大事。为让猪增加几斤重量，头天晚上就会给猪准备好食物，大半夜爬起来喂食，等猪肚子吃得滚圆，就绑了往收购站送。

收购站的人远比种田的人精明。他们清楚门前架子车上排着长队的肥猪，肚子里装着太多食物，压秤。他们让猪在等待过秤的漫长时间里，将吃进去占重量的东西屙出来。

门迟迟不开，早早赶来交售生猪的人，像一截截沉默的树桩子，蹲在大柳树下歇脚、抽烟、谝闲传。猪在等候过秤的时间里，不停地拉屎，尿尿。太阳从地平线上一点一点往上攀升。日上中天，猪圆滚滚的肚子在时间里一点一点空下去，瘪下去。猪不清楚，它们屙掉屎尿，就屙掉了身体的重量，也屙掉了柳树下那些养猪人的一些钱和希望。我看见一个跟着大人的男孩，拿着棍子狠劲抽打他家的猪屁股，他不想和父亲失望而归。收购站后面的院子里停着大车，那些达到等级标准的肥猪，过秤后会被直接装上车运往城里的肉联厂。

在农村，日子是散漫的，时间也是缓慢、悠长的，庄稼人习惯在不急不躁里慢腾腾地生活，没谁会为一件事急吼吼的。但在柳树下默默等待的卖猪人，心情是焦躁的、急迫的。因为，在漫长的等待中，他和家人的希望，很可能因自家猪多屙了几泡屎尿而搁浅，猪拉回家再喂养一些日子，就得吃更多粮食，已喂到节骨眼上，不给好饲料，猪倒了膘，就永远交不上。也许很多年以后，这种漫长等待造成的失望和阴影，会像一粒忧伤的尘埃，一直落在那男孩的心上。

有好多个夜晚，我总是在半夜被狗吠声从酣睡中惊醒，我趴在窗台上往外看，月光把庭院照得一片亮白。村子里除了狗叫，还有尖锐、凄厉的猪嗥。母亲说，睡吧，没事，二狗家要去收购站卖猪，绑猪呢。

从此，半夜里听到猪嗥，狗吠，我就知道有人要赶早去收购站排队卖猪。也由此明白，狗的狂吠，并不全是驱赶不明真相的人或者窜进村庄的野兽，有时，也会被曾经熟悉的声音诱惑，煽动。

除了跟父亲交售生猪，我还有许多东西要拿到收购站的柜台上换一点儿小钱，比如一小袋苜蓿籽、杨槐树籽、杏仁、桃仁、杏干、花椒，还有一把把捆扎齐整的柴胡、甘草等山野里挖来的药材。

蓝天上的云朵洁白如棉花。现在我从供销社门前走过，那些售货员上班时取下立在墙脚、下班时重新装上去的窗板还在，窗板和门板仍是陈旧斑驳的草绿色，但那些售货员不见了，里面的柜台和货架、货物也不见了。磨面机、榨油机和压面机在里面轰轰隆隆地响着，两个五十多岁的男人和一个牵着小男孩的中年女人正从门里提着东西走出来。收购站变成了一家超市，一个老汉和两个女人正在货架上挑选商品。收银台前，一个四十岁上下的女人正给交钱的老奶奶找钱。老奶奶佝偻着腰，神态松弛，手上的白色塑料袋里装着三袋方便面、一包洗衣粉、一块肥皂、两根火腿肠。一个三岁左右的小女孩牵着她的衣襟，眼睛死死盯着售货员的脸，眼神里有一丝浅浅的忧郁和胆怯。门外，柳树的阴影从屋脊的瓦楞上向下移动，落到门前第三级水泥台阶上，就停止了移动。

三

供销社对面的乡政府，早先不叫乡政府，叫人民公社。大铁门锈迹斑斑，也许换了新的，也许没有，只是每年刮刷油漆。门两边的四方形水泥柱上，混在里面的绿色玻璃碎片在太阳照射下，像一粒粒细小的闪烁的翡翠。顶端的白色圆球灯上，一年年落在上面的灰尘，仿佛被灯光吸收了，看不出脏旧。那个架在墙头上播放通知和秦腔的高音喇叭，像一粒鸟屎，被风吹走。院子里四排红门白墙的瓦房变成了平顶子，似一刀削去了屋脊，不仔细观察，肯定会以为是三十年前的老房子。院子里依旧看不见人影，安静，寂寥。

很多个黑夜，我跨过铁门，从院里三墙上昏暗的灯光下穿过，走进最后一排的一间小屋。那里，有一个比我年长几岁的电话接线员兼打字员，他是乡政府的临时工，跟我一样，也做着文学梦。我们一起在灯下刻蜡纸，在油墨机上一张一张印自编的文学小报，看他在铅字打印机上叮咣叮咣地将一粒一粒铅字敲到深蓝色的蜡纸上。在冬夜的铁皮炉里烤土豆，合挤一张窄硬的木板床，偶尔谈一个漂亮女子的青春。清晨，再穿过沉睡的大院，去隔壁的中学上学。20世纪80年代初期，文学是宗教，心怀文学情怀和梦想的人，似乎比现在爱钱的人多。我们三十多个酷爱文学的学生，挖药材、打槐树籽、偷家里鸡蛋，甚至半夜翻过农机站的土墙，将院子里锈蚀的废铜烂铁偷出来，再变着法儿卖进去，凑钱买蜡纸、油墨、纸张，还订了《十月》《收获》《散文》等几份声名响亮的文学刊物，让少年浓烈的情感与梦想在弥漫着墨香的纸上燃烧，碎裂。然后，在毕业的欢呼里默然结束，如柳树的一地落叶，随风而散。

娑罗是有数万人口的乡镇，按说，街上应当有一个邮政代办所，哪怕简陋一点，但一直没有，一直到现在。那个骑着永久牌绿色邮电单车的邮递员，在我记忆里一直是三十多岁，他像河流里的浮萍，搁浅在时间的岸上。

邮递员住在乡政府，隔两天跑一趟花所乡。他先将门口邮箱里的信件一封封取出，放进搭在后座两边喷着"人民邮电"的绿色邮包，骑车送到花所乡邮电所，再从那里取回娑罗的信件、电报、报刊。然后，分送到街上的几个机关和远近数十个村子。

课间休息，我和同学们在教室门前打闹，他骑着单车，像春天里一只欢叫的鸟飞进校园，将邮包里的报刊、信件掏给一个分管收发的老师，再洒下一串口哨和铃声，一阵风似的离去。他应当是每天在柳树下过往最多的人，也是传递欢欣与悲伤最多的人。

喷着白色"人民邮电"的绿色邮箱，还安静地挂在老地方，开箱时间是上午九点半，下午四点半。我在许多城市的小区与街巷里，偶尔还能看到上面写着"中国邮政"的邮箱，它们像遗失在时间里的一个远年古董，在沉默里等待一只温暖的手。网络时代谁会将一封手写的信递进邮箱，在时间里等待一个远方的回音呢？记不清有多少次，我曾一次次把自己手抄的文章装进信封，贴上邮票，小心翼翼地塞进门口的这个绿色邮箱，然后，耐心地等待一个可有可无的远方消息。也许邮箱里，还躺着很久以前某人的一封信，它被遗漏在时间的缝隙里，无人知晓。

那个喜欢吹口哨的邮递员，或许早已退休，也许失业干别的去了。邮箱还挂在那里，沉稳，安静，我与它对视着，像一场百感交集的重逢，觉得它就是我穿墨绿色衣服的亲人。少年时代，我曾疯狂地渴望自己长大后，能成为一名骑邮电车上班的邮递员。我为什么没成为一个乡村邮递员呢？那邮箱曾经装下过多少红尘故事？现在，它像墙脚那些身心疲惫的老人，不声不响地在明亮朴素的阳光里沉默着。它沉默里的千言万语已无人聆听。

邮箱下边，偏左一些，靠墙坐着十来个头发花白的老汉，他们聚在一起，像一朵一朵在风里孤独摇曳的蒲公英，或者一片覆盖着积雪的苍老树丛。他们眼神里有安详，也有迷茫和轻微的叹息，黝黑的面孔上堆满深深的皱纹，皱纹里有平静的苍茫。没有言语，他们只是安静地坐着，看着街上来来往往的赶集人，摆摊的商贩，他们和墙上的绿色邮箱停留在同一个画面里，像时间遗落在墙上的一个沉默的暗影。在他们眼里，眼前的摊点、商铺，站着说话或买卖东西的人，就像他们曾经侍弄过的一茬茬庄稼，是在节气里变化的，渺小的。在这个春天晌午的老街上，百货商店、杂和吃食，以及三轮电动车和鸣着喇叭的锃亮轿车，都不会引起他们太多兴趣。也许，他们在平静地回忆自己漫长经历里的一些人和事，一些已经走远，不再碰面也不再呈现的事物。他们恬淡的神态说明，他们已不在乎眼前的事情，时间已将过去与眼前的喧嚷分成了若隐若现的两端。

偶尔有一个老汉说起自己过去的经历，其他的老汉会不由自主地接上自己的曾经。于是，他们将内心封存的辉煌与忧伤再彼此诉说一遍。然后，集散了，这一天赶集的时间终结，各自在斜阳里慢慢回家。对他们来说，赶一趟集市，并不需要买什么，在喧嚷街市的墙脚下，若有若无地絮叨一段曾经的欢喜与现实的忧心，就算赶一趟集。

乡政府右边的老戏台原是一座旧庙。听父亲说，庙里的神像是在破"四旧"时被打碎、散失的。空出来的庙楼先是批斗"四类分子"(地主分子、富农分子、反革命分子、坏分子)的广场,后来,寂静很久的庙楼作过一段时间的戏楼。我只隐隐记得一点戏楼的片段。我曾和小伙伴们爬上庙楼对面的这三棵老柳树,坐在树杈上,看树下一大片黑压压的人头,戏台上锣鼓铿锵,演员舞着水袖咿咿呀呀地唱。因为远,看不清,一切都是模糊的,隐隐约约,脑海里只留下《辕门斩子》《状元媒》《铡美案》《苏武牧羊》《金沙滩》等一长串秦腔戏名。

四

临街的兽医站也是热闹的。堂哥是兽医站的兽医,穿白大褂,开药,抓药,打针,或者灌药。他和三四个兽医,像一个个白色的影子,在院子里的牲口之间不停地穿梭。兽医站不只为牲口和家畜治病,还养着种牛和种马,为牲口配种。印象里的兽医站整天都被拥挤、喧嚷包裹着。院子里拴满等待打针、灌药,以及发情的牛、马、驴。药房门前,摆着三个大生铁碾槽,一个人坐在板凳上双脚蹬着铁碾子,叮咣叮咣,将草药碾成粉末,起身离开凳子,另一个等候的人又坐上去。碾好的药,在脸盆里搅拌成半脸盆稀糊状的药汤,吃药的牲口嘴向上,吊在架子上,灌药者用一截棍子撬开牲口嘴,拿一个长牛角状的药匙,一匙一匙,将药强行灌进牲口嘴里。注射的针管很粗,针头如牙签,让人看着心里发怵。而那些拴在木桩子上等待的牲口,啃木桩、刨蹄子、便溺。排尿声如沟渠里的流水,哗哗哗,身下是一堆一堆的粪便。院里的苹果树和梨树,开着芬芳的繁花,砖墙围成的花池子里是牡丹、喇叭、八瓣梅,品种很多,却闻不到花香,芬芳被遮盖、消解,空气里弥漫着浓重的臊浊与草药气味。

站里配种的公马，高大健硕，脖子上系一圈鸡蛋大的铜铃，头上挂一朵拳头大的红花，颅鬃摇旌，蹄大如老碗，高贵绝尘，浑身闪着金属般的光泽。公马从厩里牵出来，威风凛凛，打着鼻响，上唇外翻，急切地咂辨空气中雌性的气息。被情欲折磨着的丰臀母马被牵在一个木架内，湿淋淋的马尾被撩起，等待春风荡漾的公马临幸。在一阵叮叮当当的急促铃声中，公马从母马后边举身奋起，裹挟住母马交欢，那母马在公马肥壮身体的重压下趔趄着四肢支撑情欲的欢愉。完成生命仪式，公马被牵回马厩享受精美饲料，养精蓄锐，等待下一次交欢。母马离开木架，在时间里等待坐胎产驹，短暂的发情期结束。

有时放学路过兽医站，我和长海、林子、赖头等一帮同学会站在门口看牲口热烈的生命仪式。公马跟母驴配种后，会生出什么？我问长海。他挠挠山桃核状的脑袋说，不是马驹，就是驴驹。那天，那头矮小的母驴，一次次被公马压倒，最后，那些人在一片大呼小叫里，让公马将前身趴在木架子的一块板上，而不是驴身上，工作人员伸手协助，迅速将公马小口径炮管一样的阳具送入母驴的阴门。长海的父亲是生产队的饲养员，马和驴交欢的结果不是马，也不是驴，而是非驴非马的骡子，这个常识十二岁的长海不会不知道。多年后，已经当了爷爷的长海在街上聊起这件事竟出语惊人。他说，生命的传承是一件神圣而隐秘的事情，我当时被现场的喧哗搞蒙了。十年前的那个晌午，他在街上跟我说闲话时，兽医站与他的焦灼不安都已消失干净。

兽医站的配种场景比兽医站消失得更早一些。土地承包到户，生产队解散，牲口分给各家各户，家家都饲养着牲口耕地种田，一些精明的庄稼汉也养了种马、种牛、种猪配种挣钱。常有人骑着高大的公马和公驴，在铃声里从柳树下飞驰而过，蹄声嗒嗒嗒，在树下久久盘绕。

现在兽医站场院变成一排店铺。中间有两个纸货铺，门口都摆着一堆纸做的金元宝、童男童女、轿子、亭子、马拉铜车、汽车。虽然不断有人从两家店铺门前走过，却无人停步观望。这些纸货是烧给亡人的，只有家里办丧事，或奔丧的人才会光顾。我在街上走一圈，一小时后，又转回来，看到一家纸货铺门前的纸货少了近三分之二，它们在我离开的时间里，被有丧事的人买走了。一小时前在屋里埋头做纸货的中年女人，正忙着将屋里提前做好的纸货一件一件往门外摆，不一会儿，门口的纸货摊又恢复了一小时前的样子，好像这些东西一件都没少过，时间一直停滞在门口的纸货上没有动。

紧挨着的另一家纸货铺，一个年长一些的微胖女人，坐在门口的凳子上晒太阳、嗑瓜子，神情无聊、慵懒。她不能跟旁边的几个小百货店主一样，对门前过往的行人热情地嚷嚷：来，进来看看，有新到的商品。她不能这样说，这样嚷嚷很不礼貌，即便别人嘴上不说什么，心里也会骂她疯子。当然，她也不用着急，死人的消息会不断传来，做好的纸货总会有人径直来她的店里买走。她只需要在沉默里耐心等待。

卫生院去年动工新建的三层门诊楼已经投入使用，不断有人绕过门前的一片水洼，走进去，有人拎着药绕着水洼往外走。医院东边一长排两层的铺面，仍旧跟两年前一样，空着。它们在沉默里等待租赁的人。

五

在乡村,集市是一个热闹的节日。两个衣着鲜艳、身材高挑的女子,在一个水果摊上各买一袋苹果,又在旁边的摊点上一人买了一袋新疆库尔勒香梨。她们的头发都是棕色的,披肩,短裙,衫子里乳房鼓胀。一个皮鞋是棕色的,另一个黑色,鞋跟细高,在水泥地上敲出响亮的"嘎嘎嘎"的脆声,像她们身体里隐秘而鼓荡的情欲。她们提着装着水果的红色和白色塑料袋,从柳树下走到街西,又从街西头折身回到街东的柳树下,将梨子、苹果和香水的气味散落在街上,也把她们的服饰、美丽和非常现代的青春意象洒在了这个年代久远的老街上,使得老街上的事物更加苍老、粗糙、灰暗。她们背对着我,矜持地站在树下的阴凉里大声说笑,甜美的笑声水波一样荡。她们的线条和青春刺啦啦放电,逼得我有些喘不过气。我抬起头仰望柳树。

小鸟在树上飞来飞去,叽叽喳喳。鸟儿用枯草和柴棍垒筑的黑色鸟巢,大如脸盆,在绿叶间若隐若现,仔细搜寻,每棵树上都有几个。我知道,这些鸟巢肯定不是三十年前的。那时,街道还没用水泥硬化,店面都是低矮的瓦屋,没有这么多两三层的楼面,街道上尘土飞扬,所有在街市上活动过的事物,都会在泥地上留下自己的印迹。集散了,人、猪、羊、架子车、自行车以及各种摊点留在泥地上深浅不一的痕迹,包括喧哗、争吵、叫卖声,会被一阵风或者雨吹散、淹没,就像柳树上鸟巢里的鸟悄然在时间里飞远,似乎一切都未曾发生过。

街市上摆满各种摊点,赶集的人却疏疏落落。三个初中学生模样的男孩,快速从街西走过来,拐进了中学的小巷子。两个十三四岁的女孩蹲在一个鞋摊前试穿一双玫瑰色运动鞋。一个衣着鲜亮、牵着小男孩的少妇，从试鞋的女孩身后走过。一些脚步迟缓的老人，在摊贩的吆喝声里买着一些东西。一家挨一家的摊点上，摆着衣服、鞋袜、床上用品、餐具、水果、蔬菜、调料、吃食、熟猪肉。摊点后边，是成排的店铺。侄儿文宗说，你记忆里的许多摊点和铺面现在都没了。我问为什么？他呵呵笑，好像我问了一个不该问的问题。他伸手指着街道说，缝纫铺没了，卖布料的没了，皮货摊和农具店也没有了，现在农村没人买布料裁剪衣服，跟城里人一样，都是买成衣穿。过去女孩子大都会绣花、绣鞋垫，现在年轻人别说做绣活儿，家里连针线都找不到。他的话，让我想起家里一堆七八成新的衣服，有的不小心划了一道小口子，有的破一个黄豆大的洞，有的掉了一粒扣子，都不是大问题，但没有针线和对应的扣子，不会缝补，丢掉可惜，留着又不好再穿。

在一个压面部门口，我看见几个女人，从电动三轮车上往下搬粮食。她们要在这里将装在化肥袋子里的几袋小麦直接兑换成挂面。挂面当然远没手擀面好吃。但吃手擀面麻烦，要将小麦加工成面粉拿回去，和面、擀面、切面都需要时间和力气。侄儿说，现在农村跟城里人一样，吃面都是下挂面，简单，省事。侄儿的话让我心里咯噔一下，是日子比先前忙碌，还是人心浮躁，生活懒惰粗糙了？

在我的记忆里，乡村生活是艰辛的，但也是从容的、精细的、安详的。家里来了尊贵客人，母亲就会和面擀手工面，有臊子时做臊子面，没臊子用鸡蛋代替。上高中时，我和二哥都住校，周末回家一进门，母亲就赶紧和面，为我们做一顿香喷喷的手工面。她和面、饧面、擀面、切面、下面，每一道工序都忙而不乱，切面节奏明快，刀工深厚，面盛在碗里一根一根，宽细、长短匀称，像机器切的。返校前一天晚上，母亲会在柴火灶上整整忙碌一个通宵，在发好的一大盆面里加上花椒粉、盐和芝麻，极其讲究地慢慢将面烙成一个一个圆圆的焦黄的饼，让我们带回学校吃。母亲做手工面和锅盔的精细过程，使我懂得即便是贫困的年月，日子也能温暖、从容、安详地过。一碗粗茶淡饭、一件粗布衣裳、一床旧棉被，母亲都会精打细算，从长计议。日子冷而忧郁，但在我少年的心里，母亲的心是明亮的、眼神是温暖的。母亲不急不躁的操劳里，有我一辈子都看不透的生命的光。

中午一点，正是街市最热闹的时间，却看不到多少人，卖东西的人似乎比买东西的人多些，看不到一群一群追逐打闹的孩子，也看不到几个年轻人。店铺的招牌鲜亮、耀眼，街市却空旷、寂寞，甚至弥漫着一种无法言语的灰暗与颓气。老人们目光黯淡、迷惘，说话慢，走路慢，声音轻而平静，像阳光落在他们身上，平淡无声。他们仿佛是生活、行走在另一种时间里的人。

加西亚·马尔克斯说："生活不是我们活过的日子，而是我们记住的日子。"

公路和街市上，赶集的人骑着电动三轮车，如电流穿过风，在柏油路面上"吱吱吱"地穿梭，柳树下停着一大片红蓝两色电动三轮车，还有十多辆摩托车、六辆拉客的私家轿车。偶尔会有一两个骑自行车的人。此时，两片枯叶划动午后的阳光，像街上的一粒灰尘，轻轻落在我的左肩，一片在我的肩上吻一下，翻转着落向地面。两片遗漏在春光里的落叶，让我忽然觉得退到了时间深处。

落叶是树在秋天里掉落的头发。我家离衔道不远，深秋，天不亮我就背着背篓来柳树下扫落叶。太阳出来，大地会温暖一些，但我不能等到太阳升起再出门，那样就晚了，会有比我更早一些的人来树下扫走落叶。扫不到落叶，寒冷的冬天，拿什么烧一面温暖的火炕呢？我在满天繁星下，踏着满地空旷与凄清，在这条人畜、车辆共行的土街上，唰——唰——，我挥舞扫把，将柳树满地金黄的落叶扫成堆，一背篓一背篓背回自家的场院。我扫落叶时，把树下人的脚印、牛马羊猪的蹄印、车辙、丢弃的烟头和咳嗽扫掉，将自己孤独的脚印留在树下。冬天，班里负责卫生值日的学生，要带上柴火早早赶到学校，把教室里的火炉生起来，天亮早自习时，炉子已燃旺，教室就烘暖和了。若迟了，或者不会生火，炉子上黑烟腾腾，影响自习和上课，会被批评。我当值日生，从不在家里准备柴火，披着月光和夜色，弯腰在柳树下拾一些寒风吹落的枯枝，就轻松为同学们架好了温暖的炉火。

我相信，沉默的柳树悄悄珍藏了我的脚步、咳嗽、孤单，珍藏了街上所有的过往，将它看到的一切，像孩子间的游戏，藏在我们不易寻见的时间深处，等我们老了，再回头细细咀嚼，思索。

一个拄着拐棍的老汉与一个迎面走过来的老汉打招呼："跟集啊，好着吗？"对方回答："好着呢。你身体好吗？"聊几句，他继续往前走，又与一个老婆子站着聊一阵。他走走停停，不断地与熟人说闲话。我知道，他与集市上的许多老人一样，并不买什么，也没什么好买，赶一趟集市，就是为碰见几个熟人，说说闲话。当然，有时他们会在某个小吃摊的凳子上坐下，就着一个刚出锅的热油饼，慢腾腾地吃一碗羊杂汤。若家里有小孩，还会顺便买几根麻花。一天的集日就这样散散淡淡地结束了。

每次回来，走在这街上，我都渴望能偶然遇到一个同学或者熟人。娑罗是我的老家，我在这片土地上生活了十八年，有很多熟人和同学。

但是，我一趟趟回来，一直没遇到。我不清楚他们都去了哪里，现在都在干什么。街上的人群对我是陌生的，店铺和店铺里的东西，许多也是陌生的。我是一个走错了地方的外地人吗？

在一片围墙坍废的空场子前，有两个男人守着一辆架子车卖生猪肉。油迹斑斑的架子车上，衬着塑料布，上面罩着两扇白花花的猪肉，膘有两指厚，摊主将一只脚搭在车把上，闲散自在地吃着烟，车子上的两扇肉，少了两条前腿。而另一个，手里握着刀，刚从前肘子上割下一块肉放到秤上，他似乎来得早一些，也卖得快，架子车上的肉，只剩一个前肘子。

这两个三十岁上下的卖肉者，肯定没见过，也没听过他们身后的空场子曾是一个热闹的市场。那时，他们也许还没有出生，而那些有过记忆的人，正在时间里衰老，四处失散。我记得这里的大门，原是三根碗口粗的圆木搭建的，上边呈扇形排列着九个脸盆大的红字：婆罗乡牲畜交易市场。场子东边有一排榆树，中间有三棵杨树和五棵槐树，那些牲口踩出的大小不一的坑洼，雨天铲起的污泥包，断墙上一些拴牲口的木橛子还隐隐可见。树已在时间里长粗，长高，绑在树身上的铁丝，钉在上面的钉子，随着树身长到了人摸不到的高处，长进了树的皮肉里，只留下一些曾经的伤痕。一只猫"哇——"一声，突然从树下蹿过墙去，叫声像婴儿夜哭。它是一只发情的母猫。

每逢集市和庙会日，这里比街道更热闹，人和牲口会把这片宽阔的空地挤得很满，人挤牲口，牲口挤人，马嘶、猪嗥、羊咩，牲口之间相互撕咬、尥蹶子，气氛狂野、喧嚣，浓重的臊气和臭味，如灰尘在人和牲口间浮动。不断有人将一匹马或驴的嘴唇掰开看牙口，一只只粗大的手轮流在一只羊身上摸肥瘦。买卖双方将手伸在马、驴、羊肚子下，或者伸在自己的衣襟下，用指头神秘地讨价还价。没有生意的人，则一堆一堆蹲在树下、墙脚吃烟、聊天。

现在满场子一派寂静，牲畜消失了，那些曾经在这里讨价还价的人，在树下大声说笑。牵马赶羊的老年人、青年人、小孩子，还有喧嚷、拥挤都消失了。市场像一片遗落在时间里的废墟，静静地等待阳光的抚摸、风的吹拂。

大头是全乡最早的万元户，也是村里养牛时间最长的专业户。早先他从这里将牛买回去，集中在自家的一个空院子里，挖五个大水泥池子，将各种草料扔进去，草一层，化肥一层，喷上水，让干草和化肥在时间里慢慢发酵。然后，挖出来让那些饥饿、憨厚的牛吃进胃里，长进肉里。再将它们一车一车拉进城，卖给专门宰牛卖肉的贩子。他曾是这个牲口市场上最活跃的人，也是会大把大把赚钱的能人。现在大头已不再贩牛，他家的养牛场也成了废墟。农村人都不养牲口，大头跑遍整个娑罗原，也很难收到牛。

我家是村里最后卖掉牲口的。母亲年纪大了，行动不便，五年前，那头在我家喂养了多年的老黄牛，被二哥牵到集上卖给了牛贩子。当时，母亲很不情愿，她说，不养猪鸡，不养牲口，没一点儿农家肥，菜园子里种点菜都没肥料。二哥说，现在种地全是机械和化肥，谁家还费心费力养牲口。

与我家老黄牛一起在集市上消失的，还有猪、鸡、兔等各种家畜。记得我十八岁离开时，村庄是热闹的，从早到晚像一锅烧开的粥，沸腾，喧嚷，忙碌。家家都养着牲口和家畜，山坡上牛羊成群，马嘶驴叫，鸡鸣狗吠，成群的孩子满村庄追打嬉闹。现在走在村子里，一派寂静，看不见孩子在场院里追打嬉闹，只看见一只一只孤独的狗，守望着一座一座寂寞的院落，没有一丝波澜，死一般安静。村庄成了时代遗落在田野上的孤岛。

那些从田野里消失的牲口和家畜，是虚假的不曾存在过的事物吗？生活在大地上的人，对大地上的事物越来越陌生，不懂得谷雨节气是播种移苗、掩瓜点豆的时节。不事耕种，不养牲畜，不积农家肥，田地里全是化肥和农药，从哪里生产绿色有机食品？谁能从浮躁、喧哗里看见繁华、热闹背后的浅陋、粗野和无知？难道我们现在的追求和生活真的比先人更好吗？许多年以后，谁会在时间里思考、谈论、耻笑大地上孤单薄情的人类？我心有纠结，却看不明、想不透。

六

我在街上慢慢走着，且走且停，在现实与记忆之间徘徊、辨识、挣扎，感觉一切都很陌生，却又似曾相识。各种纷繁的事物在街市上此远彼近，恍惚中，我甚至看见了街道上的另一个我。

我走累了，在粮站门口一家店铺前的红色塑料椅子上坐下歇脚。粮站的院子没变，还是那么阔大，水泥地面上顶出一簇一丛的青草，一群麻雀忽而落下，忽而飞起，似在游戏、逗趣。那些状如蘑菇的粮仓，曾经存放过我家交来的公粮。在这个院子里，我和家人曾经不止一次地把收粮员认为没干透、不干净的小麦、玉米和油菜籽摊在水泥地上，在毒日头下一遍遍翻晒，摇动风车，让里面最后一粒草屑随风飞出。当然，日子难得过不下去的时候，我的父母也从这里按人口领回过几次救助粮，几十斤玉米，或者红薯干，都是陈粮，散发着浓重的时间的霉味。免除农业税后，农民不用交公粮，粮站的院子里一派寂寥。现在卖粮，有粮贩子开着大车上门收购，乡亲们在自家院子里就能将存粮换成现钱。

粮站大门两边长而洁白的墙壁，我至今印象深刻。腊月里的集日上，我会将年画挂满整面白墙。那时，我十三岁，也许还小一些，是一个卖年画与书籍的小贩。母亲办了一张经营个体小书店的营业执照，让我利用寒暑假赶集，摆书摊，挣一点上学和补贴家用的小钱。

我骑一辆破旧单车，从平凉和泾川新华书店将年画与书籍批发回来，往返一趟上百公里。然后，再骑单车在原上几个乡镇集市上摆摊零售。暑假卖书，多是小人书和中小学生课外辅导书籍，也有少量的文学书籍。冬天则既卖书又卖年画。生活日渐好转，春节前农村人家大都会买几张新年画，贴到旧屋的墙上，去旧迎新，添一点新春的喜气。但一包一包的书画重如石头，天寒地冻，滴水成冰，一个瘦弱的少年，骑一辆沉重的破单车，在呼啸的寒风里翻山越岭。

街道上的白墙，就是我的店面。我将年画与书籍用细绳子绷在墙上，风不易吹破，也好照看。摊子一摆开，长长一面白墙缤纷而艳丽，是街市上最亮眼的风景。小摊前人头攒动，一张张年画，一册册书籍，在冬天寒冷的风里，被赶集人挟在腋下，走向不同的家庭，为他们庸常的生活带去一抹亮色与温暖。在我之前，这条街上，从来没人卖过书画，我离开之后的几十年里，估计亦少有人再操此业赚钱。

现在门两边的白墙已消失，成了一家家美发店、药店、小诊所、五金店、小饭馆。店铺后边的院子里孤独地挺立着的粮仓，不知里面如今都装着什么？

我无数次在这条老街上走过。小时候，和村里小伙伴来街上玩耍、赶集，侧着身子在拥挤的人流里钻，满头热汗，从一个又一个大人的缝隙间往前挤，四十分钟才能从街东挤到街西。遇上庙会，人山人海，会走得更慢，气都喘不过来。二十年前回家，我二十分钟就能从街上走过去。现在街道变长，两边的店铺挤挤挨挨，街上的摊点多了近十倍，我的脚步也沉了，走路一天比一天慢，走过街道的时间却越来越短。即便今天的集日，我不到三分钟就走完了整条街。

粮站斜对面的剧场和影院，是我离开老家前四年建的，曾是整条街道上最热闹的地方，只要有演出，不管白天还是黑夜，街上人潮涌动，一波一波向它们汇聚。我和伙伴们在这里无数次出入，追逐，打闹。看到有姑娘跟着小伙子从电影院出来，我们会悄悄跟在后边走一段路，看看会不会发生青年男女恋爱的新鲜事。看他们躲在墙角的暗影和树林子里拥抱，亲嘴。而更多的秘密被夜色遮蔽。

看到冷清如废墟的电影院，我仍然能听到遥远的吵闹与喊叫声，脑海翻腾的不只是百场或千场的电影。我看到的是年轻人永远无法看到的娑罗原的旧时光。

20 世纪 80 年代，不少偏远乡村还不知道电影是个什么鬼时，娑罗原已告别一个一个村庄轮流放映露天电影的时代，迈进了像城里人一样买票进电影院看电影的新生活。

小说大师卡夫卡说："电影是一件了不起的玩具。"但对故乡已看了多年露天电影的少男少女们来说，那风吹动白色银幕的地方，不光为我们打开了一个光影的世界，也教会了我们从有限向无限的眺望，是一个梦想与爱情开始的地方。晚上出门，大人问干啥去，我们都会理直气壮地回答，看电影去。

电影院是一个漂亮的大礼堂，但很怪异，里面没座椅，也没舞台，电影幕布挂在墙上，观众站着看，但风吹不着，雨淋不上。即便简陋，电影院仍是怀春男女彼此发现、逗趣、传情、牵手、意乱情迷的乐园。他们的身心像久经冰冻板结的田地，在春风里苏醒，饱满浓烈的青春激情需要绽放，有太多的渴望需要舒展。我看到一个穿喇叭裤的男青年，向一个眉清目秀的女孩搭讪；看到一个脸上长满粉刺的男子将糖果和瓜子硬往一个姑娘手里塞，姑娘躲闪着，满脸绯红。许多少男少女虽站在电影院里，心却不在银幕上。当然，我的青春也被荷尔蒙鼓荡着。

有时，电影正放着，一群人吵嚷着冲出门，在门外的空场子上大打出手。夜色笼罩的街道和村道上也很不安静，一群一群的年轻人，正在为某一个心仪的女子追逐、厮打，在棍子和砖块声里，彼此打得头破血流。即便那爱慕是朦胧的、一厢情愿的，躁动的心也绝不允许别人靠近自己喜欢的女子。看他们打架，我心里除了恐惧，还有莫名的忧伤。谁能阻挡他们不顾一切的渴望与爱慕呢？

年轻人被《知音》与《庐山恋》里的故事撩拨着，男青年学着《追捕》里的装扮，穿粗糙廉价的风衣，戴墨镜，被肿胀的情欲和缥缈的爱情推动着，身心刚从物质的贫困中稍稍得到解脱，新的渴望与追求不可扼制地野蛮生长，他们以彼此撕咬展示心灵的自由，在朦胧的爱与被爱中激动、兴奋、向往，每个人都渴望摸索到自己的爱。也许，那只是对异性的好感与向往，还算不上真正的爱。打架，流血，让我看到了人性不由自主的野蛮。我不是鄙夷，只是心里有一种说不清、道不明的迷茫与疼痛。

比如东子和萍萍。

东子是我们村的，二十出头，在电影院喜欢上了东白村十七岁的萍萍。萍萍长得标致，身材高挑，打她主意的小伙子远不止东子一个。小伙子们眼睛睁得跟铜铃似的，争着往萍萍上身扫，把肿胀的身体往她跟前蹭。于是，像草原上一群雄狮争霸一头母狮，撕咬开始。看见有男孩往萍萍身边挤，东子便下战书，双方约了时间和地点，两伙人棒子和砖头乱抡、乱飞，打得头破血流。有时他不吱声，看准了，从后边拍一闷砖。胆小的，吃了亏的，见阵势不对，就会悄然走开。一个一个爱慕者被打伤、吓退，萍萍像旷野上一朵孤独的花，无人敢碰。但东子的悲伤是，他连萍萍的手都没拉过一次，她心里根本瞧不上他，一是他长得寒碜，不光个子矬，家里也确实穷，一家人挤在两孔破窑洞里。东子死缠烂打得不到萍萍的芳心，放言先要了她，生米做成熟饭。就在东子疯魔得天昏地暗时，灾难却突如其来。在电影散场回家的路上，斜刺里冲出二十多个小伙子，一阵棍棒，东子差点被打死。一厢情愿的东子，没品尝到爱的味道，腿却被人打断，成了走路一晃三摇的瘸子。

我家屋后志刚家的二闺女小英，与邻村一个三十多岁的男青年难舍难分，但志刚死活不同意。他看不上那个长一张驴脸、比女儿大十二岁的男人，嫌其游手好闲，偷鸡摸狗，打架生事。但小英与这男子的爱，像春天里一朵倔强的野花，在冰冷尖硬的乱石滩上，要急切地盛开。邻居们的戳戳点点，让志刚很恼怒，劝说不听，他棍棒相加，最后干脆将小英反锁在屋里，不让出门。有一天，志刚从田里回来，小英已喝农药死了。十九岁的小英用激烈、倔强的死埋葬了自己的青春，在父母心上狠狠地扎了一刀。我记得那是 1983 年的春天。她的死，让我心生苍茫，也让我第一次知道，一个人为了爱，会不顾一切。

哦，对了，还有林子和梅子之间的忧伤。

每个人都有一段成长的秘密。林子是我的同学，他的爱不是从电影院开始的。他从初一就开始恋爱了，女孩是跟我们一个班的梅子。两人每天在学校里眉目传情，彼此将情书悄悄放进对方的课桌抽屉、书包。每天在学校里见着仍不够，还经常递纸条，放学或者晚饭后，在乡间小路上幽会。当然，电影场上也少不了他俩的身影。

天天见着，还要一封封写情书。一直到高中毕业，两人如蜜般悄悄爱着，我们都觉得他俩爱得真、爱得切，也都以为他俩的未来是可以预料的，就像老话说的，终成眷属。事实也往我们期望的方向不急不缓地发展着。林子高中毕业参军去了西藏，梅子上卫校。但我们都没想到，林子当兵走后第二年，梅子就跟同班同学好上了。

林子背着梅子写给他的近千封情书，从遥远的西藏雪山上追回来，但他冰雪般纯净的心未能挽回自己的爱情，他们的爱情已经在时间里变质了。梅子闪电般结了婚。林子将情书还给梅子，要回自己的，在柳树下的十字路口，像烧他父亲过世时的旧衣裳，在一个夜色浓重的晚上，让情书上滚烫的字，一行行一粒粒，如柳树上的落叶在火光里化成灰烬。他说，他烧了十分钟，才烧完自己的一大包情书。

有几个同学气不过，说，你咋不去把那小子的命根挑了，还嚷嚷着要替林子出恶气。林子说，真心爱过，就是生命里最美好的事情，庸俗的人才动粗。他一脸的云淡风轻，似乎受伤的不是他自己。

我知道，那朵撩他的花虽然枯了，但他心中的田园并未荒芜，爱仍如他的青春一样葱郁着。不管是朦胧的、迂乱的，还是清晰的、真切的，那些年，那些爱过疯过的人，没成一对，最后都以失败和悲伤结束。就像我们下落不明的生活，或者梦想与追求，永远在遥不可及的远方。

剧场西边是乡文化站，是我最欢喜的去处。我在一个吃摊前，吃了一碗豆腐脑、一根麻花。豆腐脑两块钱一碗，是北方的老味道，麻花一块钱一根，很硬，不香脆。小时候，我跟母亲搓过麻花，匀称、精致、酥脆，有淡淡的甜，很香，五分钱一根。一代人有一代人的追求和生活，谁会把一片叶子当作一生的眠床？这样想着，脑海里竟忽然飘过《这个杀手不太冷》里莱昂的一句对白：不要总说"好的"。好吗？

吃过东西，我不由自主地来到剧场西边。这时的时间，是下午三点，我看到文化站三大间面朝街道的瓦房，瓦房屋顶有几处凹陷，瓦楞上一丛一丛瘦弱的青草在风里轻轻摇摆。透过爬满蛛网的斑驳门窗往里看，地上有一堆烤火留下的灰烬，几截燃烧了一半的劈柴，三块竖立的砖头，墙角一摊看不出颜色的粪便，也许是人屎，也许是狗屎。尽管现在屋里除地面上的垃圾外，什么都没有，我还是看到了曾经的报架、一本本翻旧的杂志，比如《大众电影》《人民画报》《读者文摘》等等，桌子上坐满了埋头翻看报刊的男女青年，以及学生模样的孩子。我在临窗桌前埋头读一本书。我把所有自己可以支配的时间，默默地消耗在这里，读张贤亮的《绿化树》《北方的河》《黑骏马》，读铁凝《没有纽扣的红衬衫》……我从借书的窗口里借出一册册心仪的文学书籍，背过父母，趴在灯下不知困倦，一读一个通宵。

文化站站长三十多岁，是我一个同班同学的姐夫，新进的文学书籍、新到的文学期刊，我都能第一时间从这个同学手里借到。文学使我感受到一种别样的愉悦，激动，兴奋，幽怨，愤恨。我拼命从书页里寻找人生微茫的光亮。三十多年前的阅读记忆，我为什么一直清晰地记得？文学情怀对一个人的成长与生活那么重要吗？有一天，正上着班，朋友在电话里告诉我，那个帮我从他姑夫手上不停地借书的同学，升任局长不到一月，就在一场篮球赛中因心脏猝死走了。我在办公室里，像一个缺乏自控力的孩子，竟然失声痛哭。时间久远，少年离别，一直未曾相见，但对我来说，与他相处三年的故事与细节，并未在时间里散失，一直存储在我记忆的一个隐秘角落。它们是我记忆最纯真、最笨拙、最羞怯的部分，就像我离开这三十年里遇到的一些人和事，看似消失，实际上只是悄悄存进了记忆的最深处，它们在时间里构成了我生命的一部分。

现在，影院、剧场是空寂的、陈旧的、落寞的。每年四月初八的庙会仍延续着，照例会唱一周大戏，这是剧场一年里仅有的几天热闹。然后，剧场和影院，像荒野上凋谢、干枯的花朵，或者孩子们把玩后掉弃在河滩上的一小块石头，冰冷、寂寞，在时间里静静地、默默地等待一束遥远的、能照亮它的光。

七

我在这条街上行走的脚步越来越慢，内心也越来越孤独。对这条街市来说，我是陌生的，街市上来来往往的人对我也是陌生的，而且越来越陌生。

我站在柳树下，仰起头，柳树仍像过去一样，苍翠，高大，简约。那些枝杈上挂满苍老的故事，如灰尘的颗粒，一粒盖着一粒，跟树一起生长，苍老。

为什么娑罗原人从不把这三棵巨柳叫柳树，一直都管它们叫娑罗树？娑罗树早在明代就死了，但方圆百里的乡亲仍一代一代把娑罗树枯死处栽植的娑罗柳叫娑罗树，一直这么叫。

《酉阳杂俎》载，巴陵有一座寺庙，忽一日，一僧人床下冒出一棵小树苗，外国僧人见之，说是沙罗树。元嘉年间，这棵树上忽然开出一朵花，极像莲花。唐玄宗天宝初年，安西（今新疆库车）向唐朝进献沙罗树枝，呈文中说，"臣管辖四镇中，发现沙罗树枝，奇巧绝妙，与一般杂草不同，凶猛飞禽都不在上面停留，采得该树二百枝，进呈。"

唐玄宗开元十一年，海州（今江苏连云港）刺史李邕《沙罗树碑》载："非中夏物土所宜者，婆娑十亩，蔚映千人。恶禽翔而不集，好鸟止而不巢。深识者虽徘徊仰止而莫知冥植，博物者虽沉吟称引而莫辨嘉名。随所方面，颇证灵应，东瘁则青郊苦而岁不稔，西茂则白藏泰而秋有成。尝有三藏义净。还自西域，斋戒瞻叹。于是邑宰张松质请邕述文建碑。"

还有，欧阳修在《定力院七叶木》中说：

伊洛多佳木，娑罗旧得名。

常于佛家见，宜在月宫生。

扣砌阴铺静，虚堂子落声。

传说"娑罗树"出自佛祖的故乡，不光四川有"娑罗坪"，中国好些地方有"娑罗"。平凉是丝绸古道上的古镇，据说娑罗柳站立的地方，原是长着娑罗树的，是玄奘或鸠摩罗什随手赠予本地人的。有的老人说娑罗柳距今已有六百多年，有的认为至少一千多年了。我问过的老人像田野里的庄稼，已一茬一茬消失，仍然没能问清它们的前世今生。它们是一条神秘的河流，秘密隐藏在时间深处，无从打捞。

在我的记忆里，柳树下总是坐着许多人，收货的、卖货的、谝闲传的。不管干什么的，人和车辆，在树下都显得极其弱小。我站在老柳树下，不管站多久，都无法感知时间在它们身上的存在与流逝，它们的枝叶在风里喧哗，但腰身稳固、静默，根系深深扎在大地里。而那些在树下坐过数百次、上千次甚至上万次的人，如今都一个一个相继离开，像河流里的漂浮物，被载到了时间的下游，不再回到树下聊天、发呆。树下的面孔一茬一茬地变换着，对柳树来说，他们是陌生的，也是熟悉的。

谁能活过一棵树呢？树下的面孔在时间里越来越少，而这三棵柳树，一直立在这里没动，它们在风雨里挺立，落叶又发芽。

我曾因鄙弃的事物离开，走向远方，它们默默地留在了原地。现在，我又因鄙弃的事物一次次归来，与它重逢。每个人都有自己的生活路径。也许我们生来就是孤独的，所以，都扑往繁华热闹里去，叫嚷着要做那喧闹里的人。我知道，三棵巨柳也会在某一年，在原地无声地消失，一如它们曾经无声地存活人间。

我站在旷野的风里，如一只离群的孤狼，心里一片苍茫。在霜冻和大雪降落之前，在白雪覆盖田野与村庄的呼吸之前，我将在遥远的异地焚香祈祷，并向这片大地上消失的事物深深致歉。

我是故乡走不出、又回不去的浪子。

2018 年 10 月 12 日，初稿

2018 年 11 月 22 日，修改

童年纪

撵狼

去年回老家，跟村里几个老人坐在老槐树下聊天，话题不经意间扯到了狐狸上。我顺嘴问，现在山野里还有狐狸和狼吗？建渠八十三岁的老爹把烟袋锅子在鞋帮上敲得啪啪响，瞅着我，像打量一个怪物，说，有个毛毛呢，山里的野物没被人吃完，也被污染的东西毒死光了。

我心里一凛，发呆，发愣，有些懵。山大沟深，草木郁郁葱葱，溪流淙淙，山花烂漫。年轻人都在外务工，日子富裕了，也没人去山野里打柴割草，没人类的惊扰，野生动物应该越来越多才对，怎么会没了呢？

娑罗原离县城不远，也就百里路程，没排污企业，村里为何这几年会那么多人患癌症？五十岁的凌子脸黑得像锅底，说，地里全是农药和化肥，种出来的粮食能不要人命？但不用又有什么办法，老人和娃娃没力气养牲畜，没粪肥，不打药，草就盖了庄稼，总不能让地荒着。

凌子的话如尖锐的刀子，一句一句从我的心上划过，让我跌入深深的忧伤之中。

天很蓝，云朵悠闲，如一疙瘩一疙瘩洁白轻薄的新棉絮。偶尔有几只小鸟划过蓝天。我出了村子，站在崖畔上眺望，山野满眼碧绿，一派静谧。

村子在飞速发展变化着，柏油路和光缆通到了家门口。每天晚饭后，我都会到村里的小康村和文化广场散步，篮球场、乒乓桌和几排健身器材静静地沐浴在夕阳里。小康村一排排四合小院大都锁着门，静悄悄的，连一声犬吠都听不到。

我在山坡上、在田野里寻寻觅觅，很渴望与一只野生动物邂逅，但它们跟人一样，或死或遁，没了踪迹。多像我少年时伙伴间的一场捉迷藏游戏。我们争先恐后地奔跑、躲藏、寻找、尖叫……但现在游戏的另一方躲藏起来，不再出现，只剩寂寞孤单的人，在这日渐荒芜的地域里走动，独自面对自己。

记得20世纪七八十年代，故乡的山野与田野里，野生动物多得很，种类亦繁杂，有狼、狐狸、旱獭、野猪、松鼠、野兔等等，还有天上飞的，夜莺、燕子、杜鹃等。孩子们出门砍柴打草，大人们常会叮咛一句：出门留点神，别让野物伤着。

不过，一直到我十八岁离开杜庄，也没听说过谁家的大人小孩被野物伤过。那时，人日子过得苦焦、恓惶，野物们也不好过。山坡梁峁上到处是人，拿老扫帚将霜打过的落叶、枯草扫回家，烧火做饭煨热炕。山野里草秃树疏，野物寻个藏身处都难，但数不清的野物却跟人一起和谐地生活在这片土地上。

我家养了几只鸡，鸡生蛋，蛋生鸡，渐渐壮大到十多只，没想到被狐狸盯上了。我们兄弟几个读书的费用，比如学费，买笔墨、纸张，还有家里的针头线脑与油盐醋，都眼巴巴地指望着那几只鸡的屁股。鸡生了蛋，咯咯嗒，咯咯嗒，满院子歌唱，兴奋，自豪。孩子将小手伸进鸡窝，摸出一个个热乎乎的鸡蛋。鸡蛋母亲总舍不得吃，一粒一粒，在一个灰瓦罐里小心地攒着。什么地方要用钱了，就拿几粒鸡蛋去集市上换成钱，缓解生活的愁难。有时家里来了尊贵客人，实在拿不出什么招待的，下一碗面条，面里敲一个鸡蛋，或一小盘韭菜炒蛋，就是最高礼遇。

所以，家里有几只下蛋的鸡，那时对一个农村家庭，不是一般的金贵。

实际上，鸡窝做得蛮结实。晚上鸡上架后，我们掌了灯，趴在鸡窝门口，清点数量，扣好窝门，父母往往还会在小门上压一块很重的大石头。

狐狸是啥时盯上我家鸡的，白天，还是夜里？从当时的事态看，那只狐狸肯定有过一段时间的侦察与埋伏。有一天，半夜里，它突然发起袭击。一家人听到动静，拿着棍棒撵出去，鸡窝门开着，一只鸡被咬死，两只不知去向。我们推测，那狡猾的狐狸，至少已在我家院子里不声不响地进出过三次。少了的那两只鸡，肯定被它们弄到什么地方藏匿了。

第二天，我们在门前的山洼里只寻到两堆鸡毛。我们断定夜里狐狸还会来，提前做了伏击的准备。半夜里，狐狸果真又上门了。我们四面出击，父亲眼疾手快，一斧头甩过去，狐狸在墙头上吱哇一声惨叫，歪斜着身子消失在凄冷的夜色里。

父亲拿着留下一道浅浅血印的斧子说，偷鸡的狐狸只受了轻伤，过几天还会来。但是，狐狸比人聪明，父亲的判断失误了，狐狸再没敢上门来。我们担心狐狸再来偷鸡，在住人的窑里，用几根棍子搭了一个架子，让鸡跟人一起住在窑洞里。

但日子并没有消停。狐狸跑了，狼又来了。

我们都知道狼偷不上鸡，却疏忽了一个大问题，狼一晚上叼走我家三只猪崽。而且，自此与我们展开了一场拉锯战、持久战。

我们拿着棍子、火把，连喊带骂地撵，那不要命的狼竟跟我们捉迷藏。我们追，它夹起尾巴跑。我们一停，它也停下来，回头望我们，绿得吓人的眼睛，一闪一闪，与我们互相对峙，意思是，你们追我啊，咋不追了？我们当然不能继续追下去，它一闪身，就躲进沟坎里，身上有保暖的毛，在野外蹲多久都不怕。我们没法跟它比，朔风凛冽，天冷得厉害，冻得上牙打下牙，身子抖得像筛糠，根本没法坚持，得赶紧回家进被窝。

等我们冻得浑身冰凉，躺进被窝还没暖热，迷迷糊糊正要睡了，它又悄悄潜伏上来，闪着鬼火一样的眼睛，在墙头上蹲着，阴森森的，很吓人。

狼有耐心、有智慧，人撵它退，人退它进。它在院墙上出出进进，每晚都折腾我们几次。它似乎懂得人百密必有一疏的古训，在时间里耐心地等待着我们的屈服、疏漏。

我们兄弟几个替换着守夜。月光如注，我悄悄趴在窗台上，透过窗户往外看，那吃馋了嘴、吃上瘾的狼，不死心，不放弃，一晚上一晚上，像身手老辣的特工。月亮一点点爬过树梢，把院子照得清亮。大圆脸的猫头鹰，在门前的老杏树上蹲着，很安详，沉默着，眼睛跟着狼转，在高处看狼在院子寻寻觅觅，像欣赏一场演出。突然，院墙上掉下什么，嘀嗒一声，狼受了惊吓，嗖地蹿上院墙，四下里打量，发现没动静，又试探着轻轻跳下墙，在院里转悠。

我担心猫头鹰出声，在心里发咒，希望它早点离开。村里老人常说，猫头鹰有预知死亡的能力，夜里听到猫头鹰叫，村里就会死人。"上个月，村西头的罗老汉半夜听到猫头鹰在他家院墙上一声一声地叫，第二天老伴就死了。""虎子娘没（死亡）的头天夜里，村里好多人都听到了猫头鹰的叫声。"这些有鼻子有眼的说法，更加诱发孩子们的好奇与恐惧，谁都怕听到猫头鹰在自家门前叫。

狼要是吃饭，我会给它丢一个母亲做的野菜窝窝头，但狼爱吃肉，不喜欢人的粗陋吃食。人穷得一年半载都不知道肉是啥味道，哪里有肉让狼吃呢？

狼很聪明，它们常年在人耕作的土地上转悠，深知人的秉性，伤了人，人迟早会收拾它。村里的猪、羊、鸡，甚至体型比它大几倍的小牛犊都敢吃，却从不对人冒失下口。夏夜，我们一家人坐在院子里纳凉，扯闲，山梁沟涧和田野上的庄稼地里，常传来狼一声声嚎，声音苍凉、忧郁。父亲说，那是狼饿得难受。

有时我和同伴们挎着篮子在田野里拾猪草、挖野菜，会看见一只两只狼夹着尾巴一闪而过。冬天，狼常会在雪地里上演追捕野兔的游戏。兔子机灵，不跑直线，快速变换奔跑路径，在白茫茫的雪地上忽高忽低，左突另转，闪出一道道弧线。兔子聪明，知道自己长时间奔跑会累得肺裂而死，有时会一个猛子窜进地窝，狼不死心，扒窝，蹲守。若兔子找不到窝逃命，就是狼舌尖上的美味。

雪花常在夜里不期而至，时厚时薄。早晨，雪地上总有各种野物的足印。雪花将它们的脚窝变成一行行凸凹的包，大人们能根据那些足印的深浅大小，判断出什么野物夜里光临过村庄和院落。

父亲将猪圈门做得异常结实。狼清楚我家院里有它需要的美味。几乎每天早晨起来，我们都能在院子里的雪地上看到一串串狼足印。它不甘心，在猪圈门前徘徊，又无力弄开圈门，在门和墙上留下一道道深深浅浅的爪印，还有失望和沮丧。

有时风雪交加，大雪会将深夜发生的一切，严严实实遮盖掉，人便无法知道野兽光临的秘密。

那时许多野兽都不大怕人，人也不怕它们，眼睛朴实，想法也少。各种野物与人彼此理解，互不冒犯。不像现在，人看到狐狸不是狐狸，是狐狸光亮的皮毛；看到野兔不是野兔，脑子里转动的是清炖还是红烧。法布尔在他的《昆虫记》里说："告诉我，你吃的是什么东西，我就能告诉你，你究竟是什么东西。"

狼有这样的规矩：如果年事已高，牙齿不好，跟不上年轻的，就会单独行动。后来，读过普里什文的《大自然日历》，我才知道，那年冬天不停潜进我家院子的狼，是一只上了年纪的老母狼。因为它蹲在墙头与人较量的目光温柔平静，留在雪地上的足印看上去蹒蹒跚跚，身边也一直没有帮手。

现在，游戏结束了。狼，离我们渐去渐远。故乡的千里沃野上，已好多年没有狼的踪迹，不知道它们现在都在哪里。

拾粪

老话说，庄稼一枝花，全靠粪当家。小时候，每天早晚，我都会挎个筐子，拎一把小铁锨，跟着生产队饮水的牲口拾粪。上百头牛、驴和骡马，潮水一般，一波一波，陆陆续续被饲养员赶到沟底的水泉边饮水。两三里长的坡道上，尘土飞扬，小伙伴们一窝蜂似的，跟在牲口屁股后边，一趟，又一趟，在沟路上上下奔跑。

农忙时节，牲口天不亮就会被吆喝着去饮水，早早吃饱喝足，候着套车，犁地。

起早拾粪，天不亮就从睡梦里挣扎出来，对孩子是一件困难而又很不情愿的事情，但父母催叫着，也不敢偷懒。一次，我跟在牲口后边，睡眼惺忪，一脚踩空，掉进路边的沟渠里。喂牲口的姚六，像拎小鸡似的把我从沟渠里拎上来，说，看把娃苦情的！

下午放了学，有时拾粪的孩子比饮水的牲口还多，往往一队牲口后边跟十多个小伙伴，你拉我扯，吵吵嚷嚷。为抢一坨牛屎，几粒驴粪蛋蛋，一群拾粪的孩子，都拿着铲子往上扑。有使坏的，伸一个绊脚出去，糟糕的事发生了，冲在前边的孩子被顺势绊倒，扑一身牛屎。

黑娃是孩子头，脑袋如枣核，黑眼珠子滴溜溜转，鬼精，看到牲口尾巴一翘，倏地就将粪筐凑上去接。有一次，一头牛尾巴翘起，黑娃一声喊："快接！"十多个孩子都往牛屁股底下挤，稀屎射了满头，孩子们边骂边往后躲。然后，抹抹脸，看到有牛撅起尾巴，又一窝蜂似的冲过去。

孩子们敢这么往上凑，是因为牛性子温和。有一匹枣红马，烈性子，爱尥蹶子。我们和黑娃打赌，红烈马撅起马尾屙屎，如果他敢拿筐去接，我们五六个小伙伴就把自己筐里的粪倒给他。黑娃受了激励，刚凑上去，红烈马放出几个响屁，两个后蹄腾空而起，黑娃的粪筐飞了出去，肚子被踢着。

黑娃吸着鼻涕，呜呜地哭，边哭边掂了铁锨往上扑，要去打红烈马。喂牲口的饲养员阴了脸，斜眼斥道："咋了？你个狗日的，好好的马，惹你了？"

那时种田不兴施化肥，庄户人也没闲钱买化肥，孩子拾了粪回去，积压起来，就是自家自留地里的肥料。

生产队长看孩子们忙得欢实，脑瓜子受了启发——为生产队收粪。孩子们拾了粪，可以拿到生产队按重量换算成工分。

放学后，村里家家孩子都在田野和山塬峁梁寻寻觅觅，拾猪、狗、牛、羊留下的粪便。实际上，这并不是一项轻松劳动，因为满村孩子都在挎着箕箩寻找。现在想想，那队长是个人精，也不是个好鸟，他规定，粪必须晒干，才能拿到生产队去过秤计工分。

孩子们的"积肥运动"，大人们很少参与。麦皮是"五保户"，五十多岁，人长得体面，衣着素净。据说他是结过婚的，不知为什么，总打老婆。老婆忍受不住折磨，带着孩子跑了。光棍麦皮就一个人守着寂寞的院落过光景。

麦皮沉、忧郁，佝着头，一副总在盘算什么的样子，又似乎什么都没想，脸上的宁静里有隐隐的痛楚，抑或是想曾经给过他快乐的女人和儿子，谁也说不清。有一天我问他："麦皮叔，你整天佝着头在想啥？"他抬起头，怔怔的，像受了惊吓，突然皱了眉，挥着拾粪的铲子骂道："妈逼的，拾你粪去，懂个屁！"我也问过母亲，他为啥不出工下地，挎个破竹筐跟孩子们瞎混？母亲说，他脑子有些毛病，一阵一阵的，喜欢孩子。

麦皮极爱干净。我曾和小伙伴冲进他家院子捉迷藏，院落干净、有序，各样东西摆得齐齐整整。

或许他是觉得自己日子过得窝囊，没脸面跟大人一起混吧。麦皮跟孩子抢粪，我们不喜欢，常编了顺口溜贬损他，他也不大恼。心情好的时候，会掏出一个洗得干净的手帕，一层层打开，拿出一把难得一见的水果糖，有时是五颜六色的豆豆糖，一人一粒。但孩子们吃罢糖果，抹抹嘴，散了。过几天，依旧编顺口溜，高一声低一声地围着麦皮吵闹。后来读到鲁迅作品里的孔乙己，我会莫名地想起日子过得寡淡孤独的麦皮。

时不时跟我们混在一起的男人还有斤狗，三十岁开外。斤狗是老实疙瘩，憨厚得几近木讷，斜眼、大鼻、驼背、个儿不高，远远看过去，像一把弯镰。兄弟几个分家时，斤狗什么都没分到，只得到一口破窑洞，连一口小铁锅都没。刚分家那阵，斤狗日子过得稀巴烂，三个孩子，五六岁还光屁股跑。土炕上几块破席片子，一床脏得看不出颜色、露着棉絮的被子。冬天冷，穿不起棉裤，三个孩子整天光屁股团在炕上，黄寡寡的脸上挂着鼻涕，看老鼠在灶台上耍闹。我一直没弄明白，人饿得面黄肌瘦，老鼠为啥肚子吃得溜圆。几只老鼠把小爪子捧在胸前，扬起头，红红的小眼睛看着炕上，似在询问：你们在炕上玩什么呢？看一会儿，没动静，伸伸懒腰，慢腾腾地溜下灶台走了。

也许习惯了，三个孩子不理睬它们。很多时候，他们的目光越过我，投向别的一些地方。似乎眼前的我，跟他们没啥关系，这让我有时很伤感。

他们趴在漏风的窗台上，听门外的动静，透过纸窗户上拳头大的破洞看外面的世界。三颗脑袋挤在一起，静静的，似乎外面有什么东西吸引着他们的眼睛。其实，窑洞外面是空落落的小院子，对面是风雨斑驳的土墙，无限寂静。天空和流云在窑墙上，他们看不见，不知道自己幼小的心里到底在神往和描绘一个怎样的世界。有时，路过他家门口，我会丢下粪筐，穿过一个黑洞洞的过道，推开破门进去，在斤狗家的脚地上站一会儿。他们不能光屁股跟我们在寒风里耍。

斤狗只有生产队不出工时，才会挑个粪筐跟孩子们一块混。他不争抢，粪筐常是空的。拾了牛马粪也不拿到队里换工分，倒在自家院里晒干，给老婆孩子烧一个暖烘烘的热炕。

斤狗低头坐在一个废弃的窑洞前晒暖暖，粪筐空着，光着白晃晃的屁股，眯着眼，把破棉裤里子翻出来，在里面挤虱子。他把那些肉乎乎的小东西找出来，两个拇指指甲盖迅速往一块一贴，一声哔叽的碎声。指甲盖上是一层叠一层紫黑的虱血。他仿佛没看见我，只管埋头消灭虱子。忙活一会儿，转过身去，把棉裤里子朝外穿上，说穷人长虱，富人长疮，自言自语。"穿反了。"我指指他的裤子。他斜眼看着我，说里子里尽藏虱子和虮子，吃得人浑身烧刚刚的，弄不完嘛。

废弃的破窑前、田坎下、柴垛旁，我时常碰见斤狗脱了衣服埋头捉虱子，却很少见他笑过。他脸瘦而黑，表情阴沉木讷，或许是日子太苦情吧。说不清为什么，孩子们从不讪笑他。

黑娃和我在铺了霜的麦地里拾粪。看到两只狗厮缠在一起，黑娃说，狗搞事情，锁住了。说罢，他就冲上去拿锨把子打狗。交媾的狗连在一起分不开，东拉西扯，叫户疼痛，凄厉。斤狗看见，跑过来，掂着铁锨要打黑娃，一边追一边哑着嗓子骂："你个坏种，可怜样的，你平白无故欺负它们干嘛。"黑娃不示弱，也回头对骂："管你卵事，闲吃萝卜蛋操心。"

"你个狗日的，看老子不搞断你坏种腿。"斤狗扬着手里的铁锨，气得脸铁青。这是我记忆里他唯一一次发怒。

包产到户后，斤狗带着同样老实憨厚的妻子，把浑身的力气往自家的田地里使，日子也渐渐好转起来。那年我探家时在村口碰到他，背驼得厉害，个儿越发矮小，头发花白。他还记得我，脸还是黑，笑呵呵的，沧桑的笑容里有一丝散淡、从容。不知道光屁股坐在墙根下捉虱子的日子他是否还记得？

贫穷的时光慢慢老去。母亲说，斤狗现在日子过得殷实，盖了新楼房，儿子和孙子都在外面打工。有方有圆，有缺有盈，这就是人活着的无奈与希望吧。

在山野里拾羊粪，对孩子是一种有趣的游戏。牲口和羊群在哪里，孩子们的打闹声就在哪里。羊屎落地的吧嗒声，像雨天里屋檐上滴滴答答的滴水。羊屎蛋蛋，不如牲口粪好拾，是苞谷粒大小的圆豆豆。而羊拉屎跟人不一样，要寻一个隐蔽处轻松。羊走边拉，羊屎像农民往犁沟里撒种子，黑豆豆拉一长行，要一粒粒拾到粪筐里，很费工夫。若羊站着边吃边拉，则是一小堆黑豆。所以，我拾羊粪时常常带一把小锹、一把小扫帚，多往草肥的平地去，拿小扫把扫。

小六子七岁多些，细高个儿，贪玩，但人机灵、胆大，鬼点子也多。他领着小伙伴们在沟涧里你追我赶，疯玩，累了，躺在山坡上舒坦。看到太阳一点点往山后边沉时，起身喊一声："走喽——"然后，他提起空粪筐，领着我们返回村子，悄悄溜进羊圈偷羊粪。遇上放羊人偷懒，羊圈几天不垫土，地上羊粪铺得很厚，瞬间就能装满筐。

放羊

人的记忆很奇怪。有些事，有些人，曾经以为会一辈子记着，但慢慢发现，他们如春风里的柳絮，随风飘散，记忆里不着一丝痕迹。有些，则不管过去多久，常在脑海里翻腾，挥之不去。

我跟村西头的王三老汉放过三年羊，学会许多书本里没有的东西。

王三五十岁开外，我八岁，也许九岁，赶着羊群风里来雨里去，没怎么觉得日子凄苦，反倒收获了快乐。

实际上，放羊比种地辛苦，一年四季，不管风霜雨雪，都得出去，跟着羊群走，没什么可商量的。近百只羊，有绵羊，也有山羊，不合群。山羊性子野，爱往高险处去，绵羊温顺，喜平缓处吃草。

生产队的十多圈羊，分配给村民放牧，一人负责一圈。指派给我家的一圈羊，原本是父亲放牧的。但家里劳力少，为多挣几个工分，年底多分几斤口粮，放学后、星期天、节假日和寒暑假，父亲就将羊鞭子交给了我。

刚开始，我不晓得王三为啥不让我跟着他，也许嫌我是个小娃儿。但后来，他又很喜欢我。

我丢下书包出门放羊时，手里一般就拿两样儿：一块冷馍、一根鞭子。偶尔会背个破背篓，为家里砍点柴火。王三总比我先到，像一尊雕塑，不管冬夏，习惯蹲在羊圈门前的土坎坎上抽烟袋等我。他的姿势总不变，眼睛看着不远处的一棵核桃树，或者杨树，沉默里似在追忆思考什么，又像什么都没想。烟圈儿一缕一缕，慢慢地从他的嘴角升起，在风里淡去。看见我，他把黄铜烟锅往鞋帮子上敲敲，站起身，很急的样子："走！"多一个字都不说。

两圈羊合一起，呼啦啦一大群，是一支气势不小的队伍。

羊群赶到山野里，王三就忙着去给自家割草砍柴。他出门总背个大背篓。话少，笑容也不多，一声不响，显得心事重重。

羊群不能总在近处的山坡沟涧里打转转，要不断往远处去，寻觅新草场。王三说，山高水远的地方，人懒，羊群去得少，草地肥美。

秋天，阴雨绵绵，王三戴一个锅盖似的大草帽，披一片或黄或蓝的塑料布，蹲在崖畔或山垴上，蒙蒙雨雾里，像一株孤独、沉默的向日葵，或胖乎乎的冬瓜。略显苍凉的呼叫声，穿过淅淅沥沥、丝丝缕缕的雨雾传到沟底，我提着鞋子，浑身泥水，蹚涧溪，攀沟崿，将四处散落的羊群往他指定的地域驱赶、集结。

寒冬里，放牧生活冷清，亦寂寞，呼呼叫的寒风，掠到脸上如刀割。羊在山坡上寻寻觅觅食枯草，我们在坡脚避风处生一堆火取暖。有时坐着坐着，王三会从破羊皮袄子里摸出几个土豆丢进火堆。我们在寒风里沉默着，听柴火燃烧的噼啪声。

"去，背篓还空着，帮我到那边崖上砍点柴火。"王三说。

等我满手伤疤重新回到火堆旁，他慢慢扒开已经有些微凉的火堆，黄灿灿的土豆散发出呛鼻的香味，连空气都是香喷喷的。

阳春三月，是产羔旺季，许多羊羔会出生在山野里。已经产过羔的母羊，羊羔落到地上，身上还裹着透明的胎衣，在地上蠕动、挣扎，羊妈妈一边咩咩地叫，一边为自己的孩子舔净胞衣，用鼻头拱它，等候小羊摇摇晃晃地站起来吃奶。头一次产羔的母羊，生下羔子，不认，转身就去吃草。我学着王三的样子，点一堆小火，抱着羊羔慢慢烘干爽，再抓来母羊，两腿夹住，双手扶着小羊喂奶，有时，要反反复复折腾，它们才肯母子相认。

羊跟人一样，也有难产的时候。母羊难产的痛苦叫声，一声紧过一声，听得人心里一阵一阵发紧，羊羔却迟迟生不出。这时，王三会像接生婆一样为羊接生。他挽起袖子，一声不吭，动作娴熟，神情淡定，

小羊羔借助他舒缓的手力，安然降临大地。

　　小羊羔落地，一舔干净胞衣，就能摇晃地站立，蹒跚行走，身体在阳光里很快就会硬邦起来。有的母羊很会呵护自己的孩子，小羊出生后，它围着小羊吃草，不走远，吃一会儿，抬头看看，不见，就会咩咩地呼唤，寻找，它们能准确无误地识辨出自己的孩子，找到了，很欢喜很亲热地用舌头舔一舔小兰的鼻子，或者碰碰小羊的嘴。刚出生的小羊有时会跟错妈妈，认错不光吃不到一口奶水，还危险，有的母羊会突然转身，一头将其顶翻。

　　产羔季节，几乎每天都会出生几只小羊，有白的、黑的，也有杂色的。刚出生的羊羔摇摇晃晃，不大能走路，得抱在怀里，或背在背篓里。小羊妈妈紧紧跟在我屁股后边，一路上和小羊羔呼唤应答。走在牧归的路上，羊鞭子在空中"啪——啪——"响，羊群里的咩咩声一片，互相应答，一路歌唱。

羊的繁殖能力很强，一圈羊里一般只留一只种羊，其余大都是母羊。一个春天过去，一圈羊里会生产几十只小羊羔。小羊羔毛茸茸的，在山野里，绕着羊妈妈上蹿下跳，撒欢，逗自己的妈妈玩。吃草，它们在不经意间就能学会。

到了庄稼收获的季节，羊群就不必天天去山野里放牧，广袤田野里有丰美的草场。先是麦茬地，刚收割过的麦地，看上去白晃晃的，但麦茬里有散落的麦穗，亦有一丛一丛低矮的青草。然后是苞谷地。收苞谷不像小麦，掰了棒子，苞谷秆子放倒后，满地嫩草，羊低头享受美味，我和王三也不闲着，在地头上点一堆火，寻一些散落的嫩苞谷棒子和毛豆，在火里烤着吃。

一场秋雨过后，阳光温暖，松软的黄土地上雾霭溟濛，夏收时撒落在田地里的麦粒和麦穗就会长出嫩绿的麦青。翻耕过的麦田里，有的地块里成片成片的麦青和野草疯长，有的刚探出地面，细而嫩黄。吃着带露珠的嫩草，羊显得快活无比，在咩咩的唱和应答里传递幸福。坐在田埂上的王三，能从麦地返青的麦青疏密，判断出收割一片麦田的人，平日里生活的粗细。他说，干活偷懒，过日子粗枝大叶的人，割麦时地里撒落的麦多，翻过的地上尽长麦青；生活精细的人，割过的麦地干净，翻过的地上只长草，不见麦青。

我们赶着歌唱的羊群，从等待秋播的一块空地走向另一块空地。天上细雨蒙蒙，微风轻拂，杨树上金黄的叶子随风飘落，簌簌有声。落叶也是羊群不错的美食。

羊吃饱肚子也会找乐子。羊打斗时，像约好似的，相互间同时后退十几步，铆足劲，向对方冲过去。"咣"一声，两只羊角猛烈地撞击，死死抵在一起，沉默、较劲，或者扭动、转圈，然后，再后退、再冲击，一次次反复较量，直到一只败下阵来。有的要反复冲撞十多次才能决出胜负，有的胆怯，只一两个回合就跑掉了。刚开始，它们也许跟孩子们一样，只是逗着玩，但玩着玩着就会翻脸，当真，互不相让，死磕，犄角像重锤嘎嘎碰撞，尘粒振荡，脑门上撞得皮开肉绽，血水淋漓，悲壮而顽强。

羊通人性，我的羊群和王三的混在一起，傍晚归圈，两圈羊各进各的圈门，很少有走错的。经过一年多时间的精心训练，我圈起手指在嘴上打一声口哨，羊群就会迅速集合到我的身边。走在庄稼地边，有的想偷嘴，我在后边喊一声，或挥一声鞭子，它们就乖乖缩回了头。

有天放学晚，我到羊圈时，王三已赶着自己的羊走了。

我把羊群赶到山坡上，河水哗哗地响着，我在河边打开一本《钢铁是怎样炼成的》，也许是《三个火枪手》。羊群往梯田上的苜蓿地里跑，有人看见了，在原畔上、对面山坡上一声一声地喊，我听不到河水的哗哗声，也听不到羊群的欢叫，什么都听不到，沉在一个遥远的梦里，迟迟无法醒来。

他们的喊声惊动了我的父亲，当我被棒子落在屁股上的疼痛惊醒时，惨剧已经发生。羊群吃光半地嫩苜蓿，两只羊已胀死在苜蓿地里，肚皮如鼓，大哥和几个赶来帮忙的人用腿夹着胀得东倒西歪的羊，忙着往羊嘴里喂盐，让羊用鼻孔吸烟。我不敢过去帮忙，默默地躲在远处的一棵树下。父亲正在气头上，我怕他再抡起锨把子捶我。

那一晚，我忍着饥饿和伤痛，满脸泪水，缩在一个麦秸垛下，母亲的呼唤一声一声传来，我咬着牙，不敢应，在悲伤里熬过一夜。第二天，整整一天也不敢踏进家门。我缩在麦秸垛下发毒誓，从此以后，绝不再碰闲书。

我对书籍的痴迷给全家人带来了巨大灾难。为偿还集体的损失，这年年底，我家口粮被扣去大半。寒冬腊月，家里揭不开锅，愁苦无奈的父亲、姐姐和两个哥哥，只得在冰天雪地里出门讨饭。那是我生命里最寒冷的冻天，寒风呼啸，我的心上一层一层结着冰，有一种渴望被冻死、被大雪掩埋掉的强烈冲动。

但好了伤疤忘了疼，爱书如命的毛病，我至今都未改掉。

"今人不见古时月，今月曾经照古人。"如今故乡的山野，我曾经放羊的远山近岭，草茂林密，山花遍野。但山野里除了无边的空旷和沉寂，已难见活物，羊群消失，人也不见了。曾经喧嚣热闹的上千人的村庄，正在向衰微与空虚里滑落。

2018 年 3 月 22 日，花城

我的故乡下雪了

大雪可能是从后半夜开始下的。

昨儿早晨五点起床，拎起行李急匆匆往机场赶，地铁、飞机、大巴，一路辗转，下午踏进家门时，已暮色笼罩四野。因提前告诉了母亲回家的消息，丰盛的饭菜上都盖着盘子，在上房烤箱炉盘上热着。八十二岁的母亲和五弟静静地坐在炉火边看着电视，候我。

节气已过立冬，但离开岭南时，温度还在摄氏二十七度上徘徊着，草木葱茏，鲜花怒放，满街短裙薄衫。回到老家，感觉跨越了半个地球，天灰蒙蒙的，草木萎败，凋零。一下车，不动声色的风，冷飕飕直往骨头缝里钻。天气突兀地冷。

南方几乎看不到冬天，四季变化对南方人的生活影响是微弱的，不易觉察的。我喜欢老家四季分明的日子，该冷时冷，该热时热，春天葱茏，冬天纯净，万物随季节而动，到什么季节就享受什么季节的生活。

在灯下吃罢晚饭，和母亲围着炉火说了一阵闲话，感觉有些累，便早早睡了。没想到，夜里，2018 年的第一场雪悄无声息地落下来。突然，雪下得急促、猛烈，像一场不期而至的爱情，让人惊喜里有些措手不及。

从清亮的鸟声里睁开睡眼，感觉屋里有些异样，雪光从窗户透进来，屋里亮光光的，空气有一种温润感，村子里静悄悄的。窗外，纷纷扬扬的雪花，如温温柔柔的洁白羽毛，在天地间袅袅。我顺着梯子爬上屋顶，满目洁白，像风悄然吹来一片巨大无边的白云，轻轻地落在田野、村舍上。雪花飞舞着、拥挤着，像急着赶赴一场人间的盛宴，争相扑向大地的怀抱。

万物在一夜之间，不声不响地披上了洁白的盛装。村庄里错落的庭院屋舍，如一座座精致的奶油蛋糕，明亮，轻盈，像一朵朵可随时临风起舞的花朵。光秃秃的树木，绽放着一树树硕大洁白的花朵。

我的世界是从这片辽阔的大地开始的。雪落大地是有声的，如蚕吃桑叶，一地细碎明亮的沙沙声，那声音我是熟悉的、亲切的。村庄如此寂静，为何夜里没听见落雪声？是我旅途劳顿，睡得太沉？或者听觉长期在城市昼夜不息的喧嚣与聒噪里被磨钝？雪花如此轻盈，心不专注、敏感，是聆听不到的。

麦田里麦苗被厚厚的积雪覆盖着，没砍收的玉米秸秆，一片一片挺立在雪地里，如一群一群披雪夜行之人，在白茫茫的大地上沉默，眺望。村庄在沙沙的落雪声里一派静谧，看不到一缕炊烟。寂静像一个巨大沉重的困境，笼罩着田野与村庄。

雪花纷纷扬扬，看不到脚印和车辙。我在村道上散漫地走着，身心惬意，像行在吴冠中的水墨里，或雾蒙蒙的江南烟雨之中。我已十多年没这样在雪地里行走了。

雪片落在草木上、屋顶上、电线上，如蓬松的新棉，似乎喊一声，就能震落或飞起。因节气尚未进入三九天，气温不是很低，脚下听不到嘎吱嘎吱声，雪下路面有些湿滑，我的脚不大听使唤，老打滑，好几次差点摔倒。眼前的雪景牵着我的记忆不停闪烁，不由自主地往岁月深处倒淌。

记忆里，故乡的冬天，天空似乎总有落不完的雪，一场接一场，惊心动魄，铺天盖地。积雪一直到开春才会消失。在厚厚的雪野上，我和伙伴们叫嚷着打雪仗、堆雪人、摔跤、玩老鹰捉小鸡；上下学路上，双手冻得红肿，揉了拳头大的雪球互相扔，将雪球一颗一颗砸向树身、墙壁、瓦楞，像一群不讨人欢喜的野狗，一路不管不顾地打闹。吵闹声像场院里的麻雀，忽而飞起，忽而落下。大涝坝里水结了冻，扫去积雪，就是天然的溜冰场。我们在镜面似的冰面上以各种姿势滑行，摔倒眉头都不皱一下，一骨碌爬起来，继续你追我赶。棉袄被汗水浸湿，冷风一吹，铁板一样冰凉。

落雪天，我最喜欢捉麻雀。在汤院里的麦草垛旁边扫出一片空地，拿一个大竹筛，将筛子一边用一截短木棍支起，像一面斜苫子，棍子上拴一根细长绳，秕谷由稀到密，从四周向筛子下撒。然后，牵着绳子潜伏在远处，静心等待一次美味降临。麻雀很多，积雪覆盖大地，将一切藏得严严实实。无处寻食的麻雀，在落光叶子的树枝上聒噪，飞起，落下，像一片一片灰色的云朵。麦草垛下的空场地，是它们熟悉的乐园。等它们埋头啄食秕谷，慢慢进到筛子下面，绳子轻轻一拉，啪一声，一些麻雀会被罩在筛子下边。

捉了麻雀，在地坎上挖一个坑，烧一堆火，把裹了泥的麻雀埋进

火里烤。我们一边抱着腿在雪地里玩斗鸡，一边等待火堆里的肉香慢慢弥漫出来。

麻雀毛多肉少，去了皮毛和内脏，只有拇指蛋大一块肉。但这是孩子们欢喜的游戏，在乎的不全是那一点肉味，是兴奋、是乐趣。那是乡村孩子最早的烧烤摊。

一年四季，村子里热闹如集市，满村庄孩子追逐、喊叫，哭声、笑声鼎沸。上墙爬树，掏鸟窝，偷瓜果，打架，鼻青脸肿，浑身泥土。那时，村里孩子多，父母忙田里事情，很少操心孩子，完全是一种野生的放养。放了学，冲进家门书包一丢，打弹弓、推铁环，背着草筐说是拾猪草，草筐往路边、树下一丢，一群一群在田野里追逐、打闹。父母也不大担心孩子会出事，一直玩到天黑了，听见母亲喊吃饭了，我们才会回家。现在成群的麻雀仍叽叽喳喳着，像一片雨雾，在树枝、屋顶上飘过来，飘过去，它们似乎一直没有离开过这片土地，就是我少年时代的那些麻雀。但在无限的寂寥里，我看不见一个孩子，也听不到一声吵闹，像儿时的一场游戏，他们瞬间藏得无影无踪。

我一路走，脑子里一片恍惚。雪片落在手上、脸上，凉凉的。天地迷蒙，旷野、村舍、树木，如在雾中，缥缈、迷离。无风，空气冰冷而湿重。四野里一片宁静，如我平静的内心。我喜欢这种充满诗意的隐藏与呈现。

记得父亲在世时，大雪天总爱唠叨：今冬麦盖三层被，来年枕着馒头睡。他和村里人一样，爱拿这句老掉牙的话表达心头的欢喜与企盼。但那时我年幼无知，对父亲农谚里隐藏的哲理似懂非懂，不晓得万物生长与节气的深刻关系，只想着有白面馒头吃就好。

走进村小学旁边的早餐馆，身上的寒气和雪片在热气里瞬间化为水珠，灯光湿漉漉的，屋子里空气和呼吸也湿漉漉的。头发上的雪花，瞬间融成水珠，一滴一滴落到架着火的炉盘上，嗞嗞地响。在一片氤氲的湿气里，屋里几个吃早点的学生和大人，言语轻柔温婉，忽然没了往日里的粗声大嗓。记得有人说过，空气的湿度决定绘画的性质。我想不光是绘画，空气的湿度也会决定和影响人的性格。老话说，一方水土养一方人，南方烟雨迷蒙，小桥流水，四季葱茏，人温婉细腻，慢声细语；北方山峦纵横，天高地阔，戈壁飞沙，人性格粗犷豪放，说话办事高声大嗓，这也是水土气候的缘故吧。

村委会门前的头趟班车上，坐着六个人，两个六七十岁的老人、一个中年女人领着两个孩子、一个衣着时尚的十七八岁的女孩。司机不停地摁着喇叭，一声紧似一声地催促要进城坐车的人。每天早中晚，这里有三趟往返平凉城区的班车，周围五六个村社的人，都在这里乘车，离开，或返回。出门打工、求学、看病……不管怎样的天气，这里每天总有人向着远方风雨兼程。

"咱这个五百多户人家的村庄快走空了。"夏天回来，我跟发小毛蛋聊天，他说，"城里买房的都进城生活了，没在城里买房，家里又没老人的，院门上常年挂着一把大锁，都在外头打工。难说得很，家家有一本难念的经，为了生活和家庭，有的在外头熬到年巴巴匆匆回来一趟，年没过罢又走了，有的三四年也不回来一趟。有时看到村里那些老人和娃娃在孤单寂寞里，一年又一年守望着，让人心里很惆怅。桐子爹你知道的，三个儿子全家都在外头打工，老汉一个人在家里，前年夏天死在屋几天都没人知道，串门的人发现时尸体都臭了。几十个老人孤独地守着一座座寂寞的院落。我心里常在想，他们在外头吃苦流汗挣几个钱，顾了那头却荒了这头。你看宝强老娘，一个人守着一院地方，墙塌屋漏，房顶上三四个脸盆大的窟窿，一下雨，满地接漏的盆盆罐罐。宝强一家四口在外头三年没回来过，也不知道在外边混得咋样，家里烂包成这个样子，好像忘了家里还有一个七十多岁的老娘，看着让人心寒。"

坐在毛蛋家的院子里，听他不紧不慢地聊村里的人事，我心里一阵一阵堵得慌，不知道该说什么。二十多年前，毛蛋也在建筑工地上打过几年工，他会砌墙，拿大工的钱。那年冬天，父亲突发脑出血过世，患病的母亲和孩子无人照顾，毛蛋觉得自己不能再在外头混了。他和妻子回来后，便再没出去过，一直在村里抚弄着十来亩苹果园。

他翻着书页边学边实践，一点一点掌握果园管理技术。种果树是颇费心思的精细活，剪枝、施肥、打虫、套袋、收藏、销售，样样儿都得操心。毛蛋仍是慢半拍的性子，夫妻俩从春到冬，埋头在园子里不急不躁地忙碌。他的母亲瘫在床上，常年不能下地，夫妻俩端屎端尿六年多，一直到去世，竟照顾得身上没出一处烂疮。儿子和女儿的学习他抓得严，孩子也听话，六年前都考进了重点本科院校。前年，儿子大学毕业，他拿出积蓄添着在城里买了商品房。去年儿子成家后，想接他和妻子去城里生活，毛蛋不去，说自己喜欢乡下生活，等干不动了再说。

"我在园子里忙活一年，除过各种花销，能落个五六万元，足够生活了。"他笑呵呵地说，咱在老家的田地上，高兴了多干些，心里不畅快、身子疲乏就少干点，现在种庄稼不像过去，都是机械化耕作，自在着呢。

毛蛋是我的少年玩伴，也是我从小学一起念到初中毕业的同班同学。念初中时，他也酷爱文学，喜欢写古诗词和现代诗，钢笔字写得

也好，我们曾一起在文学的梦里折腾过几年。

20世纪80年代初，正是文学繁荣的时代。那时学生课外作业不多，也没什么压力，有大把的闲散时间。乡镇上没书店，有文化站，藏书不多，但订着五六十种杂志，除了一些电影画报、农民致富刊物，更多的是纯文学期刊，《十月》《当代》《收获》《花城》《人民文学》《作品》《散文》《小说界》……有一个两开间的大阅览室。每天放学出校门，我和毛蛋带一群爱读书的同学，先拐进文化站，在阅览室泡一会儿才回家。

阅览室人不多，安静，窗明几净。我们从架子上选了自己喜欢的文学杂志，把喧嚷、打闹丢在门外，一个个像变了人，安安静静坐下来埋头看书。有些小说今天没看完，轻轻折一个角，明天过来接着读。

借书证一次可借两份杂志、一本书，但我喜欢阅览室里的气息与氛围，星期天，在他家院墙外喊一嗓子"文强——"。然后，我们每人书包里背几块馍、一瓶水，说笑着去阅览室泡一天。

冬天，学校放了寒假，天寒地冻，积雪覆盖大地，家里没什么农活可干。文化站阅览室里有炉火，我和毛蛋几乎天天泡在那里。

张贤亮的《绿化树》《男人的一半是女人》《灵与肉》，张承志的《北方的河》《黑骏马》，铁凝的《哦，香雪》《没有纽扣的红衬衫》，贾平凹的《腊月正月》《天狗》，路遥的《惊心动魄的一幕》《人生》，莫言的《红高粱》《透明的红萝卜》，蒋子龙的《乔厂长上任记》，李存葆的《高山下的花环》，张炜的《古船》，古华的《芙蓉镇》，高晓声的《陈奂生上城》……这个单子可以列很长。三十多年过去了，那些小说里的人物和故事，仍清晰地烙在我的脑海里。

我像一个书虫，整天沉迷在文学书籍里。那时村里还未通照明电，照明用煤油灯。灯拿废弃的墨水玻璃瓶做成。在瓶口的薄铁皮盖上钻一个洞，中间插一根铅笔粗的铁皮管，管里缱一根棉线做灯捻子，煤油沁进棉线就可以点燃。为节省炼油，灯捻子压得很低，黄豆粒大小的灯光，颤动，摇曳。晚上在灯下看书，入了迷，煤油灯灯苗太小太暗，头会不自觉地往灯前凑，头发被灯火燎出一股烟，气味焦臭刺鼻。一绺一绺烧焦的头发梢上，像生了一层虮子。怕同学们笑话，自己拿剪子对着镜子剪头发上的焦梢。所以，我的头发常是一豁一豁的茬子，很难看。

借书证用完一个，换一个，又换一个，三年里我用了差不多十个借书证。我每次借了书，都会用旧报纸包一个皮儿，还书时书不会有任何破损和脏污。有时我会主动帮助打扫阅览室卫生，文化站站长对我便多了份喜欢，每次借书，我不光能多借一两本，而且刚送到的新杂志我大都能先睹为快。

在文化站的小天地里，我读了大量文学作品，阅读为我打开了扩宽世界的维度，人性的复杂，人在社会里的困境、迷茫、挣扎、执着，如小径分叉的花园，让我迷惑、徘徊、思索、翘望。时间长了，阅读也悄然在我的心里埋下了一粒梦想的种子。

种子一旦生芽，不管外力多大，都要从土里往地面上拱，很难阻止。那时刚包产到户不久，庄稼人面朝黄土背朝天，挣个油盐钱都困难，日子还普遍拮据着，父母供我读书已很不易，哪里有闲钱让我买课外书。但我控制不了自己的痴迷，像着了魔，进城读高中，在书店和报刊亭看到喜欢的文学书籍和杂志，就拔不开腿，总想买。钱从哪里来呢？开水泡馒头，将原本就少得可怜的菜票一角一角省下，积攒十天半月，卖给同学，赶紧上街买一本书或文学杂志。

也不光我喜欢文学，那是一个全民热爱阅读的时代，人的欲望还没现在这么纷繁、炽烈，许多人自觉不自觉地痴迷于阅读之中。

在乡上读初中，我们一群喜欢文学的同学，都穷得叮当响，我和毛蛋、小毛、萌子，在山洼里采杨槐树籽，挖柴胡，一毛两毛地凑钱，买来纸张、油墨和蜡纸，在学校里办了一份油印《春笋》文学小报。毛蛋字写得好，刻蜡纸；萌子喜欢画画，负责插图。我们争相将自己稚嫩的诗文发在这份油印小报上，在校园里传阅。毛蛋和三个同学的作文还登上了一份全国性的学生刊物，在校园里引发水波一样涌动的赞叹、羡慕。

毛蛋和我一样，都是内心孤独的人。尽管在黄土地上劳作着，已不再做文学的梦，但他阅读的爱好一直坚持着没丢。他在家里给自己收拾了一间简陋的书房，一张书桌，满满两书柜书。雨雪天没法下地干农活，他就泡一壶热茶，一个人坐在屋里看书。让书籍滋养自己寂寞、孤独的灵魂。

记得有人说过这样一句话：我们一生的所有作为，会造就我们离开世界时的模样。从毛蛋的恬淡从容里，我能明显地感受到一股与别的乡亲不一样的生命气息，一种历经沧桑，心里仍盛开莲花，阳光明亮的情怀。

"挣那么多钱干吗？带到棺材里去吗？"有时和外出打工的少年同伴坐在一起喝酒聊天，毛蛋偶尔会这样调侃他们。毛蛋说，也许在别人眼里，他是守旧的、没出息的，但他喜欢这样的日子。前些年，家里上有老下有小，他不能为了多挣一点钱，不管不顾地将家里一大堆烦难都丢给父母。果园虽然赚钱不多，但足可以养家糊口，钱少了少花，多了多花，啥时候是个够呢！

我心里想着和毛蛋在一起的少年时光，埋头走着，竟在路上碰到了毛蛋。他去商店买茶叶。我们站在雪地里递烟，寒暄。末了，他说，你可能还不知道，萌子死了。我问："咋死的？"他说："直肠癌，发现时已经晚期，在医院住了不到两个月，死在了浙江，骨灰上个礼拜才抱回来埋了，他妈哭得晕死过去好几次。"

人生无常，生命的悖论无处不在。我忽然心里很难受，想蹲在路边放声痛哭一场。

萌子比我小两岁，十六岁时父亲就去世了。萌子初中毕业后，一直在外头打工，我每次回家都难见到他。几年前，他在小康村十八万元买了一院新宅。去年春节探家，碰巧他在家，我还去他家坐了坐。

两个女儿念完初中，死活不愿再读书，萌子无奈，便让她们去外头打工。两个女儿谈的对象一个比一个远，萌子知道后，专门去了一趟贵州和云南。

男孩家都在大山里，他和妻子不同意，想尽了办法，说薄了嘴皮，却拦不住。他觉得孩子嫁到那么偏远的地方，会受一辈子苦。

那天，他让妻子和母亲特意做了一桌丰盛的饭菜。几杯酒下肚，萌子心里不畅快，跟我一边说，一边涕泪纵横。我宽慰他说，现在跟过去不一样，要尽量尊重孩子的选择，年轻人在外头打工挣钱，大都会把家安在城里，不一定非要回到山里去的。他拉着哭腔说，你没去过，那真是穷山恶水的地方，现在啥时代了，那里人日子比咱们小时候还穷，跟咱娑罗原上根本没法比。

其实，他心里还埋着一个难言的悲伤。萌子没生养儿子，一心想招一个上门女婿，等老了，养老好有个指望。两个女儿都远嫁他乡，他的心愿彻底落空了。

萌子活得太焦虑，刚四十多些就走了。他走了，媳妇可以再嫁，他满头银发的老娘，孤零零一个人，往后日子咋往前熬煎？

萌子的病故，没在沉默、寂寥的村子里激起一丝波澜。

在这个世界上，每个人肩上都压着沉甸甸的担子，都有自己的艰难和无奈，都得拼命往前冲，推石上山，谁不想过上好的生活，但什么样的生活才算好的生活呢？

也许是气候变暖的缘故，这些年，故乡的冬天雪越来越少。母亲说，眼巴巴盼着落几场雪，落雪了，雪却下得很少。去年，整整一个冬天，只落薄薄一层雪，连地皮都没盖住。

我心想，今年多好，早早一场大雪，天地洁净，土地和万物储足了水分，在寂静里静候春暖花开。

晚上毛蛋来家里聊天。我烧旺炉火，泡好茶，在烤箱炉盘上烤上花生和葵花籽。窗外的雪，仍梨花般不紧不慢地飞扬、飘落着。

毛蛋说,南方好,从电视上看,这个季节那边人还露着肚脐和四肢,薄裙短衫,花团锦簇,咱北方人立冬前就穿上了棉衣、防寒服,我心里挺羡慕南方人,一年四季可以裸出四肢接受空气和阳光的抚摸,不用面对风雪的拍打。北方的冬天枯索,大地光秃秃的,在北方生活久了,也很想在这样一个天寒地冻的季节去南方转转,感受一下北方冬天里不曾有的乐趣。我笑说,南方人还羡慕北方的雪景呢,我有许多朋友冬天都去东北和新疆玩,看雪景。

　　他说,也许人都一样吧,这山望着那山高,先前骑自行车,想着能有个轿车多好。有车了,又想着开更好的车。有了房,看着别人小区环境优美,房子大,朝向好,心里就又想着也换一个面积更大,采光和朝向更好的房子。住上大房子,又想住别墅。不知足,一路不停地折腾来折腾去,身心疲惫,幸福却像雪花,转瞬融为雪水,悄然消失了。我说,欲望是个无底洞,掉进去,便很难跳出来。

　　在炉边喝茶,东拉西扯,聊了很久。送走毛蛋,我立在院门外,大雪纷纷扬扬,村子里一片死寂、一片漆黑,看不见一星灯火,雪落到地上,发出纤细的沙沙声。

　　回到屋里,无法入睡,又将渐渐暗下去的炉火架旺,火苗在炉膛里顺着铝皮烟筒呼呼地蹿。一个人对着炉火静静地坐着,心里一片纷乱。炭火温暖的气息与热流在屋子里飘浮着,不一会儿,我的额头和后背上就沁出了汗。

　　其实,我的故乡并不偏远,也不算落后,平原上土地肥沃,交通十分便捷,这些年也在快速发展变化着,村小学十多年前就从砖瓦教室变成了两幢三层的现代化教学楼,村幼儿园比城里的还宽敞漂亮,文化活动广场上有篮球场、羽毛球场、单双杠、乒乓球桌,有二十多种健身器材，农家书屋窗明几净。一座座四合小院，如小别墅，路灯亮如白昼，垃圾放进门前的垃圾桶，有清洁员定时清理。柏油路和明架光缆直通家门口，一根宽带就能与世界交流，村医疗卫生室和乡医院近在咫尺，看病也方便，但故乡的快速发展变化，为什么仍然留不住人？

小城平凉是地级市，也许只能算五六线城市。一套近百平方米的房子，得五六十万元，村里许多人为在城里买房，大都背着山大的外债，为了筹措买房的钱，父子反目，亲戚、邻里交恶，都在血泪里苦苦挣扎，但再苦再难，仍义无反顾。是故乡辽阔的田园不能活人吗？记得上大学时，同学之间有人干了不长脸的窝囊事，或举止不得体，常会被讥笑"你这个农民"，农村人似乎就比别人低一等，是懵懂的、混乱的、不文明的、贫穷落后的。而在自卑的庄稼汉眼里，城里人则是文明、时尚、光鲜、吃皇粮的，散发着香皂气息。计划经济时代的城乡二元结构，使城市与农村，成了一条河流很难跨越的两岸，城乡国民待遇的巨大差异，在一代代人心里积淀出一种宗教般坚固的观念，农村是贫穷落后的，农民是卑贱的，耕田种地是无边的苦海。要想活得光鲜、幸福，就一定要做城里人。许多庄稼人省吃俭用，累得咯血，拼命供孩子读书，就是希望孩子们有个出息，通过上大学跳出农门，离开农村，脱掉农民的身份，成为城里人。

城里好，农村苦。乡亲们节衣缩食盖起宽敞漂亮的四合院，还没住几年，闲置着，又举债在城里买房，也不顾进城后有无生存技能，先跻进城市当上城里人再说。农村人口单向流同城市，城里人口激增，房价飞涨。房价为什么调控不住，因为农村人口源源不断地往城里涌，有刚性需求。喧嚣与热闹远去，没了年轻人，乡村就失去了生机、活力和希望，村庄正在时间里坍塌，凋敝，消失。

土地不会自己长出庄稼，等留守的老人们离世，良田变荒地，谁来种粮食？守住"粮食生产的红线"得有人愿意在大地上劳作。有人说提高农民种粮积极性，收入高了，不亏本，就会有人种田。进城经商、务工的人会重返乡村吗？

年轻人一窝蜂涌向城市，将巨大的寂寥、孤独留给村庄和老人，别的不说，坚硬的寂寞就会将人击倒。忙碌一天，一切都安顿下来，撂下疲惫，想找个人说说闲话，转遍村庄，却看不到一个人影。一座座庭院不是挂着铁锁，就是院门紧闭，像行走在一座荒芜的废墟上，谁能熬得住孤独与寂寞？

我独坐炉火前想着这些，脑子里一片纷乱。几年以后，回到故乡，我会不会像写《瓦尔登湖》的梭罗一样？美国作家利奥波德说："人们在不拥有一个农场的情况下，会有两种精神上的危险。一是以为早饭来自杂货铺，二是以为热量来自火炉。"在我们的现实生活里，有多少人不知道早饭和热量来自大地？梭罗说："当找不到人谈话了，我就用桨敲打我的船舷，寻求回声，使周围的森林被激起了一圈圈扩展着的声浪，像动物园里管理群兽的人激动了兽群那样。"我向谁询问这大地的消息？我只能热烈地敲打村道上那些无人认领的树，对着荒野像野兽一样嚎叫……

"时代崭新，我依旧。"早晨路过学校门口，我忽然想起诗人汪漫先生这句话。突兀。当然，我还想到了《采薇》："昔我往矣，杨柳依依。今我来思，雨雪霏霏。行道迟迟，载渴载饥。我心伤悲，莫知我哀。"我不断在那些模糊、飘忽、支离破碎的场景与细节里回望，游荡，并判断自己的身世。我知道"活着并非漫步于田野"。

聊天时毛蛋感叹，你别看打工的回来穿得人模狗样，光鲜时尚，一副挣了大钱的样子，多数在外边也就混个嘴，汗流浃背挣点钱都随手花销了，一年能落几千元就不错了。

我知道毛蛋说的是实话，但一个时代有一个时代的追求，一代人有一代人的活法。年轻人心里都有一个梦中的江湖，即使在外头的花花世界里碰得头破血流，也是心甘情愿的。时代像一列呼啸而过的高速列车，现实不停地诱惑、撩拨、催逼着，人的欲望已在时间里发生了截然不同的变化。田野上衰败、塌陷的不仅仅是一座一座村落，邻里之间、亲朋之间、子女与父辈之间先前那种淳朴、真挚的友善与亲情，已经从越来越多的人脸上消失了，许多美好的东西正被金钱快速摧毁着。

村庄是大地上的灯盏，一盏亮晶晶的灯，是一粒传统文化的薪火，薪火一粒一粒熄灭了，就真的只剩一片白茫茫的干净大地。脑子里昏昏沉沉地这么想着，炉火也慢慢地黯淡了，微弱的凉意也慢慢向我的身体围拢上来。

夜已经很深，没有一丝倦意和睡意。我戴上耳机，打开手机里班得瑞的《初雪》，音乐安静响起，如雪花在窗外安静地落。班得瑞的音乐素雅，淡然，无大波澜，如潺潺流水，如冬，如雪。我安安静静地听，一遍，又一遍，一遍遍往复。陪伴、牵念、财富、幸福……这些词语如班得瑞音乐里流淌的音符，在我脑海里不停地跳动。

天气预报说，明天大雪仍会持续。今夜，谁在这寂静里为远方的儿女们祈祷？谁又会在城市的喧嚣里翘望这远方的村庄和亲人？

2018 年 11 月 22 日

乡村手记

一

节气已过芒种，陇东娑罗原上的天气却格外凉爽，早晚甚至有浓重的寒意。五点十分，天已大亮，气温 12℃。太阳像一粒硕大的蛋黄，颤巍巍从地平线上浮起。金色的光穿过树木浓密的枝叶缝隙，如软滑的丝绸滑向地面。晨辉的映照，使村庄、植物、旷野，皆沐浴在一种梦幻般的金黄色泽里。

村子里静悄悄的，人还未从沉睡中醒来，听不到鸡鸣狗吠。小鸟比人起得早，歌声如晶莹的露珠，在树上滚动、滑落，使村庄显得更加寂寥、空旷。晨光落在邻居选林家门前土坯垒砌的烤烟炉上，淡淡的橘黄，在晨雾中一层一层洇染，像一个镀了金边的神秘剪影，孤独、落寞。它被生活遗弃，在时间里落满村庄十七年，也许二十年的尘土、炊烟、梦呓、爱、争吵、死亡，在寂静里蹲踞，身世模糊。我问过村里几个十来岁的少年，皆一脸懵懂，不晓得路边这个两层楼高的尖屋的曾经。

村里人满怀信心种烤烟时，这些少年尚未出生。那年夏天，我从异乡归来，田野里正热火朝天地种烤烟。大片大片的烟田，烟叶墨绿、阔大。邻居拐子选林高一声低一声，在粗鲁的骂声里带着两个儿子正在门前抡圆瓦刀垒这座烤炉。他的二儿和三儿都不怎么顶事。三儿子矮小如侏儒，走路似一个滚动的冬瓜。老二跟他一样，一走三晃，且结巴着，有时额……额……额，半晌，说不顺溜一句话，让人听得心里一阵一阵发紧。选林的婆娘亦矮小，一米二三的个子，胖且圆，如一只木水桶。听村里人说，选林的大儿子是抱养的，吃羊奶长大，颇有力气。记得小时候他家一直养着一只奶羊。

大儿子算是他家唯一长得周正的人。但这个周正男人，自小就将浑身力气往不该使的地方使，打架乞事、偷鸡摸狗、上墙揭瓦，村里村外的人都不待见，外号"二愣"。我时常看见，选林拄着拐棍，东家出来西家进去，腆着笑脸为二愣闯下的各种祸事赔不是。

这个不停惹是生非的男人，三十五岁那年，晚上喝高了酒，死在了下水道。二愣媳妇是一个勤快女人，奶子壮硕如碗，走路脚下生风，豪乳随脚步在胸前跳动，晃得村里一些男人目眩神迷。不知什么因由，二愣总打他的媳妇。有时半夜里，我们正在睡梦中，有时正吃午饭，或者晚饭，他媳妇尖锐凄厉的哭号，像刀子一样，突兀地划破村庄的宁静。

村里人都说，二愣一死，那个时常鼻青脸肿、鬼哭狼嚎、被家庭暴力折磨得几度上吊寻死的女人，肯定会远走他乡，但乡亲们都看走了眼。她没走，像一根钉子钉在了我们村。她给自己招了一个上门的男人，带着两个整天挂着两行鼻涕、跟二愣一样不省心的儿子，在时间里默默往前走。

这几年，村里人家家都建起了敞亮的新宅，唯二愣家仍是二十多年前的两间旧瓦房，外接一小间低矮的灶房，院墙是一圈带刺的枯枝扎成的篱笆。我每次回家，都能看见那个招上门的敦厚男人，出出进进地忙碌，一声不响。他的沉默与勤劳，让我若有所思。这个从关中平原远道而来的菩萨，像一个提灯天使，用粗糙劳碌的双手，将这个荒芜的家庭照亮，内心有着怎样不为人知的秘密？也许在他老家的炕席下，藏着他的一把钥匙。那钥匙的齿上有他的悲伤、痛楚、无望和宿命。

烟叶从田里一车车拉回来，各家庭院里坐一堆人，说笑，忙碌，烟叶扎成把，上架，进烤炉。黄昏，家家烤烟炉上烟雾腾腾，都希望用一堆火烤出金灿灿的幸福生活。碧绿的烟叶在烟火里一点点变成金黄色，然后，码在柴房和屋檐下，卖不出去，直到发黑变质。折腾了三四年，乡亲们发现种烤烟致富，是一个被吹大的彩色气球，嘣一声破了，手里什么都抓不到。烤烟炉在一阵一阵飞扬的尘土与黑灰里倒下。日子再次回到从前，田野里原先种什么仍是什么。

选林死了已十多年，村里的烤烟炉都拆掉了，唯独他家的留着。为什么没拆？是没力气拆除，还是"蓄意"留存？它跟崖畔上古老的窑洞、远山近岭上荒芜的梯田、沟底塌废的水库、田野里毁弃的机井和灌渠，构成乡村简史里一些微小段落，被时间的河流抛向遥远的彼岸。谁能从这些遗存与斑驳里，读懂一代代乡村人的梦想与过往？

人生像一粒掷出的骰子，结果无法预测。离烤烟炉不远，是选林二儿与三儿的两院新宅，红瓦白瓷墙，方正、气派，门楼高耸，红漆和绿漆大铁门上卧着一排排拳头大的饰钉，上面的油漆起着卷卷。门上挂着落满尘土的大锁，透过门缝，院里荒草折腰。母亲说，选林的两个娃娃出息了，都在城里当包工头，一年能挣百把万，城里光商品房就有两三套。

这是一个时刻都在诞生神话的时代，一切皆有可能，没什么好奇怪的，也不必羡慕。但我心里控制不住自己的俗，这两个连小学三年级都没读完、走路歪歪扭扭的人是怎么出息的？他俩的第一桶金是怎么挖来的？望着两院落寞的新宅与残留的烤烟炉，这些疑惑如儿时的秋千，在我心里不停地荡。既然已不在乡下生活，有豪车和商品房，城里有新的庇护与支撑，乡下建新宅就失去安身立命的意义，还折腾什么呢？是守望与传承？也许只是一种象征和标志，一种存在的尊严与张扬，是专门给那些看着他长大和与他一起长大的人看的。

家里每顿饭菜上桌，母亲都会各样盛出一点，用一个大碗，给隔壁选林的老伴送去。母亲说："哎，你不知道，二愣娘不做饭，腿伸得长长的，成天跟村里几个女人在地头上坐着。隔几天，让村里赶集的人在集市上捎一袋馒头或油饼，顿顿开水泡馍馍。"

八十一岁的母亲做了手擀臊子面，我端一碗过去。二愣娘坐在她家老屋的炕上。一面大土炕，半边塌掉了，没任何遮盖，能看到炕洞里的黑灰、塑料瓶、方便面袋、牛奶盒、易拉罐等杂物。而她睡觉的未塌陷的一边，窗台、炕角、褥子上落着一堆豆粒大的老鼠屎，地上的尿盆看上去已有几天没清倒。灶台上摆满未洗的碗筷，菜刀锈得几乎看不出刀刃，有半碗不知啥时吃剩的搅团饭，上面已长着苔藓似的灰毛，还有几个啃了一半的干馍头。屋子里弥漫着浓重尿骚味和难以描述的酸臭味。

我将臊子面碗放到她的炕头上，说："老嫂子，娃娃回来，让他们给你重新盘一面新炕，炕塌成这，没法烧，天冷了咋睡呢？"她啪啪啪地拍着炕上的褥子说，碎儿（小儿）给我买了电褥子，暖和得很。随着她的拍打，褥子上的灰土、草屑等脏物一股一股腾起，我赶紧将面碗挪到一边。她身上的衣服，看样子也很久没换洗过，衣服前胸跟小孩似的，是一片一片的饭渍与油污。

咋这么懒惰？我心里有些恍惚，不解。二愣娘比我母亲小不少，也就七十岁多一点，能吃喝能走动，也没什么大病，洗自己的衣服做自个儿的饭总是可以的，生活怎会懒散成眼前这副光景？

"二愣娘有钱，衣裳各兜兜里都塞着钱，一掏一卷卷。"母亲说。

我没接母亲的话，坐在檐下的小凳上，仰望村庄上空一尘不染的蓝天，几朵洁白的云，轻盈地在天空游走。我心想，有钱当然好，能满足人的各种欲望，但有钱不一定有幸福，这道理人人明白，却少有人脱俗，都在为一张张沾满细菌的纸拼命。钱像潮湿的空气，许多美好的东西都被它悄然锈损掉了。

儿时，我曾和小伙伴们一次次在这个院子里玩耍、打闹。她家院里有两棵大杏树和一棵大核桃树，夏秋时节，孩子们都喜欢跑到她家院里玩耍，吃杏子和核桃，很热闹。在我的记忆里，二愣娘虽不是持家的巧妇，也还算得上勤快。我们这里过年风俗，大年初一早晨吃手工臊子面，左邻右舍互相端送祝福长寿的臊子面，拜年。端面拜年的人，不论大人孩子，都会得到核桃、糖果之类的小礼物。这年节的风俗里，有礼节，亦有家庭主妇们厨艺、勤快与家道不动声色的展示与比拼。记得我家初一的长寿面，母亲除夕晚上就会在灯下擀好。大年初一，大清早母亲正在灶上忙着，她家的面已经端上门来。各家端来的面，家里长辈品尝几筷子，就分给了孩子。我吃过她的手工面，色香味皆不错。而我端了寿面过去，她总会给我衣兜里塞几粒核桃。

现在两个小儿子有出息，生活好了，她的身上不但看不出幸福与光亮，反倒一副油缸倒了都懒得扶一把的不管不顾。从内到外，一院子荒败与凄凉，生命衰败的迹象，如她家院子里的青草在时间里疯长。据说她在城里的两个儿子家轮流住过一阵，婆媳彼此谁也看不上谁，儿媳嫌她不讲卫生，脏、懒。她嫌城里不自由、不畅快，亦不愿看孩子们的脸色，便气嘟嘟回来，一个人住在这老屋里，一天一天等待那个即将来临的召唤。也许人生就是这样，有人不顾一切为生忙碌，有人在孤单寂寞里默默苟活，等死。

母亲说的地头上，是村口的一个"丁"字路口，上边横"一"外是望不到边际的田野，绿波荡漾，麦浪翻滚。横"一"内是村庄和一条村路，丁字路口正好在我的发小刚子家院门口。

"烦死了，几个老婆子，坐在门口叽叽呱呱，从早往黑里呱啦，吵得人中午想睡会儿都不成。"刚子说，"这些老婆子都快坐成我家的门墩石了。"

刚子说这话时，正斜在他家院子里的竹藤躺椅上，手上捧着一把拳头大的咖啡色紫砂壶，旁边的茶几上扣着一册翻了一半的《论语》，头顶上的葡萄架像一个大凉棚，碧绿的葡萄藤，枝柯交错，层层叠叠，葡萄正开花挂果，黄豆大的葡萄一串一串从枝叶的缝隙里垂挂下来。院子用红砖铺了，很干净。他用筷子粗的钢筋做了许多造型别致的花架，养了鸡冠、角梅、芍药等十多种花卉，一派缤纷，还有一丛高近屋檐的修竹，让小院充满了阴凉与诗意。

我笑说，刚子你把千头万绪的庸常生活过得如此诗情画意，比城里人还会享受嘛。他嘿嘿地笑，说有啥诗意，闲得没事干，现在种地不像过去要下苦力，从早往黑里忙，地里活全交给机械了，除草剂一打，草都不用薅。

刚子家的房屋是三十多年前建的，青瓦老砖，已略显寒碜、老迈。我说，村里人都建了新房，你这老屋也有些年头了，咋没动一动？他咧嘴一笑：这房子是我爹带着我一砖一瓦修起来的，结实得很，再住一百年都没问题，折腾它干啥！两个娃娃家都安在城里，眼瞅着村子就空了，等我们两口子一死，这院子就没人住了，劳民伤财干嘛。

刚子脑子活泛，是村里做生意比较早的人，初中毕业就在集市上摆摊子，先前是各色布料，还带裁剪、缝纫，现在则是成衣鞋袜。突突突，开着三轮车从一个集市到另一个集市，生意时好时坏。有人动员他出去打工，他不去，说："打个屌的工，出去受那罪干嘛，世上钱能挣完吗？每个秀才都要做宰相，个个田舍郎都想登天子堂，哪里有那么多位置给你？放着舒心自在日子不过，瞎折腾啥？"

说不清为什么，他的话如一根闷棍，重重地抡在我后脑勺上，让我心里一激灵。我像一根木头立在这个与我年龄相仿的农民旁边，脑子里嗡嗡嗡，一片恍惚。生命在他身上，像原野上的植物，散发着原始的光亮与声响。出门时，我看到他家院门上"耕读传家"四个斑驳的大字，心里忽然一热，衣食无忧，还有闲散时间读书品茗，花前篱下，这不就是先人们追求和梦想的田园生活吗？

二

我背着相机去田野里拍照，在强娃家的场院边碰上头发花白的顺子，他屁股下垫一根拇指粗的棍子，面朝田野坐着，有一句没一句地跟在自家场院里晒油菜的强娃媳妇说闲话。我说，顺子，你大清早坐在这里干啥？他说，我坐在这里吐痰呢，家里老婆子骂得不让吐。他跟我说着话，却不看我，眼睛痴痴地望着田野，我以为他在欣赏眼前起伏的麦浪。末了，他问，你是谁啊？我告诉他我是谁。他似有些吃惊，说你在外边干事呢，有心的，回来看我奶奶啊！唉，我两个眼睛瞎得光光的，啥啥都瞅不见，连你的影子都瞅不见，吃饭碗都摸不到手上，老婆子一出门，我就饿死了。他一只眼睛瞎了，一只患重度白内障，也看不见东西，屁股下的棍子是他探路的拐杖。

他的嗓子里有痰，说话夹着咕噜咕噜的痰音，嘴巴里不时向外吐着痰。也许，他一大早摸出门不单单是吐痰，还有满腹的怨气要向人和田野倾诉。他骂道，一群坏种，我一个瞎子，啥活都干不成，不给低保，让我们老两口喝西北风啊！

满头白发的六子蹲在旁边静静地听着，见他一肚子不畅快，笑说："也不是光拿掉了你的低保，今年政策有新变，村里吃低保的都要按新政策重新评呢。"

在我少年的心里，六子曾经是全村人的骄傲，他是早年村里两个端铁饭碗、吃公家饭的工人之一。那年他在兰州的厂子倒闭，没去处，便提前退休回了村子。这个身材魁梧、头发花白、精神矍铄的老人，每月除两千多元的退休费，还种着别人撂荒的五亩地。他笑着说，那么好的地块，荒着可惜，自己胳膊腿还能动，无弄几亩庄稼，权当锻炼身体，总不能混吃等死嘛。

现在白内障手术不复杂，让儿子带你去做个手术，就能看见了。听我这么说，顺子又一肚子抱怨，说儿子儿媳在外边打工，不管他老两口死活，常年不给一分钱。没钱，去哪里看？我说，儿子在外头顾不上，让两个女儿给你凑一点钱，看好回来医疗费医保能报销一大半，自己花不了几个钱。他说，女儿顶不住事，便不再言语。

回家半个月，我发现这个丁字路口，除了刮风下雨天，总坐着两拨人，一拨是六七十岁的老婆子，一拨是年纪相近的老汉，相距不过二十米。老汉们扯闲的地方，紧挨着明子家的一排养猪场，臭气扑得人不敢呼吸，豆粒大的苍蝇嗡嗡嗡，在他们头上、脸上乱扑，但老人们似乎感觉不到臭，气定神闲，东拉西扯，家长里短。闲谝到饭点，各自散去。饭后不久，又约好似的，准时坐到一起。

村道上，伴随着三轮农用车的轰鸣声，不时有叫卖声传来，一会儿卖菜的、卖瓜的，一会儿卖五谷杂面的，还有收粮食和废品的。绵长、粗犷的叫声在空旷的村庄上空盘旋，远去。

老话说："花木管时令，鸟鸣报农时。"

布谷鸟在村庄上空一声一声地啼叫。田野里的麦浪正在布谷鸟的欢唱声里一天天泛出金黄，但收割还需半月。麦黄杏已经黄熟，可以摘下吃了。碧绿的胡麻地里开满蓝色小花。土豆紫色或白色的花朵，一簇一簇绽放着。玉米已长到人腰高，快出穗子。田野浩荡，村庄祥和、安静。

前年夏天，大约八月初，我在顺子家的小场院里，看见他和老伴戴着草帽，坐在太阳下一边絮絮叨叨说闲话，一边摘豆角。那时，他一只眼睛还能模模糊糊看到一点影子。他拿一棵豆秧，用手摸索着摘豆角，摸到一个豆荚摘一个，摘完一棵豆秧，颤抖着粗糙的大手把豆秧贴到眼跟前看看，再顺着枝叶摸一遍，生怕漏摘一个豆荚。老伴说："你眼睛不好，不在屋里待着老往外边跑啥，万一一脚踩空，摔个跟头，胳膊腿摔断了谁管你呢?"顺子说:"你说得好听,我坐在家里你也骂得不行。"我站在边上听他俩有一句没一句地聊家常,有老夫妻相依为命的温暖,亦有乡村老人难言的无奈与酸楚。

母亲说,去年春上,顺子婆娘借八百块钱,买了两头猪崽,想喂到年底换几个钱给顺子做白内障手术。辛辛苦苦喂一年,腊月里,猪快出槽时,儿子回来说在城里买房首付凑不够,二话没说就把猪赶到集上卖了,卖了三千多元,给他妈连买猪崽借人的钱都没留,全拿走了,气得老两口在门道里哭了半下午。

顺子疼爱儿子是全村出名的。小时候常见他将儿子架在脖子上赶集,自己裤子膝盖和屁股上拳头大的烂窟窿,露着肉,舍不得买一尺布补补,满心欢喜地在集上给儿子买零嘴。三个孩子,两个姐姐跟父母一样,衣裤补丁摞补丁,儿子总是新衣、新裤、新鞋。养儿防老,跟许多黄土地上劳作的父母一样,儿子曾是他的希望与依靠。日子贫穷,但顺子欢喜的笑容里,一定觉得生命是有意义的。

现在,对这个七十一岁的驼背老人来说,心头的悲凉可能比黑夜更黑更长。他已没力气和心气为重新看到田野里的庄稼而挣扎,但他的心也许仍在孤独与忧伤里挣扎着。人生是多么的荒芜与无趣啊,他曾经的期盼与憧憬,被儿子的欲望与自私一层层掩埋掉了。他跟村里不少老人一样,不晓得村庄里曾经的父慈子孝、儿孙绕膝的温暖已渐去渐远,孤苦、悲伤成了他们生命中无法省略的伤痛。

三

晚上,跟母亲在灯下聊天。母亲说,大宝你还记得吗?疯了。

母亲告诉我，去年，大宝不知什么原因，不愿跟大儿子在小康村的新宅里住，背着自己的小木箱回了老屋。其实，大宝的老屋，院落很宽敞，三大间上房，还有东西六间厢房，家具桌椅齐全。三个儿子结婚后，都分家单过，大宝和老伴守着老屋过日子。前几年，老伴过世后，他一个人住在老屋，大儿子觉得父亲一个人衣食不便，日子孤单，将大宝接过去一起生活。去年，不知怎么的，人突然就疯掉了。

大宝有一个小木箱，装着他老旧的石头眼镜、玛瑙烟锅、手表之类的旧东西。他人走到哪里，就将小木箱背到哪里，说是自己的百宝箱。那天，吃过午饭，他背着百宝箱回到老屋，突然在上房里燃起一把火。大火在风里呼呼欢叫，大宝光屁股跑到大门外边，手舞足蹈，笑呵呵地看着浓烟和大火往空中蹿。等村里人赶过来扑救时，三间上房已变成黑乎乎的废墟，东西厢房也差点烧掉。

前些年，我每次回老家，他总找我，像鲁迅笔下的祥林嫂，一遍一遍地给我讲他的故事，让我给他写上诉材料，说别人的优抚金都涨了，就自己的没涨。听村里人说，他当兵时参过战，但也有人不信，说部队还没开到前线大宝就半途当了逃兵。不管真假，大宝每个月都有一笔优抚金。但钱是儿子领取，每月领多少，他不清楚，也花不上。

儿子抱一捆劈柴往灶间走，他看见，骂道："狗日的心瞎得很，黄瓜买回来不给老子吃，藏灶间干什么。"骂急了，儿子拿根劈柴往他眼前一杵，说："你看，你能咬动就吃。"

在我的记忆里，大宝是尖牙利嘴的人。他口舌玲珑，一张嘴，别人便少有说话的机会，且得理不饶人，常说得别人无言以对，乡亲们都管他叫"常有理"。实际上，大宝家的日子在村里算是殷实的，小儿子家在城里，是公务员；大儿和二儿在外边打工，都是大工，日子不赖，他衣食无忧，怎么就猝然地疯了呢？

我跟着母亲去赶集，路过小康村，大宝光着上身和脚在大儿院门前坐着，身后一摊屎和尿。我说老哥，你不赶集坐这里想啥呢？他不理识。我跟以往一样，递一根纸烟过去，他下巴上挂一串口水，嘿嘿地笑，不接烟，也不言语，眼神迷茫而慌乱。不是逗乐，我心里非常渴望他能认出我。

如果我没记错，大宝今年已是七十六岁的老人了。他糊涂混乱，四处乱走，迷路，不知道自己是谁，不认得曾经的亲戚、朋友和乡邻，不晓得自己活在哪年哪月，没有苦恼、哀怨、痛楚，他生命的经纬纷乱如麻，不再接受记忆的管制，又将所有的精明与算计重新还回去，一无所有。

母亲说，这几年不知怎么的，村里尽出怪事，九娃才四十出头，好好一个人，赶集的路上一头栽倒，就瘫痪了。村西头红红娘也疯了，一会儿哭，一会儿笑，家里人稍不留神，她就把裤子脱了拿在手上，光沟子在村里跑。红红娘贤惠一辈子，平常跟人脸都没红过，这老了老了，得个这病，可怜得很。

人生的分叉远远超出想象，庞杂，突然。我跟在母亲身后，默默地听着，心像被锤子一下一下地敲打着。我知道人生有起落，世事无常，对淳朴、憨直的乡村人来说，一辈子的万绪千头，风霜雨雪，巴巴祈望的不过是平顺安康。但人的生命里有着难以言说的苦涩与无常，这小小的心愿并非人人都能实现。

晚饭后，四十三岁的东才来家里聊天，他是村里几个没有外出打工的中年男人之一。我微笑，拿小凳、递烟、泡茶，并将烟灰缸放到他脚边。

夜凉如水，繁星如斗。我们坐在廊下闲聊。他烟抽得很凶，一根接一根，不用我让，跟抽自个儿似的。不一会儿，廊下干净的瓷砖地上已是一地烟灰与烟蒂。他不明白我将烟灰缸放在他脚边的意思吗？

东才是拈花惹草的老手。妻子拿了他有限的一点积蓄，已跑了一年多。东才窝在家里，一边照顾七岁的儿子上学，一边挖抓地里的农活。母亲说，女人心软，你去说几句好话，把媳妇叫回来照看家里，你也能出去挣点钱。他把烟屁股往地上一丢，"咔——呸——"，没有任何犹豫，径直将一口痰吐到地板上。我心里忽然升起一股莫名的不快。他说，想等老子去请，连门都没有，不识好歹的东西，这辈子她去哪里寻我这样的男人。

他的话让我心里咯噔一下。去年春节回家，听村里几个小时候的玩伴说，前几年，东才总是深更半夜翻墙，去偷村里一个小媳妇。那女的刚结婚半年，丈夫在外打工，她留在家里照顾七十多岁的婆婆。

事情败露后，那小媳妇无法说清肚子里的孩子，像一只鸟一样，从崖畔飞了下去。婆婆也喝农药死了。一个好端端的家庭被他搅得家破人亡。但东才跟没事人似的，不知羞恶的本性，如酒瘾与毒瘾，戒不掉，也不愿戒，仍不停地偷村里的女人。媳妇跟他吵闹，他不悔改，拳脚相向，媳妇便跑了。据村里人说，东才去过很多次，跪在媳妇脚前，鼻涕一把泪一把，庄重，狼狈，发毒誓。但媳妇认为他是一个不知耻辱、不长记性的人，就给他两个字：离婚。

东才不离婚，他知道离了，自己后半辈子只能打光棍。他牙痛似的，呲呲呲，牙缝里冒着狠气说，想离，门都没有，我拖死她。

我说，夜深了，休息吧。他的话像瓦楞一样粗粝，硌得我心痛。说不清为什么，忧伤与悲哀如冰凉的夜气，让我浑身发冷。

四

母亲每天早晨起得很早，打扫院子，给狗拌食，烧开水，总是忙个不停。

其实，乡村的时间是缓慢、悠长的，像无人聆听的私语，一座座庭院在风里寂寞成了废墟。荒芜与衰老，都是时间的果实。

村庄掩在绿荫里。每天早晚，我都要在村子里转一转，与偶尔碰到的老人站着说一会儿闲话。或者一个人站在浓荫下，静静地听鸟儿在枝头逗趣，亮声交谈。听一只鸟呼唤另一只鸟，看它们在细细的电线上起落、舞蹈。我像一个身份不明、无所事事的懒汉，徘徊，张望，聆听，在一尘不染的阳光下，无聊地从影子的变化里感知时间。

早晨天还未亮，叽叽喳喳的鸟鸣便从窗户、门缝里溜进了房间。不用追着时间上班，我在鸟声里自然醒来，身心松弛，躺着听一会儿鸟鸣，再慢腾腾起床。

站在村口的崖畔上眺望，高高低低的山峦起起伏伏，向着苍茫处延伸。

太阳从村子东边的田野上缓缓升起，橘红的光一层层落到村庄、庄稼、绿树上。一阵一阵的凉风从万物上掠过。一只鸟"叽"一声，从我头顶飞过，它的叫声短而轻。周围的树上，似乎还有几只鸟儿，叽、叽地叫。开始只看到一两只，渐渐便多了，叫声也越来越大，最后是一群，叽叽喳喳声响成一片。它们"呼——"一声，一起飞，一起落，像一小朵灰色的云。

两只小鸟在细细的枝上一晃一晃，有风拂动，它们站不稳，叽，

叽叽，一声一声相互应答，也许是一对情侣。我想走过去看清楚是什么鸟，刚一抬脚，它们就展开翅膀向崖下飞去。山坡、沟谷和峁梁上，绿波浩荡，看不到一个人影。

太阳的光芒在山谷间缓缓移动。阳光普照的地方，是明亮的橘红；没照到的沟谷、山坡则是深沉的黑绿，像天空投下的巨大阴影。山的影子一点一点缩小，很快，阴影消失，山坡沟谷沐浴在辉煌的金色里。到太阳落山时，山野上的光影变幻，又会换一个角度，再次上演，寂静、梦幻。

我家庭院四周长满绿树，院子前边还有一大片林子，一亩见方，杨树、槐树、柳树、杏树、核桃树，高大茂密。细心观察几天，我发现我家树上鸟儿最多，布谷、水关关、斑鸠、野鸡、喜鹊等，有十多种。它们各占枝头，或引吭高歌、细声婉转，或啁啾、吟啼，各有音色、声调，从早到晚，在枝梢、瓦楞、墙头上逗趣，欢唱。有时众声交错，像开鸟的演唱会。

夜莺的歌声多在日落前的傍晚时分响起。两只夜莺，卧在高低不同的枝杈上，一身褐色的羽毛，从容、优雅，玲珑小巧的嘴轻轻翕动，互相唱和，优美的旋律在林子里飞扬开来。它们是一对恩爱的夫妻吗？也或许正在热恋着。

杨花落尽子规啼。布谷——布谷——，布谷鸟的歌声像云朵，在空中飘，忽儿东边，忽儿西边，忽高忽低，叫声也不停地变化着，一会儿布谷——，一会儿布谷——布谷，像表演口技。它在飞行中歌唱，歌声幽远高昂，跟着它的翅膀滑翔，我搜寻好几天，都没看到它的身影。

鼓鼓——鼓、鼓鼓等的叫声很好听，空灵，清亮。有一种鸟，叫声嘶哑，哇啊——哇啊——，听得人心里喘不过气。还有一种鸟，哇——哇——，声如婴儿啼哭，我一直没弄清这种鸟叫什么，为何这般鸣叫。

有一种鸟，腹部雪白，背部是蓝莹莹的黑，长尾的翅尖上也有一小段白，叫声响而沙哑，啊——，啊——，一声一声，尾音往上翘，它的叫声是变换的，有时啊——唧唧．啊——唧唧，似在与同伴对话。啄木鸟的声音是我熟悉的。它的长喙在树上有节奏地敲击，当，当当，当当，短促，响亮，充满力量。听到声音，循声仔细搜寻，它的身子贴在树身上，敲敲，听听，似在玩一种快乐的游戏。水关关的叫声很特别，像一个长音符，倏然一声，从空中滑过。听到它的歌声，天空准会落雨，很灵验。

中午，村庄像一个困倦的老人沉沉睡去。鸟儿在树上，在天空下不知疲倦地欢唱，飞翔。后来，我终于发现了这些鸟喜欢聚集在我家房前屋后的秘密。

家里没养猪鸡，每天吃剩的饭菜，母亲会收拾在一起，倒进门前杏树下的狗食盆里。黑狗十二岁，老迈而温顺，那满盆的吃食它不护，吃饱便躺在树下的阴凉里打盹。所以，狗食盆里的吃食，也是小鸟们的美食。脸盆做的狗食盆沿沿上，站一圈啄食的鸟儿，狗卧在旁边安静地看着，不扑不咬。鸟儿从容不惊。

场院的麦秸垛下，有一个大铝盘，里边有时是黄米和麸皮，有时是馍渣，边上还有一个水碗，那是母亲特意为小鸟们设置的饭场。鸟儿在枝头唱累、唱饿了，就轻轻落下来，饥有食，渴有饮，自在、欢畅。

孩子们在村子里追打嬉闹，扯开嗓子尖叫，做各种游戏。推着铁环你追我赶，拉开弹弓用一粒粒小石子射树枝上的鸟，爬上树掏鸟蛋，老鸟在空中惊悚地鸣叫，盘旋。我们将掏下来尚不会飞翔的幼鸟放在牛背上……村庄从早到晚，鸡鸣狗吠，牛哞驴嘶，大呼小叫，热闹、喧嚷。我站在场院里极力回忆这些曾经的少年时光，但我像一个来历不明的异乡人，什么都捕捉不到，只有辽阔的寂静。

那时，生活惶茫潦倒，日子缓慢、宁静、安详。日子说不上富有，但人内心简单、平静，活得简单、淳朴。没有塑料、农药，也没现在这么多纷繁的梦想与欲望，日子不慌乱，不急躁，粗茶淡饭，平静而安稳。现在，二三十年前的这些热闹，已经很遥远，凝固在时间深处，成了我记忆里忘不掉的黑白默片。村里80%的人被欲望裹挟着扑向城市，村庄像一个气息将尽的垂暮老人，在时间里安详地等待死亡。从早晨到傍晚，村子里几乎听不到什么响动。我立在树下、场院，很想听到孩子们一声尖叫，或者打闹声。没有，只有无限的寂静。

有天中午，我看见母亲坐在树下的凳子上，脚边有许多叽叽喳喳、跳来跳去的鸟，她将一只脚抬起，静静地看两只鸡蛋大的小鸟在她的脚背上小心翼翼、探头探脑，肩上还立着一只黄嘴小鸟。那些小鸟像一群顽皮的孩子，正在母亲身边啄食，玩耍。我默默地站在不远处看着，心头突然一片汹涌，我们将母亲孤零零地丢在村庄，丢在时间的对岸，鸟儿取代了我们儿孙绕膝的天伦之乐。我痴痴地看着，一只猫突然箭一样窜过去，鸟儿呼啦一声飞上了树枝。

那些从母亲身边飞散的鸟儿，多像她的儿孙啊。每年春节，我们姐弟带着儿女和孙子、孙女乘飞机、坐汽车，从四面八方飞回村庄，一大家二十多口人，在母亲身边喧嚷，热闹的气浪能把屋顶掀翻，吃饭得摆两张大圆桌。一两天后，四代同堂的欢乐就像母亲身边的鸟儿，呼啦一声四散了。然后，母亲再在孤单寂寞里期盼、等待下一个春节。

五

吃午饭时，母亲说，咋两天没见虎虎，不会是老死了吧？二哥说，前天他去张洼那边，虎虎还一路跟着呢。虎虎是母亲养了十四年的小黄狗，也许十五，已经很老，走路摇摇晃晃，脚步很沉。

二哥扛一把铁锨沿他前天走过的地方去寻。二哥说，若真死了，得挖个坑埋掉，不能让尸体在露天腐烂。不料，二哥扛着铁锨出去寻一大圈，前脚刚进门，虎虎后脚就跟了进来。一声不吭，默默地卧在屋檐下，痴痴地望着我们，一副很落寞、很忧郁的样子。

虎虎从不进屋。我们坐在屋里说话，它卧在门槛外边，扬着脑袋，竖起两只耳朵，静静地望着屋内说话的人，聚精会神地聆听。我相信它能听懂我们说什么，只是沉默着。

母亲整天屋里屋外地忙，没有时间和精力给虎虎洗澡，它身上生了跳蚤。所以，母亲从不让它进屋。

在乡村，狗不管多聪明伶俐，在庄户人眼里算不得什么金贵尤物，只是看家护院的"兵丁"。

与杏树下常年被铁链子拴着的黑狗不同，虎虎可以在村庄里四处自由游荡。家里人去哪里，它一路跟到哪里。我们坐在院子里吃饭，聊天，它蹲在两米开外，扬着脑袋，满眼深情地望着我们。有时，它试探着往桌下来，母亲骂一声："去，我把你个挨打的。"它便缓缓转身走开，很委屈的样子。扔一块肉，它嗖一下蹿过去，三两下就吞进了肚子。若是骨头，它一嘴叼上，风一般蹿出院门，藏了。然后迅速回来，伸出红红的舌头，舔一舔嘴巴，等下一块骨头或肉。扔了馍和别的吃食，它扑过去，闻一下，就不理识了。

老黑狗孤独、沉默，有时一连几天不吱一声。我相信它跟一个乡村老人一样，在寂寞与荒芜里，已经没有心思和精力操心人间的事情。但母亲说，黑狗灵醒得很，只要吱声，肯定有生人。虎虎听到鸟鸣苍蝇叫，都要汪汪几声，嘴碎，不顶事。

晚饭时分，家里的大灰猫突然回来，刚进院门，母亲就将拐杖顺手朝它砸过去。没打着，灰猫嗖一闪出了院门。

母亲说，你不知道，咱家这老猫不是个东西，饿了回来，一吃饱转身就走了，成天不见影子，老鼠把家都闹翻了，一只都不抓，养它干啥。

猫不抓老鼠，成群的老鼠钻进存放粮食的西房里闹腾，让母亲很苦恼，也很无奈，只能从集上买回粘鼠胶、老鼠夹子与老鼠们对抗。母亲不买老鼠药，说都是拿颜色染的，不光毒不死老鼠，反倒让那些害人精吃得肥肥胖胖。几乎每天早上，母亲都会从西房里拎出两三只老鼠，有大如鞋底的，亦有鸡蛋大的，皆黑色。我记忆里的老鼠都是灰色的，黑色还是头一次见。母亲笑说，老鼠跟庄里作物一样，变异了，不会是进口的转基因老鼠吧？现在人能得很，啥啥都能造出来。

母亲的话差点把我笑喷。这新名词是母亲杜撰的，还是从电视上听来的，抑或是侄儿们嘴上的闲聊。

我在门前的杏树下闲坐着，看一群蚂蚁排成长队来来往往，它们并没有搬运什么，却都急匆匆的，像赶一场庙会。大灰猫卧在不远处的树荫里打呼噜。一只巴掌大的黑老鼠从柴垛底下钻出来，在场院里寻寻觅觅，离猫不足两米远。不知是老鼠脚步，还是气味唤醒了老猫，它抬起头，瞅了瞅了那老鼠，然后，又轻轻将脑袋伏在前爪上，噜噜噜，很响。是老眼昏花没看到吗？不，它比我离老鼠更近，不会看不到。母亲说它是老猫，实际上并不老，不过六七岁的样子。我想它是懒得动，饮食无忧，何必费那份力气。安适的日子让它忘记了自己的职责与使命。

时代往前变化发展着，大地上的万物跟人一样，也在悄无声息地演进着。但猫不捉老鼠就丢了自己的本分，养着无用，要么被驱赶出门当流浪猫，要么蜕变一身迷人的奴相给人当宠物。

村里小队长到家里来了几次，希望母亲将门前的老坑院填平，说是上边对新农村建设的新要求，必须填，尽快填。母亲嘴上应着，心里却犯难，去哪里拉土呢？

面朝黄土背朝天，农村人土里刨食，天天在黄土地上挖抓，那里不能取土？母亲说，田野上的地都是庄稼地，即便自家的田地也不能随便挖坑取土。平原上的土不能取，去沟畔上取土费事，挖了土还得找车一车一车往回拉。是，偌大一个地坑院，得多少车土才能填平？我按母亲说的工价在手机上一算，把母亲吓一跳，请人得花近两万元。

当年，我们姐弟跟着父亲和母亲，用背篓和架子车，像蚂蚁搬家一样，花差不多两年时间，才挖出门前这个安家栖身的地坑院。

我们的艰苦劳动大都是晚饭后开始。那一年，两个姐姐和哥哥十多岁，两个弟弟还拿不动铁锨，我八岁多些。湿硬的黄土被我们一点一点用架子车、背篓、筐担弄走，长方形的坑院每天晚上往深处走一点。天上月明星稀，各种虫子在大地上吹唱。我们都累得干不动了，扶着铁锨打盹。父亲说，歇了吧，明天再挖。

我离家远行时，地坑院还是家，窑背上的场院边只建了两间泥瓦房。若没几十年前那场愚公移山式的劳动，也许就不会有眼前这个地坑院。现在，我们曾经的劳动成果和荣耀残留在风雨中，成了大地上的一块小伤疤，需要我们重新用自己的双手抚平，将曾经的家和日子深埋地下，不再接受阳光的照耀与抚慰。

坑院里的两棵杏树已长得粗如盘口，树冠高过地面丈许，繁密的杏子结满枝头。还有五六棵粗壮的槐树，它们的树冠在坑院上空形成一个巨大的绿色云团，把整个坑院遮蔽得严严实实，不管从空中俯瞰，还是从远处平视，都看不出这里有一个坑院。每年只有杏子成熟的季节，母亲才会下到老坑院里去，捡拾落地的杏子。杏子是水杏，如小鸡蛋，汁盈，脆甜。但杏树太高，没那么高的梯子，人无法爬到树上采摘，只能等杏子黄熟落地，才能吃到嘴里，且大部分摔得稀烂。

我能想到在我走后的近三十年里，我家的地坑院是怎样一天天在时间里荒废的。场院上添建新宅后，地坑院里便不再住人，窑洞渐渐变成存放柴草、杂物和农具的地方。坑院里人的脚步一天天稀少，门洞、窑上的崖面坍塌，门窗朽烂，落满尘埃，蛛网密布，鸟儿筑巢。随手丢进坑院的杏核，风吹落的槐树籽，被塌落的土块覆盖，在潮湿的坑院里发芽，幼苗追着阳光一天天往天空蹿。然后，就成了今天的参天大树。

填坑院，得先把坑里大树一棵一棵伐掉，再拉土，填埋，都是壮劳力干的力气活，花钱事小，去哪里请有力气的男人呢？母亲说，谁爱填谁填去，我没那份力气。

有浓荫，日子便多了一份生机、静谧和悠远。我知道母亲不会为填坑院而挖掉那些绿荫如盖的树。

六

村里谣谣奶奶突然死了。八岁的谣谣中午放学回家吃饭，跟往常一样，边推院门边朝里喊奶奶，寂静的院子里无人应她。进屋一看，奶奶脸朝下趴在上房脚地上。几个邻居跑过去，发现这个七十四岁的老人已经僵硬，不晓得是啥时间死的，也没人知道她死于高血压，还是心脏病。

村里老人一边帮着张罗后事，一边打电话往回叫老人两个在天津打工的儿子。丧事办得有些仓促、潦草，两个儿媳和孙子都没回来，前来吊唁的亲戚，大都是老人和娃娃，村里上门帮忙料理丧事的，亦多是老人。鼓乐唢呐班子高亢、沉郁的乐声绕过村庄，在空旷、辽阔的田野上一阵一阵飘出很远。打坟是力气活，相当于在地面上给死去的人挖一个长方形的小坑院。村里找不到打坟的人，请来一个挖掘机师傅，没承想，那厮开着挖掘机轰轰隆隆，将坟挖成一个没沿没形的大坑，村里几个老人又赶紧拉着土坯去往周正里垒砌。

在我的老家，一个人不论活着时多么贫穷、弱小和猥琐，受怎样的屈辱和不堪，死了，都要走得体面一些。两三寸厚的松木棺材，大而沉，出殡的时候，主事人喊一声：起灵！

沉重的棺木应声而起。不管坟地离家多远，灵柩抬起就不能再落地，途中十多个壮汉轮换着抬，快速向田野里已经打好的墓穴急走。老人们说，人死如灯灭，魂魄化作一股气飞走，留下的尸身没支撑，比活着时重好多倍。沉重的棺木、尸身和粗壮的木杠子，压在肩头很沉。我没帮人抬过棺，不晓得到底有多沉，据抬过的人说，死沉死沉，压得人喘不过气。

村里找不到青壮年，又去邻村请，仍然没请到几个能抬灵柩的人。无奈之中，老人们想出一个不是办法的办法，将灵柩抬到架子车上，一路拉到坟上下葬。

亡人下葬后，头七天，儿孙们每天夜幕降临前，要去坟头点一盏长明灯，天明再取回，说刚入土的人，怕黑，孤单。这古老风俗里有亲人对亡人的哀伤、思念与不舍，也传承着骨肉亲情伦理。

老人下葬后第二天，我从谣谣家门前经过，大门已是铁将军把门。邻居常顺说，两个儿子昨儿下午就走了。我一时语塞，和常顺简单说了两句话，就匆匆走开了。

晚上天刚擦黑，有人的院落就早早关了院门。村子里死一般寂静，一片漆黑，天上的星子很大很亮，繁密如织。睡觉还早，闲坐无事，我出门找邻居勇强聊天。

五十三岁的勇强是村主任。远远的，看见他家屋后檐下，有亮光一闪一闪，像一小片萤火虫在发光。走近，才看清是村里几个孩子和腿脚不顶当、未出门打工的中年人坐在一起玩手机。不说话，都埋头盯着手机屏幕。我说，黑咕隆咚的，咋都坐这里玩手机呢？一个男孩抬起头说，蹭宽带呢，这里有 Wi-Fi（无线宽带）。

离大门还远着，勇强家的藏獒就凶猛地吼，扯得铁链子在地上哗啦啦响，它的吼叫像石子投进了水里，刚刚沉进黑暗中的村庄突然被唤醒，一片狗吠。

勇强手里提着铁锹出来，骂狂扑的狗："叫甚，老实卧着。他的话一落，那狗立马安静了。"勇强一边让我进屋，一边说："你回来几天，我想着过去跟你坐坐，早出晚归，天天开不完的会。"

我笑说："当领导不就是开会、讲话嘛。"他抬眼看着我："我是啥领导，跑腿的，烦毡透了，一个月给千把块钱，忙得脚打后脑勺不说，还尽挨骂受气。你说这现在的人都怎么了，跟过去完全不一样，自私、贪婪，眼里只有钱。就拿评低保来说，谁敢不按上边政策办，这一变，可不得了，一个个脸红脖子粗，骂得唾沫星子乱溅，我还得赔着笑脸解释。"

勇强的上房和东西偏房都是一砖到顶的平顶子，装修时尚。两个女儿，一个出嫁，一个在浙江打工。他在城里也买了房，妻子住在城里，在一个工程队当抹灰工。工头是他的初中同学，一个月开三千元，劝他去工地看料场。他不去，说自己喜欢乡下兮活。

我不清楚勇强跟他父母的关系是怎么僵的。勇强的父亲汉斯在世时，老两口一直住在勇强家旁边的两间老屋里。汉斯去世后，勇强一次次劝母亲搬过来跟自己一起过，老人就是不点头，硬是一个人过生活。

"汉斯老伴抠得很，去年乡上庙会唱戏，捏两块钱跟我去逛庙会，渴了一天，连一瓶矿泉水都没舍得买。园子里十多棵花椒树，一年能产上百斤花椒，舍不得留一把自己吃，都卖了钱，留些花椒翻晒时掉落的枝枝叶叶炒菜。"母亲说，"汉斯老伴每年核桃、花椒、杏干、杏仁、黄花菜能出产四五千元，一分都舍不得花，攒下全给了两个女儿。"

我每天散步经过汉斯家的老屋，总能看见汉斯的老伴坐在炕上，静静地望着眼前的墙壁，一声不响。我在田野上转几个小时回来，她仍那样坐着。门外的墙上挂着几串玉米芯子。我心里纳闷，那玉米棒子上的玉米剥掉了，那些干芯子不当柴烧，挂在墙上做什么用呢？母亲说，汉斯老伴不串门，成天就那样一个人在屋里静悄悄坐着，不知道在想啥？

没人知道汉斯家门前的这棵老杏树，曾在我的心灵深处留下过一个小疤痕。它仍然耸立在原地，树身比先前更粗壮，冠盖如云。

那年夏天，晚饭后我爬上这棵树偷杏子，用草绳将两只袖口扎住，摘满两袖筒黄熟的杏子，正要下树。汉斯一家突然从屋出来，拿着小凳坐到杏树下纳凉、扯闲。

夜色和浓密的枝叶遮蔽着我。我坐在树杈上，只要不出声，没人知道杏树上有人。但我在树上被尿憋得腿肚子一颤一颤，很痛苦，却不敢下树。憋急了，便在树上对着树干尿尿，让尿顺着树身往下流，没想这一泡急尿救了我。

溅飞的尿滴从枝叶间飘落，我的目光透过枝叶的缝隙，看到汉斯伸手摸了一下头，说露水下来了。

树下的人一进屋，我从树上下来，吹着口哨回家。那年我五岁。

听我说起这段糗事，勇强笑得一口茶直喷出去，手上的茶杯差点掉到地上。愣了半晌，说，没想到你小时候那么坏。

我说，不是我坏，怪你家杏子太好吃。然后，我们都哈哈大笑。

勇强那年当兵退伍时，从张掖带回一个像苟花一样美的时尚女子。出门手牵手，甜蜜得让人看着头晕。婚后生个女儿，比她母亲还漂亮。他们不一样的幸福人生，让村里年轻人颇羡慕。

只是，谁都没想到，六年后这对自由恋爱的人，如胶似漆的爱，碎成了一地玻璃碴子。妻子带着女儿离他分道扬镳。看到面色憔悴的勇强，青年男女一片唏嘘和感慨，他们曾经的恩爱、相知、理解像一面土墙，轰然倾塌，让追求爱情的年轻人怀疑他们曾经看到的一切是否真实。世间真的有真爱吗？但他们看到的一切又是不容置疑的。也许是现实在时间里悄然发生了不易觉察的、令人猝不及防的改变。

据说，勇强就是那年跟父母分家的。

一对曾经爱得死去活来、不知天上人间的人，半道上分开，谁会思念谁到老去？谁又能从寂静、令人倾慕、惊艳的外表下，听到窸窸窣窣的断裂之声？

东拉西扯聊半晚上，从勇强家院里出来，已是深夜十一点多。蹭宽带的一溜人，还坐在屋后的墙脚玩手机。

穿过浓重的夜色回到家，桌上电视开着，正播着一部古装电视剧，母亲在炕上睡得很沉，有轻轻的鼾声。我的心里突然涌起一股无法言语的惭愧和悲伤。在城市，我的生命被喧嚣和欲望缠绕，不懂得父母在孤单寂寞里的守望，贫穷怎样，富有又怎样，家在哪里，生命的根就在哪里，哪里就是幸福的源头。有什么比堂前的亲人更重要。

七

我没想到，家里的自来水已很难饮用。水龙头要开很小（大了，水浑油不堪），让水像一根线慢慢流进水桶，放着沉淀半小时，等桶里水清澈了，能看到水面浮着一片蓝汪汪的油星，还有漂浮着许多白色颗粒物。除去上面的浮油杂质，倒进水缸再沉淀。做饭时，先将水在锅里烧开，盛进盆里沉淀几分钟，上面又是一层浮物，用勺子掠去，再慢慢倒回锅里，盆底会剩一层细沙似的水垢。如此折腾，做一顿饭很是费力劳神。用新买的铝壶烧水，烧几次，壶内便结满厚实的水垢。

我问村里的老人，还走访了周边几个村子，情况都一样，吃水成了乡亲们的一件头痛事。村里八十五岁的老姚说，咱这里，祖祖辈辈多少代人了，哪辈人为吃水发过愁？乡亲们都说，是田野里长出的那些油井架子和磕头机祸害的，因为没磕头机前，原上的水质一直非常好。

记得我四五岁时，公社就已经有机井，家庭条件好的人家，买一个大油桶做水桶，用架子车拉着去机井上拉水吃，一桶水先是收费五毛钱，后来涨到一块、两块、五块。有机井，吃水轻省，但村里大部分人家仍然挑着桶到沟底担泉水吃。泉水清冽、甘甜，冬暖夏凉，再冷的冬天都不结冰。

泉很大，小拳头粗的泉眼，清泉哗哗哗，泉满了，从留着的出口流进旁边的大池子饮牛羊，池满了，溢出的水分向而去，一股顺着山涧一路欢歌，流向前方的水库和川道里的泾河，一股沿渠进入旁边生产队菜园与果园，成为灌溉用水。

我几次沿着荒草没膝的山路下到泉边，青条石垒砌的泉已塌得不成样子，只有泉底一点水，静静地像一面镜子映着蓝天。石缝间长满蒿草与苔藓。也许泉眼被淤泥堵塞了，整修清淤后，仍会清泉如涌。但二哥说，泉水枯竭了。

离我家两百米左右，田野里呈扇形分布着四五眼机井，我还隐隐记得乡亲们打井时的热闹场景。每眼井出水都很旺，水很清很凉。每个村子都有几眼机井，吃水便利了，村里人便渐渐淡漠了泉水。每天早晚井上抽水、放水时，村道上担水和拉水的人流如赶集。除日常生活用水外，机井都连着阡陌上纵横交错的灌渠。这些机井和灌渠，当年我离开村子时都还使用着，现在都一个一个废弃了。

家里吃的自来水据说是从川道里接上来的，我无法确认水里的油污，是否跟田野上的磕头机有关，只是，它们转动不到两年就停歇了，往来穿梭、压坏柏油公路的油罐车也不见了，打不出油，磕头机在风里静静地沉默着，跟那些机井上塌陷破败的泥坯井房一样，成了绿色原野上无语的怪物。

吃过晚饭，太阳还有一竿子高，周围几个村庄就争先恐后地响起舞曲，一会儿《彩云追月》，一会儿《红苹果》，跟比赛似的。

母亲说，跟城里人一样，跳广场舞呢！

一切都在快速发展变化着。从前的黄土村道，现在变成一条条直通家门口的平坦柏油路，还有明架光缆，想装宽带，一个电话，坐在家里就能走进世界。村里的姚王小学已在十多年前变了模样，一栋三层的教学楼和一栋两层的综合楼取代了先前砖木结构的瓦屋。宽敞现代的校园里一片寂静。记得我在这里念书时，课桌先是黄泥的，之后是水泥的，但学生很多，一个年级三四个班，近千学生。现在听说一个年级只有七八个学生。也许过不了几年，校园就会变成一座寂静的废墟。

村委会前的文化广场上，不光有演出的舞台，还有篮球场、乒乓球桌、十多种健身器材。七八个中年女人在舞曲声里踢腿扭腰，舞步看上去有些生硬。五六个小学生模样的孩子在打篮球和乒乓球。几个

老汉坐在一起吃烟、聊天。

通往乡政府的公路两边是成行成片的小康村，规划整齐、设计时尚的四合小院，一色儿红瓦白墙，还有高大院门上的太阳能热水器，在碧绿的田野上显得很耀眼。我踏着薄暮从一座座庭院门前走过，大门上大都挂着铁锁，只有少数几个院落里有灯火。

那些像云朵一样漂向远方的故乡人，有几人会返回村庄？村庄在发展中快速地变化着，却跟不上年轻人漂泊他乡、追求梦想的脚步，时尚光鲜里透着难以言说的寂寥与衰落。在我眼里，漂亮宽敞的村中心小学和幼儿园，并不比城里的差，但我知道，过不了几年都会关门。

并不是所有的东西都会被河流带走，我是故乡丢失的孤独的孩子。有一天，那些安居现代都市的年轻人，会不会也有我这样的感叹与忧伤？

八

早晨母亲总比我起得早。我刚洗完脸，见母亲拎着锄头往外走，我赶紧追出去。母亲说，她在亮子家门前的一亩荒地里种了些玉米，去锄锄草。我抢过锄头，将母亲劝了回去。

我离乡时亮子还年轻，四十五六岁的样子。亮子的两个女儿在外打工时，一个远嫁山西，一个嫁到了贵州，儿子在玉门打工、结婚、安家。瘫痪的老伴死后，亮子患眼疾，一个人磕磕绊绊守着老屋熬煎了几年，最后被儿子接去玉门生活。他家的院落是泥坯垒砌的老瓦屋，多年不住人，已显得十分破败，屋顶上的青瓦一片一片凹陷，随时会坍塌的样子。院墙塌倒，从豁口望进去，满院荒草，两棵枣树在里边疯长。

亮子是极不情愿离开故乡的。记得那年回家，他坐在院子里晒太阳，我劝他去玉门跟儿子过，他捶胸顿足地说，不去，老子哪里都不去，黄土埋到脖子的人了，不能把一把老骨丢在外边。

地里玉米被房前屋后高大的树木罩着，见不上阳光，地边上的玉米长得很瘦弱，稀稀落落，只有田地中间一片长势不错。我挥着锄头在地里劳作，几个路过的人站在路边观望，我的劳动热情肯定让他们费解。整整一上午，我没看到田野里有人跟我一样劳作。我在大地上的身影奇怪而孤独，像村口那棵孤独的老柳。

一个村庄，就是大地上一盏亮晶晶的文明的灯火。古老的村庄不仅是生活场域、经济聚落，也是文化保存、传承和生长的地方。现在，这些灯盏正不断地一盏一盏灰暗、熄灭。

过去读书、经商和做官的人，不管走多远，也不论在外边风雨兼程多少年，最终，他们大都会携带着增值的资本与文化返回故乡，落叶归根，那是一种自然的文化循环。现在这种绵绵不息的循环，被新的价值理念和时尚潮流切断了，村庄成了单向出发地，人无休止地向远方流失，一去不复返，村庄不再是永久的安居地。老迈的亮子西出阳关，他即便想落叶归根，有力气回来吗？他是否还记得因邻居占了自家的一犁沟地，两家人挥锄相向、打得头破血流的曾经？在一个个落日的黄昏，他会想起左邻右舍那些熟悉、亲切的面孔吗？母亲说，亮子怕是死在外头了，出去七八年，一点消息都没。也许吧。

下午闲着无事，我跟二哥扛一把镢头，去沟坡上的园子里转悠。没想到，我小时和同伴们无数次玩耍、割草、偷果子的烧锅园园和园子滩，竟是先人们烧造砖瓦陶器的工厂区。

山野层层叠叠，辽阔，苍茫。远山近岭、沟涧山坡上错落茂密的树木、荆棘、荒草，微风在树梢上簌簌响，一切似乎仍是几十年，甚至几千年前的样子，安静，岑寂。沟畔上一孔孔窑洞里的温馨、吵闹、炊烟、嬉戏，窑圈、院坪上鸡飞狗跳，大人孩子大呼小叫，戏台上的锣鼓声、出工时的吵嚷声，那些深埋在我儿时记忆里的热闹场景真的存在过吗？

我曾和伙伴们在山坡上放羊，在沟涧溪流里打闹，在水库里游泳，躺在草地仰望蓝天上的白云，挥舞镰刀割牛草，爬上杏树、核桃树、梨树摘果，钻进生产队的菜园偷黄瓜，跟着大人在山坡上的梯田里劳作，与对面梯田里的邻村人骂仗……现在，窑洞废弃，山野寂静，梯田荒芜。

坡畔上一层层一排排废弃的窑洞，像一只只空洞的眼，在时间里慢慢塌落、消失。乡亲们多幸福啊，赶上好时代，短短二三十年就过

上了先人们需要好多代、上千年努力才能过上的好日子。搬离破旧窑洞，在原野上建起砖瓦屋舍、红瓦白墙楼房，不用舞锄头、镰刀就能丰衣足食，曾经生活在这片黄土地上的祖先，哪个能想到今天的发展与变迁？

　　二哥带着我，在曾经疯玩过的山坡沟坎上寻寻觅觅，烧锅园园的地塄坡坎上，裸露的树根下，在风吹雨淋中露出一堆青砖断瓦。我不懂考古，但二哥说，这些薄厚不一、质地各异的断瓦残砖、淡红色陶片和夹砂陶，从烧造工艺、色泽与质地判断，有汉代和宋朝的，也有明清时期的；而那些厚朴的夹砂陶，应当是仰韶时期的。那么，那些高大敞亮的窑洞又开掘于何时？那废弃的窑洞也有我家住过的。从我记事起，沟坡崖畔上几乎所有的窑洞都住着人，破门烂窗，一家两三孔窑洞。有的人家，一家老小五六口人挤在一孔破窑里生活。这些避风向阳、冬暖夏凉的窑洞，是我们祖上一代一代传下来的吗？

　　我走进一孔窑口塌落的窑洞，抚摸墙壁上寸许厚、黑硬如铁的烟垢，那是生活的烟火一缕缕浸润进时间深处的佐证。有的窑洞里还有曲折幽深的地道，通向山坡上某一处隐秘的出口。人们在窑洞里居住，生儿育女，在坡下呈手掌形的厂区里烧制砖瓦、陶器，用自己辛勤的劳动与智慧换回简单的生活用品。

　　我和二哥挥起镢头，竟从一堆瓦砾里挖出两块厚朴完整的老砖。脚下大量的断瓦残砖和碎陶片，是烧制中倾倒的残次品，还是人逃离后窑厂坍废的遗留物？他们从何处来，又为何离开这里？丢弃家园迁徙是被动的，是战火、土匪侵扰，还是自然灾害、瘟疫让他们匆匆逃离？现在村庄里一代一代生活下来的人，是这片田地上的土著，还是从别处迁徙而来？一些险要地段先人们捕杀猎物的胡圈（井状深坑），四壁长满杂草和荆棘。小时候，山野里各种野物成群出没，夜里，狼和狐狸常潜进村子吃鸡叼羊。父亲曾在两口胡圈里发现过一只困死的黄羊和狼。那条从远山里延伸进来的刀背似的山脊，被乡亲们起了一个生动的名字——野狐子桥梁，意思是其险只有狐狸与狼敢走。眼下，辽阔的山野什么野物都没有，不光人纷纷逃离，就连各种野物也在人的取舍中改变、消遁了。山野里绿波浩荡，沟深林密，却难见野物踪迹，它们去了哪里？

从齐腰深的杂草和果树林里穿过园子，绕到堡子上，我在微风里，坐在草地上，确切地说，是坐在几千年前的旧城遗址上遥想一座城，一座四面悬崖的孤城。

堡子像村庄里伸出的一把大勺子，从平原上进堡子，勺柄是唯一的通道，那道窄而高的土梁，也许就是堡子曾经的城门。从泾河川沿山沟进来，想从四周的谷底登上堡子，绝非易事。堡子四面的悬崖，就是易守难攻的城墙，纵有千军万马，也难攻掠。这座长方形的城池上，每隔几十米就有一道壕沟，堡子上的窑洞已被时间掩埋，但有的地方，还能看到一弯浅浅的窑口。

堡子面向烧锅园园一侧的悬崖边，有一道通向谷底的隧道。从隧道里下去，沿谷底的溪流上行百米左右，有常年不息的泉水。这条从崖体上掏挖出的取水暗道，已在时间里塌落得只剩一个隐隐的残口。崖下的泉水早在几年前就干涸了。

我和二哥在壕沟的墙壁上、土塄上寻到许多薄而质地细腻的红陶片。二哥说，这是仰韶时期的陶片。这些散落、淹没在泥土荒草里的文明碎片，让我想起新疆吐鲁番的交河故城。脚下沉入历史黑夜的古老城池下，掩埋着祖先们怎样的生存秘密？

堡子上的传奇，我曾听老人们零零碎碎说过一点。那些细碎、模糊的信息，在漫长的时间里被磨损、淘洗、遗忘，任意篡改和增删，早已真假难辨。我和二哥提着半筐古陶片和几页断瓦，立在正午的阳光与风里，像堡子上苍老的杏树，默默眺望苍茫处我们遥远的身世。

九

我在冰凉的风声里醒来，鸽子扑喇喇从院前飞过。屋后有苍老、沙哑的咳嗽，这是谁的声音？噢，对了，是养鸽子的晓晨的爷爷，一个孤独而脾气火爆的老人。在一种浓重的忧郁和伤感里，我结束了这些碎屑似的陈述，在朝阳里背起行囊离开村庄，重返喧嚣的城市。这是 2017 年 6 月 14 日的早晨。我知道，转眼，村庄里的一切就将沧桑和虚无，下次我还能陈述什么？

"我一无所有地漂流……"秘鲁诗人瑟塞尔·瓦耶霍的这句诗，多像我这个乡村游子的人生啊！

2018 年 6 月 14 日，初稿

2018 年 11 月 10 日，修改

姚木匠

　　回故乡的当天下午，我就听到一个坏消息，村里花子的老爹死了。

　　第二天，我在村口碰上花子，他正骑一辆锃亮的摩托车进村。我问木匠找着没，他气呼呼地说："他妈的屄，都死光了！"

　　他从白银的建筑工地上灰头土脸地连夜赶回来，二十多个小时没合眼，跑了一天，娑罗原远近几十个村庄，竟没寻到一个为他爹打棺材的木匠，心里窝着火。

　　上好的松木寿材，三寸厚，是花子爹十几年前就早早备下的，但现在，四处寻不到木匠。

　　娑罗原广袤辽阔，土地肥沃，人口稠密，以前有木匠、铁匠、皮匠、弹花匠、毡匠、缝纫的、磨刀的、箍缸的、做豆腐的……大地上的每一个存在都有生命周期，不会永远存在下去，时间会改变一切，这我知道。但三十年不到，那些手艺精到、心地质朴、脸黑手糙的手艺人就消失得干干净净，还是让我颇感突兀、陌生。他们都去了哪儿？

现在是 2016 年的深秋，我走在故乡的村庄、街道、原野，那些曾经碎屑似的存在，伟大或者卑微，仍栩栩如生，如暗夜里闪烁迷离的灯火，在沉默中诉说、吟唱。

一座寂静的村庄，一个归来的浪子，如呼啸的风，在故乡的旷野上吟唱诗人瓦西多·罗扎诺夫的诗句："我曾以为，一切都是死的，所以我歌唱。而今我知道，一切都有终结，于是歌声止息了。"

也许，能记住的，大都是刻骨铭心的吧。

花子爹是木匠，姓姚，人称木匠姚或姚木匠。老姚原本要把木匠手艺传给花子，全套的木匠工具都齐活着，但事儿还未开头就出了岔子。那年，木匠姚五十出头。木工是力气活儿，拉大锯扯原木、抡斧头、刨木板、锛子削木料都需要力气。木匠姚心里有些急。

锛子有点像镢头，刃具扁而宽。用锛子削平木料，有力气，还得有技术。木匠姚站在圆溜溜的原木上，像抡镢头或镐头，一下一下，锛掉原木上坚硬的节子，檩子上该锛平的地方要锛平。锛子锃亮的刃头，在离他脚指头不足一寸的地方起落，有时甚至会吃进鞋底的木头，分寸稍微掌控不好，锛子就会锛到脚上。但木匠姚一次都没锛到过自己的脚。

大锯扯原木，牛腰粗壮的原木竖起来，用大铆钉固定在树或桩子上，搭起脚架，宽而厚实的弧形大锯，锯齿如小拇指，两人沿着打好的墨线拉动大锯，咬着牙一口气从上锯到底。

大锯扯原木是木工里的粗活儿，多是年轻徒弟扛。但木匠姚没带徒弟，只能亲自上手。一块木板扯到一半，木匠姚的气就喘得急了，要停下来，吃一锅烟，抿几口茶。一根原木扯完，木匠姚要歇五六次。

已经干了三十多年木工活的木匠姚，不光力气不助，手也抖。端墨斗打线，线拉起来眯了眼瞄，"啪"一声，墨线弹下去，有时竟跑线。木匠姚心里焦虑，觉得花子学上得漫长，三年长得像三十年。

花子心灵手巧，爱画些花花草草，平日里也喜欢给老爹打下手，木匠姚心里欢喜，一心等着花子初中毕业跟自己学木匠。

与下大田的村民比，木匠姚的活儿是轻松的。雨淋不上，日头晒不着，别人在田野里挥汗如雨，他围着生产队旦一堆破损的板凳、木犁、架子车、牛车等生产工具敲敲打打、修修补补，没人在他身后吃五喝六，自由、从容，修好一批拿走，又送来一堆，还要不时补做一些新农具，一年里难有闲的时候。

土地承包后，木匠姚的日子很快便体面起来。手艺人除了能挣钱，不管到哪儿，伙食不亏待，好茶好烟侍候着，都怕照顾不周，匠人做活儿不上心。

生活好转，农村姑娘结婚，也学城里人，要缝纫机、自行车、手表和录音机，"三转一响"新时尚让许多家长难肠得跳脚。两个大儿子结婚，木匠姚竟变戏法似的都给备齐活了。远近的人都觉得木匠姚有本事。也有人背后嘀咕，说他手里有祖上留下来的银圆。他的祖爷爷曾是方圆百里有名的地主。

手艺人受人尊重，农村孩子有个手艺，一辈子就能养家糊口，不愁吃穿。20 世纪 80 年代，不少农村家庭的光景还普遍艰难着，手艺人的日子都比寻常人家亮堂。村里会木工活的匠人有好几个，但木匠姚手艺好，活做得精细，脾气温厚，十里八村有名。建新宅做门窗、老人去世打棺材、孩子结婚做家具，凡木工活都争着请他。所以，远村近邻，不少人都想让孩子给木匠姚当徒弟，一拨一拨登门的人，在他家出出进进，像春节里走亲戚。木匠姚坐在炕上一边吃烟，一边听对方絮叨孩子学木工的原委。

木匠姚吃烟，只吃自个儿种的老旱烟。他在屋后一块巴掌大的地里种烟叶，比抚弄菜园、庄稼还精心。施肥、打杈、晾晒，将烟秆和烟叶收拾干净，按比例混在一起，绿茵茵一布袋子，便够一年享用。

烟锅亦是他亲手做的，玛瑙烟嘴，中间一截小拇指粗的桃木烟管，红润光亮，装烟丝的锅儿是黄铜的，朴素里透着精致。他不吱声，只默默地吃烟，满屋里灰腾腾的烟雾。烟吃畅快，对方长长短短的苦焦也说完了。木匠姚将黄铜烟锅在炕沿上敲敲，磕掉烟灰，说："给娃寻个别的营生吧，我不带学徒。"

也有七绕八拐托亲戚说情的，木匠姚皆不应茬。他已在心里盘算好，要将好手艺传给花子。

我和小伙伴们在村口玩耍，有时看见有人领着半大男孩，提着礼当往村子里来，就知道是去寻木匠姚拜师的。因他家两个女娃，还远未到谈婚论嫁的年龄。

木匠姚要去徐王村给人打家具，前一天已给请匠人的东家说好，这次打家具，会带上自己的三娃当学徒，孩子只管吃管住，不要工钱。

夜里，木匠姚在灯下给花子絮絮叨叨了半夜，花子埋头听着，不吱声，不说去，也不说不去。这年，花子十五岁，刚初中毕业。

早晨，父子俩相跟着出门时，不知为啥，花子哗啦一声，将工具箱甩上了他家的屋顶。木匠姚一转身，瓦片与工具已噼噼啪啪从屋顶上飞落下来，气得丢了大锯，拎起门口一把镢头就追打花子。花子在前边跑，不时回转身，脖子一梗一梗的，似在辩解，犟嘴。那天，我在我家屋顶上晾玉米，风大，听不清花子犟什么。花子已经跑得没了踪影，木匠姚带着哭腔的骂声，像炊烟一样，还在村子上空缠绕着。

花子没继承爹的手艺，在老爹厌恶的目光里干了半年农活，一声不吭出了远门。

木匠姚一直不晓得花子在外边干什么。邻居告诉他，花子在城里跟人合伙做生意，倒腾服装和电子手表。他吃着烟，脸黑黑的，不声不响，仿佛人家说的不是他的儿子。

有一年暑假，我在城里碰上花子，时髦的喇叭裤，头发也烫了卷，挺洋气。

花子在外边混了七八年，回村时脸上多了一块刀疤。没手艺，先跟村里人在建筑工地上当小工，搬砖、拉沙、卸水泥。后来，跟村里铜娃学砌墙，成了抢瓦刀的大工。大工虽说仍少不了风吹日晒，汗湿衣衫，但工钱比小工高出一大截。

"那天早晨，你跟你爹到底咋了，为啥突然将工具箱扔上了屋顶？"我心里一直搁着这个拂不去的谜团。

花子一脸神秘："想知道，先请我吃一碗羊肉泡馍。"

"你想上学，到城里上高中、上大学，压根儿就不愿学你爹的手艺。"听我这么说，他脸一阴，转身就走。夕阳把他的影子拉得很长，一晃一晃，背影里有难言的孤独与忧伤。我后悔，不该戳到他的伤处。

前年我回老家，他已拿积攒的二十多万元，在离老屋不远的小康村买了一院新宅，三间上房，东西偏房亦宽敞，皆一砖到顶，贴着洁白的瓷砖，耀眼、气派，还有一个不小的后院。

去年北京，今年四川，花子像候鸟，跟着包工头四处跑。一年里只春节回家几天，一过正月十五就又走了。

头几年，花子出门总带着媳妇，他砌墙当大工，媳妇在工地上做饭。十亩地荒着，他让邻村的良子耕种，良子问他每年要多少租金？他用常年握瓦刀的大手拍拍良子肩膀，像拍他正在砌的砖墙，说啥租金不租金，我那地块好着呢，荒了可惜，若收成好，碾了新麦，给家里扛两袋子。

三个儿子结婚后，都跟木匠姚分开过日子。三年前，老伴过世，八十六岁的木匠姚跟花子生活。为照顾老爹和两个娃上学，花子让媳妇留在老家，把租出去的地又要回来自家耕种。

花子媳妇不愿进木匠姚的屋，嫌屋里味道大，做了饭，碗上搁一双筷子，有时碗放在门外的窗台上，有时搁门口的小凳上。不论什么饭菜，稀稠每顿皆一碗，也不问木匠姚一碗饭能不能吃饱。

也许花子媳妇是唤过的，但木匠姚老了，耳背。他估摸着是吃饭时间了，窸窸窣窣摸到门口，碗沿上不是一两只麻雀，便是一只鸡在旁边，脑袋像捣蒜似的在碗里啄。他不声不响端了碗进屋。然后，再默默地将空碗放回老地方。为何不骂、不埋怨？也许在他的心里，生命老弱如无助的婴儿，有碗饭吃，已经不易。沉默里，是他对人生繁华过后内心的豁达与安然。

在我的印象里，木匠姚极爱干净，也是细心人，衣着干净体面，做活井井有条，锯子、斧头、凿子、刨子，每样有多种型号，一大堆工具和各种正加工着的家具半成品摆得齐齐整整，细心、从容里，有传统手艺人的风度。满地木香的刨花，他在中间不紧不慢地默默忙碌，像一朵沉静盛开的莲。

在上海工作的堂哥世英说，木匠姚当过他的小学老师，教语文和数学，画花鸟很有功底，毕业时给他的杯子上画过一对鸟。会拉二胡、吹笛子，是多才多艺之人。他每次回老家探亲，都会去看望木匠姚。但从我记事起，老姚就一直是木匠。

晚年的木匠姚不糊涂，言语清晰，还时常戴着眼镜看一些泛黄的药书，但极少出门。他像一粒遗落在时间深处的坚果，面如秋水，在沉默里与自己促膝谈心，是回味儿女们在他的庇护里成长的欢喜与热闹，还是手艺人的传奇过往？在无限的孤独与寂寞里，面对生活的沉重和无常，也许他想弄清楚这辈子到底什么地方出了问题，让他的生命到了这般境地。

阿多尼斯说："我的孤独是一座花园。"

我相信，木匠姚的晚年，亦是一座孤独的花园，铺满苔藓的小径上是层层叠叠的神秘故事。清晨、黄昏，或者花朵隐秘盛开的夜晚，他在心灵的花园里独自漫步，表情宁静，沉默不语。沉默并非不想、不思考，也许是想不明白，无从说起。所以，没人知道他在思想什么。在回味与遐想里，他肯定透彻了许多事情，知道所有的亲情、所有的悲欢都将在某一天，以亘古不变的姿势重回大地。

媳妇对老爹不孝顺的闲话传到花子耳朵里，他脖子一梗，说不可能，我跟媳妇睡一个被窝，能不了解，别瞎嚼舌头根子。

其实，事情很简单，花子只要问问自己的老爹，或者两个孩子，就清楚了。但花子不问，他相信自己的女人。

木匠姚曾给我家打过一次家具，木料是家里备的，管饭，工钱每天两块钱。

早晨，我们刚起床，木匠姚已在工棚下不声不响地忙碌着。他先用刨花生火，一个大搪瓷缸子，上边拧着一个铁丝把手，丢一把末子茶叶，罐罐茶在炉子上沸着。他静静地蹲在一边吃烟，神态松弛，一脸淡泊、宁静，似在想什么，又像什么都没想，像一块沉默的木头。长年与各种各样的木头厮磨，他便有了木头的沉稳与定力，皱纹和眉宇间有隐隐的儒雅之气。母亲端来馍和菜，茶已在烟火熏得黑乎乎的茶缸里咕嘟好，便就着一大杯浓酽得能吊起线的茶吃早饭。吃过饭，茶喝畅快了，棚下才响起工具的起落声。他的不急不躁里，有长者的淡定与从容。

他慢腾腾的从容，似乎要把时间一点点弯曲，拉长，变成图案，或者裁剪成段落，把正在经历和正在消失的都镶嵌进家具里。

他不吃纸烟，嫌淡，没劲。有人敬一支烟，他顺手夹到左耳上，那根纸烟便一天都搁在那里。右耳上夹一截不长的铅笔，用时伸手往右耳上一抹，用过，又放回老地方。"功夫都没白花的，慢工出细活！"似解释，又像不经意间的自言自语。有时，他会这样说。

我那时八岁多些，放了学，就跑到棚里看他做活。有一天，他把茶缸递给我，说很香，喝一口。我呡一小口，咽不下去，苦得像汤药汁，转身吐了。他在一旁看着笑，一脸开心。之后，每次看他喝熬得黑而黏稠的罐罐茶，我的嘴里就不由自主地泛苦水。

细雨绵绵，虽是仲春，但微风里依旧带着一丝寒意。工棚里弥漫着新鲜刨花散发的淡淡木香的味道，那是树木经年累月从大自然里吸附的清香。他默默地做活，我蹲在旁边帮他照看火炉上的胶水。不管什么家具，他尺寸拿捏得极精准，咬合之处只涮一点点胶，从不用钉子。他喜欢让我打一点下手，比如帮他扯墨线，拉小锯锯一块小料。他叼空给我做过两个小玩具，一个拳头大的陀螺，一把小巧而精致的木手巧。

金黄的油菜花在田野里怒放、铺展，屋前芬芳的梨花刚刚谢落。高大的槐树在阳光里簌簌而响，花香如春雨，纲细密密，一层一层落下来。花朵与花香跟木匠姚一样，都在时间里精心营造美。

他能从一块木头层层叠叠的细密纹路里，读出一棵树成长的年份，是长在山坡的阴面，还是阳面，能看见树曾经的心事与故事。一块已刨得平滑光亮的小木板，他眯缝着眼睛在手里翻来覆去地瞄，半晌，又拿起刨子刨几下，一遍又一遍，不厌其烦，一副一定要拿捏精准的样子。一天三次罐罐茶，雷打不动。有时喝完了茶，他会长时间盯着一块木料看，宁静的神情里有思索、回味，有对生命的理解和大地万物的瞭望。

有天早晨，木匠姚刚把罐罐茶坐到火上，就有人匆匆跑来请他去做棺材。碰到这样的事，任何木匠，都要立即赶过去，手里再紧的活也要放下。因时间耽搁不起，棺材大都是几个木匠一起做，当天就得做好。木匠姚给母亲招呼一声，背起工具匆匆走了。

木匠姚不光会打棺材，还会画。所以，不管谁家打棺材，他是不能缺席的。

我一直记得木匠姚给村里石头奶奶打棺材的那个冬天。

纷纷扬扬的雪，已下了两三天，院子里的雪扫了落，落了扫，天地一片苍茫、洁白。石头父亲在院子里扫雪，北房里，石头妹妹和一群孩子围着火炉玩石头剪刀布。炕上，石头七十岁的奶奶，花白的头发乱蓬蓬的，像雪落在了枯草上，人瘦得如一把干柴，眼窝深陷。她趴在炕沿上，头朝下不停地咳，一阵一阵，让人听得喘不过气。石头说，医生来看过几趟，说他奶奶快不行了。

院里苦子下边，地上用劈柴架着一堆火，火苗呼呼有声。一口巨大的棺材架在板凳上。木匠姚嘴上咬着烟管，正专心在涂好油漆的棺材侧面画画，旁边的板凳上放着几个碗，里面是调好的颜料。他的画笔一笔一笔落在棺材上，神情凝重，似在思考什么的样子。在之后的几天里，他会在棺材上按风俗和规矩，在上边绘上《二十四孝图》、山水风景，在棺材尾部会画上寄寓老人去世后家族兴旺、儿孙满堂的西瓜、石榴等百子图，棺盖上则会画象征天的北斗七星。这些图案都是他不止一次画过的。

那天下午，木匠姚画棺材头部下方灵牌牌位两侧图案时，与石头爹发生了争执。我不晓得他们为何争吵，只听木匠姚生气地说，你们兄弟六个，都没念过书，这个地方画什么是有讲究和规矩的，不能乱画！石头爹蹲在旁边，阴着脸，不吱声。

画棺材是一种传统的孝文化，有主人生前的功业、家世、子孙孝道，还有道德、持家理念，逝者对后世子孙的祈愿，棺材上什么色，画什

么图案，有风俗和规矩，很讲究，每一个细节都有生命的意义在里边。

木匠姚不愿按石头爹的意愿画，说明他是一个懂规矩、守规矩的手艺人。

我家的家具做做停停，一直持续了近两个月。

那年，我家做的是一套新式组合柜，一个大立柜和一个三抽桌。刨花的芬芳，他端详一块木料的缓慢神态，各种工具和木料陈设的意境，还有淅淅春雨与花香，至今仍清晰地落在我的心里。那是我乡村经历里最诗意的记忆。

做一件有水准的东西，慢和时间都是必须的。但那时，我们却觉得他是故意拖工，多做一天，就能多挣一天工钱，不懂得一个品质高贵的匠人与一件精美家具之间的秘密，不懂得他在细心和耐心的慢里，在用心用力为我家做几件能一代一代传承下去的家具。现代流水线生产的物品看上去光鲜、玲珑、精致，因缺了匠人做工时的心情和情感注入，没了匠人和创造物之间的心血相连，感觉总是冰冷的。每个人都像高速运转的标准化生产线，在时代的洪流中奋力旋转、奔跑，恨不得长八只手，智慧和心思都用在了偷工减料、省时省力上。谁肯坚守真正的匠人精神，花时间用心为别人呈现一件诚意之作呢？

实际上，木匠姚不光木工活儿做得好，还是颇有名气的乡村中医和阴阳先生。

他把脉时的专注与安静，难以描述。方子多是便宜的草药，却能药到病除。他看庄基与墓地脉气，常带一个古董似的老旧罗盘。

母亲说，木匠姚走得很平静，早晨还喝了一碗粥。中午花子媳妇把一碗面放在窗台上，在村子里串门回来，饭还在窗台上，进屋，人已冰凉。

找不到木匠，家里备好的松木寿材派不上用场。花子没工夫跪在老爹尸身前呼天抢地，跑到城里给老爹买回一口单薄的桦木棺材。

木匠姚是大匠人，叮叮当当，一辈子亲手为多少人打过棺材，没人记得清。他让一茬一茬死者住着他做的舒适房子重回大地。临了，却像一场无法摆脱的宿命，寻不到一个匠人为他打一口棺材。那口买回来的薄棺材，一定不是他喜欢的。

晚年，他曾对邻居感叹："我活得太久了！"

活得太久，是福报，还是悲哀？他像遗落在牛车上的贵族，在缓慢的时间里悠然前行，听着、看着曾经的同行衰老、死亡，一个一个先他而去。年轻木匠丢下工具进城务工，他肯定早就明白了他将是这个乡村大地上最后的手艺人。

母亲说，老辈手艺人做东西不惜力气，舍得花时间，打出来的大小家具顺眼、皮实、耐用。抚摸他三十多年前为我家打制的家具，除色泽有些泛旧外，仍硬朗如初，每一个连接处，皆无松动。抚摸它们，我的心微微颤抖，当年看他做家具时雨天里湿漉漉的意境与情绪，还有那些我无力呈现的生活气息，如今只能隔着时空与我的忧伤对望。

用了大半辈子的案板有些凹陷，有几处裂缝，商场里买的母亲嫌太小巧，味道难闻，不愿用，一直念叨着要做一个擀面的新案板，还想做几件新家具。我们四处打听，几年里总找不到匠人。

生活在信息时代，手指在屏幕上轻轻一点，家具来了，饭菜来了，什么都能在弹指间送上门。可是，我们去哪里寻一个坚守时间与诚意的匠人呢？

不光我家，我在村里串门，家家庭院的棚内、檐下，都码着许多人腰粗的原木，它们和乡亲们一样，都在时间里期盼一个木匠。没有木匠，那些质地细密的原木只能在时间里沉睡，或者朽烂。

没了木匠，上好的原木无法呈现为美观结实的实木家具。农村人不得不跟城里人一样，花高价买带甲醛的压缩板家具。

巨大的变化像隆隆的风，忽然从远处席卷而来，活着的人和死去的人，都在大地上经受着它的撩拨与拍打，生活的丰富超出人的想象，人变得浮躁而极端，凡事皆少了从长计议，过一天是一天，走一程算一程。

诗人胡弦说，亲人的消失，实际就是你的世界的某一部分在消失。

我知道，一个时代结束了。木匠们一个一个相继死去，他们的背影与脚步声随风而逝，像枝头繁密的叶子与喧哗，一阵浩荡的秋风过后，散失沟壑、荒野，无影无踪。他们带走了老手艺、经验、质地与色彩，也带走了历史、传统、风俗和曾经的生活。

半夜里，我已睡下，花子拍门找我，欲言又止。我知道他有事寻我，就说，有啥事你说嘛。他闷头抽过一支烟，说你在外头干大事，这事本不该劳烦你，但咱原上风俗你知道，出丧的棺不落地，村里都是老人和娃娃，明早抬棺材还差着人手。

　　我爽快地应了。然后，枯坐灯下，难以成眠。窗外的树叶窸窸窣窣，似私语，似时光的沙漏声。谁能读懂岁月的秘密？

2018 年 6 月 1 日，娑罗

忧伤的田园

　　六月的阳光一片灿烂，空气里弥漫着植物和泥土的气息。风沉睡着。熟透的杏子，从树梢滑落，在浓密的枝叶间弄出一阵刺刺啦啦的响动，像屋檐上的滴水，在噼啪声里落了一地，一层一层，一片金黄。布谷鸟在树上鸣叫，叫声空旷、绵长。

　　村子里空荡荡的，看不见几个人，偶尔有自行车从巷道里穿过，吱吱嘎嘎声像一阵风吹过。然后，一切又沉寂下来。

　　我轻轻推开财旺家虚掩的大铁门，院里晒着金黄的杏干和黄花，一只花猫慵懒地躺在檐下的簸箕里，几只鸡在葡萄架下交头接耳。满院暖暖的阳光，还有寂寞。

　　天空纯净，蓝得透彻，村庄掩映在绿荫里。田野如黄绿交织的油画。麦子即将下镰。岁月蹁跹，一切似乎都没变。

　　但是，人都哪儿去了？先前的那么多人都跑到哪里去了呢？

　　随着一阵撕心裂肺的狗吠声，桂成家的院门吱呀一声，像被风刮开了一道缝。一只板凳狗从里面仓皇逃窜出来，惨叫声打破村子的沉默，周围宅院里警觉的狗也跟着狂吠起来，如石头投进水里激起一层层荡漾开去的涟漪，亦像孩子们互相逗趣。狗的吠声叫醒了鸡，当然，也叫醒了苍蝇和蚊子。

桂成爹满头白发，拎着一把铁锹从门里追出来，挨打的狗已不知去向。他佝偻着腰，抬起指节粗大的手遮在额上，眯着眼痴痴地瞅我，像眺望耗掉他短短一生的田垄和庄稼。

半晌，他扯着嗓子："你是我太爷家的老三吗？"嗓门很大，像问一个聋子。

桂成爹姓姚，与我家不同姓，为何会称呼我父亲为太爷？乡村里的辈分细密如蛛网，纵横交织，我弄不清楚。

老姚家的院子里有三套住房，是两年前新盖的。上房是城里人的平顶子，东西厢房是乡村传统的人字形，但屋瓦是红色，外墙一色儿贴着洁白的瓷砖。屋内空旷、简陋，只摆着几件老旧家具。老伴坐在屋檐下摘杏胡。一个约五岁的小女孩坐在地上，满手黏糊糊的杏泥，小脸被自己的脏手抹得五麻六道。

"这是桂成的闺女。"老姚的老伴一开口，就一把一把抹眼泪。

桂成领着媳妇在新疆打工，弟弟一家在宁夏开饭馆。日子刚刚好转，噩运却接踵而来。先是桂成从脚手架上掉下，没来得及抢救就死了。翻过年，弟弟桂良又在街上被水泥车撞死。兄弟俩像约好似的，相跟着走了，两个儿媳带着娃娃改嫁。一夜之间，两个家庭，像树上黄熟的杏子，一场突如其来的风，就落得干干净净。

"哎——造孽得很，要是守着田地不出去，咋会有这种事。"桂成爹说。眼窝的皱纹里盛满岁月的沧桑与无奈。

刚从容起来的日子，突然瘪下去，瘦成了一粒瓜子。田野里的庄稼一片茁壮，老姚的心里却黯淡了。白发人送黑发人，老两口刚六十跨零，看上去却像八十多岁的人。如今，再好的日子，对他们来说，都没了光亮。

老姚阴郁的表情里浮动着隐隐的烦躁与焦虑。他一语不发，一会儿在墙角里翻翻，一会儿又回来坐下，一副手足无措的样子，不晓得把自己安放在哪里，才能安静下来。刚被赶出院门的小黑狗又悄悄溜进来，他走到哪里，小黑狗就跟到哪里，寸步不离。

桂成比我大一岁，跟他爹一个脾气，骨子里有一股死心眼的犟，爱打架。小学三年级，在教室跟同学打闹，掀翻一张泥课桌，同学们七嘴八舌说他闯祸了大祸。他默默地听着，末了，脖子一梗："屁大个事，老子再砌个新的。"

放学后，桂成背过他爹，兴冲冲拉一架子车家里盖猪圈剩的土坯，抡圆瓦刀，用他那长满冻疮的手，重新砌了一张泥课桌，还在抹得光滑的桌面上留下三个绿豆大的字：萤火虫。也许在他少年的心里，已经晓得人渺小如萤罢。从此，村里人都跟着我们管桂成叫萤子，大名反而渐渐被淡忘了。

天上星星，地上流萤。小时的夏夜里，桂成带着我们一群孩子捉萤火虫。我们静悄悄地坐在草地上，与静谧的夜色融为一体，人人手里握一瓶子，夜黑得伸手不见五指，萤火虫在草地上飞舞，我们将一粒粒闪烁的亮光轻轻地请进瓶里，小脑袋扎成一堆，看它们在瓶里静静地、微微地、羞涩地忽闪。有时，我们会伸开手，让萤火虫在手心里一闪一闪，欢唱，起舞。玩累了，再将瓶盖打开，手心轻轻往空中一送，放飞它们。那时，我懵懂无知，不晓得萤火虫成虫后进入生命最后的交配期，才会出现在我们的视野里。据说萤火虫羽化成虫后，只有七天的生命。

萤火虫是从腹部发出荧光的，它们带着亮晶晶的光芒飞翔、求偶、交配，繁育后代，身上柔曼的光对孩子们有强烈的吸引力。有生物学专家呼吁：中国的萤火虫正面临着灭绝的危险。我打开网络搜寻，猛然发现萤火虫已进入网络时代的电商平台，可以在网上交易，买十万只以上，可优惠到一只一元钱。有买卖，便有捕捉。我坐在电脑前感到自己的心在一阵一阵地痛，像针扎。这个社会到底咋了，怎么会如此疯狂？

萤火虫是非常灵敏的环境指示物，在没有污染、没有噪音的自然环境里才会有萤火虫。萤火虫怕灯光、农药、粉尘，一旦环境受到污染，很快就会死去。有人说，萤火虫是人类丢失的另一个自己，是人们丢失在黑暗里的小小灵魂。

爱因斯坦曾经预言："如果蜜蜂消失，人类将只能存活四年。"

母亲又在她的小菜园里忙碌着，菜园里一片葱茏。她颤抖着手，仔细地为黄瓜、豆角和洋柿子整理架子，将歪斜的架子重新竖直，让它们攀着架往上生长。母亲在菜地里为这些作物搭架的姿势仍然是我当兵远行前的姿势，不同的是她的头发白了，背弯了，动作也显得苍老、无力。

菜园里看不到飞翔、逗留、采集花粉的蜜蜂，也看不到翩翩起舞的蜻蜓，还有少年时代曾经在屋檐下筑巢的燕子，树上歌唱的蝉，涝坝、水渠和草丛里昼夜叫个不停的青蛙，不知道它们现在都去了哪里？在家近一个月，每天晚上我都会在草丛里看看，看有没有萤火虫。但是我什么都看不到，一直到现在。

　　母亲说，前几年，常有人到村里收蝉、蝎子、青蛙，说城里时兴吃，娃娃都一窝蜂似的捉蝉、挖蝎子。村东头虎子家七岁的二孙子夜里戴着矿灯挖蝎子，从崖畔上掉进沟里，摔断腰，瘫了，在炕上睡了两年多，前年死的时候，父母在天津打工都没回来，是虎子叫人帮忙埋的。母亲说这些时，正坐在小凳上择从菜园割的两茬韭菜。我沉吟半晌，说，怪不得回来这么些日子都听不到蝉和青蛙叫。

　　母亲说："我听打工的娃娃回来说，城里人连老鼠都吃，这人现在咋啥啥都吃呢？"

　　我的心里一片灰暗与忧伤。我不知道该怎样回答，轻轻对母亲说："我去田里转转。"

　　阳光下，田野里浮动着粮食的气息。我非常渴望能看见一只野兔，或者别的什么野物。麦浪翻滚，胡麻的紫色花朵纷纷扬扬地开着，却看不到蜜蜂、蝴蝶、蜻蜓，我每天在田野里溜达，什么野物都见不到。

那些曾经在田野里出没的狼、狐狸、旱獭、野兔，还有在树、村庄和田野上飞来飞去的鸟群，它们都逃到哪里去了呢？沉默的树和庄稼，多像我朴实的家人和乡邻，在无限寂静里的等待与眺望。

二十八年前，我怀揣少年的梦想离开故乡，去遥远的异地。二十八年后，我站在田野的风里，等待一只野物与我邂逅。

"银烛秋光冷画屏，轻罗小扇扑流萤。天阶夜色凉如水，坐看牵牛织女星。"多年后读杜牧的《七夕》，想起黑夜赏萤、白日听蝉的趣事，我心里常生惆怅，现在孩子谁见过流萤飞舞的浪漫与曼妙，萤火虫到底是怎样的虫，怕是只能凭空想象。

乡村孩子的趣事很多，我和伙伴们还一起捉过蟋蟀、蚂蚱，小笼子是自己编的，小巧而别致，掏鸟窝，偷大田里的西瓜、豌豆。一群孩子，不知生活烦难，整日满村庄混闹。现在，村里见不到几个孩子，也难听到嬉耍打闹声。

桂成跟我约好，原本是要一起当兵的。那年三月，他跟我一同体检，欢天喜地。但结果出来，我接到了入伍通知书，他的梦想却因视力不合格而搁浅。他买一支钢笔和一个蓝色封皮的笔记本赠我，还让他母亲煮了十二个鸡蛋，像送自己的亲弟弟，跟着我的家人一起，一直将我送到小城平凉。

"你先去，记着给我写信，我明年肯定能验上的。"快三十年了，我一直记着他这句自信满满的话，还有他看着我一身新军装时眼神里深深的羡慕与渴望。

我到部队后，他连续三年报名应征，梦想每年都因体检而落空。后来，我们之间的书信也渐渐疏落了。

实际上，桂成没当成兵，若一直跟他爹学养蜂，生活也会过得富足而体面。故乡人喜种油菜。秋日播种，中间除去间苗、除草、打虫，坐等六月就能见到收获。所以，乡村里这种"懒庄稼"的种植面积不小。春天，广袤的田野里油菜花烂漫地绽放，桂成爹拉着蜂箱迎着花海驻扎，在地头上就能将蜜蜂辛勤的劳作换成收入。油菜花谢了，还有槐花、洋芋花、苜蓿花、向日葵花，这花射，那花开。

村里年轻人水波一样，一波接一波往外涌，春节里回来，个个衣着时尚、鲜亮，抽着他们以前不曾抽过的香烟，在街市上出手大方地买东西，不再为几毛钱与摊贩讨价还价。还有大城市里的故事。桂成看不到同伴们时尚衣着下面的伤疤与疼痛，不知道他们的欢笑和体面与他们的现实生活矛盾重重。他们在城市里的生活只有他们自己清楚，几乎没人了解和看见，桂成也无法从同伴们模仿城市人的举止里看到漂泊者真实的生活。他们在外边轻而易举能挣到大钱，我为什么不能？同伴们的故事与笑脸，像冬天旷野上粗犷的风，吹疼他的心，也吹疼了他的青春。他觉得同伴们在外边的世界里，像水里的鱼一样快活自由。

对城市生活的向往，让桂成心里乱得嗡嗡嗡，他不愿再跟着老爹在黄土地上折腾，尽管养蜂每年的收入并不比外出打工差，他还是决定离开，去大城市里打拼自己的人生，去寻找自己获得幸福的路径。

那些老旧蜂箱上盖着塑料布，静静地码在院墙边。夜里，桂成爹睡不着，便坐在旧蜂箱上遥想他那两个远去的儿子。

看着那堆破蜂箱，我忽然想起惠特曼的话："每当我们遇到极为悲痛和苦恼的事，总是等到夜晚，走到户外星空下，以求得无声的满足。"

只是，现代都市人已没有真正的夜晚和星空，遇到悲痛，想求得

这种无声的满足已不大可能。

在农村，院落承载着家族的记忆与梦想。但跟大拆大建的城市一样，村里那些熟悉的、沉淀着古老风俗与乡村文化、承载着情感和生活的老院子、老房子，大都没了踪影，像从人间蒸发了。家家争先恐后建起红瓦白墙的新房，像一个模具里出来的，新房子看上去挺气派，但少了柴草烟火气，也没了曾经悠然、淡泊的气度。

我在村里转了一圈，不少宅院的大门上都挂着一把落满尘埃的大铁锁。门上油漆脱落得斑斑驳驳，透过织满蛛网的门缝，屋檐下的地砖被疯长的灰灰菜和狗尾巴草掀翻，满院荒草，小花一丛一簇，像忧伤、寂寞的美人，独自开谢，让人恍然置身一个喧嚷与烟火气渐次退去的旧梦中。

人和草木、庄稼一样，都是大地的子民，谁能在大地的怀抱里不荣不枯，长生不老？我知道人肯定会死，但每次回来，听到一些人不在了，永远地离开了这个村庄，离开了这片大地和这个世界，我的心里还是错愕、疼痛。从前，他们都从村庄里离开这个世界，现在，他们从不同的地方悄悄消失在另外一些地方，永远不再回来。而活着的人，也彼此难得一见，相互之间都不知道别人去了哪里，在外头干什么，每个人都活在自己的生活里。

村庄里那笑声明亮、人声鼎沸的从前，早已在时间里瘦成一缕挥之不去的旧梦，成了一条河流的两岸。

村道两旁是统一标准新建的小康村，亦是红瓦白瓷墙。但老人大都不愿跟孩子住新村的房子。在老人的眼里，再漂亮堂皇的新宅院，也比不上曾经的老房子住着舒心，因为老院落里的一根房梁、一块砖头都有着自己的故事，沉淀着几代人的记忆。传统的生活方式里有先人们留传下来的踏实、满足和愉悦。

卢梭说："事物之所以美好并符合秩序，乃其本质使然，与人的约定无关。"

金锁娘腰弯得像镰刀，一身旧衣衫，坐在院里晾杏干，一只红褐色的小狗安静地卧在脚边。庭院的院墙早已塌废，身后是两间破败的老房子，一间装农具柴草，一间卧房，灶房也在里边，一面大土炕，屋里凌乱拥挤，一个铁皮炉子上坐着一口小铁锅，冰锅冷灶，看着让人心头落泪。儿子一家在城里打工，据说混得不错，但眼下，这个七十岁的老人，只能守着破旧的院落，一个人在孤独寂寞里打发日子。

太阳慢慢地向西天沉落，晚霞在田野、村舍、场院间铺展着淡淡的红晕。几个老人和盛娃爹静静地坐在宅前的树下唠家常，有一句没一句的，表情恬静，像几尊孤独的守护神。

盛娃爹说："我说现在国家政策好，回来把几亩地抚拢好，收多收少都是自己的，不愁吃不愁穿，再养几头牛，喂几头猪，饲料不缺，一年出产个几万元，也就够一年开销了。咋说都不听，硬要出去混花花世界，两个儿子领着媳妇在外面四年多，才给我们老两口拿回来一万元，还不够两个娃娃花销。没手艺，在外边混不下去，回来地不会种，往后的日子咋个过法？咋说都不听，把人往死里气哩。"

兴旺爹在鞋帮子上敲敲烟锅头说："都说土地是咱庄稼人的命根，现在村里娃娃哪个会种地？保墒、除草、间苗、倒茬，收割打碾，扬场晾晒，一年四季，什么节气该忙啥，样样都有个讲究，过去咱们把种庄稼当绣花，心都在土地上。现在的年轻人不愿出力流汗，还埋怨收成不好，咋个好嘛！种子丢进地里，就不管了，草都懒得拔，哪里会有好收成。老话说，庄稼一枝花，全靠粪当家，不愿养牲畜，积不下粪，光施化肥，那庄稼能好？"

"理是这个理儿，可年轻娃娃有自己的想法。"德胜爷眯着眼说，"我孙子老给我算账，说种地亏本，咋能不亏。过去咱们从种到收，样样儿都是自己上手，不惜力气，现在翻地、播种、收割、打碾，还有农药、化肥，都图省心省力，请机械就得花钱，好好的地放着不种，拖家带口出去打工，那钱好挣？没黑没明出力流汗，挣点钱回来转手又给了人，把猫叫个咪咪，瞎闹腾嘛。"

从老人们喑哑的絮叨、迷惘的神色里看得出，他们对不愁吃穿，村里年轻人一拨一拨拖家带口争着往外跑，去外边寻找什么，永远也无法理解。

坐在老人身边，听他们叙往事，说今昔，拂起心头万千愁绪，我起身到田野里漫步。侄儿说，这两年村子里死的十多个人，大都是肺癌、肠癌、胃癌等癌症。吃了几辈人的泉水突然干涸，井里打上来的自来水，浑浊得没法吃。村里死个人，满村庄跑，几百户人家的庄子，竟找不到几个抬灵柩的青壮年。

我默默地听着侄儿的叙说，嘴里有一种无法言语的苦味。

大人们吆喝着牲口从田里归来，孩子们在场院里追打嬉闹，村庄里弥漫着柴火和饭菜的香味，羊群咩咩声，母亲在庭院里唤孩子回家吃饭的叫喊声，铡草的、扬场的、纳凉的、说笑的，村子里从早到晚，喧哗、热闹。这些曾经温馨而寻常的场景，不急不躁的生活，现在只能在我烟雨般的记忆里呈现。

人淡漠了对土地的眷恋，田间地头杂草丛生，不少地块撂荒，长满荒草。金黄的麦浪在微风里起伏，却看不到忙碌的人影。草帽、镰刀、架子车、犁铧、等等，这些本该提前收拾光亮准备走向田野的农具，如今都成为无人使用、派不上用场的废弃之物。传统的耕作方式和田野里的那些故事，正被机械一茬茬收割殆尽。

烈日当空。宁娃腿脚不利索，没法出门打工，坐在杏树下，一双黑乎乎的脏手不紧不慢地从满地烂杏里退杏胡，脚边一条尿素袋子已脏得看不出颜色。"这么好的杏子，拾回去晒些杏干多好，这样扔掉多可惜。"宁娃抬起头回我："顾不过来嘛！"满山野的杏树，他不用往远处去，只在近处的杏树林里转转，一个夏天，光拾杏胡就能卖几千元。

山野里的一茬茬宝物白白烂掉，村里人却争着去外面寻幸福。生活秩序乱了，人的追求也乱得找不到北。每个人都向往着追寻另一种生活，那另一种生活真的就是幸福的吗？有人说，贫穷会让人陷入生活的困境，而财富会让人解脱某些困境，但财富也可能让人陷入更大的困境。

"啥时回来的？"

正低头走着，忽然有人兜头问。我寻声回头，见秋子满脸胡须，静静地坐在他家门道里，身边摆着一双拐。"我儿子，十三了。"见我向门里张望，秋子指着院里正给猪拌食的男孩说。

"媳妇呢？"

秋子低头摸着拐子，半晌，说："跟人跑了！"

秋子小我十岁，浓眉大眼，人长得出类拔萃。高考落榜后，跟邻村一个叫穗的女同学结了婚。他和妻子是自由恋爱。那年秋天我回老家，正碰上他结婚，妻子长得标致，家庭条件也比秋子家好，两人相恋两年，结婚时亲朋好友一片赞叹声。

秋子的生活原本是幸福的。两个姐姐，父母就他一个儿子，结婚时给秋子新盖了一院地方。他脑瓜灵光，肯吃苦，开着三轮车跑集市做布料生意，虽说比不上城里人洒脱，但在农村算是富裕人家。

五年前，看年轻人都往外跑，秋子的心也躁动不安，他停掉生意，带着妻子去广东打工。没想到出去不到两年，喧嚣的城市生活就给了他一个难以承受之重，穗跟一老板好上了，死活也不跟秋子过。

秋子不舍，那老板心生狠毒，背地里找一伙人，生生打断秋子一条腿。

"也许这就是我的命罢，我现在啥农活都干不成，地里活儿全靠父母和儿子。"秋子平静地说着，回头痴痴地眯着儿子。现在，儿子是他活下去的唯一希望和精神支撑。

如果不出去，他的生活也许不会是现在这个样子。但人生没有如果，人的宿命里，有着世情的苦涩和悲惨。

天刚黑下来，家家都早早关了院门。村庄像沉没在黑夜里的废墟，一派寂寥。

夜黑得伸手不见五指，满天繁星。

"雨中山果落，灯下草虫鸣。"农村生活有城里人难得的纯净和简美，比如夜深人静。城市连黑夜都没有，何谈静？灯光和噪音不舍昼夜，浮光乱飞，喧哗无处不在。人迷失和恍惚在混沌的四季里。

李渔在《闲情偶寄》里说："睡必先择地，地之善者有二：曰静，曰凉。不静之地，只睡目不睡耳，耳目两歧，岂安身之善策乎？"想想城里人，耳、目、心在霓虹、噪音里一刻不得安歇，看上去活得光鲜幸福，实则经受着身心无法抵御的折磨。

人的幸福怎么衡量？是身家百万，还是家产过亿？如果钱是唯一标尺，那品德、学养、爱情、善良、艺术……这些美好的东西不都成了无聊、无趣、无味的数字吗？

"游牧的人可以逐水草而居，飘忽无定；做工业的人可以择地而居，迁移无碍；而种地的人却搬不动地，长在土里的庄稼行动不得，侍候庄稼的老农也因之像是半身插入了土里。"费孝通先生在《乡土中国》里说，"乡村里的人口似乎是附着在土地上的，一代一代地下去，不太有变动，一个村子里，每个孩子都是左邻右舍看着长大的，在孩子眼里周围的人也是从小就看惯的，是一个没有陌生的社会。"

先生的目光看得还是不够深远。以前的土地，是人的立身之本，人大都追求两件事，读书与耕田，许多人家庭院的门楼上都有"耕读传家"的门匾。现在的农村已不是昔日的农村，农民的内涵已发生全新变化，每个人都可以按自己的意愿去追求自己的梦想与生活，不必"拖泥带水下田讨生活"。邻居家的连娃说："谁愿土里刨食谁刨去，老子就是收破烂、讨饭，也要进城当城里人。"也许，这就是进步与自由吧。

夜已经很深，我枯坐灯下久久无法入睡，现实与曾经的过往不停地在脑海里交织、翻腾。我忽然想起约翰·列侬的话：当我们正在为生活疲于奔命的时候，生活已经离我们而去。

此刻，我和我的村庄，正在时间里缓慢从容地衰老。

2017 年 7 月 19 日，花城

张皮匠

村里人都没想到，张皮匠殷实的家境会像泄气的皮球，突然瘪瘦下去。

更让人悲悯和痛心的是，这个曾在娑罗原四邻八乡声名响亮的手艺人，竟在六十二岁时悄然离家出走，如闲云野鹤，杳无音讯。

张皮匠，村里人都这么称呼他。大名叫什么，我已不大记得。

初夏时节的田野，一望无际的绿惊心动魄。麦子正扬花吐浆，村舍错落有致地掩映在绿荫里。走进张皮匠家的院子，黄昏的阳光铺满庭院，还有黏稠的寂寥。一排瓦屋，墙皮脱落，门窗破烂，房上的瓦一片一片凹陷着，随时会坍塌的样子。与三间大瓦屋相连的二层小楼，上部已倾塌，四周院墙垮得只剩一段矮土坎。院门形同虚设，铁丝与布条捆扎的木栅栏，一股风就能吹走。一院子沉甸甸的破败，像一块临空飞来的石头突兀地直击我心，让我眼前一片模糊，恍惚间，觉得自己走错了门。

张皮匠头发花白的老伴英子，静静地坐在檐下吃晚饭，小杌子上一小碟咸韭菜，手里捧着一碗粥，脚边卧着一只棕色小狗。英子脸上有茫然，也有静和、安谧。

身后的屋，是伙房，也是柴屋。脚地上一个泥巴炉子，上面坐一口小铁锅。一盘炕，土炕上的席子色泽污暗，有两个碗大的破洞，看上去已很久没睡人了。屋角一堆落满灰尘的农具，一小堆煤炭。

20世纪80年代初，她家第一个告别地坑院，在村里建起这院宽敞明亮的瓦屋，虽是土坯墙，但村里老老少少都很羡慕。那时，我上小学，父母带着姐姐和哥哥挥汗如雨，正不舍昼夜地在新宅基地上为我家挖地坑院。

"未见村郭闻犬吠，等闲平地起炊烟。"这是改革开放初期我的故乡。地坑院是陇东平原上一种奇特的古民居形式，有点像沉到地面下的四合院，是传统，也是贫穷使然。地坑院只需在平整的黄土地上按标准挖一个长方形的深坑，坑底是院子，四壁各有二到三孔窑洞，一个通向地面的弯道是出入的门洞。这种古老的居住形式，构造简单，费力气却省钱，建筑除了门窗，几乎不用花什么钱，冬暖夏凉。

我离村从军时，英子还是脚下生风的年轻媳妇，如今已是拄着棍子蹒跚挪步的老人，皱纹里是层层叠叠的沧桑与忧郁。屋前不远处的老坑院还在，像一个废弃的遗址，当年张皮匠栽种在坑院里的两棵核桃树，壮如牛腰，树冠探出地面数米高。

我顺手拉过一把小凳，坐下来跟英子唠家常。她的絮叨里有生活的艰辛、无常，有人生难言的悲喜。在时代的变迁与命运的荒寒悲凉处，她学会了从容、不奢望，但眼神和话语里，能感觉到她心底仍在期待一个隐隐的神话。

我知道她心底期待的神话是什么，那是一个轻轻一触就会滴血的伤口，我不敢碰。

路边地头的蒲公英，熟透的种子细密地团成一个晶莹的毛球，微风吹过，它们会在风里散落开来，随风撒落田野，然后，落地生根，来年又在田野开出一朵朵小花。而我也天真地以为，手艺人的精神、技艺、风范也会像蒲公英的种子，像故乡延续了无数代人的村庄一样，在大地上一代一代永远存在、传承下去。

老人们絮叨的"反右""大炼钢铁""文革"，对我是陌生的。我能记事时，生产队时代即将结束，村里每个家庭的生活光景看不出多少差别。乡亲们在生产队的高音喇叭声里扛着农具、牵着牛马出工下田，在农具的起落声里说笑，散漫、真实。时间缓慢，人在惯性的慵懒与疲惫里从容挣工分，然后，收工回家，吃稀稠相差不多的粗茶淡饭。四季轮回，年复一年，每个家庭都在饥饿与贫穷的困境里徘徊、挣扎，人内心的苦焦与迷茫一层一层淤积着，触摸不到激情，活得木讷、内敛，也看不出人的能耐、潜力与才华。

改革开放后，辽阔的娑罗平原上，村庄与大地，像一夜春风吹开了万树繁花。张皮匠就是在这样一个春天，不声不响地在乡亲们的视野里响亮起来的。

变革，让乡亲们心头燃起了希望与冲动，但如何用粗糙勤劳的双手创造幸福，却不得要领。矜持，迟钝，缩手缩脚，脱贫致富在他们的头脑里还是一朵飘忽的云，看得见，摸不着。好好种地打粮，就能填饱肚子，是庄稼人最朴实的想法和追求。

别人还懵懂着，张皮匠已经思考清楚。

　　他先在自家田里种三亩苹果树。左邻右舍站在地头上，看他们一家栽种苹果树苗，皆满脸不解：好好的耕地不种粮食，瞎折腾啥，这些指头粗的小苗苗，猴年马月才能长成挂果的树？

　　成长需要时间，缓慢而艰难，历经风雨，收成好坏，难以预料。这个朴素的道理，祖祖辈辈与土地打交道的乡亲们懂。

　　果树种下去，张皮匠在空隙里套种小麦、玉米。果树大一些，又改套土豆、黄豆等身材矮小的作物。

　　同样的小麦种子，一样的大田，庄稼长势却不同。远望，田野里绿波浩荡；近看，或大或小、或长或短的田垄色泽缤纷，有的地块庄稼苗壮油黑，有的瘦小黄弱。从缤纷的绿里，能看出一个庄稼人的勤劳与能力。哪块庄稼是张皮匠家的，不用问，村里人一望便知。

　　白天，这个种田把式和乡亲们一样，在自家田里劳作。只是，他多数时间上午在田里，下午都在家里挖抓自己的皮货手艺。

听村里老人说，张皮匠的爷爷和父亲，皆是皮货行当里的大匠人，曾走州过县开过多家皮货行，手艺精巧，狗皮褥子、羊皮大衣、皮袄、皮鞋……几乎无所不能，生意大得很。手艺传到张皮匠手上，竟衰落下来。凋落不是因为张皮匠不勤奋、不聪明，他刚从父亲手里学会熟皮子、合皮绳、挽笼头等手艺，父母就相继去世，合作化开始了。他的手艺还未来得及施展，就隐埋在时代长卷的缝隙里。

春天，梨花白桃花红，草丛里开着各色野花，蝴蝶起起落落，空气里有淡淡的芳香，还有牛、马、羊粪和青草的混合气味。张皮匠坐在他家门前的大梨树下，膝盖上铺一大块黑得发亮的垫布，在刀剪声里忙碌着。脚边的一块绒布里，从小到大，排列着刮、割、挑、挽的各种制作工具，锃亮、精致。有买的，也有他自己打磨的。一边摆着加工好的原料，一边是做好的成品，笼头、缰绳、拥脖子、肚带、皮绳、马鞍子、皮鞭……有骡马用的，还有牛和驴用的，各不相同，每一件用料和做工都极讲究。

陇东老家驯养牛、驴、羊、猪、狗等，张皮匠的手艺也多是跟这些动物的皮子打交通。生皮子要张皮匠骑着自行车走村串户去收，有时别人有皮子，知道他做皮货生意，也会主动寻来卖给他。买回的生皮子腥臭，硬邦邦的，油脂、淤血、泥污要用植物和化学药剂，通过一系列繁杂的纯手工工艺进行处理才能用，这也叫熟皮。熟过的皮子柔软光亮，富有弹性、牢固、耐磨，不易腐败变质。

不像别的皮匠，羊皮做皮袄，狗皮做狗皮褥子。张皮匠不做狗皮褥子、羊皮袄，也不做皮鞋。

生产队解散，牛、马、驴、骡分到各家各户，饲养和下田，都需相应的"穿戴"。耕田、碾场，牲口家家离不开，饲养量大，张皮匠的皮货常供不应求。

皮子里牛皮是最好的皮料。我见过张皮匠裁剪熟制好的牛皮，裁刀落下不停，围着整张皮子转圈，能将整张皮切割成细条绺，提起来，是一条长长的粗细匀称的皮条。切割好的皮条抹上油，让其慢慢软化。

我想看清张皮匠怎样将一张硬邦邦的生皮子变成柔软的熟皮子，但熟皮子的气味很难闻，我还没走到熟皮的锨和缸跟前，就被浓烈的气味扑得头晕，便赶紧跑开了。

梨花、桃花在身边静静地绽放，花香浓重。张皮匠坐在树下，像裁缝一样设计、裁剪、缝合，一张一张的皮子在缓慢的时间里，从他的手上变成各种皮货。

给骡马和驴做脖子上的拥脖子，他把碾柔软的胡麻或麦草按牲口的脖颈扎成草胎，揉搓、拍打，使其软硬恰到好处。定型后，在草胎靠近牲口皮肉的一面蒙上旧布片，再在外面用裁剪好的皮料缝合，皮线有粗细，缝针大小有别。他眯了眼，将针和线举到眼前，皮线像被磁石吸着，轻轻一触，线就顺顺畅畅地穿过了小小的针眼。皮线跟着针，一下一下在他的指尖上舞动。他飞针走线的神态，如女子绣花，针脚细密、好看。

牲口跟人一样，也有高矮肥瘦之别，但牲口的颈肩尺寸好像都装在他的心里，乡亲们从他那里选回去的拥脖，总是合适的，不像一些手艺拙劣的皮匠，做出的拥脖不熨帖，牲口戴上拉车耕田常会将颈肩磨破皮。

牲口拥脖子可以用牛皮做，也可用猪皮和羊皮。据说张皮匠一年要做300多副拥脖子，做多少卖多少，家里很少有存货。

一副好的牛皮拥脖，能用五六十年。时间过去四十多年了，村里几户人间的墙上还挂着张皮匠当年做的拥脖子。它们像沉睡在时间深处的旧古董，年轻人已很难读懂它的来历和用途。

张皮匠做活讲究，有一点小资情调。旁边一张小桌，上边有泡好的茶水，蓝花瓷茶壶和茶碗。还有一把自做的皮躺椅，累了，他会躺在上面歇息、喝茶，神情从容、安静。阳光碎金一样从树上漏下来，在树下与落花铺排温馨。鸟儿在庭院四周的树上欢唱应答，像春天里一幅诗意悠远的画。

张皮匠家离我家不过百米，他做活时，若有空闲，我会蹲在旁边看，所以，至今清晰记得。

春天或者夏秋时节，乡亲们吆喝着牲口，扛着农具，赶着羊群，挽着裤腿，相互间大呼小叫，下田或劳作归来，驴叫、马嘶、狗吠、鸡鸣、羊咩，村里从早到晚，热闹如集市。张皮匠不急不躁，如喧嚷里一棵安静的树。

夏日晌午的村庄是安静的。吃过午饭，日头正毒，不管多忙，乡亲们大都会偷空在树下的凉席上歇息一会儿。知了在树上聒噪，大地安静祥和，空气里弥漫着植物的气息。这些乡村庸常生活的日常场景，有面朝黄土背朝天挥汗劳作的艰辛，也有世俗生活的丰富、温暖、祥和、惬意，这些湮没于时间的琐碎画面，还有张皮匠做皮货时的安静与从容，像田野里长势喜人的庄稼，常常会穿过层层叠叠的岁月，在我的心里渗透出一些难以描述的明亮色彩。

收罢秋，一直到来年春耕，农田里没什么农活，是一个漫长的闲暇季节。张皮匠在屋里架了火盆，埋头做皮货，很少出门。一个冬天，他会将春夏时节要卖的皮货都做出来。

牛皮做出的皮货结实、耐用，卖得贵，驴皮、羊皮、猪皮质地的皮货，价格便宜。常有脑子精明的人给张皮匠出主意，让他把便宜皮料和牛皮掺杂着做。张皮匠听了，摇头，笑而不语。材质欠佳的薄皮子，他只用在一些简单的农具上，从不以次充好。

人头攒动的集市上，张皮匠的货摊上，整整齐齐地摆着各种皮货，每一样都标着皮货的材质。他裤管挽到膝盖，坐在小凳子上，微笑着看来来往往的乡民们挑选。他精工细做，不耍心眼，不算计，以一个手艺人和本地人的笃定、诚实赢得好口碑。当然，也赢得了好买卖。

他一边做自己的皮货手艺，一边挖抓田里的农事，脚踏实地，不慌不忙，好像什么事都不会耽搁。

苹果园的果树已挂果，他在果树之间迈着大步丈量。然后，挥起镢头，将不合间距的树一棵一棵挖掉，拿着大剪子嚓嚓嚓，把往高处蹿的枝条剪掉，枝条上挂着瓶子和石头压枝，乡亲们看得奇怪，觉得他若没傻，就是疯掉了。没人晓得他是按书上的科学方法种植、管理着果园。

随后几年的事实，让村里人都吃了一惊。他的果田每年产量有三千多斤，果子又红又大，口感好，不少城里商贩上门抢购。

他又成了原上第一个种出好苹果的能人。于是，在我少年的心里，张皮匠渐渐成为一个有头脑、懂科学、有胆识的人物。在社会变革的初期，他抓住机会，敢闯敢干，成了远近有名的富人。

张皮匠那些年到底挣了多少钱，有人揣摩五六万元，有的说在十万以上。到底多少？没人晓得。在三十年前，这不是个小数字，即便城里人也会惶惑愕然。这是一个乡村小手艺人与自然的传奇。

手头宽展了，他在村里率先给自家建了一院瓦房，瓦屋连着一间两层楼，在村里很是耀眼、气派，电视、自行车、录音机等家用电器一应俱全，他的眼光和追求，无不让人羡慕，叹然。

张皮匠种植苹果园挣大钱的传奇，像夏日的热风，迅速漫过了广阔的原野。远远近近的村庄，大大小小的苹果园满眼皆是。

播种机、收割机也轰轰隆隆地开进了田野，播种、收割、打碾、翻地，牛马与手工耕作的传统很快被机械代替。人们放弃对农事的期待与耐心，卖了牲口，丢下锄头镰刀，人群如水波一样，一波连一波涌向城市，去追求唾手可得、立竿见影的利益。田野和村庄里的大呼小叫、鸡鸣狗吠，忙碌、热闹，如拍岸而来的潮水，迅速消退。寂寞与寥落如尘埃，在田野、村道、屋舍间弥散。一种陌生的沧桑与衰落在时间里悄然生长。

牲口卖了，种田都拿钱请外面的机械，张皮匠的皮匠手艺如枝头上的繁花，转瞬凋零。他知道许多传统技能总归要蜕变、失去，但如此彻底、完整、迅猛，让他心生黯淡，落寞。

手艺没落了，太阳照常升起，生活仍然继续。苹果大面积种植造成滞销，一层一层苹果烂在地里。

听说他手头有些闲钱，有人出主意，让他学城里人，集资放贷款。张皮匠竟然动心了。

他的心被世俗的财富、活力、欲望和现实的浮躁煽炽起来，生活的复杂性与敞开性遮蔽了他的视线，也遮蔽了他对生活的从容应对和思考。他没料到，这一小步会让自己走向悬崖。

张皮匠东挪西借，筹集了几十万元放贷赚利息。但他仍是手艺人的心底，以情以诚相待。

有人说，生活也是一种技术活，你所选择的每一种方式，都将影响你最后的归宿。

这个精明的手艺人，也许对自己迈出去的这一步有过种种细密思考，就像他坐在花香弥漫的树下，裁剪、制作那些精美的皮货，反复欣赏、比较，必须拿捏精准，才会下刀动剪。

两个月后，张皮匠惊悚地发现，从他手里贷款的人不知去向，两个骗子卷走了他近八成的资金。这是一件极没面子的事情。

十多年的积蓄一夜之间打了水漂，欠别人的几十万拿什么还？每天天一明，要账的人就在院门口候着。有的手里还持着家伙，狠话能把地砸出坑："日你妈的，不还账，老子今儿就动刀子。"

怕连累儿子，他与儿子分了家，将还债的事一肩挑了。

家里能搬的东西一件一件被搬走，甚至连粮食也被折成钱扛走。

人生境遇的轰然断裂，让他猝不及防，身心悚动，惊愕无措。命运瞬间向悲剧滑落，不可收拾。他已经无法像田野的庄稼一样简单、从容地活着，只能在痛苦与无奈中东躲西藏。他的心刀子剐似的疼，日子比黄连还苦，他却只能咽下，埋在心里，没法说。两个骗子像一道闪电，将他的人生劈成了两半。

一个阴雨绵绵的清晨，他对老伴英子说，要出门筹钱。然后，隐没于雨雾中，没人再见过张皮匠。他归于沉默。

那个早春，他在离乡的路上披雨独行，那是通往城市的路。它通向热闹、喧嚣、财富和欲望，也通往陌生、困顿与愁苦。一拨一拨出门打工的年轻人从这条路上走过，去异地，寻找别样的生活。但他不是去寻别样的生活，是逃难。幸福像一片落叶，被风吹走，而沉重的债如山般压在他身上。这一去，他会死在哪里？还能不能回来？没时间思索，也无法选择，只有逃奔。那天，他心里都想了些什么？下落不明的生活里会有怎样的艰难、孤独、困苦？也许在出发前的雨夜里，他就车轱辘打圈地思忖过。总之，他怀揣痛悔与悲伤踽踽远去……

满眼雨雾，道路泥泞，举目无亲，衣兜里甚至连吃饭坐车的钱都没。短暂的轻松、快乐和幸福转瞬即逝，眼前只有黏稠的无法化解的无奈、羞耻、悲凉、绝望。他知道，自此，自己将是一个丧家之狗，没有体面与尊严，像野狗一样流窜偏街陋巷，任人嘲笑、轻贱，走到哪里天黑了，就在哪里歇息。他的皮匠手艺已衰落，毫无用武之地，只能默然苟活。而那些无力偿还的债，将会一直压在他的心上。

夕阳像一枚橘红色的果核，正一点一点往西天滑落。立在他家破败寥落的院子里，我忽然想起爱尔兰诗人叶芝的墓志铭：向生，向死，投以冷眼。骑手，向前！

只是，他带着痛苦向前，是一个怎样的远方？他的背影成了亲人心头一波永难平复的波澜。

在大地上忙碌了大半辈子，他没学会像草木一样，慢悠悠地活着，朴素地过着，忽然在社会转型的混乱、浮躁里重重地跌落，急功近利的焦灼，突然击碎了他朴素的幸福生活。

倘若漂泊在他乡的赵皮匠现在还活着，他对锄头落地、读书耕田，坐看溪云忘岁月，笑扶鸠杖话桑麻的生活会怎么看？

现在，村子里听不到人声与喧闹，看不见人影，也看不见牲畜和家禽。曾经的热闹，如一阵阵风刮过，无声。人与大地的故事，在时间里一点点被尘埃覆盖。鸟儿在田野和村庄里自由飞翔、歌唱，野花肆意怒放，空气里的花香带着泥土的气息。田野仍是他十多年前离开的田野，但村庄已不是昨日的村庄，家家都是一砖到顶的瓦屋，白墙红瓦，不少人家已是城里时尚的小洋楼。

寂静，还是寂静。整个村庄甚至听不到狗吠声。是新生，也是衰老与死亡。

分家后，张皮匠的儿子宝强带着一家人在城里开铺子。生意不坏，也说不上好。听说只能勉强维持一家人的生活。

老屋成了危房，进风漏雨，没法住。宝强在院里一块平地上，为英子搭建了两间平板房，冬天冷如冰窟，夏天比火炉还热。屋里一张木板搭起的小床，一床旧被子。除了几十袋子粮食，看不到一件家具。

"宝强一年能给你几个零花钱吗？"

"唉，给啥钱嘞，一年能回来一趟，看看我这个老婆子，就知足得很了。"

英子说，园子里有几树花椒，还有几树核桃，夏天她再拾一点杏胡，能卖千把元，够她一年开销。除了几亩地的化肥、播种、收割及日常生活开支，难道不添衣、不看病吃药？我在心里默默想着，竟不知怎样安慰眼前这个浑身病痛的寂寞老人。

"张皮匠怕是早就死在外头了，十六七年了，咋一点消息都没？"村里人有时会这样互相问询。

母亲说，他欠着别人钱，不敢回来，也不敢跟家里人联系。

张皮匠如果活着，该有八十了，在外头怎么活人呢？我在心里思忖，支撑他在孤寂、困苦和绝望中熬下去的是什么？冬天，白雪覆盖大地，五谷入仓，农事歇了，一家人围着炉火说笑，家长里短，在恬淡、从容里谋划春天的农事，还有年节的欢腾与喜庆，夏秋时节田园里的忙碌，这些，或许现在依然活在他苍老的记忆里。

但是，现在，他蹒跚的脚步无法踏上回乡的路，留给他回村庄的时间越来越少，也许已没有赶回来的时间。在倚门望夫归来团聚的英子心里，张皮匠也在时间里日渐消瘦着，瘦成了一个若有若无的盼头。

2017 年 6 月 12 日，娑罗

作物，大地的子民

　　大自然万物都笼罩在乌黑的浓雾中，没有一个人的智慧可以穿透天与地。

——西塞罗

苜蓿

　　母亲说："这个季节野菜好吃，想吃就去田里拾些回来。"我说："等忙完园子里的活儿再去吧。"我不敢对八十多岁的老母亲说自己很想吃一碗苜蓿芽拌汤、一盘凉拌苜蓿芽、苜蓿菜汤下面条，或者嫩苜蓿白面锅盔，我不能为满足自己儿时的口福增加母亲的烦恼。

　　我在菜园里帮母亲种下旱黄瓜、豆角、辣椒、洋柿子（西红柿）、茄子、小葱、绿头萝卜，在地边种下几棵玉米、向日葵、大豆和蓖麻。又将韭菜畦里的土松了松。昨夜落过一场不大不小的春雨，泥土湿润，我将母亲从炕洞里掏来防虫的草木灰均匀地撒在韭菜畦里，又帮母亲种了一小块洋芋（土豆）。

母亲坐在小凳上，笑呵呵地看着我种菜，像看一棵树在风里欢唱，一株玉米不声不响地拔节。母亲的笑容，是对我娴熟劳作姿势的肯定，也是对生活的一种态度。母亲的菜园几十年不变，一色儿老品种，从不用化肥和农药。村里人都不养牲畜，找不到农家肥，母亲让我拉着架子车跑了十多里路，专门去养羊的二舅家为菜园拉回满满一车羊粪。用城里人的时尚说法，母亲种的是绿色无公害蔬菜。母亲种菜喜欢老品种老味道。城里人不种地，不知道老办法种出的老品种味道地道、朴厚，不晓得有机绿色蔬菜要施农家肥。

我拎着篮子和一把磨亮的小铲子，挽起裤脚在田野挖苦苦菜。村里几个从地头上走过的人远远地看着我，指指点点。离得远，我听不清他们说什么，但我心里清楚，他们肯定是说，瞧，这个人在城市里生活了那么多年，还没脱庄稼汉的皮。

我回来的次数少，村子里三十岁左右的年轻人，几乎都不认识我。或许他们听家里老人偶尔说起过我，一个游子的曾经与过往。

日子一晃而过，一晃就晃过去几十年。村子里的许多事情在时间里慢慢生疏、湮没，但我是在田野里闻着泥土和植物气息长大的，田野上的农事，像我小时候拿刀子刻在路旁树上的字，已长进我的骨头和心里。我相信，我肯定比那几个说笑我的人懂更多乡村事物。

少年时我跟父母一样，是娑罗原广袤原野上一个地地道道的农民。耕地、撒种、施肥、锄草、收割、打碾、扬场，样样农活拿得起，放得下，是一个会干各种农活的庄稼把式。比如在烈日下一边挥镰割麦，一边荒腔走板地吼秦腔，在田头地角的树荫下四仰八叉、脸盖草帽睡困觉，

端着碗蹲在门前树荫下一边吃饭一边跟左邻右舍大声说笑，听男人们七荤八素地谈论新媳妇的风骚以及年轻姑娘的丰臀细腰。

　　娑罗平原一望无际。少年时代在田里劳作，我常把自己想象成一棵庄稼，或者村道上的一棵小树、大地上的一粒草籽。我能听懂庄稼在风里私密对话、逗趣。所以，20 世纪 70 年代初到 80 年代末这片田野上的事情，一坨牛屎、一粒豌豆、一株高粱、一碗纯正的米酒，都清晰地烙在我的记忆里。

　　十八岁那年，春天刚刚在大地上露出微茫的脸，我站在一棵青皮白杨树下，心里一片缤纷、一片苍茫。我想看看田野里的作物再走，但初春时节，还看不到那些亲切的作物在风中摇曳。狗盛爹扛着锄头走过来，说："三娃你站在树下想啥呢？听说你要去当兵，好好的书咋不念了？"人和树一样，经过风雨吹打才会长得好，才会有自己的天空与梦想。但我没这么说，我想了半晌，很认真地说："我不念书了，出去锻炼几年再回来种庄稼。"这是真话，我当时心里就是这么想的。我喜欢在浮动着植物气息的庄稼地里撅着屁股忙碌。

现在，我站在暮色笼罩的田野上，大地仍然苍茫，但狗盛爹和我当年种过的许多作物都不见了，像深秋的一片片落叶，被风吹走了。当年我抚摸过的杨树已长成粗如人腰的大树。这是我家地头上的树，它的孤独跟我一样，在时间里疯长。

田野上的人纷纷逃离，都拼命往城里挤。我在外头挥霍完自己的青春，也住厌了商品房，被车水马龙的喧嚣聒噪出失眠症，又折身回来，在田野里寻寻觅觅，像一条反向流淌的河，难免让人奇怪、不解。他们不知道，我心里装着城市的秘密，也和村里老人一样，装着这片土地上的秘密。或许那些一心往城里挤的人和我当年一样懵懂，看不清幸福的源头，不明白田野里那些消失的作物，像一个又一个亲人的亡故，失散了，就再难相见。

篮子里很快拾满了野菜，够我吃好几顿。我在田埂上坐下来，点一支烟吃着歇脚。天高地阔，田野里一派寂静，细密如针尖的阳光一层一层落下来，层层叠叠，地气蒙蒙，像翻晒我少年的田野时光。

人的味觉很难改变。我确实很想吃一顿阳春四月的苜蓿菜。记忆里，苜蓿不仅仅是牲畜的优质草料，也是救人性命的"粮食"。

生产队时代，农田耕作不能没牲口，队里饲养着上百头牛、马、驴、骡，耕种、打碾、拉运，样样离不开。开紫色小花的苜蓿是牲口最喜欢的草料，每个生产队种植面积都不小，平原上种着，山坡上的梯田里也种着。牲口吃一冬天干草，瘦得皮包骨。春天来了，苜蓿在春雨里迅速葱郁。饲养员先是在干草里拌少量嫩苜蓿，随着苜蓿日渐繁茂，干草逐步退场，苜蓿和各种青草登场，牲口开始一年里的幸福生活，并一直延续到寒霜铺地。

陶陶每天书包里都揣一个玉米面苜蓿菜饼饼，课间休息时，他会神气地将手伸进书包，掰一小块菜饼放进嘴里，又掰一块放进嘴里，很香、很满足的样子，让我咕噜咕噜的肠胃更加饥饿难忍。看见他吃苜蓿菜饼饼，我心里总是忍不住想，要是自己也能有一小块苜蓿菜饼放进嘴巴咀嚼多好啊。但是，我活得像凡尘里的一只蚂蚁，很难实现这个渺小愿望。

陶陶父亲是生产队饲养员，每天去苜蓿地里为牲口割苜蓿，会私下为他家掐一些嫩苜蓿。下地干活的牲口，都配有定量的玉米、高粱和黑豆之类的饲料。也许他送进嘴里的玉米面菜饼，就是他父亲从牲口嘴上克扣下来的。有时候在饲养场看到牲口在槽上咔嚓咔嚓吃黑豆或玉米，我的心莫名地充满忧伤，觉得人卑微得不如一头耕地拉车的牲口。

《现代汉语词典》对"青黄不接"的解释是：庄稼还没成熟，陈粮已经吃完，比喻人力或物力等暂时的缺乏。这个枯燥的词现在的人已经很陌生。20世纪70年代，它像一把明晃晃的菜刀，在许多农村人眼前摇晃，带着让人心寒的恐惧的光。如果没有紫花苜蓿，我跟许多农村孩子一样，可能早就在这个词语里死掉了。

苜蓿跟韭菜一样，从春到秋，可一茬茬地割。但苜蓿是生产队种着专门喂牲口的饲草，属集体作物，看管很严。不严，让人偷吃光了，牲口吃什么呢？

牲口要活命，人也得活命，如果人都饿死了，田野上只剩下牲口，大地将是多么荒芜。

我们一群七八岁的孩子，背着背篓或草筐，提着镰刀，像电影里

的游击队员，东躲西藏，潜伏，偷袭，撤退，从田野大田到山坡梯田，从本村到邻村，四处转战，瞪大眼睛寻觅可以果腹的苜蓿。

春天的苜蓿芽最好吃，但时间很短，一开紫色小花，就老了，硬秆秆咬不动，难以下咽。苜蓿每天都会割，前边的老了，后边割过的老茬过几天又会齐展展长出嫩芽。日子穷困，不管老嫩，只要能偷到，去掉老秆，拌一点面星子就是活命的吃食。

偷苜蓿是饥饿中的拼死挣扎，亦是看护者与偷食者之间的无聊游戏。白天不行就晚上。夜里，一团一团黑影在地垄、沟涧、树丛里晃动，气氛凝重，像一场又一场生死伏击。黑影子里有大人，也有孩子。悄悄潜进苜蓿地，不管老嫩，挥镰便割，装满背篓和麻袋，撒腿就跑，有时被发现了，追得四处乱窜。

庆荣二弟庆红偷苜蓿喜欢带上我，说我机灵，能发现和应变突发情况。庆红不像大人那样喊我三娃，叫我三子。他说，三子，今晚跟我去沟泉梯田里偷苜蓿吧。我说，好。晚上就背上背箓跟他出发了。

去山野梯田里偷苜蓿是危险的，沟峁纵横、坡陡、沟深、河流、荆棘、悬崖。我跟着庆红，浑身热汗，背一背箓苜蓿在夜色里热汗淋漓地往回跑，他在前边探路，突然一脚踩空，没来得及喊一声，就掉下了沟。待我们下到沟底寻到，他满头满脸的血，头上热乎乎的血还在往外流，人已经断气。为偷一点苜蓿活命，五年，也许六年，村里四个同伴丢了命。其中一个叫敏的八岁女孩，跟我一般大，有一双好看的大眼睛，笑起来眉眼弯弯的，嘴角有两个小酒窝，很美。他们像山野里的小花，还没来得及长高长大，没来得及盛开，就在黑夜里悄然枯萎凋零了。我无话不说的好朋友骡子，摔断了胳膊和腿。这些悲伤，对我的影响是持久的。伤痕与阴影，像一团黑沉沉的迷雾，一直笼罩在我生命的上空，萦绕不去。

接连不断的死伤惨剧，并未挡住村里人偷苜蓿的脚步。人被苦难催逼着，活得筋疲力尽，顾不上悲痛，死了，哭一场，挖个坑埋了，该干什么还得干什么。因为不偷一点紫花苜蓿果腹，人会饿死，会比牲口更早地倒下。

白天跟伙伴背着筐去偷苜蓿，我会揣一本书，趴在沟洼和地垄里，半晌等不到时机，就打开书消磨潜伏的枯寂和无聊。有时读着读着，便听不到肚子里的咕噜声了，一粒粒文字就是我播种的庄稼，可以填充饥饿的肠胃。阅读让我渐渐懂得，书可以帮我抵抗饥饿和孤独，书就是穷孩子可以随时随地打开的粮仓。

一次，我和同伴潜进苜蓿地，手脚麻利，挥汗如雨，身边的小篓很快塞满老苜蓿。头顶上，烈日炎炎。苜蓿长得很高，看苜蓿的老汉蹲在不远处的崖畔上，对孩子们的偷袭浑然不知。我们仰面躺在开满紫色小花的苜蓿地里，汗水一滴滴从脑门上往下流，蚊虫叮咬着，都不敢大声说话。我静静地躺着，看蜜蜂在花朵上起起落落，蟋蟀或近或远，隐蔽在四周低吟浅唱。头上的天，很蓝，苜蓿花优雅地散发着淡淡的清香。一只蝴蝶，在我头上盘旋，飞走又飞来。面对无限空旷与寂静，我静静地观察、倾听。听苜蓿花开的呢喃细语，心静如水，忘记饥饿，疲累，忘记了一家人正等着我偷一背篓老苜蓿回去下锅。我第一次发现苦难生活里的美，烦难慢慢地退隐，眼前是一个诗意、浪漫的世界。尽管命如草芥，家境几乎贫穷到山穷水尽的地步，但那一刻，我的心里没有焦虑、浮躁。心，被一种无法言语的欢喜轻轻拨动，就像蜜蜂的嘴唇轻轻触动一朵紫花苜蓿。生活多好，不管疾苦，活着真好。

苜蓿地过几年要挖掉老根重新种植，否则不好好长。挖苜蓿根是重体力活，长而白胖的苜蓿根在地下纵横交错，扎得很深，要使出浑身力气抡圆镢头往深处挖。挖苜蓿根，生产队计工不按大人孩子计，以挖回的重量算工分。所以，每年挖苜蓿根，我会挥起镢头拼命挖，跟往田里运肥，从牲口圈里往外挖粪一样拼命，多劳多得。苜蓿根背回场院过秤后，饲养员用铡刀铡成寸许小节，便是牲口最可口的上等饲料。

挖过根的苜蓿地，当年都会倒茬种植小麦。从麦种播进地里到麦苗蹿出地面，一直到来年的春天，我比生产队长更关注这片新麦地。即便挖得再干净，地里也会落一些根须，零星的嫩苜蓿芽会跟麦苗一起生长，一小朵一小朵，我要抢先将混在麦地里的苜蓿摘回家。一筐苜蓿就能为家里节省一碗玉米面，春夏之交，我家就会晚一天断炊。

包产到户后，生活日渐好转。因为要养牲口种田，家家户户在自家田里都会种一小块苜蓿。紫花苜蓿既是牲口的饲草，也是日常生活里的寻常蔬菜，再也不用冒着生命之险去偷，想吃，随时可去自家地里摘一篮子。

邻居铜娃家的那一小块苜蓿地，也许是娑罗原消失最晚的。2007年春天的一个早晨，或者黄昏，我在她家的这块地里摘了一篮子苜蓿芽，母亲变着法，为我做了几顿苜蓿菜饭。母亲说，第二年那块苜蓿地就倒茬种小麦了。之后，我在娑罗原走亲访友，跑过好些地方，也问过不少人，都说没人种苜蓿了。也许在一些饲养着牲畜的偏远地区，苜蓿还在地里生长、摇曳着，但想来面积不会大。机械和化肥已取代传统耕作，农民不饲养牲畜，还种苜蓿做什么呢。

甜菜

走进田野，我能看到自己曾经的身影，也能看到许多从前。

没有包产到户前，娑罗原许多生产队都种糖甜菜，五六十亩，或上百亩，面积不等。甜菜叶子阔大，看不到泥土，田里是大片大片耀眼的碧绿。

尽管现在田野上看不到甜菜，看不到劳作的人群，但我仍能清晰地看见叶子阔大的甜菜唰唰唰地疯长，看见起甜菜的镢头在秋日暖阳下起落，看见一棵一棵粗大的甜菜在镢头吃进泥土的瞬间，带着浑身湿泥斜刺里向后飞出地面，看见我和乡亲们在说笑打闹声里收甜菜，还听到一个收甜菜的女子银铃般的笑声。

收甜菜，大都是男人在前边抡起镢头，先将甜菜刨出地面。为啥男人在前边刨？甜菜粗如碗口，长尺余，力气不劲，镢头吃地不深，甜菜会被拦腰挖断。我和女人们跟在后边,握着锋利的菜刀和镰刀,抱起沉甸甸的甜菜,削去甜菜秧子,刮去湿泥,顺手将甜菜与秧子分开,一边一堆。人在碧绿的甜菜地里缓慢地往前移动,身后是一堆一堆白晃晃的甜菜和绿油油的甜菜叶子。

那时我八九岁,个儿高,回家丢下书包,可以出工参加生产队下午的劳动,只是工分比大人少些。比如一个下午的工日,大人挣五分,我只能计两分或三分工。

甜菜刨出来,在地里晾晒一两天,就直接装上带拖挂的解放牌汽车和东方红牌拖拉机运往城里的糖厂。甜菜个头粗大,竖着插装,一车一车装得很高,在村道上像一座一座移动的小山。甜菜秧子则分给各家各户,可以人吃,也可以剁碎喂猪和鸡。

"种那么多甜菜都进了糖厂,为啥糖还那么金贵?"同伴庆荣的话,逗得女人们一片笑声。她们七嘴八舌地嚷嚷,有的说糖厂生产的糖都出口了国外,有的说城里人有钱,糖都给城里人吃了。

她们这样说,也许只是一种臆想。但糖在农村孩子的心里是无比珍贵的,一毛钱只能买五粒水果糖。庆荣的二叔在城里工作,他奶奶喜欢吃糖,他二叔每次回家,都会带一点水果糖,糖纸花花绿绿,很好看。庆荣偷了奶奶的糖,上学的路上常拿一块糖用舌尖舔。我和村里大多数孩子一样,只有过年时才能吃到糖。每年春节,父母会在供销社买几毛钱的水果糖和核桃,年三十晚上守岁,母亲给我们姐弟每人发四五粒水果糖、几个核桃。我从糖的甜味里知道,穷苦孩子能吃上一粒糖,就是过年,是一年里难得的幸福时光。那时候,糖像天空的雁阵,常诱发我从田野上眺望远方的繁华与旖旎,觉得要让自己的生活里有更多的甜,就应该往城市里去。

像一个谜，我不明白我的同学锁锁为啥经常有水果糖吃。他跟我一样穷，衣服上补丁摞补丁，常为学费和作业本发愁。一天黄昏，我背一背篼猪草披着暮色在田埂上走，锁锁漂亮的二姐跟一个小伙子忽然从玉米地里钻出来。村里小伙的背影我都熟悉，他不是我们村的。两人没往后看，顺着田埂径直往村道上走。我看到他俩尚未整好的衣衫，锁锁二姐辫子上的草屑，甚至，两人身体里刚刚奔腾的青春、羞怯、慌乱、疼痛。他们的爱情像田野里的庄稼正在恣意疯长，走过的风里，有湿淋淋的荷尔蒙，也有淡淡的糖果味。

　　我远远地听见锁锁二姐玲玲说："小波……"

　　那小伙子又折身跑回来，紧紧抱住玲玲，闪进路边的树丛，将她箍在一棵树上疯狂亲吻，爱情在急促的呼吸中被越搂越紧。他俩看不到树、庄稼和田野，也看不到我这个拾猪草的少年。那一刻，天地在他们眼里，也许只是一片皎洁的月光。他俩的扭动让我的心跳莫名地加剧，身上燥热。我赶紧拐上了另一条田埂。

　　放学路上，我说："锁锁你吃的水果糖，肯定是你二姐给的。"他脸一红，说："你咋知道？"我说："糖是甜的，甜菜是，爱情也是。"

　　挖甜菜时，大人们会背过队长的眼睛，选一棵长得周正的甜菜，唰唰唰，几刀削去皮，分成几段，一人掇一大块，生吃，如快刀切黄瓜，嘴巴里嚓嚓，一片脆响，听着令人兴奋。其实队长即便看见，也多是睁只眼闭只眼。他晓得，就算放开肚皮吃，三个人也吃不完一棵硕大的生甜菜。

　　事实上，在大人们一边劳作一边脆生生地吃生甜菜前的许多个黄昏，我和伙伴们已吃过无数次香喷喷的烤甜菜。为什么总是黄昏，而不是别的时间？因为，这个时段，我们放学后多是三个一群五个一伙地在田野里挖野菜、拾猪草。

甜菜跟玉米、豌豆等作物一样，都有专人住在地头上的窝棚里看管。但看管的人再用心尽责，也防不住孩子。我们几个伙伴偷了甜菜，在地塄上掏一个坑，用火烤着吃。甜菜个头大，不易烤熟，我们用镰砍切成块，或者将甜菜往地上一扔，咔嚓一声，裂成几块，然后丢进火里慢慢烤。秋天的阳光很温暖，我和锁锁、庆荣、赖子坐在树荫下玩五子棋，下完一盘，又下一盘，又下一盘，从弥漫的香气里判断一块甜菜的生熟度，耐心等待甜菜在火里一点一点变软。谁输了棋，谁去拾柴火烤甜菜，锁锁赢不了，便一直在火坑上忙活。烤熟的甜菜从火坑里刨出，外皮焦黄，烫手，里面滋滋滋往外流糖汁，咬到嘴里软糯香，甜如蜜。吃烤甜菜的时候，我感到甜蜜和温暖，感到生命的光亮与美好，希望甜菜晚一点收，在地里多长一些日子。

甜菜装车时，那些被镢头挖断的，碎小如小孩拳头的甜菜，糖厂看不上眼，不收，会剩下，剩下的碎烂甜菜收拾到一起，也不少，生产队会按人口分给村民。碎甜菜分回家，洗净，放到笼箅子上蒸，或者丢进做饭的炉膛里烤，比烤红薯好吃百倍。那是一小段孩子们最幸福、最欢喜的甜蜜日子。

晚饭后在村里溜达，我看见锁锁在他家门前的菜园里撅着屁股挖地。母亲说，锁锁的两个儿媳妇一个是贵州的，一个是云南的，都是儿子在外头打工领回来的。我忽然想起他的二姐玲玲。锁锁不清楚，那个快收甜菜的秋日黄昏，我看到了玲玲十八岁甜蜜的爱情，咄咄逼人的青春和能浸湿月光的呼吸。玲玲与那个叫小波的小伙子，在幸福与痛苦中撕扯、挣扎了两年多，但玲玲爱情的方向，被她父亲像堵水渠一样堵死了。玲玲悲伤的泪水纷纷扬扬，像秋日里绵绵的阴雨。她的爱情在我心里烙下一个美丽的黄昏，也烙下一个挥之不去的诘问：芸芸众生，谁能真正驾驭自己的命运，并拥有一世忠贞不渝的爱情？现在，玲玲该是近六十岁的老人了，她是否还记得那个遥远寂静的黄昏？那是她生命里一道绝美的闪电，一道可以让人死在路上的闪电。

甜菜是故乡原野上最早消失的作物，1981 年代土地承包到户时就停止种植了，也许在大地上某些我看不见的地方还种着。那时，我还没吃过甘蔗，不知道甘蔗可以制糖，觉得没人种甜菜，糖厂就没了生产糖果的原料。不种甜菜，看不到收甜菜的热闹，看不到拉甜菜的汽车在村道上奔跑，也吃不上甜得流糖汁的烤甜菜，很长一段时间，我心里的寥落与忧伤迟迟无法散去。

每年春节总会习惯性地买一点糖，没人吃，放很久，最后大都扔掉了。喜欢吃糖的人越来越少，许多人不愿吃糖，不敢吃糖，为啥患糖尿病的人还越来越多？是生活太甜了吗？

甜菜是一种甜蜜的作物，我想种一棵，和一大片甜菜，看它们在田野里疯长，看它们成熟后白胖硕大的样子。但是，我该去何处寻觅几粒甜菜种子呢？

一切都远了，但尚未全部消失，比如小麦、土豆和油菜，野草和植物的清香，比如那个秋日黄昏汹涌的爱情。

糜子

十岁之前，我最大的梦想是每天能吃上一小碗黄米干饭。

其实，黄米饭并不好吃，有些糙，吃久了，胃里泛酸。我跟父亲在田里劳作，力气不助，或干活不得要领，焦躁烦闷的父亲便会脾气

很坏地骂我："你个吃干饭的，饭吃到狗肚子里去了……"他的骂声在风里一阵一阵往我脸上扑，扑得我心痛，想哭。父亲的意思是，我是个光吃不顶事的废物。

父亲说的干饭，是黄米饭，就是北方乡村里常说的米饭。那时北方没有大米，雪白的大米饭对一个北方乡村少年还是遥远的传说。

父亲骂我时，田野上一片片糜子颜色正在一天天变黄，沉甸甸的糜穗在风里起伏、喧哗。我噙着眼眶里打转转的委屈泪水，一边埋头挥舞锄头，一边在心里默默计算，还要多久，糜田里的糜子我们可以用锋利的镰刀放倒它们，用牛车一车车拉回生产队大场院晾晒、打碾，猜测我家一年的工分能兑换多少斤糜子，过年能不能吃上一碗真正的黄米干饭。这样一路往前想的时候，肚子往往更饿，心头一片苍凉。

娑罗原平坦辽阔，土地肥沃，是小麦产区，麦子长势喜人，几乎年年丰收，但颗粒饱满、色泽诱人的小麦被一车车拉走。乡亲们年底分口粮只有少量小麦，玉米、高粱、糜子之类的粗粮也很有限。不像现在，不用交公粮，爱吃什么种什么，收多收少都是自家的，农民有种植农作物的选择权、决定权，甚至可以撂荒不种，远走他乡。那时生产队种什么作物，每种作物种多大面积，上面都有生产计划。农民挥汗播种的细粮，不一定能吃到嘴里。

母亲不知道我的胃小时候已让黄米吃伤，落下病根，对黄米有一种难以排解的恐惧与心理阴影，担心我在南方买不到小米，时常会从老家给我寄一点。小米跟黄米很相近，像孪生兄弟，但小米比黄米好吃，营养，女人坐月子，喝小米粥，奶水充足，元气恢复快。

超市和许多特产商店都有小米卖，包装精美，我从来不买，不敢吃，胃不接受，看见它们胃里就会一阵一阵泛酸水，不由自主。母亲寄来的小米有时忘了送人，放久了，生了虫子，只能悄悄丢进垃圾筒，无奈、愧疚。如果黄米不伤我的胃，我肯定会经常喝小米粥，酒宴上遇上小米煮海参也不会让给别人。

锄糜子是妇女和娃娃的活儿，轻松，不费什么力气。我跟着一群媳妇、姑娘，在糜子地里一字排开，薅杂草，将挤在一起的苗间开。我埋头间苗、锄草时，健壮而风韵犹存的媳妇子，花朵一样水灵的姑娘，说笑声像秋日暖暖的阳光，一层一层倾泻下来，落在我的身上，落在随风摇曳的糜子上，如一双双纤纤素手抚摸疯长的糜子，也抚摸我。

在糜子将熟未熟的一小段时间里，生产队长偶尔会派给母亲一个轻省活儿——赶鸟儿。各种鸟儿成群结队，在糜子地里起落，啄食糜子，若不驱赶，沉甸甸的糜穗会轻飘飘抬起头在风里摇晃，成为没有籽粒的糜草。母亲在糜子地里插了不少稻草人，给草人戴上破草帽，裹上花花绿绿的烂衣裳。先几天还管用，鸟以为那就是人。但鸟聪明，很快就不把这些沉默的怪物放在眼里。每天放学后，驱赶鸟的活儿就交到我的手上。

偷食糜子的鸟儿以麻雀最多。我用碎布条或麻绳拧一根长鞭子。在地头一挥鞭子，鞭声在空中啪——啪——炸响，糜地里的麻雀哗啦一声飞起，像一片雨雾被风吹走。我手里挥舞着鞭子从糜地这头到那头，鞭子啪啪啪啪不停地在空中炸声。我手里闷雷似的武器让麻雀们害怕和恐惧，没一只敢靠近我看护的糜地。蹲在地头上抽烟扯闲、看男人们扶犁翻地的队长笑着说，三娃你会赶鸟，这么大一片糜地看不见一只鸟。我说队长你看那边糜地里。队长转身往远处看，那边糜地里落满麻雀，鸟声沸腾。队长边走边骂，说这狗日的大头人去哪儿了，糜子被鸟糟蹋光人吃啥？我并没要告大头黑状的意思，只是想让队长比较一下，我是一个尽职尽责的赶鸟人，希望他来年还能把赶鸟的轻松活儿派给我的母亲。

割糜子前，有时会在一些长势好的糜地里，先选摘一部分糜穗子再下镰收割。掐糜穗是巧活儿，手指顺着糜穗下边的结子，轻轻一弯，"嘣"一声，长而分披的糜穗就与秸秆分离了。这样选摘出的糜穗子，籽实饱满，可留做来年的种子。脱粒后的糜穗子，绑成小笤帚，是农村家庭扫炕、身上灰土、窗台等不可缺少的清洁工具。

糜子收割拉走，吓鸟的稻草人没人收，孤零零地挺立在空空的糜地里。成群的麻雀自由自在地觅食散落的糜粒和草籽。这时候的稻草人看上去更像一个个孤独的牧鸟人，鸟吃饱肚子，在稻草人的破草帽上欢唱、逗趣，激烈地交谈，似在说，瞧，这个怪物，我们在他头上跳舞呢。麻雀的叽喳声里，已有了深秋的寒意。

糜子收回场院，碾压脱粒，黑锃锃的糜子在石碾子下脱掉壳，碾

成米、磨成面，夹杂一些野菜就是乡亲们的日常饭食。而糜草晒干，是牲口冬天的草料。在我的记忆里，糜子通常有两种吃法。糜子在石碾子下脱去黑色的壳，悄然变身为金灿灿的黄米，熬半锅黄米稀饭，有时放洋芋，有时是野菜，农活重时会下一点面条进去。黄米磨成面，则可做糜面馍馍，发酵后，跟玉米面一样，能做黄面馍和发糕，有甜味。时间纷飞，糜子经过人与牲口的肠胃，变成肥料，重回大地，来年又成了田野里作物的养分。

问题的关键是，这些黄米吃食总是清汤寡水，稀多稠少，缺乏油水，不顶饿。况且是年年吃，天天吃，谁的胃能受得住如此磨难！

春天，我能听到自己的身体咯吱咯吱响，像地里的庄稼，在日夜不停地向上拔节。如果每天都能吃一碗黄米干饭，我肯定比地里那些庄稼长得更快更好，脑子也会比现在聪慧、活泛一些。

年景好时，父亲会在春天买一头小猪娃，让我们挖野菜喂着，年底杀了过年。

有年猪的年当然无比幸福。有萝卜、白菜与肥猪肉炖得荤荤，还有一小碗黄米干饭，让我觉得日子很温暖、很安谧。但这样的幸福时光总是短暂的，只有过年几天。所以，我总是像眺望一个美丽女孩那样眺望过年，恨不得所有日子都像箭般飞过去，让过年的日子慢下来。

为什么一年四季总离不开黄米？糜子成熟期短，每年生产队除了正茬种植，小麦收割后，麦地若来年倒茬种别的作物，麦茬地就会翻耕抢种一茬糜子。天天喝黄米稀饭，黄米的颜色成了我少年时代一种忧伤的意象，这种意象不仅制约我对金黄色的喜爱，而且严重影响了我的肠胃和饮食。

我记得那年我离家远行时，生活已经有了大的好转，但村里许多人家都还种着糜子，一亩，或者半亩。我劝父亲以后别再种糜子。父亲看了看我说，你说得轻松，家里养着牛，喂着猪鸡，不种点粗粮，总不能把麦子给它们当饲料吧。

其实，父亲心里话没说完，他和庄稼打了一辈子交道，懂得人是吃五谷杂粮的，生活好了，也不能天天吃白面馒头、臊子面。他常提醒母亲，做饭将玉米面、糜面等粗粮和麦面搭配着做，不要顿顿吃白面。父亲相信，人的胃是个杂货部子，吃五谷杂粮才会健康强壮。

有天吃晚饭，一小片肉从筷头滑落，掉到桌上，我夹起来放进了嘴里。女儿吃惊地看着我说，掉到桌上你咋还吃？多不卫生啊。我嘴上应着，心里忽然滚过一阵痛，像一道闪电。我想起去世近二十年的父亲，想起他吃饭时看到我们姐弟饭桌上掉一粒米、一粒馍渣，都会拾起来吃掉，有时看我们谁碗里没吃干净，他会拿过碗用小勺刮净，说浪费粮食遭罪哩。

一辈子极爱惜粮食、挥汗如雨种粮食的父亲，实际上是饿死的。他突患脑血栓，整整七天，无法言语，水米亦不能进，他在饥饿与病痛里苦苦挣扎时，我相信他的脑海里一定像我看黑白默片一样，浮现过他种过的那些庄稼，就像我现在站在田野上，渴望看见一株沉甸甸的糜穗，一片葱葱郁郁的糜子田。尽管它让我落下了胃酸的病根与恐惧。

高粱

高粱是一种身材优美的作物，细细高高，亭亭玉立，像一个个体形修颀的妙龄女子。散穗子高粱瀑布一样纷披的穗子，颇似美女黑亮或者深红的秀发。无风时，她们低眉垂首，沉默，矜持；风雨来临，她们长发飞扬。

娑罗原上种植的高粱有两种，一种是散穗子，一种是罐罐头，每种都有黑红两色。黑高粱的穗子和籽实壳皆黑，红的则皆红，但磨出来的面不黑也不红，是灰白。

罐罐头高粱，顾名思义，就是它的穗子像一个茶罐罐。后来我见了橄榄球，觉得它紧紧拢在一起的穗型更像橄榄球。但三十多年前，或者更早一些，农村人没电视，还没见过橄榄球，他们穷困朴素的生活里只有喝茶和熬茶的罐罐与它长相接近。跟着父亲在高粱地里锄草，我说，这高粱为啥叫罐罐头而不叫别的什么头？父亲说："你日能个甚，咸吃萝卜淡操心，祖祖辈辈都是这么叫的。"我没吱声，心里觉得它还像棒槌。

秋天，我们拉着架子车、提着镰刀走向高粱地。高粱比人高，收高粱的人一走进高粱地，就看不见了，像偷情的男女，被密匝匝的高

梁棵子淹没。我们让穗子带一截两尺长秸秆，像刽子手一样，抡起镰刀，在嚓——嚓——声里，将高粱穗子一棵一棵砍下。高粱被砍下半截身子，秸秆仍然比人高。一个人抱着一捆高粱穗子走出来，像抱着一捆呼呼燃烧的火，又一个抱着一捆火出来，一团一团的火码在地头，如一堆堆流血的人头。而被砍去头的高粱秆子齐展展立在地里，在风里呜呜哀鸣。

高粱是粗粮，性热，不好吃，涩，连猪都不爱吃。散穗子高粱脱了粒，可绑笤帚卖钱。因此，土地承包后，许多人家都还种着。秋庄稼一打碾完，父亲东挪西借，凑一点本钱出门收购脱了粒的高粱穗。黑色，或者红色，一毛钱一斤。大哥拉架子车，父亲推着独轮木车，一个村落一个村落地辗转，一车一车收回来，在院子里码成小山似的垛子。

父亲和大哥通常天不亮就带着干馍出发，掌灯时分才能踏进家门。父亲的独轮木车长时间不上油，推动时会发出有节奏的声响，吱嘎——

吱嘎——吱嘎嘎——吱嘎嘎……伴随着父亲响在乡村土路上的歌声，在寂静的夜里会传得很远，只要听到独轮车的歌声从村路上传来，我们就知道父亲回来了，并能从车轮的吱嘎声里判断出父亲一天的收获。

冬天，纷纷扬扬的雪一场接一场，大地白雪皑皑。寒冷的夜里，我们在窑洞里的地上架一盆火，火盆上坐一壶水，壶里水咕咕嘟嘟，壶盖被蒸汽掀得噗噗噗。热水是备着泡脚的，否则脚冻得冰凉，躺进被窝里半夜都捂不热。有时火盆里会烤几个土豆，浓浓的香味在屋里弥漫，那是我们的夜宵。

昏暗的煤油灯下，我家窑洞里一派忙碌。母亲和姐姐盘腿坐在炕上吱咛咛——吱咛咛——，每人膝盖上摊一把麻，手里一把小巧的可以转动的拧车子，在一片吱咛声里为我们拧绑笤帚的细麻绳；我们兄弟仨，腰里系着麻绳，在腰绳与脚蹬的架子之间，是一根细软的钢丝绳，各自坐在一种省力的木架子上，低着头，双腿一屈一伸，拿一把把碾压好的高粱穗子绑笤帚。

一晚上辛苦两三个小时，我们一人能绑近四五十个笤帚。但笤帚的收购价常随市场波动，亏本的事是常有的。价好时，一个笤帚不算人工，除去成本，能赚三到五分钱。长时间在一个姿势下重复一种动作，屁股生疮，满手硬茧和伤口，有时腰腿疼得站都站不起来。

绑好的笤帚积攒到一定数量，逢星期天，我们天不亮出发，背着小山似的笤帚捆子，翻山越岭，赶到邻县一个叫党原的集镇上去卖。那里有贩子，收了整车运往外地。

三个十来岁的穷孩子，破衣烂衫，每人背上百斤重的笤帚捆子，深一脚浅一脚，在上百公里的崎岖山路上跋涉，肩膀压得红肿，痛如刀割。

忙碌几年，种高粱的人越来越少，收不到高粱穗子，绑笤帚挣钱的小买卖便歇了。大地上的作物总是与乡村生活对应着，生活好转，种高粱多是牲畜饲料，乡亲们渐渐不养牲畜，高粱也就退出了乡村人的视野。

与高粱一前一后消失的还有麻子。麻子身形似罐罐头高粱，枝条纵横，花如枣花，开不大，淡淡的灰白灰绿缀满枝杈，香气扑鼻，是蜜蜂喜欢落脚的作物。麻子籽实可榨油，籽粒圆、小、光滑，外壳脆硬，小小一粒麻籽扔进嘴里，口腔需要怎样的灵巧配合，才能退壳吃仁呢！麻子仁儿嫩白，很香。女人们嘴巧，爱吃，也会吃。她们一次往嘴里扔一小撮，手上忙着活儿，嘴上说着闲话，竟不影响嗑麻籽仁儿。看女人们吃麻籽，我会想到田野里叽叽喳喳欢叫着啄食高粱、糜子、谷子的麻雀，或者某个脸上有雀斑的同学。

麻子的秸秆丢进水池沤过，皮剥下来，就是麻，搓各种麻绳。牲口缰绳、农具拉绳和捆绑柴草的绳子，生产生活里几乎样样离开不麻绳，所以，生产队种，自家的自留地里也会种。麻子秸秆硬如树枝，是烧饭的好柴火。有时做饭炉膛星火上不来，母亲就会喊我去柴房抱一点麻秆，几根麻秆一进炉膛，锅里立马就沸腾了。除夕夜，村里家家庭院和院门外，都会撒一些麻秆，说是可以绊鬼，而且只在除夕晚上放，鬼别的日子不会光临门庭吗？

种地不用牲口，高粱、麻子便相跟着从农村生活里消失了。现在，绳子都是塑料的尼龙绳子，麻绳已很难见到。

酒谷

田野上的作物是大地的子民，也是耕作者的孩子，需要细心照料才能慢慢长大，成熟。播种，锄草，施肥，收割，打碾，晾晒，样样都是力气活儿。家里耕作的犁铧、镰刀、锄头，躺在屋角多年不用，在时间里生了一层一层的锈，比先前更沉重了，白发苍苍的母亲已没足够的力气拿起它们，只在阳光下种一季酒谷。她一直想用酒谷给我做一次黄酒。

母亲一趟一趟赶集，问了好些人，总寻不到酒谷。有时好不容易寻到一点酒谷，我恰巧又回不了家。黄灿灿的谷粒在时间里一天天陈旧，然后一把一把进了鸡肚子。

母亲想做黄酒，并不是我爱喝酒，也不是家里缺少待客的酒水。我非善饮之人，几杯下肚就面红耳赤，一年不端杯也不会馋酒。母亲的心思我明白，她想让我尝尝那些日渐远去的味道。她知道自己走了，我们姐弟就再也品尝不到那样的味道。

田野里的作物，我喜欢谷子，结满籽实的谷穗子沉甸甸弯坠，像一片一片弧线优美的月牙儿，静静地等待一场人间的盛宴。

春天，人比田野上的蜜蜂和蜻蜓更忙碌。平整好等待播种的地块沉睡整整一个冬天，在春风春雨里慢腾腾地醒了。我赶着马，马背上驮着谷种和犁铧，跟在父亲身后走向田野。种谷子不像播种小麦、玉米，顺着犁沟撒种，谷子是散种，扬开粪，撒种籽，犁地，磨地，谷子就种好了。

撒谷种是技术活儿，谷籽小而滑，五指收放不好，谷种从指缝里一把一把飞扬出去，落地不均，衔接不准，地里长出的谷苗就一块密，一块疏，甚至会出现不长谷苗的一片一片空地，影响收成。父亲让我端一脸盆细土当谷种撒，跟在旁边不停地示范、讲解，有时也会急躁地骂粗话。然后，让我像他一样，将谷种按比例混在细土里撒种。

在田野上，父亲算得上真正的庄稼把式。种麦子和玉米，父亲跟在犁铧后边，手臂顺着犁沟起舞，种子伴着他高亢的秦腔腔调呈线状落进犁沟。他姿势娴熟、潇洒地撒下的种子，疏密适度，一行一行像拉了直线；种糜子、高粱、谷子等散种作物，若是父亲撒种，地里的禾苗一棵一棵，几乎不用间苗，省去许多辛劳。

我家的谷地总是两块：一块种黄谷，吃小米；一块种酒谷（红谷子），酿黄酒，吃粘面。割谷子前一天，父亲会将墙上的镰刀提前一把一把磨好。"收早了伤镰一把糠；收晚了鸟儿糟践，风刮粒落，一年就白辛苦了。"每年收谷前，坐在院里磨镰刀的父亲都会像念咒似的这么说。而他带着我们刚收完地里黄熟的谷子，天气就变了，不是刮风，便是下雨。

农民守望田里的庄稼，就像守望自己的孩子在时间里长大。庄稼成长的过程里，会不会跟孩子一样有欢喜、迷茫、无奈、疼痛？

我在院里劈柴火的时候，母亲正在灶上做新米酒。母亲先将酒谷煮好，放凉，再配以乌药、枸杞根、杏仁等，让它们在酒曲和时间里慢慢酝酿成美酒。酿造好的酒糟装进大缸封存，需要时挖出一些，先在过滤的小缸缸底铺上洗净的麦草当滤网，倒进酒糟，加水，澄黄清澈、散发着醇厚香气的黄酒，慢慢从过滤的小管里流出。喝时用铜壶烧开，醇香的黄酒就可以上桌了。现在谁有口福喝到这种纯粮纯手工酿造的美酒！

母亲酿的醋也很好吃。我家的酒和醋从不花钱买，都是母亲亲手用粮食酿造的。

醋是北方人家生活里不可或缺的调味品，可以食无肉，却不能没醋。小时候，村里大多数人家都自己酿醋。但不知什么缘故，同样的原料和程序，酿出的醋品质却相差很大，有的烈酸，有的寡酸，缺少香味，有的带着苦涩味，酿坏不能吃倒掉也是常有的事。许多妇女想尽了办法，就是酿不出一缸好醋。我的母亲酿醋有自己的经验和技巧，火候总是拿捏得恰到好处，过滤出来的醋色泽清亮，像淡红的酱油，味道纯正、绵厚，很香，闻到就想拿小汤匙喝一口。

有些手艺很难学，全凭经验拿捏，只能意会，没法儿言传。行家里手瞅一眼就明白，不懂的，你把心掏出来，扒心扒肺地讲三天三夜，他仍是不会不懂。两年前，村里一个女人跟我母亲学酿醋，一次给家里酿了三大缸醋糟，准备存着慢慢吃。谁知这女人醋糟酿好，不到半年就患急病过世了。儿媳妇宁愿花钱在集市上买醋吃，也懒得过滤婆婆精心酿造的纯粮食醋，也不管那三大缸醋糟，缸口连个盖儿都不盖。醋糟一天天变干，像石头一样板结在缸里，硬得挖都挖不出来，已不能吃，索性连缸一并拉出去扔了。

母亲酿造的黄酒喝完时，风已从夏天吹过，轰隆隆的闷雷远去了。秋天来临，母亲又开始忙着酿新黄酒新食醋。母亲的忙碌，随季节而动。

我一直觉得，乡村百姓的生活，就是一碗味道绵长的米酒，不浓烈，却一直热在心里。

荞麦

二姐知道我爱吃荞面，时常会给我寄一点，不晓得她费了怎样的周折，从何处买的。吃荞面时，我会不由自主地想到我家前院的女孩荞麦。我一直觉得奇怪，她父母为何会给她起一个农作物的名字？荞麦长得很俊，比荞麦花好看。远远地，能闻到她身上淡淡的芬芳，肥皂的气味，亦有她青春的气味。

荞麦确实很美，双眼皮，睫毛长长的，眼睛里似有一缕雾，很淡很轻，若有若无的雾。她看我，会不会像看大雾笼罩下的一棵庄稼呢？有时我会有一种莫名的渴望，让她迷人的眼神，像雾笼罩田野里的一棵庄稼那样笼罩我、打湿我，让我在她的雾里挥着锄头劳作，拉着架子车往田里送肥，在村道上用铲子为家里菜园吞回一坨牛粪，在荞麦地里拾野菜，在屋檐下漫不经心地翻一本小说。这样想的时候，我感觉到我的心跳加快，身上落满春天幸福的气息，像梨花的花瓣落到了身上。

我喜欢荞麦姑娘，跟村里村外的年轻小伙子不一样。荞麦比我大好几岁，我刚进高中，她已在城里高中毕业。她是揣着高考落榜的落寞与忧伤回到村里的。我背着背篓在田野里割牛草，走过一片荞麦地，

突然被荞麦吓一跳。田里荞麦正在扬花，花朵繁密，一株荞麦上密匝匝顶着上千小花朵，远看像绿毡子上落了厚厚一层洁白雪花。成群的蜜蜂在荞麦花上飞舞，欢唱，她头上顶一块素色手帕，坐在地头上的荞麦丛里静静地读一本书，蓝布衫子上的碎花和荞麦花一样洁白雅致，不仔细看，她就是一丛浑身开满花的荞麦。我说："荞麦你咋坐在荞麦地里看书呢？就不怕蜜蜂蜇你啊。"荞麦露出洁白的小虎牙，笑了一下，笑得有些忧郁，说："三子，你好好读书，考上大学就不用再天天割牛草了。"她身边的草筐空着，镰刀在筐里静静等待她的纤纤玉指。但她好看的手指在翻动书页，轻轻地，翻过一页，又翻过一页，又翻过一页，一直翻到暮色笼罩大地。

荞麦是招蜂引蝶的植物，一到花期，荞麦白色的花朵上落满蜜蜂、蝴蝶和蜻蜓，老远就能听到大片大片的嗡嗡声。它们在荞麦浓郁的芬芳里追逐戏耍，像一群一群爱花的小姑娘，在荞麦地里捉迷藏，永不疲倦。但十八岁的荞麦腼腆而矜持，我能看见她眸子里亮晶晶的不动声色的忧郁。在田里劳动，媳妇姑娘们追打嬉闹，大声说笑，荞麦在一边看着，有时也会忍不住地笑，但她的笑，不会恣意绽放，有一点羞涩和矜持，浅浅的笑里有内心的欢喜，有一种说不清道不明的美，像田埂上独自绽放的一朵紫色小花，在微风里轻轻摇曳，微笑，并散发迷人的香味。

村里人都说荞麦该嫁人了，争着给荞麦介绍对象。村里人跟荞麦开玩笑，荞麦不恼，也不吱声，脸却一下红了，像扑了胭脂。荞麦不愿嫁人，一心想复读再考，她心里有一片别人看不到的蓝天，一片我们都读不懂的月光。她有自己眼中绚烂的世界。

那天荞麦拎着空草筐从我家门前走过时，给她说媒的人已领着一个瘦高个儿青年走了多时。荞麦爹国财脸黑得像锅底，见我背着草从田里回来，远远地喊住我，说："三妮，你看见我家荞麦没？"我说："我去田里割牛草，没看到你家荞麦么。"国财气呼呼地说："这死女子，一整天不知道跑哪去了。"我为什么要撒谎呢，怕她嫁人了再见不到吗？也许是，也许不是。那天，国财家的人满村庄找荞麦，他们不知荞麦把自己变成了一株沉默的荞麦。

荞麦刚进院门，国财的骂声就从院子里飞出来，还伴随着摔农具的沉闷声响。国财的每一句骂都像一块石头，重重地砸在我的心上。我站在我家院子里想象骂声中荞麦的沉默与痛苦，心头一阵一阵地焦躁。她将孤独、热情、彷徨和挣扎深深埋在心底，她知道没有人能救赎她，只有她能救她自己。我看到她每天都在读书，去田里干活也不忘揣一本书。也许读书是她内心唯一的希望与寄托。我突然有一种想哭的冲动，顺手拿起窗台上的磨镰石砸向在猪食槽上啄食的公鸡，红公鸡扑腾着翅膀满院子尖叫。母亲说："你咋了？"我说："我没咋。"然后，摔门走出院子，走进了浓重的夜色里。

我喜欢跟着大人揽荞麦。我用镰刀将荞麦一片一片放倒，将穗子团成一个圆疙瘩捆好，一捆一捆立在地里，像蘑菇，又像一个一个人蹲在地里傻愣愣地互相张望。

荞麦也叫乌麦、三角麦，籽实呈紫黑色三角形。晒在场里，像打碎了墨汁瓶子，一大片紫黑。荞麦要先用石碾去壳，再拿细筛子将壳与仁分开。荞麦壳是装枕头的好材料，软硬适中，透气性好，夏天枕着很凉爽。

荞麦性甘味凉，荞麦面做的荞面节节、荞面饸饹、荞面凉粉、荞面搅团，都是我少年时代喜欢的美食。因为我们姐弟都喜欢吃荞面，包产到户后，父亲每年都会种一两亩荞麦。

秋天，我回原上帮家里收秋庄稼。母亲说，荞麦跑了。我心里咯噔一下，镰刀差点砍到自己的脚上。荞麦的妹妹荞皮跟我一个班上学，我常拐弯抹角地从荞皮嘴里打探荞麦的消息，她轻描淡写地说，姐姐荞麦已经定亲，年底结婚，未来的姐夫是邻村一个养猪的万元户，说她爹的飞鸽牌自行车就是那个万元户买的。

母亲说，荞麦离开村子时，地里荞麦正在扬花。那天早晨，田野里浓雾弥漫，荞麦家的人以为荞麦上田里劳动去了，一直到掌灯时分荞麦都没回家，一家人四处找，找了许多地方，都不知道荞麦去了哪里。这是 1987 年秋天的下午，我正跟着母亲揽我家的荞麦，心里的荞麦却不知去向了。

两年后，我也在一个雾气迷蒙的早晨离开了村庄。我不割牛草了，但不是荞麦说的上大学，是去遥远的西部边陲当兵。离家时，我特意

绕到荞麦家门前，她家院门关着，院子里静悄悄的。看到荞麦喜欢的板凳狗安静地卧在门前的杏树下，我突然想起梵高在给弟弟提奥的信中自嘲自己连一条狗都不如。大地上雾气很重，能见度不足十米，我恍惚里看到身材修长的荞麦扎着马尾走在我前面的雾里，还不时地回头笑，她那天在荞麦地头上对我说的话，清晰地叩击着我的耳膜。

从此，我再没见过荞麦。母亲说，听说荞麦去国外读了大学，嫁了个博士，在上海生活。荞皮说，姐姐后来回过两次老家，都是母亲病重的时候，时间很短，住一夜就走了。但我一直没见到荞麦，一直都没有。

田野上已看不到荞麦，听不到蜜蜂嗡嗡嗡的欢唱声。村子里的人大都跟荞麦一样，离开村庄和田野，奔向了自己梦想的绚烂世界，在下落不明的生活里捕捉属于他们的幸福。

不到一个月，菜园里已一片葱茏。母亲又在她的小菜园里忙碌着。

她颤抖着手，仔细地将一根根竹棍扶直，扎好，让黄瓜、豆角和洋柿子攀着架往上生长。

我坐在檐下漫不经心地看手机上的一篇文章。科学家说，世界上很多国家的蜜蜂都在"集体失踪"，活不见蜂，死不见尸。科学家警告人类所利用的 1330 多种作物中，有 1000 多种依靠蜜蜂传授花粉，蜜蜂消失后，庄稼可能无法成熟，苹果、桃子等水果可能无法结果，蜜蜂群体消亡将使农作物因此而大量减产，人类最终可能面临大规模的食物短缺。科学家们怀疑蜜蜂减少的杀手是杀虫剂、化肥、手机辐射、转基因作物等，并提出了一些解决办法。比如以有机农业解决化肥、农药对土壤和环境污染，增加动植物种群的多样化，等等。

放下手机，我的心里一片灰暗与忧伤。

"如果蜜蜂消失，人类将只能存活四年。"爱因斯坦曾经的预言，像蜜蜂的嗡嗡声，不停地在我耳边盘旋。那些去年在母亲菜园里飞翔、逗留、采集花粉的蜜蜂今年还会来吗？还有在菜园里翩翩起舞的蜻蜓，曾经在屋檐下筑巢的燕子，树上歌唱的蝉，涝坝、水渠和草丛里昼夜叫个不停的青蛙，它们现在都去了哪里？为何村庄和田野如此安静？

阳光下，田野里浮动着植物的气息。田野里油菜花和各种野花正在绚烂怒放，麦子在风里摇曳，遍地芬芳，却看不到蜜蜂、蝴蝶、蜻蜓。我每天在田野里溜达，渴望能看见一只野兔，或者别的什么野物，但什么野物都没见到。那些曾经在田野里出没的狼、狐狸、旱獭、野兔，还有在树、村庄和田野上飞来飞去的鸟群，它们都逃到哪里去了呢？沉默的树和庄稼，多像我朴实的家人和乡亲。

天上星星，地上流萤。回老家一个多月，每天晚上我都会在草丛里看看，看有没有萤火虫，却一直没看到它们的身影。也许，有一天田野上的作物和生物，也会像亲人们一样，相继从大地上失散和空缺。

我站在夕阳下，在忧伤里等待一场雨，等待一只野物与我邂逅。我的影子与寂静里的村庄构成一个孤独的剪影，多么单调荒凉啊，一如我的人生。

2018 年 3 月 25 日，花城

王雁翔

甘肃平凉人，作家、记者，现居广州。

1989 年 3 月入伍，毕业于中国人民解放军南京政治学院、国防科技大学。

以笔为枪，信奉文字就是子弹，雄浑与诗意并存，即使刚亮的音符，也滚烫如沸。

诗歌、散文作品见诸《解放军文艺》《天涯》《作品》《四川文学》《山东文学》《散文海外版》《广州文艺》等刊。

作品曾获第十三届、第二十三届中国新闻奖二等奖，全国报纸副刊作品金奖、年度精品奖，长征文艺奖等。

已出版《穿越时光的河流》《走在高高的山冈上》等作品多部，作品入选多种选本。

我的故乡下雪了

出 品 人｜续小强	选题策划｜刘文飞		责任编辑｜李向丽
复　　审｜陈学清	终　　审｜古卫红	印装监制｜郭　勇	

项目运营｜有度文化·刘文飞工作室

投稿邮箱｜bywycbs@126.com　　微信公众号｜bywycbs1984

微　　博｜http://weibo.com/liuwenfei0223